William Somerset Maugham

THE RAZOR'S EDGE

刀锋

[英国]威廉·萨默塞特·毛姆 著　　李晖 译

译林出版社

图书在版编目（CIP）数据

刀锋 / （英）威廉·萨默塞特·毛姆 (William Somerset Maugham) 著 ; 李晖译. -- 南京 : 译林出版社, 2025. 5. --（毛姆精选集）. -- ISBN 978-7-5753-0536-5

Ⅰ. I561.45

中国国家版本馆CIP数据核字第2025NR9152号

刀　锋　［英国］威廉 · 萨默塞特 · 毛姆 ／ 著　李晖 ／ 译

责任编辑　鲍迎迎
装帧设计　吴　悠
校　　对　戴小娥
责任印制　颜　亮

原文出版　Vintage, 2003
出版发行　译林出版社
地　　址　南京市湖南路 1 号 A 楼
邮　　箱　yilin@yilin.com
网　　址　www.yilin.com
市场热线　025-86633278
排　　版　南京展望文化发展有限公司
印　　刷　徐州绪权印刷有限公司
开　　本　787 毫米 ×1092 毫米　1/32
印　　张　15.125
插　　页　2
版　　次　2025 年 5 月第 1 版
印　　次　2025 年 5 月第 1 次印刷
书　　号　ISBN 978-7-5753-0536-5
定　　价　46.00 元

利刃锋缘尤难攀越；

智者辄谓得救之路乃艰途也。

——《羯陀奥义书》

第一章

1

我以前写小说开篇时从未有过这么多的顾虑。如果我还称之为小说，只是因为不知道该使用其他什么名称。我没有多少故事可讲，我的结尾方式既不是谁死掉也不是谁结婚。死亡终结一切，所以堪称故事的全面收束；然而用男婚女嫁作为故事结局，却也颇为妥当。风雅之人会嘲笑这种所谓美满结局的写作手法，但他们这样很是欠缺考虑。普通人拥有某种健全的本能，所以才会相信：在一个美满结局里，所有该说的都已经说完。男男女女经历过你所能想到的各种波澜起伏，最终仍然走到一起，就已经尽了亲缘组合的职责；读者兴趣也由此转移到未来一代人身上。不过我却让读者的心思悬吊在半空。这本书包含了我对某个人的零星回忆：我只是隔很久才和他偶然相逢，并有些近距离的接触。至于他在我们分别期间经历的事，我几乎一无所知。我想，若是发挥编造手法，貌似也能够完全合理地弥补这些空白，我的叙述也会变得更加连贯。但我无心这样去做。我只想整理清楚自己的亲身见闻。

多年前我写过名为《月亮与六便士》的长篇小说。我在书里根据一位著名画家保罗·高更的形象，并且运用小说家的特权，设计了一连串的事件，来描摹我重新创造的这个角色。重新创造的原因，是这位法国艺术家的零星事迹对我产生了一些启发。在眼下这本书里我准备完全舍弃这种做法。这次我没有编造任何东西。为了避免在世之人觉得尴尬，我还精心设计出新的姓名，赋予故事里登场的列位人物。我在其他方面也想尽办法，以便确保他们不会被任何人辨认出来。我要写的这个人并不出名。或许他永远也不会有这一天。或许当他的生命走向终结时，他在人世间的行迹将杳然无痕，不比一块石头扔进河水后留下的涟漪更多。如此说来，假如我这本书还有人读的话，也只是因为它可能拥有的内在趣味。不过，这个人替自己选择的生活方式，他性格里那种奇特的力量与温醇，或许会对他的同类产生越来越大的影响。所以，大概在他死后很久，会有人意识到，这个时代曾经有过一位出类拔萃的人物。那么我在书里面写的是谁，也就一目了然。那些想稍微了解一番他早年生活的人，或许能从中找到合意的材料。我想，对于今后想替我这位朋友撰述生平的诸位作者来说，我的这本书在它承认的局限范围内，将成为一处有用的信息来源。

我无意妄称我记载的这些言谈内容堪比逐字逐句的报道，至于某个人在此时或彼时讲过什么话，我也从来不做笔记。但我对自己关注的事却记忆至深。尽管我用自己的语言复述了这些谈话，但我相信它们忠实再现了当时的交谈内容。前面我刚说过自己并没有编造任何事情，但现在我想调整一下说法。我采取的方式，是历史学家自希罗多德时代以来沿用的权变手法，即借助叙事当中的人物之口，讲出我不曾也不可能亲耳听到的话语。我的出发点和历史学家相同，就是为了让场景生动逼真。如果我只是简略回顾一下当时的场景，效果就不会太好。我想让别人读我的书，我认为我有理由尽量让它具备可读性。机敏的读者会轻易发觉我在哪些地方采用了这种手法，所以他完全可以直接跳过这些内容。

另一件事也让我在动笔时感到惴惴不安，因为我描写的主要是美国人。清楚了解他人是件很困难的事。我认为一个人除了本国民众以外，并不能够真正了解谁。因为世间男女不仅是他们自己，还意味着当年的出生地，蹒跚学步时住过的市区公寓或农场，孩提时候玩过的游戏，从老妇那里闲听来的往事，吃过的食物，上过的学校，关注过的体育赛事，读过的诗，以及信仰过的那位神明。正是所有这些，才造就了今天的他们；而这些你都不可能通过侧面消息来了解。你只有亲身经历一遍才能知晓。你只有成为他们才能够了解他们。因为你除了观察，并没有了解外国人的好办法，所以很难在字里行间让他们显得真实可信。纵然是亨利·詹姆斯这样敏感细致的观察者，尽管他还在英国住了四十年，也从未成功塑造过一个彻头彻尾的英式英国人形象。至于我，除了在一些短篇小说里，从来不曾尝试描写过本国同胞以外的人物。如果说我还胆敢在写短篇小说时别出心裁，那是因为可以将里面的人物进行较为概略的处理。你给读者提供一些宽泛的暗示，然后随他自行补充细节。有人可能要问，既然我能把保罗·高更写成英国人，为什么就不能照搬套路来描写这本书里的各色人物。答案很简单：我做不到。那样他们就会失去本来面目。我并不谎称他们是美国人自己眼中的美国人。他们只不过是一个英国人看到的美国人。我并不打算再现他们说话方式的奇特之处。英国作家在尝试此类手法时，往往写得一团糟。这种糟糕情形，只有当美国作家试图表现地道的英国英语时，才算是旗鼓相当。俚语是巨大的陷阱。亨利·詹姆斯在英国题材的短篇小说里经常使用俚语，却始终不太像是英国人的用法。因此他不仅没有实现他希望达到的口语化效果，反而时常给英国读者造成生疏突兀的感觉。

2

1919年，我碰巧路过芝加哥。当时我正准备去远东，却由于某些与本故事无关的原因，要在这个城市停留两三周。我在不久前刚推出的一部小说大获成功，算是当时的新闻事件；所以到芝加哥没多久就有人来做采访。第二天早晨房间的电话铃响了。我拿起电话。

“我是艾略特·谭普顿。”

“艾略特？我还以为你在巴黎呢。”

“不，我来我姐姐这里看看。我们想请你今天过来一起吃个午饭。”

“我非常乐意。”

他说好时间，并把地址告诉了我。

我认识艾略特·谭普顿已经有十五年。此时他年近六十，是一位高大、优雅、面容俊秀的男子。浓密微卷的黑发略带斑白，恰好使得他的仪表更显出众。他总是穿戴得很华丽。他在夏维服饰店[1]购买衣物，但套装和鞋帽却要到伦敦购置。他在巴黎左岸的时尚区圣纪尧姆大街拥有一套公寓。不喜欢他的人说他是一名掮客，但这种指责却让他感到愤懑气恼。他有品位有知识，也并不讳言自己早年在巴黎刚落脚时，曾经给有意收购画作的富裕藏家提供过良好建议。每当他从交游人群里听说英国或法国的某位落魄贵族愿意售卖一流品质的画作时，便乐于协助他们与美国博物馆的馆长们接洽。因为他凑巧知道，这些馆长正在物色某某大师的一两件优秀代表作。法国有许多古老家族，包括英国也有这样一些家族，他们为形势所迫，愿意在不事声张的前提下，出手一件附有布尔签名的家私，或齐彭代尔亲手制作的写字台。[2]他们很愿意结识一位教养深厚、彬彬有礼，并且能够审慎安排事务的人。人们自然会猜测艾略特能从这些交易当中获利，但他们实在太有教养，所以不好开口去说这种事。有些刻薄之人断言，他公寓里的每样东西都标价待沽，还说他每次先邀请美国富豪到家，再款待一顿精美的午餐，喝几瓶陈年佳酿，过后他家里的一两件值钱画作就会消失不见，要不然就是某个镶嵌柜换成了漆柜。当别人问他为何某件器物全然不见踪影时，他就言之凿凿地解释道：他觉得这东西有点配不上自己的水准，所以就换了

---

① 夏维服饰店（Charvet’s）是指约瑟夫－克里斯多弗·夏维（Joseph-Christophe Charvet）于 1838 年在法国巴黎开设的高档成衣店。该品牌以高贵典雅的衬衣设计著称。(如无特殊说明，注释均为译者注)

② 布尔（Buhl）即安德烈·夏尔·布尔（André-Charles Boulle, 1642—1732），法国著名的橱柜制作者，其作品在 18 和 19 世纪被欧洲工匠竞相模仿。托马斯·齐彭代尔（Thomas Chippendale, 1718—1779）则是英国 18 世纪著名的家具工匠。

另一件品质更好的。他又说，总盯着同样的东西看会感到乏味。

“Nous autres Américains，我们美国人呢，”他说，“喜欢变化。这既是我们的弱点也是我们的强项。”

有些居住在巴黎，并且宣称对他无所不知的美国淑媛说，他的出身非常贫寒。他能够过上现在的生活，只是因为他向来都很精明。我不知道他到底有多少钱，但他从那位公爵房东手里买下的公寓肯定价格不菲；何况他还给这公寓装饰了不少的值钱物件。墙上挂着华托、弗拉戈纳尔和克罗德·洛林等法国大师[①]的画作；镶木地板上铺设的萨伏内里和奥比松小地毯[②]尽显华美；起居室里还放了一套路易十五时期的组合家具。那套家具的细节如此精雅，所以正如他宣称的那样，可能它确实曾经属于蓬巴杜夫人[③]。总之他不必挣钱就能够维持他视为符合绅士身份的生活方式。至于他先前凭借什么方法来实现的这一切，明白人压根就不会去提，除非你希望和他断绝往来。既然已经摆脱物质之忧，他便全身心地投入平生最热爱的事业，也就是人际关系的打理。与法英两国囊中羞涩的名流们建立的生意联系，巩固了他从年轻时怀揣着一封封引荐信到欧洲觐见各路显贵要人以来逐步争取的

① 让-安东尼·华托（Jean-Antoine Watteau, 1684—1721）和让·奥诺雷·弗拉戈纳尔（Jean Honoré Fragonard, 1732—1806）都是法国18世纪代表洛可可风格的著名画家；克罗德·洛林（Claude Lorrain，约1600—1682），是法国巴洛克时期著名的风景画家。

② 萨伏内里（Savonnerie）与奥比松（Aubusson）地毯是法国历史悠久的高档优质地毯，最早都是提供给皇室与贵族们使用。

③ 蓬巴杜夫人（Madame de Pompadour, 1721—1764），路易十五的情妇，著名的文学艺术赞助者。

地位。当年他的家族长辈建议他带着信函去拜望一些从美国去欧洲的名门淑媛。因为他同样来自弗吉尼亚州的一个古老家族，其母系出身可以上溯到《独立宣言》的某位签署者。他讨人喜欢，人又聪明，舞跳得出色，枪法不错，网球也打得挺好。他在所有派对里都能发挥价值。他慷慨大方，常给人赠送一束束鲜花和一盒盒昂贵的巧克力。虽然他很少请客吃饭，可是当他真要款待别人时，那种新颖别致的方式却令人愉悦。那些富太太被他带到索霍区的波希米亚式餐厅或拉丁区的小酒馆后①，都感到格外开心。他时刻准备着发挥自己的作用。无论是多么烦心累人的事情，只要你请他来帮忙，他都乐于效劳。他费尽周章，让年迈的妇人们觉得他温良可亲。没过多久，他就成为各处高闳贵邸的家庭密友，或居家宠儿。他的态度和善之至。如果你因为有人临时爽约而到最后一刻才向他发出邀请，他也不会介意；你可以安排他坐在一位乏味透顶的老太太身边，而且尽管放心，他完全知道怎样和她谈笑风生。

不到两三年的时间，不论是在伦敦还是巴黎，他作为一位美国年轻人，已经结识了所有能结识的人物。他通常会在社交季的最后阶段去伦敦②，到初秋时节再轮流拜访各处乡间府邸，而巴黎则是他的定居地。那些最早把他领入社交界的淑媛，惊诧地

① 索霍区（Soho）位于英国伦敦市中心，是 17 世纪以来外来移民的主要聚居地，区内小型商铺林立；拉丁区（the Latin Quarter）是巴黎的学府区，拥有众多高校与文化机构。两地当时的消费水平不高，但文化特色浓郁。

② 每年 4 月至 8 月期间是伦敦的社交季（London Season）。

发觉他的朋友圈已经扩展得如此广泛。她们的心态很复杂。一方面她们乐于见到自己这位年轻门生获得如此巨大的成功，但另一方面也挺气恼，因为有些人和她们始终只能维持着泛泛之交，居然也都跟他关系密切。尽管他对她们仍然礼貌殷勤，并且不无裨益，她们却不安地意识到，自己已经被他当成了跻身上流社会的垫脚石。既然她们担心他是势利小人，那么他自然也就是了。他是超级势利的家伙。他是不知廉耻的势利鬼。他愿意承受任何公然的羞辱，愿意无视任何怠慢，愿意容忍任何粗鲁的对待，只要能够受邀参加他想参加的派对，或是结识某位脾气恶劣、声名显赫的老孀妇。他乐此不疲。一旦他盯住某样猎物，就会执着追逐到底。就像植物学家那样，为了找到一株稀世兰花，会奋不顾身地面对危险的洪水、地震、热病与满怀敌意的土著人。1914 年的战争最终给他提供了机会。战争刚一爆发他就参加了救护队，先是在弗兰德斯服役，随后去了阿尔贡①。一年以后他归来时，上衣扣眼里别着一枚红绶带勋章，还在巴黎红十字会获得了一席职位。那时他的经济条件已经十分优渥。在那些要人主持的慈善活动中，他也慷慨解囊。他时刻准备着运用自己的高雅品位和组织天赋，来襄助一切能够获得广泛宣传的善举。他成了巴黎两家门槛最高的俱乐部的成员。那些门第最为显赫的法国淑媛一说起他来，满口都是“那个亲爱的艾略特”。他终于功成名就。

① 阿尔贡（the Argonne）位于法国东北部的丛林丘陵地区，是第一次世界大战的主战场之一。

3

当我第一次遇见艾略特时，还只是跟其他人一样的年轻作家。他对我也未曾留意。他从来不会忘记任何人的长相，所以当我隔三岔五遇见他的时候，他都会热情友好地和我握手，却并不表示任何想要继续交往的意愿。如果我在剧院里看见他，比如说，他正陪着某位贵人，那么他就能够不与我目光相接。但不久我碰巧以剧作家的身份而名噪一时，于是便很快发觉，艾略特待我比以往要热情多了。有一天我收到他的便笺，说要请我到克拉里奇饭店吃午餐。他每次到伦敦就住在那地方。那是一场小型派对，不算是很时髦高档的那种。我发觉他是拿这个试探我。不过从那次以后，由于我写作上的成功，开始认识了许多新朋友，所以见到他的次数也就更频繁了。这件事过后没多久，到秋天的时候，我去巴黎住几周，又在一个共同的熟人家里遇见了他。他问我住在哪里。一两天过后，我再次收到他的午餐邀请。这次地点是在他的公寓。我到地方以后，惊奇地发现这次派对可真是不同凡响。我暗自笑出声来。我知道，凭借他对社交关系的完美洞察力，已经认识到我作为一名作家，虽然在英国社会里毫不起眼，但法国作家们单凭作家身份就能享受的尊荣，我在法国也可以获得。在随后的数年里，我们关系颇为亲密，却并未发展成为友谊。我怀疑艾略特·谭普顿有没有可能跟别人成为朋友。他除了关注别人的社会地位，对其他的都不感兴趣。当我碰巧去巴黎，或是他碰巧来伦敦，如果他需要再添一位客人，或不得不招待到欧洲旅行的美国客人时，他仍然会请我参加聚会。他们当中某些人，我怀疑都是他的老客户。还有一些是拿着引荐信来找他的。这些人是他生命里需要背负的十字架。他觉得自己必须帮他们做点什么，却又不情愿带他们参观自己的尊贵朋友。打发他们的最好办法，当然就是设宴款待，带他们去看戏。但这有时候很难，因为他可能一连三周每天晚上都有安排，而且都是提前确定的事。他大概也能猜到，这些人多半不会感到满意。因为我是一位作家，不至于引发什么不良后果，所以他也不介意把这件事的麻烦之处告诉我。

“美国人写信时真不够体谅。倒不是说我看别人找过来会觉得不高兴，可我真不明白，为什么我还要带他们去叨扰我的朋友呢？”

他给这些人送去盛满玫瑰的硕大花篮，还有大盒的巧克力，试图做些补偿。可有时候他毕竟还得再做些什么。从那时起，差不多就是在那次毫无心机地告诉我这些事以后，他开始邀请我参加他安排的派对。

“他们实在太想见你了，”他在信里面这样奉承我，“某某夫人是很有文化品位的人，你写的每个字她都读过。”

到后来某某夫人通常会告诉我说：她实在太喜欢我写的《佩林先生和特莱尔先生》了，她还祝贺我的剧作《软体动物》大获成功。这两部作品的第一部是休·沃波尔写的，第二部的作者是休伯特·亨利·戴维斯。[①]

① 沃波尔爵士（Sir Hugh Seymour Walpole, 1884—1941），英国小说家。《佩林先生和特莱尔先生》（*Mr. Perrin and Mr. Traill*）是他根据自己的教书经历创作的一部小说。戴维斯（Hubert Henry Davies, 1869—1917）是20世纪早期英国著名的剧作家。《软体动物》（*The Mollusc*）是他的代表作，1907年在伦敦首次上演。

4

如果我给读者造成某种印象，让大家以为艾略特·谭普顿是卑鄙小人，那就实在是对他太不公平了。

他属于法国人所说的那种 serviable（“会伺候”）的人。这个词的意思，据我所知，在英文里并没有准确对应的词。我从字典里得知，serviceable 这个词在英文里代表“能帮忙、乐于助人、和善”的意思，现在已经过时了。艾略特就是这样一种人。他为人慷慨。尽管他在事业发展的早期，肯定出于某种不可告人的动机，给熟人们馈赠过无数的鲜花、糖果和礼品。可等到不需要这样做的时候，他还是一如既往。他在给予别人时感到愉悦。他是好客之人。他家厨师的手艺堪比巴黎任何一位厨师。他家摆上餐桌放在你面前的，肯定都是最应季的时鲜美味。他收藏的葡萄酒表明他的卓越鉴赏力。确实，他根据社会身份的重要程度来挑选客人，而不因为他们是良俦益友。但他也刻意邀请至少一到两位有能力活跃气氛的人，这样他的派对几乎总是很有意思。人们在背后笑话他，说他是一个恶心的势利鬼，却照样欣然接受他的邀请。他的法语流利准确、口音纯正。他曾经花费不少功夫学习英国人说话的腔调方式，只有耳朵异常敏锐的人，才能偶尔听出他那一丝美国音调。他很健谈，但是你不要跟他聊那些公爵或公爵夫人的话题。即使聊起这些人，由于他现在的地位已经牢不可撼，所以他仍能让自己言笑晏晏，尤其是在和你单独相处的时候。一旦他“毒舌”起来，可谓妙趣横生。那些至尊人物的丑闻，几乎没有哪一桩他不曾知晓。我从他那里才知道谁是X公主已故儿子的生父，谁又是Y侯爵的情妇。我相信即使是马塞尔·普鲁斯特也未必比艾略特·谭普顿更了解贵族社会的内情。

我在巴黎时经常和他一起吃午饭。有时候在他的寓所，有时去某家餐馆。我喜欢逛古董店，偶尔也买点东西，但多数时候只是看看。艾略特每次都心驰神往地陪我一道。他不仅了解这些美丽器物，而且对它们有一种真爱。我认为他熟悉巴黎的每家古董店，而且跟店主的关系都很熟络。他喜爱跟人讲价。我们每次出发前他都会对我说：

“如果你想要什么，别自己跑去买。给我一个暗示，剩下的事情交给我来办。”

当他帮我用半价拿到我喜爱的东西时，会觉得很开心。看他跟人砍价是一种享受。他会跟人争辩，劝诱对方，发脾气；他会利用卖家的善心，挖苦他，指出物件的瑕疵，威胁说以后再也不登他家门槛，还会叹气，耸肩膀，责备他，怒气冲冲皱着眉头转身就要出门。等他最后拿到自己的要价时，又愁眉苦脸地直摇头，好像迫不得已，只能认输。然后他就用英语低声对我说：

“拿下吧。这价钱就算翻一倍都够便宜的了。”

艾略特是虔诚的天主教徒。他刚到巴黎没多久就遇见了一位修院神甫。这位神甫因为能够成功说服各色异教徒和异端人士改邪归正而闻名。他经常外出参加宴席，并以机智著称。他的眷顾对象只限于富人和贵族。无怪乎艾略特会被他吸引。这个人尽管出身卑微，在那些至尊奢华的宅邸里却是深受欢迎的客人。在神甫帮助皈依的成员里，有一位美国的名媛。艾略特向她坦承，尽管自己的家庭成员从来都属于圣公会教徒，但他对天主教会一直很感兴趣。于是她某一天邀请艾略特去参加晚宴，和神甫见见面，就他们三个。当神甫妙语连珠之际，女主人把话题绕到了天主教方面。尽管神甫是位神职人员，但作为饱经世故之人，他在对另一位饱经世故者说话时，虽然会带些逢迎的意味，却并不迂腐。让艾略特很受用的是，他发现神甫对自己的情况无所不知。

“德旺多姆公爵夫人那天还跟我说起你来着。她告诉我说，她觉得你是非常机敏的人物啊。”

艾略特开心得脸上泛起红晕。他曾经被人引荐给公爵夫人殿下，却从未料想到她还惦记着他。神甫在谈到信仰时满怀智慧与仁慈。他心胸开阔，观念新潮，又有包容之心。他让艾略特觉得教会就像是一家精英俱乐部，是教养良好的男子必须要让自己归属的地方。六个月以后他入教了。他的皈依，再加上他为教会慈善事业捐献时显现出的慷慨，为他打开了先前曾经紧闭在面前的几扇大门。

可能他在放弃自己数代先祖的信仰时，动机比较复杂，但他这样做无疑也是出于供奉之心。他每周日都要到达官贵人们常去的教堂望弥撒，他经常去告解，时不时还去罗马教廷瞻拜。经过一段时日，他的虔诚获得了回报。他成了一名教宗内侍[①]。他在履行教会职责时的勤勉努力，我想后来应该是获得了圣墓骑士修道会[②]的回馈吧。他作为天主教徒的事业成就，其实丝毫不逊于他的世俗营生。

我经常问自己，这位如此机敏、如此温和、如此有教养的人，他那种无法摆脱的势利念头究竟是从何而来？他绝不是什么暴发户。他父亲曾经担任美国南部一所大学的校长，祖父是一位尊贵的枢机主教。艾略特是极聪明的人，他不可能看不到，许多接受他宴会邀请的人只是想不花钱吃顿饭。其中有些是蠢货，有些则是废物。他们显赫头衔的魅力让艾略特对这些人的毛病视而不见。我只能猜想，跟这些家族世系悠久的绅士保持着亲密友好的关系，成为那些贵妇的仆从，给艾略特带来了一种从不厌倦的胜利感。我想在这一切背后，还有一种热情洋溢的浪漫主义精神，让他从那位细瘦伶仃的小个子法国公爵身上看到曾经随扈圣路易前往圣地的十字军骑士，而在那位说话咄咄逼人、爱好猎狐

① 教宗内侍（papal chamberlain）是 1968 年之前罗马教廷颁发的头衔，颁发对象既有高级神职人员，也有平信徒。后者通常是意大利名望较高的贵族成员。

② 圣墓骑士修道会（The Order of the Holy Sepulchre），又称耶路撒冷圣墓骑士修道会或圣墓骑士团。

的英国伯爵身上看到他那位陪同亨利八世前往金缕地[①]的祖先。陪伴在这些人的左右，让他感觉自己生活在广袤无际、骑士之风盛行的古代。我想，每当他翻开《哥达年鉴》[②]的书页，根据里面一个个名字而回忆起那些远古战争、载入史册的围城之役、著名决斗事件、外交阴谋以及国王们的情事时，或许会怦然心动，热情澎湃。然而这就是艾略特·谭普顿。

① 1520年，英国国王亨利八世与法国国王弗朗索瓦一世会面。由于两位国王及其随从的衣饰多为金色，所以他们会晤地点被称为“金缕地”（the Field of the Cloth of Gold），一译“金衣之地”。

②《哥达年鉴》（*Almanach de Gotha*）是1763—1944年期间逐年出版的欧洲王室和贵族资讯，被誉为欧洲贵族“圣经”，在1998年恢复出版。

5

我正在盥洗梳理，准备出门赴约参加艾略特的午宴时，有人从前台打来电话，说他已经在楼下。我感到有些诧异，但收拾完毕后就赶快下楼去了。

“我想我过来接你的话会更保险，”他一边跟我握手，一边说道，“我不知道你对芝加哥熟不熟悉。”

他这种感觉，我以前从某些常年居住海外的美国人身上也曾察觉到。他们认为美国是比较麻烦甚至危险的地方，让欧洲人自己单独找路，会有些不放心。

“时间还早。我们要不走一段路吧。”他建议道。

空气里有一丝寒意，但抬头看万里无云，出门活动一下筋骨会很舒适。

“我想在你见到我姐姐之前，最好还是跟你介绍一下情况，”艾略特和我一边走着路，一边说着话，“她每年要去一两次巴黎，跟我住一段时间。不过我想那段时间你都不在。今天聚会规模不大，你知道的。只有我姐姐和她女儿伊莎贝尔，还有格里高利·勃拉巴松。”

“那位室内装修师吗？”我问道。

“对。我姐姐家的宅子太难看了。伊莎贝尔和我想让她重新翻修一下。碰巧我听说格里高利在芝加哥，所以我让她今天午餐时间向他问一问情况。当然，他还不太算是绅士，不过他蛮有品位。他给玛丽·奥利芬设计装饰过莱尼城堡，给圣厄尔斯教区装饰过圣克莱门特·塔尔博教堂。公爵夫人对他很满意。你可以亲自看看路易莎的房子。我简直不明白她怎么能在这种地方住这么些年。我同样不明白的是，她怎么能在芝加哥这种地方住下去。”

原来布莱德利夫人是三个孩子的寡母，有两儿一女。不过儿子们年龄已经比较大，而且都已结婚成家了。一位在菲律宾谋了份政府差事，另一位则去了外交部门，因为他父亲曾经被派驻布宜诺斯艾利斯。布莱德利夫人的丈夫在世界各地担任过职务，先是美国驻意大利使馆的一秘，任职多年后又提升为公使，被派驻到南美洲西海岸的某个国家，最后死在任上。

“他过世的时候，我想让路易莎把芝加哥的房子卖掉。”艾略特继续说道，“可是她却对它恋恋不舍。这房子多年来一直是布莱德利家的产业。布莱德利是伊利诺伊州历史最悠久的几个望族之一。1839 年他们从弗吉尼亚过来，买下了距离现在芝加哥市六十英里远的一块地。现在这块土地还是属于他们的。”艾略特犹豫了一小会儿，看看我究竟是什么反应。“在这里定居的布莱德利家族，我估计你会称他们为农民。我不太确定你是否知道，在上世纪中期，美国中西部开发以来，有许多弗吉尼亚人，望族家庭里年纪较小的孩子，这你都知道，他们受这种未知前程的诱惑，离开了生养他们的故乡。我姐夫的父亲切斯特·布莱德利，他看到芝加哥有发展前途，就加入了本地的一家律师事务所。总之他最后赚足了钱，给儿子留下了相当丰厚的产业。”

艾略特的说话方式，比他叙述的内容本身更足以表明：这位已故的切斯特·布莱德利，所谓他抛弃自己要继承的阔邸豪宅和百亩良田，毅然投身于律师事务所的经历云云，可能并不是那么回事。事实上有可能是，他后来聚积的一笔财富，至少部分弥补了先前的遗憾。因为等到了布莱德利夫人家，她拿出几张快照给我看的时候，艾略特就显得有些不大高兴。照片上面就是艾略特所谓的乡下“地产”，而我看到的是一栋简朴的木结构房屋，旁边有一个漂亮的小花园。可是十步开外就有一个牲口棚、一座牛栏和几处猪圈，四周全是荒芜的平地。看照片时我忍不住想到，切斯特·布莱德利放弃这一切到城里打拼时，心里很清楚自己想要的是什么。

我俩聊到这里时，伸手叫停了一辆出租车。它把我们带到一幢棕色石材建造的房屋前面。顺着一长段狭窄高耸的陡峭台阶，就走到了它的正门。它位于一排房屋的中间位置，旁边是从湖滨大道方向延伸过来的一条街道。即使是在绚丽的秋色里，它的外观仍显得如此黯淡，以至于你会疑惑居然还有人对它恋恋不舍。开门的是一位高大壮硕、白头发的黑人管家，他带领我们走到起居室。我们进屋时，布莱德利夫人从椅子上起身欢迎，艾略特把我介绍给她。她年轻时肯定是位帅气的女子。因为她的五官比例虽然偏大，却颇为好看。她眼睛也挺漂亮。但是她那张蜡黄的脸，几乎像是刻意地不施脂粉，已经松弛垂挂。显然她跟中年发福的趋势进行一番较量过后，已经败下阵来。我估计她并不愿意服输，因为当她坐进一把直背靠椅的时候，身形极其端正。她那盔甲般的胸衣形成了一种残酷束缚，直背靠椅无疑比带软垫的椅子坐起来更舒服。她穿着一件蓝色长裙，裙边有许多穗带，衣服的高领是用鲸骨撑起来的。她有一头漂亮的白发，非常厚密的波浪卷，发饰配得很精巧。她的另一位客人还没来。我们在等他的时候，有一搭没一搭地闲聊着。

"艾略特告诉我说，你是从欧洲南边过来的，"布莱德利夫人说，"你在罗马停留过吗？"

"有的，我在那里待了一星期。"

"亲爱的玛格丽塔王后现在怎么样？"

她的问题让我有些诧异，我说我不知道。

"噢，你没去看看她呀。她是多好的一个人哪。我们在罗马的时候她对我们真好。布莱德利先生那时是使馆一秘。你怎么不去看看她呢？你不会是跟艾略特一样，人品太差所以去不了奎里纳雷宫[1]吧？"

"根本不是，"我笑了起来，"其实我并不认识她。"

"你不认识？"布莱德利夫人像是听错话了似的，"为什么不认识？"

---

① 奎里纳雷（Quirinal）是罗马的七座山丘之一，总统府所在地。

"跟您说句真话。按照常理，作家都不太会去逢迎国王和王后们。"

"但她真是个可爱的女人啊，"布莱德利夫人辩解道，好像我过于自命不凡，所以才不认识这位王室成员似的，"我肯定你会喜欢她的。"

这时候门打开了，管家把格里高利·勃拉巴松带进了屋里。

格里高利·勃拉巴松，虽然这名字听起来很有浪漫色彩，可是他本人却并非如此。他是个矮子，长得很胖，头顶秃得就像一枚鸡蛋，只有耳边和后脖子那里剩下一圈卷曲的黑发。一张红乎乎、光溜溜的脸，看上去似乎随时都有可能挥汗如雨。骨碌碌乱转的灰色眼睛，肉感的嘴唇，厚墩墩的双下巴。他是英国人，我在伦敦的波希米亚式聚会场合遇见过几次。他为人非常友善活泼，动不动就放声大笑。不过即使你不算是评判人物的专家，也能够发现，他这些闹哄哄的友好表现，只是一位异常精明的生意人的伪装。多年前他就已经是伦敦最成功的装修设计师了。他说话时声音浑厚响亮，两只小胖手也极具表现力。伴随着生动的手势，再加上一连串喷薄而出的词汇，他能够让客户自身的想象力在将信将疑之际被充分刺激起来，所以几乎没有办法不向他下订单，而他也好像勉为其难地表示愿意帮忙。

管家又进来了，端着一托盘的鸡尾酒。

"我们不等伊莎贝尔了。"布莱德利夫人一边拿酒一边说道。

"她在哪儿呢？"艾略特问道。

"她跟拉里打高尔夫去了。她说可能会晚到。"

艾略特向我转过身来。

“拉里就是劳伦斯·达瑞尔。伊莎贝尔准备跟他订婚的。”

“没想到你还喝鸡尾酒呢，艾略特。”我说道。

“我并不喝，”他表情严肃地回答道，一边拿起杯子抿了一口，“可是在这个禁酒的野蛮国度里你还想怎样？”[①]他叹了口气，“巴黎有些人家，他们也开始上这种酒了。恶劣的沟通交流败坏了优良礼仪。”

“纯粹是胡说八道，艾略特。”布莱德利夫人说道。

她说话时语气非常和蔼，不过说话时的果断意味却让我认识到她是颇有个性的女子。从她看艾略特时那种笑吟吟而又透着精明的眼神里，我怀疑她对他并不抱有任何奢望。我在想她到底怎样看待格里高利·勃拉巴松。我注意到这人进屋时疾速环顾四周的职业眼神。还有，他的两道浓眉不由自主地往上挑了挑。这个房间确实很令人称奇。墙上的壁纸、窗帘的印花布，还有带软垫的家具，全都是同一款纹样。墙上挂着金边厚框的油画，显然是布莱德利一家住在罗马时买的。还有拉斐尔画派的圣母像、圭多·雷尼画派的圣母像、祖卡雷利画派的风景画、帕尼尼画派的废墟风景画。屋子里有他们在北京短暂逗留时搜来的战利品：雕琢过于繁密的乌木桌，几只巨大的景泰蓝花瓶。再有他们从智利或秘鲁购来的物件：一些体态臃肿的人物硬石雕刻或陶质瓶罐。还有一张齐彭代尔的写字桌和金铜装嵌的玻

① 1920 年至 1933 年美国实施全国禁酒令，这一阶段被称为禁酒时期（Prohibition Era）。

璃柜。灯罩用的是白绸缎布，上面是某位冒失画家描绘的牧羊人和牧羊女，一个个都穿着华托画作里的精美服饰。确实难看，但不知道为什么，我却觉得很温馨。它有一种家常、安适的气氛，让你觉得那种不可思议的混搭模式也同样有意义。所有这些风格不协调的物品都有同一个归属，因为它们都是布莱德利夫人生命里的一部分。

我们刚喝完鸡尾酒，房门就被人呼地一下推开。一位姑娘走了进来，后面跟着个小伙子。

“我们晚了吗？”她问道，“我把拉里带回来了。有没有东西给他吃？”

“我想还有，”布莱德利夫人微微笑道，“揿一下铃，让尤金再添把椅子。”

“他刚给我们开的门。我已经告诉他了。”

“这是我女儿伊莎贝尔，”布莱德利夫人转身对我说，“这位是劳伦斯·达瑞尔。”

伊莎贝尔跟我草率地握了握手，就急不可待地转向格里高利·勃拉巴松。

“您就是勃拉巴松先生？我一直都盼望着见到您。我好喜欢您给克莱门汀·多尔默做的设计。这间屋子是不是太难看了？我已经劝了妈妈好些年，让她想一想办法。既然您现在就在芝加哥，这也是我们的机会。您老实告诉我您的看法吧。”

我知道这是勃拉巴松最不可能做到的事。他飞速地瞥了一眼布莱德利夫人，可是她不动声色的脸庞却让他一无所获。他判断伊莎贝尔说话应该管用，于是就在瞬间爆发出一阵欢快的笑声。

“我肯定这样住起来非常舒适来着，”他说道，“但你要是直截了当地问我，这个嘛，我确实觉得它很难看。”

伊莎贝尔是位高个子的姑娘。椭圆形的脸庞，鼻梁挺直，明眸丰唇。看来这都是家族的相貌特征。她模样标致，尽管略有些丰腴。我想等她年龄再大时，就会渐渐变得匀称。她的双手结实而漂亮，尽管也略微有点胖。她的双腿在短裙的衬托之下，同样也显胖。她皮肤很好，肤色较深。不用说，因为今天出去打球又开敞篷车回来，所以肤色变得更深了。她洋溢着生机活力。你能从她身上感受到那种活泼健康、调皮欢快、享受生活的幸福感。这些东西实在令人精神振奋。她是那么自然随意，以至于艾略特无论怎样优雅得体，在她面前都显得有些俗气。她充沛的精力，让形容苍白、满面皱纹的布莱德利夫人显得疲惫而衰老。

我们走下楼去吃午餐。格里高利·勃拉巴松看见餐厅内饰时，眼睛又眨了眨。餐厅墙上贴的是暗红色壁纸，和周围环境里的器物颜色相仿。墙上挂着几张表情严肃阴郁、画工拙劣的男女肖像画，是已故布莱德利先生的直系长辈。布莱德利本人的画像也挂在墙上。他胡须浓密，穿着双排扣的长礼服，浆洗过的白色衬衣领，整个人显得很僵直。壁炉上方悬挂着布莱德利夫人的画像，出自九十年代一位法国画家之手。画像中的她穿着淡蓝色缎面晚礼服正装，脖子上戴着珍珠项链，发际闪耀着一枚钻石的星光。她一只手佩戴着宝石戒指，正在轻抚一条蕾丝围巾。围巾画得很细致，几乎能看清每一处针脚。她另一只手里握着一柄鸵鸟毛的扇子。家具都是黑橡木的材质，让人感到气势凛然。

“您觉得怎么样？”等我们坐下来的时候，伊莎贝尔向格里高利·勃拉巴松问道。

“我肯定这花了不少钱。”他回答道。

“确实，”布莱德利夫人说道，“这是布莱德利先生的父亲送我们的结婚礼物。它跟着我们走遍世界各地。里斯本、北京、基多、罗马。亲爱的玛格丽塔王后对它们特别欣赏。”

“如果这些家具都是你的，你会怎么办？”伊莎贝尔问勃拉巴松。可是还没等他开口，艾略特就替他回答了。

“烧掉。”他说道。

他们三个人开始商量怎样布置这个房间。艾略特全力推荐路易十五时期风格的家具，而伊莎贝尔却想要一张折叠桌和几把意大利椅子。勃拉巴松则觉得齐彭代尔跟布莱德利夫人的个性更匹配。

“我始终觉得这一点很重要，”他说，“一个人的个性。”他转过身对艾略特说：“您肯定认识奥利芬公爵夫人吧？”

“玛丽吗？她是我最亲密的朋友之一。”

“她想让我帮她设计餐厅，而我一见面就跟她说要用乔治二世风格。”

“你想得太对了。我上次去她家赴宴时注意到了那个房间。品位绝佳。”

于是他们继续谈话。布莱德利夫人在一旁聆听，可是你猜不出她心里面在想什么。我没怎么说话，而伊莎贝尔带来的年轻小伙，拉里，我已经忘记他姓什么了，他彻底地一言不发。他坐在餐桌对面，勃拉巴松和艾略特的中央。我时不时地瞄他一眼。他看上去很年轻，个头跟艾略特相仿，差不多有六英尺，身材瘦削，四肢灵活。这小伙子看上去挺顺眼，长相既不算英俊也不算普通，倒是有些腼腆，完全不引人注目。我感兴趣的是，根据我所有的记忆，他从进门后总共没说五六句话，但看上去却非常自在，并且在用一种奇特的方式表明自己既参与了谈话，又不必开口。我注意到他的双手。这两只手很修长，但相比他的身高来说不算大，手形很漂亮，同时又显得很有力。我想若是有位画家，肯定会乐意把它们画下来。他骨骼轻巧，但外表却并不纤弱。相反，我应该说他精瘦结实。他的脸庞平静而凝重，皮肤是纯正黝黑的颜色，却不掺杂其他任何色调。他的五官虽然很匀称，却没有显眼之处。颧骨略显高耸，而太阳穴则有些凹陷。他头发是暗棕色，略带着波浪卷。因为眼窝深陷，他的眼睛比实际上显得更大。他的睫毛又密又长，眼眸的颜色很特别。它不是伊莎贝尔和她妈妈、舅舅都有的浓郁榛子色，而是乌光漆黑，以至于虹膜与瞳仁颜色浑然一体，形成了奇特的凝重感。他具有一种天然迷人的优雅，我能够理解为什么伊莎贝尔会对他如此倾心。她的目光不时在他身上停留片刻。我从她表情里不仅看到了爱，还有怜惜。当他们四目相接时，他眼神里有一种看起来很优美的温柔。没有什么比目睹年轻人的爱情更能触动人心了。我，此时作为一名中年人，可真是妒忌他们。不过这时让我无法想象的是，不知为何，我又替他们感到一丝难过。这种感觉很愚蠢。因为就我所知，没有什么可以阻碍他俩的幸福。两个人的境况看起来很顺，他们没有理由不结婚，并从此过着幸福快乐的生活。

伊莎贝尔、艾略特和格里高利·勃拉巴松继续谈论重新装修这间房屋的问题。他们试图让布莱德利夫人至少答应下来：必须得做些什么。可她只是表情和蔼地微笑着。

“你们可不能再怂恿我了。我得留点时间好好想想。”她转身问那位小伙子，“你怎么看这些事，拉里？”

他把在座各位都看了一遍，眼里浮出一丝笑意。

“我觉得不管怎样都无所谓。”他说道。

“你这个讨厌鬼，拉里，”伊莎贝尔嚷嚷道，“我还专门叮嘱你要支持我们的。”

“如果路易莎阿姨对她现有的东西挺满意，再去换它又何必呢？”

他可真是问到了点子上，而且还问得这么有理，所以我忍不住笑出声来。他随即看看我，也微笑起来。

“不许傻笑，说话这么蠢还有理由笑得出来。”伊莎贝尔说道。

可他笑得更厉害了。这时我注意到他的牙齿很细、很白、很齐整。他看伊莎贝尔时，眼神里有某种东西，让她瞬间脸色泛红，并且屏住了呼吸。如果我没猜错的话，她确实爱他爱得疯狂。可我不知道究竟有什么让我觉得，她的爱意里还有一种母亲般的感觉。这在如此年轻的姑娘身上有些罕见。她嘴角边微微浮现一丝笑意，把注意力再次转移到格里高利·勃拉巴松身上。

“千万别听他的。他傻得要命，根本就没受过教育。除了在天上飞，他什么东西都不知道。”

“在天上飞？”我问道。

“他在战争时期当过飞行员。”

“我还以为他那时很年轻，上不了战场呢。”

“那时是很年轻。岂止是很年轻。他差劲透了。退了学跑到加拿大，跟别人一通鬼扯，让他们以为他已经年满十八，然后就参加了空军。宣布停战的时候，他正在法国打仗。”

“你妈妈的客人们听你说这些会觉得很乏味的，伊莎贝尔。”拉里说道。

“我从小就认识他。他刚回国那会儿，穿上军装的样子真可爱。胸前还挂着好些漂亮的勋章。所以我天天坐在他家门口，可以这么说吧，直到他答应娶我，就是为了换来一点清静太平。跟别人抢着追他可真不容易。”

“确实是呢，伊莎贝尔。”她妈妈说道。

拉里向我这边侧过身来。

“我希望您别相信她说的任何话。伊莎贝尔其实不是坏姑娘，但她是个撒谎精。”

午餐结束后没多久，艾略特和我就离开了这里。我先前告诉过他，说我准备到博物馆去看画。他说他可以带我去。我不太喜欢跟别人一起看画展，但又不能说过会儿自己一个人去就行，于是我同意和他一道。我们在路上又说起伊莎贝尔和拉里。

“真是感人啊，看见两个年轻的小家伙如此相爱。”我说道。

“他俩要结婚的话还是太年轻了。”

“为什么？趁着年轻又相爱就赶快结婚吧，这多有意思。”

“开什么玩笑。她今年十九，他才二十岁。他还没有工作，只有一份微薄的收入。路易莎跟我说是一年三千美金。不管怎么说路易莎也不算富有。她所有的钱都有用途。”

“那，他可以找份工作啊。”

“问题就在这里。他不想找。他好像很满意这种无所事事的状态。”

“我敢说他在战争中有段时间肯定很难熬。他可能想歇一歇。”

“他已经歇了一整年。时间够长了吧。”

“我觉得他看起来是那种挺不错的小伙子。”

“噢，我完全不是针对他本人。他的出身还有别的什么都很好。他父母曾经都在。父亲来自巴尔的摩，是耶鲁或某个类似学校的罗曼语助理教授。他母亲是费城人，某个古老的贵格会家族成员。”

“你说‘曾经都在’，是指他们都死了吗？”

“是的，他母亲生下他就死了，他父亲在十二年前去世。把他抚养成人的，是他父亲上大学时的老朋友。那位先生住在马尔文镇，是个医生。所以路易莎和伊莎贝尔才会认识他。”

“马尔文在哪里？”

“那是布莱德利家的祖产所在地。路易莎夏天去那里度假。

她觉得那孩子挺可怜。尼尔森医生是单身汉，他不知道对于抚养男孩子来说什么事最重要。还是路易莎坚持说应该送他去圣保罗学校。她到圣诞假期时，还经常带他来芝加哥这边度假。”艾略特好像高卢人似的耸了耸肩，“我早该料想到她会遇见这种不可避免的结局。”

这时我们已经走到博物馆，注意力也就转移到了画作上面。艾略特的知识与品位再次给我留下了深刻印象。他引领我走过一间间的展厅，仿佛我就是一大群游客。估计没有哪位艺术专业教授要比他更加诲人不倦的了。我决定等自己能够随意闲逛时再来好好看一次，所以就乖乖跟随着他。过了些时候，他看了看手表。

“我们走吧，”他说道，“我在画廊看画的时间从不超过一小时。这是一个人保持欣赏能力的极限。我们另找一天时间来看完它。”

分别时，我向他深表感谢。在走回去的路上，我感觉整个人或许变得更聪明了些，但脾气肯定已经有些乖张。

此前我向布莱德利夫人道别时，她告诉我说伊莎贝尔隔天要找些年轻朋友来赴宴，然后举办一场舞会。如果我愿意参加，等这些年轻人走后，艾略特可以和我谈谈。

“你这样做等于是在帮他，”她补充道，“他在国外的时间太久，回来后感觉有些无所适从。他似乎找不到谁能跟自己有共同点。”

我当即答应了下来。艾略特在博物馆台阶旁和我分手时说，他很高兴我答应赴约。

“我在这巨大的城市里就像是个游魂，”他说道，“我答应过路易莎说要和她一起待六周。我们从 1912 年以后就没再见过面。可现在我却成天算日期，想着什么时候能回巴黎。那是一个文明人在世界上唯一能待的地方。亲爱的老兄，你知道这里的人都怎么看我吗？他们把我当成一个怪胎。这帮野人。”

我哈哈大笑，然后转身离去。

6

第二天晚上，艾略特打电话说要来接我，被我婉言谢绝了。后来我自己安全抵达布莱德利夫人家。由于先前有人要来看我，所以我又耽搁了一点时间，到得稍微有些晚。我从楼梯往上走的时候，听到起居室里传来很喧闹的声音。我估计参加这场派对的人数肯定不会少。等我进屋后才惊奇地发现，包括我在内，也只有十二个人。布莱德利夫人穿着绿色的绸缎衣服，脖颈围着一条米粒珍珠项圈，妆容华贵。艾略特穿着裁剪得体的无尾晚礼服，展现出独有的典雅。他跟我握手时，各种阿拉伯香水的味道差点儿熏透了我的鼻孔。我被介绍给一位身材敦实的红脸高个男子，他穿上晚装后显得有些不太自在。这人就是尼尔森医生，不过我当时完全没有明白过来。其他参加派对的都是伊莎贝尔的朋友，不过我听完他们名字后也就忘了。姑娘们都年轻漂亮，小伙儿们年轻挺拔。所有人都没给我留下什么印象，除了一位男孩子。但那也只是因为他个子太高，块头太大。他肯定有六英尺三，或六英尺四，肩膀非常宽阔。伊莎贝尔打扮得很漂亮。她穿着白色丝裙，裙摆又长又累赘，这样可以遮住她的两条小胖腿。上装的剪裁衬托出她发育良好的胸部。她裸露的双臂显得有些胖，但脖颈却很可爱。她兴致勃勃，漂亮的眼睛里神采奕奕。毫无疑问，她是一位很漂亮很讨人喜欢的年轻女子。但显而易见的是，只要她稍不留意就会发福，变成难看的体形。

晚宴时我发现自己正好坐在布莱德利夫人和一位害羞沉闷的女孩子中间。那姑娘似乎比其他人年纪还小。我们坐下来以后，布莱德利夫人为了活跃气氛，就向我解释道：这姑娘的祖父母住在马尔文，她和伊莎贝尔一起上过学。她的名字，我唯一听清楚的名字，是苏菲。

餐桌上人们不断地打趣逗乐，每个人都扯着嗓子说话，时不时爆发出一阵欢笑声。他们似乎彼此都很熟悉。我跟女主人无话可聊的时候，就试图跟身边那位姑娘说话，可是并不成功。她比其他人都更加安静。她并不漂亮，但有一张令人愉悦的脸庞。鼻子微微有些上翘，嘴巴挺大，蓝绿色眼睛。她梳了个朴素的发型，头发是一种沙褐色。她很瘦，胸口平得像是个小男孩。别人说话开玩笑，她就在旁边笑着，但表情似乎有些勉强，让你觉得她并不像她假装的那样开心。我猜她是在尽量讨人喜欢。我无法判断她究竟是有点笨，或只是胆怯得要命。我尝试了各种话题，却都无法继续聊下去。我没话找话，问她来赴宴的都有哪些人。

“这个，您知道尼尔森医生的，”她说道，指了指布莱德利夫人另一侧正对着我的那位中年人，“他是拉里的监护人。我们马尔文镇的医生。他很聪明。他发明了一些飞机上的装置，可是没人能用得上。他闲下来的时候，总是爱喝一杯。”

她在说这些话的时候，淡色眼眸里闪过一道亮光。这让我怀疑她颇有些内涵，而不是我刚开始以为的那样。她接着告诉我一个又一个年轻人的名字，他们父母是谁和谁。如果是男生，她还会告诉我说他们都上过什么大学，做过什么工作。这些话听起来都没有太多启发。

“她很温柔”，或是“他高尔夫打得非常好”。

“那个眉毛很浓的大块头是谁？”

“那一位？噢，那是格雷·马图林。他父亲在马尔文河边有座大宅子。他是我们那地方的百万富翁。我们都替他感到无比光荣。他提升了我们的整体档次。马图林、霍布斯、雷纳和史密斯。他是芝加哥最有钱的人。格雷是他的独生子。”

她在列举这些人名时带着一种极其愉悦的反讽语气，所以我好奇地看了她一眼。她感觉到了，立刻脸红起来。

“跟我再说说马图林先生吧。”

“没什么可说的了。他很有钱，非常受尊重。他在马尔文给我们盖了座新教堂，还给芝加哥大学捐献了一百万美元。”

“他儿子长相不错。”

“他是个好人。你完全想象不到他祖父是棚户区出来的爱尔兰人，祖母是曾经当过饭馆女招待的瑞典人。”

格雷·马图林的长相与其说是英俊，倒不如说非常醒目。他五官粗犷，像是未完成的作品。短而钝的鼻子，肉感的嘴唇，爱尔兰人的红润肤色；浓密鸦黑的头发，光滑油亮；两道浓眉之下，是一双清澈而湛蓝的眼睛。尽管如此魁梧高大，他的体形却极为匀称。如果脱下衣物，肯定是一副优美的男性身材。他显然很强壮，他的雄性气概极其鲜明。坐在他旁边的拉里虽然只比他矮三到四英寸，却被他衬托得有些孱弱。

“他特别招人喜欢，”我这位羞涩的邻座说道，“我知道有好几个女孩为了追他，差不多快要动手杀掉对方了。不过她们根本没机会的。”

“为什么没机会？”

“您什么都不知道，对不对？”

“我怎么可能知道？”

“他那么爱伊莎贝尔，所以注意不到别人，而伊莎贝尔爱的是拉里。”

“有什么办法能够阻止他动手让拉里出局吗？”

“拉里是他最好的朋友。”

“我估计这么一来事情就复杂了。”

“对于格雷这种讲原则的人来说肯定是。”

我并不确定她是在正经八百地说这番话，还是有些语带嘲讽。她的态度里显不出任何鲁莽、惹是生非或轻佻的意味。我对她的印象是，她既不缺少幽默感，也不乏精明。我猜想，她跟我谈话时的真实想法是什么。但我心里也知道自己肯定找不到答案。她显然对自己并没有信心，我估计她应该是个独生女，一直跟比自己年长许多的人过着与世隔绝的生活。她带有一种谦逊感，一种不事张扬的气质，让我觉得挺有魅力。但是，如果我没猜错的话，她以往的生活环境肯定过于孤独，所以我估计她一直在安静地观察着共同生活的长者，并且对他们形成了固定看法。我们这些处于成熟年龄阶段的人，很少会怀疑那些极其年轻的人会带着怎样一种冷峻无情却颇具洞察力的眼光来看待我们。我再次凝视着她那双蓝绿色的眼睛。

“你多大了？”我问道。

“十七。”

“你读的书挺多是吧？”我随口问道。

可是还没等她来得及回答，恪守主人职责的布莱德利夫人就对我说了句话，把我的注意力引向了她本人。我刚从这番谈话中脱身，晚宴已经临近结束。年轻人立刻起身前往他们要去的地方。我们四个人留了下来，去了楼上的起居室。

我很诧异自己怎么会被邀请来参加这次派对。因为他们漫无边际地闲聊几句过后，立刻就转向我认为他们应该更愿意私下谈论的话题。我无法判断自己究竟是起身离开更合乎礼仪，还是应该作为一名无关利害的听众，留下来派些用场。他们的谈论话题，是拉里不愿意工作这种古怪想法。说起这件事，是因为宴会上那位高个小伙子的父亲马图林先生提议，可以让拉里去他的事务所。这是个绝佳的机会。拉里有能力，人又勤快，到一定时候就能挣不少钱。年轻的格雷·马图林迫切希望他接受这份工作。

我不记得那次谈话的全部内容，但它的精髓部分还清晰留存在我的记忆里。拉里从法国参战回来以后，监护人尼尔森医生就提议他去上大学，但被他拒绝了。他暂时什么都不想做，这也很自然。他经历过艰难岁月，而且受过两次伤，尽管伤情并不严重。尼尔森医生认为，他仍然还留有战争创伤。如果让他歇息歇息，直到彻底痊愈，似乎是个好办法。然而，一周又一周过去，一个月接一个月过去，现在距离他退役那会儿已经有一年多的时间了。估计他在空军的表现很好，回国后多少算是芝加哥名人，所以就有好几位生意人前来招揽他入职。他对他们表示感谢，却逐一谢绝。他没有说明任何理由，只是说自己还没考虑好要做什么。他和伊莎贝尔订了婚。布莱德利夫人不觉得有什么奇怪，因为这两个人好些年来都是难分难舍，她知道伊莎贝尔爱恋着他。她喜欢他，认为他会让伊莎贝尔幸福。

“她性格比他更要强。她恰好能弥补他的不足之处。”

尽管两个人都很年轻，但布莱德利夫人仍然很愿意让他们尽快结婚。不过她准备等拉里开始工作后才允许他们成家。他自己有一小笔钱，但即使他的钱比现在再多十倍，她还是会坚持让他找工作。根据我听到的所有情况，她和艾略特希望从尼尔森医生那里了解到拉里的安排打算。他们想让尼尔森利用他的影响力，去劝说拉里接受马图林先生答应给他的工作。

“你们知道我对拉里从来都没什么权威的，”他说，“他还是个孩子的时候就已经自行其是了。”

“我知道。你随他自己野生野长。他能长成现在这样子也真是奇迹。”

尼尔森医生已经喝了不少酒，他很不高兴地看了她一眼。他那张红扑扑的脸变得更红了。

“我很忙。我要照料我自己的事情。我收养他是因为他没别的地方可去，而且他父亲是我朋友。他可不是那么好相处。”

“我不明白您怎么能这样说话，”布莱德利夫人的回答比较尖刻，“他的脾气性格非常温和。”

“那你还能怎么办？这个孩子是从来不跟你争辩，可他只做自己喜欢的事情。你对他生气，他只有一句对不起，然后看着你大发雷霆。如果是我自己儿子，我可能就要揍他了。可他就是这么个孩子，举目无亲，他父亲觉得我会好好对待他，才把他托付给我，我总归不能揍他吧。”

“什么都不是，”艾略特有些气哼哼地说道，“现在情况就是这样的：他磨蹭晃荡的时间也不短了。他已经有一个很好的入职机会，能够靠它挣很多钱。如果他想娶伊莎贝尔就必须接受这份工作。”

“他必须看清楚现在的社会状况，”布莱德利夫人插嘴道，“男人必须工作。他现在绝对身强体壮。我们都知道，当年内战结束时，有些男人退伍回家后一样事情都不肯做。他们是家庭的负担，对社会群体毫无用处。”

我紧跟着问了一句。

“不过他是以什么理由来拒绝别人给他的各种工作承诺呢？”

“没有理由。只是说这些工作对他来说没意思。”

“可他就不想做点什么吗？”

“显然是不想。”

尼尔森医生自己又倒了一杯冰镇威士忌苏打。他猛喝了一大口，然后看着自己的两位朋友。

“要不要我跟你们说说我的印象？我敢说，尽管我并不是什么了不起的人性评判者，但我想至少在这三十来年的实践中，多少还是了解到一些东西。战争对拉里造成了某种影响。他回来时跟走的时候完全不是同一个人。并不只是因为他年纪大了。先前发生的某些事情改变了他的性格。”

“是什么样的事情呢？”我问道。

“我不知道。他闭口不谈自己的战争经历。”尼尔森医生转过身看着布莱德利夫人。“他也从来没跟你们谈过吧，路易莎？”

她摇了摇头。

“没有。他刚回来时，我们打算让他跟我们说说自己的冒险经历，可他只是像平常那样笑笑，说没什么好谈的。他连伊莎贝尔都没告诉过。她左问右打听，可仍然问不出什么结果来。”

谈话就以这种不甚理想的方式继续进行着。这时尼尔森先生看了看表，说他必须得走了。我打算跟他一起离开，可艾略特非要让我留下。等尼尔森走了以后，布莱德利夫人说刚才拿他们自家的私事来烦扰我，实在很抱歉。她还表示担心说，我是不是已经听烦了。

“不过您也看到了，这件事真让我放心不下。”最后她这样说道。

“毛姆先生为人非常慎重，路易莎；你不用害怕，把事情都告诉他吧。我不觉得鲍伯·尼尔森和拉里有多亲近。但是有些事情，路易莎跟我都觉得最好别跟他提。”

“艾略特。”

“你已经告诉他那么多事情了，所以最好把剩下的也告诉他。我不知道你在宴会上有没有注意到格雷·马图林？”

“他那么大块头，很难注意不到他。”

“他是伊莎贝尔的密友。拉里不在家的那段时间，他对她一直很关照。她喜欢他。如果战争持续的时间再长一些，恐怕她很可能也就嫁给他了。他向她求过婚。她没有答应也没拒绝。路易莎猜她是想等拉里回国后再做决定。”

“他怎么就没去打仗呢？”我问道。

“他踢足球时心肌受损。情况不严重。但是部队不想接收他。再说拉里回国后他也没机会了。伊莎贝尔很干脆地拒绝了他。”

我不知道他们指望我说些什么，所以就一言不发。艾略特继续往下说。凭着他的卓然风采和牛津口音，恐怕没有谁比他更像外交部门的高层官员了。

“当然拉里是非常好的男孩子，他跑去参加空军简直是瞎胡闹。不过我评价人的眼光可真准……”他会心一笑，接下来说的内容，是我头一次听他亲口提到自己怎样靠艺术品交易而致富的事实，“否则的话，此时此刻我也不会有这么一笔数目像样的金边证券[1]了。我的看法是拉里永远也成不了大气候。他拿不出

---

① 金边证券（gilt-edged securities），是以政府或信誉良好的公司名义发行的优质债券，属于稳健型投资类型。最早的债券凭证镶有金边，故而得名。

钱，也没有社会地位。格雷·马图林却是完全不同的选择。他拥有古老而优秀的爱尔兰姓氏。他们家族里出过一位主教，一位剧作家，还有好几位杰出的军人与学者。”

“你怎么什么都知道？”我问道。

“这是一个人应该知道的事，”他随口答道，“其实我是碰巧有一天在俱乐部浏览了几页《美国传记辞典》，然后翻到了这个名字。”

我想我没必要重复一遍晚餐时邻桌女孩对我说的那些话：格雷的祖父和祖母，是来自棚户区的爱尔兰男子和瑞典女招待。艾略特还在继续说着。

“我们已经认识亨利·马图林好些年了。他是个相当好的人，还相当富有。格雷马上就要进入芝加哥最好的证券交易所。世界就在他的脚下。他想要娶伊莎贝尔，而我们无法否认，从她的个人角度来看，这将是绝佳的婚配。我本人表示全力支持，我知道路易莎也是支持的。”

“你离开美国太久啦，艾略特，”布莱德利夫人带着一丝苦笑说道，“你忘了，这个国家的女孩子不会因为自己的母亲或舅舅赞成嫁给谁就去嫁给谁的。”

“这一点都不光彩，路易莎，”艾略特很严厉地说道，“以我三十年的经验来看，我可以告诉你，婚姻安排上如果能够妥善考虑到职位、财产和家族背景，它从各方面都胜过为爱而结合。假如在法国，毕竟那是世界上唯一的文明国家，伊莎贝尔想都不想就会嫁给格雷；然后，等过上一两年，如果她愿意的话，可以让拉里做她的情人。格雷可以在某个豪华公寓里包养一位名伶。每个人都会过得极其幸福。”

布莱德利夫人可不是傻瓜。她狡黠地笑吟吟地看着她弟弟。

“艾略特，我有一个反对意见。纽约剧团每年来这里巡演的次数有限，格雷也不能指望他那些女房客在豪华公寓里安安稳稳地多待一阵子。这对各方来说，心里面肯定都很不踏实。”

艾略特笑了。

“格雷可以在纽约证券交易所买个交易席位。不管怎么说，如果你们非要留在美国，我看不出还有哪里比纽约更适合定居了。”

听完这番对话后没多久，我就离开了。可是，让我很不理解的是，在我临行出发前，艾略特又问我能否和他共进午餐，并见一见马图林父子。

“亨利是那种最优秀的美国商人，”他说道，“我想你应该认识他。他已经帮我们打理投资好些年了。”

我并不是特别想接受这种邀请，但也没有拒绝的理由，于是就答应说我愿意参加。

7

我在芝加哥逗留的这几天，别人给我安排了一间会所。这地方有一个很好的图书室。第二天早晨我去那里找一两本大学出版的杂志。这种杂志如果不订阅的话是比较不容易看到的。时间还早，那地方只有一个人。他坐在宽大的皮椅上，全神贯注地读着一本书。我惊异地发现这人是拉里。我怎么也没料想到会在这地方遇见他。我经过时他抬头看了一眼，立刻认出我来了。他似乎要站起身来。

“不用起来，”我说道，然后几乎是不由自主地问了句，“你看的是什么？”

“一本书。”他笑了笑说道。他的微笑如此动人，所以即使他回答得这么生硬，也完全不让人反感。

他阖上书，用他格外乌黑的眼睛看着我。他把书拿在手里，这样我就看不见书名了。

“你昨天晚上玩得开心吗？”我问道。

“很好。五点钟才到家。”

“你一大早就来这里，真是够辛苦的。”

“我经常来这里。在这个时间，这地方通常只有我自己一个人。”

“我不打扰你了。”

“你没有打扰我啊。”他说道，又笑了笑。这时我意识到他的笑容是那样温柔。这不是灿烂而闪耀的微笑。它是一种内在光芒映亮脸庞的微笑。他坐在书架凸伸出来形成的壁凹里，旁边还有一把椅子。他把手搭在椅子扶柄上。“你要不要坐两分钟？”

“好啊。”

他把手里拿的书递给我。“这是我刚才读的书。”

我看了看，发现是威廉·詹姆斯的《心理学原理》。当然，这是一部典范之作，在心理学史上的地位很重要。不仅如此，它的可读性还很强。但我不曾料想到，这类书会出现在一位相当年轻的男子手里。一名飞行员，刚刚跳舞跳到凌晨五点。

“你为什么要读这本书呢？”我问他。

“因为我很无知。”

“可你还很年轻啊。”我笑了。

他一言不发。过了好一会儿，我觉得这种沉默已经有些让人难堪，差点想起身去找我先前准备看的杂志。但是我又感觉到，他想再说些什么。他凝望着虚空，表情严肃而专注，似乎是在沉思冥想。我等待着。我很好奇，想知道他究竟要说什么。当他开口说话时，好像在继续刚才的谈话，根本没有意识到中间已经沉默了这么久。

“我从法国回来时，他们都想让我去上大学。我做不到。经历过那些事情以后，我觉得自己不能再回去上学了。我在读预科的时候毕竟什么都没学。我觉得自己根本无法开始大学一年级的生活。他们不会喜欢我这样的人。我也不想扮演自己无意充当的角色。我不认为老师们会把我想知道的那一类东西教给我。”

“当然了，我知道这不关我什么事，”我回答道，“可是我无法确信你就是对的。我想我明白你的意思。我也能理解，在战场上待过两年，再到上大学前两年成为校园里那种载誉归来的男生，是比较烦人的事情。我不信他们会不喜欢你。我对美国大学不太了解，但我不觉得美国本科生会跟英国有多大差异。或许他们更吵闹一点，或许更喜欢来点恶作剧，但总体还是非常得体、讲道理的男生。我相信，如果你不想跟他们采取同样的生活方式，只要用些小计策，他们会非常乐意让你按照自己的方式生活。我从来没有像我那几位兄弟一样去读剑桥。我有机会去，但是拒绝了。当时我想看看世界。我对这件事情一直很后悔。我想这原本可以让我避免很多失误。在有经验的教师指导下，学习起来会更快。如果没有人引导，你会在大大小小的死胡同里浪费许多时间。”

“或许你是对的。我不介意是否会犯错误。或许就在某个死胡同里，我能够找到自己意图寻找的东西呢。”

“你的意图是什么？”

他犹豫了一会儿。

“只是有这么一个。我现在还不太清楚。”

我不说话了，因为似乎没有什么话可以回答这个问题。我本人在年纪很小时就一直拥有清楚明确的目标，所以在这种情况下就觉得颇不耐烦。但是我也暗自责备自己。我有一种只能称为直觉的想法：这个年轻人的灵魂里存在着某种困惑挣扎，可能是缘于尚未思考成熟的观念，或是模糊意识到的情感，我也说不清楚。这种东西让他充满不安，并且催促他前往自己无从知晓的领域。他以一种奇特的方式唤起了我的同情心。此前我从未听他讲过这许多话，只有在此时此刻，我才意识到他说话声音是如此悦耳动听。它非常富有感召力。就像是镇痛的香膏。当我想到这一点，想起他那动人的微笑，还有漆黑眼睛里的丰富神情，就明白伊莎贝尔为什么会爱上他了。他周身确实存在着某种异常可爱的东西。他转过头来，毫不窘迫地看着我，眼神里却同时传递出审视和暗自发笑的感觉。

"看看我猜得对不对：昨晚我们都去跳舞时，你们在谈论我。"

"部分时间是。"

"我想这也是鲍伯叔叔被逼无奈参加晚宴的原因。他讨厌出门。"

"好像你得到了一个很好的工作机会。"

"极好的工作。"

"你准备接受吗？"

"我不打算这样做。"

"为什么不呢？"

"我不想做。"

我正在掺和一件跟自己毫不相关的事情，但我想到，正因为我是来自国外的陌生人，所以拉里跟我谈起这件事来才无须回避。

“好吧，你知道人要是什么事情都做不来，就可以当作家了。”我呵呵笑道。

“我没有才华。”

“那你想做什么？”

他向我展现出璀璨而迷人的微笑。

“游荡。”他说道。

我不禁笑出声来。

“我实在不觉得芝加哥是世界上最适合做这件事的地方，”我说，“我不能再打扰你看书了。我想去找一找《耶鲁季刊》。”

我起身去找杂志。等我离开图书室的时候，拉里仍在专心阅读威廉·詹姆斯。我一个人在会所里吃了午饭。因为图书室比较安静，我又回那里抽了根雪茄，出去闲逛一两个小时，读读书，又写了几封信。让我吃惊的是，我看到拉里仍然还在埋头读书。好像自从我离开以后他就没挪过地方。我在四点钟走出图书室时，他还在那里。他这种明显的专注力，让我深受触动。他既没注意到我走，也没有注意到我来。这天下午我有好几件事情要做。直到我准备换衣服参加晚宴派对时，才回到黑石酒店。我在半路上产生了一种强烈的好奇冲动。我再次拐进会所，并走到图书室。那里面现在已经有好些人了，他们在看报纸和别的东西。拉里仍然坐在同一把椅子上，专心阅读着同一本书。古怪人啊！

8

第二天艾略特邀请我去帕尔玛饭店和马图林父子见面吃个午饭。只有我们四个人。亨利·马图林是个大块头，跟他儿子身形相仿，肉乎乎的红脸蛋，下巴很肥硕。他的鼻子也是同样夸张突兀，但眼睛却比儿子的更小些，颜色没有那么蓝，显得非常、非常精明。尽管他最多也就刚过五十，但看上去显得要老十岁。他头发脱落得挺厉害，已经是一片雪白。这个人乍看起来并不出众，似乎多年以来一直过于养尊处优，但我得到的印象是，这粗野、精明、能干的男子，他在任何与生意有关的事情上都会毫不留情。刚开始他几乎没怎么说话，我想他正在上下打量我。我不可能察觉不到，他是把艾略特当成个笑话在看。格雷的态度很温和，彬彬有礼，几乎一言不发。如果不是因为艾略特，如果不是他通过完美的社交技巧让整场谈话行云流水般展开的话，这次聚会肯定很别扭。我猜想他以前肯定有不少跟中西部商人打交道的经验，必须要连哄带劝，他们才肯花天价买下一幅大师旧作。现在马图林先生开始感到自在些了。他讲的话有那么一两句，表明他实质上比他外表显示出来得更聪明，而且确实还有一种不动声色的幽默感。过不多久，话题就转到了股票证券。我发现艾略特在这方面的知识非常丰富。如果不是因为我很早就觉察到，艾略特虽然爱胡说八道，但别人休想骗到他的话，我肯定会很吃惊。这时候马图林先生说话了：

“我今天早晨收到了格雷的朋友拉里·达瑞尔的一封信。”

“你可没告诉我，爸爸。”格雷说道。

马图林先生侧过身来看着我。

“你认识拉里的，对不对？”我点点头。“格雷劝我说，让他进我的公司。他们是好朋友。格雷觉得他就是一切。”

“他怎么说的，爸爸？”

“他向我表示感谢。他说他意识到，这对于一名年轻人来说是绝好的机遇，但是他经过反复认真的思考，最后断定自己恐怕会让我失望，所以只能敬谢不敏。”

“他可真是愚蠢。”艾略特说道。

“是这样。”马图林先生说道。

“我真的很难过，爸爸，”格雷说道，“如果我们俩能在一起工作那就太好了。”

“你能把马牵到水边，可它不愿喝水你也没办法啊。”

马图林先生望着儿子说出这番话，他那精明机巧的眼神又变得柔和起来。我意识到这位心如铁石的生意人还有另外一面：他对眼前这位庞大坚实的儿子充满了宠溺之情。他再次转过身来看着我。

“你知道不，这孩子星期天在我们球场上打出了低于标准杆两杆的成绩。他前后各赢了我七杆和六杆。我差点拿我的铁头球杆敲破他脑袋。你想想看，他玩高尔夫还是我教会的。”

他脸上洋溢着自豪的笑容。我开始有点儿喜欢他了。

“是我运气太好了，爸爸。”

“根本不是。你从那个沙坑障碍里把球打出来，然后让球落在离洞口六英寸的地方，这也是运气？三十五码，最多差一英寸，那一杆距离。我想让他参加明年的业余锦标赛。”

“我肯定挤不出时间来啊。”

“我是你老板，对不对？”

“这我还不知道吗？我要是上班迟到一分钟都会被你骂死。”

马图林先生呵呵地笑了起来。

“他想把我说成一个暴君，”他对我说道，“你别听他的。我的生意我做主。我那几个合伙人都不怎么样。我对我的生意很自豪。我让我这孩子从底层做起，希望他能够像我雇用的其他年轻人那样凭实力晋升。这样等到他来接替我的位置时，也就做好准备了。责任重大，像我这样的生意。我已经给有些客户打理了三十年的投资业务，他们信任我。跟你说真的，我宁愿自己赔钱也不愿意看到他们赔钱。”

格雷笑出声来。

“那一天来了位老太太，想拿一千美金投资她牧师推荐的高风险项目。他拒绝接单。她还一再坚持，于是他毫不客气地把她臭训了一通，结果她哭着走了。后来他给那位牧师打电话，把他也臭骂了一顿。”

“关于我们这些经纪人，大家说过不少的难听话。可是经纪人和经纪人之间也有差别。我不想让谁赔钱，我想让他们挣钱。他们多数人的做事方式，会让你觉得他们生命的唯一目标就是把自己的钱糟蹋得一分都不剩。”

“这个，你是怎么看他的？”等到马图林离开我们回公司上班，我和艾略特一起往外走的时候，他向我问道。

“我总是喜欢遇见不同类型的人。我想这对父子之间的情感挺让人感动。我认为这在英国并不太常见。”

“他喜爱这孩子。他是个古怪的混合体。他替好几百号老妇女、退伍军人和牧师们管理储蓄存款。我早就认为这些人带来的麻烦要远大于实际价值，但他却因为这些人对自己的信任而感到自豪。不过当他有大买卖，或者是出面对抗有权有势的同行时，就没有谁比他更强硬、更无情了。那时候他会毫无怜悯心可言。他要想拿到属于自己的那一磅肉，就没有什么事情能够拦得住他。你要是站错队跟他对着干，他不仅会毁掉你，还会在得手后哈哈大笑。”

艾略特回家后告诉布莱德利夫人说，拉里拒绝了亨利·马图林提供的机会。伊莎贝尔早些时候和女伴们吃午饭去了，回来时这俩人还在谈论这件事，随即就告诉了她。艾略特事后向我滔滔不绝地复述了他们后面展开的谈话内容，我这才了解到相关情况。他说尽管自己这十年来完全没做过一份工作，而他以往积攒起充足能力的那份工作又远远谈不上多辛苦，但他仍然坚信，勤劳是人类生存繁衍的根本。拉里是非常普通的年轻人，没有任何社会声望。他没有任何理由不去遵从本国那些值得称许的风俗习惯。对于艾略特这样眼光犀利的人来说，美国显然正进入前所未有的繁荣阶段。拉里还有机会从头开始，投入事业。如果他埋头苦干，可能到四十岁就是身价数百万的富翁了。如果他那时候想退休，像绅士一样生活，比如说，去往巴黎，住在杜波依大街和都兰地区的城堡里，他（艾略特）不会有任何反对意见。但路易莎·布莱德利的话却更为简洁，更让人无法反驳。

“如果他爱你，就应该做好准备，为了你而工作。”

我不知道伊莎贝尔是怎样回答这些的，但她非常通情达理，应该能够理解长辈们这样坚持的理由。她认识的年轻小伙都在学习如何进入某个行业，或者已经忙着上班做事去了。拉里很难指望在整个余生都凭借空军服役期间的光辉事迹而生存。战争过去了，每个人都对它感到厌倦，都急于尽快忘掉它。这次讨论的结果，是伊莎贝尔同意跟拉里摊牌，把事情一次谈清楚。布莱德利夫人建议伊莎贝尔请他开车送自己去马尔文。她给那边的起居室订了新窗帘，可是尺寸量错了，所以想让伊莎贝尔再去量一次。

“鲍伯·尼尔森会给你们安排午餐。”她说道。

“我有更好的安排，”艾略特说道，“给他们准备一个午餐篮，让他们在门廊那边吃午饭，吃完午饭就可以谈事情了。”

“这样好玩儿。”伊莎贝尔说道。

“安逸舒适地在野外吃顿午餐，难得还有如此惬意的事情。”艾略特仿佛格言警句般地总结道，“杜莎老公爵夫人以前告诉过我，最冥顽不化的男子，在这种场景里也会变得言听计从。你打算给他们午餐准备点什么？”

“鸡蛋和鸡肉三明治。”

“胡说八道。野餐没有鹅肝酱意面哪里行？你得先让他们尝点咖喱虾、鸡胸肉冻，再配一份生菜心沙拉。沙拉调味汁由我亲手来做。如果你们愿意，等吃完肉冻饼以后，再照顾一下你们美国人的习惯，给来个苹果派。”

“我只给他们带鸡蛋和鸡肉三明治，艾略特。”布莱德利夫人很干脆地说。

“好吧，记住我说的话：事情要是搞砸了，到时候你只能埋怨自己。”

“拉里吃得很少，艾略特舅舅，”伊莎贝尔说道，“我不认为他会注意到自己在吃什么。”

“我希望你不要以为这是在给他挣面子，我可怜的孩子。”她舅舅反驳道。

不过他们最终决定还是按照布莱德利夫人所说的去做。后来当艾略特告诉我这次短途郊游的结局时，他以一种地道法国人的方式耸了耸肩。

“我告诉过她们事情会搞砸的。我恳求路易莎再添一瓶我在大战之前送她的蒙哈榭葡萄酒，可她根本不听劝。他们只带了一个保温瓶，里面装的是热咖啡，其他什么都没有。这你还能指望怎样？”

那天的情况大概是这样：路易莎·布莱德利跟艾略特两人坐在起居室，先是听到门口有汽车停靠的声音，然后听见伊莎贝尔进了屋。天刚黑，窗帘已经拉上。艾略特靠在壁炉旁的一把扶手椅里读小说，布莱德利夫人在绣一块炉围的布帷。伊莎贝尔没进起居室，而是上楼去了自己房间。艾略特从眼镜架的上方看了看他姐姐。

“我猜她是放帽子去了。一分钟后就会下楼。”她说道。

但伊莎贝尔并没有下来。几分钟过去了。“可能她累了。她可能已经躺下了。”

“你不会希望拉里也进屋了吧？”

“你少来烦我，艾略特。”

“好吧，你的事情，跟我无关。”

他继续看书。布莱德利夫人接着做手工活。可是半小时过后，她突然站起身来。

“我想也许我最好还是上去看看她怎么样。如果她在休息我就不打扰她了。”

她离开房间，但没过多会儿又走下楼来。

“她在哭呢。拉里打算去巴黎。他打算离开两年。她答应说要等他。”

“他为什么想去巴黎？”

“这些话问我也没用，艾略特。我不知道。她什么都不肯告诉我。她说她能理解，说自己不打算阻碍他的前程。我告诉她说：‘如果他整整两年都不准备见你，那他也并没有多爱你嘛。’‘我没办法啊，’她说，‘问题是我太爱他了呀。’‘就算发生了今天这样的事情也还要爱？’我说。‘今天这事情让我比以前更爱他了，’她说，‘而且他确实爱我，妈妈。我敢肯定。’”

艾略特思索了一小会儿。

“那两年过后又会怎样呢？”

“告诉你吧，艾略特，我不知道。”

“你不觉得这完全没法让人满意吗？”

“完全没办法。”

“现在只有一件事可以确定，那就是他们俩都还很年轻。再等两年也没什么坏处，而且这段时间里很多事情都可能发生。”

两个人一致认为，最好还是让伊莎贝尔自己安静待着。他们准备当天晚上去外面吃饭。

“我不想让她难过，”布莱德利夫人说，“如果她眼睛红肿着出去，别人会起疑心的。”

然而等到第二天午餐过后，他们几个人在一起的时候，布莱德利夫人又再次挑起话头。但她从伊莎贝尔那里什么也问不出来。

“除了昨天我跟你说的那些以外，实在没什么可说的了，妈妈。”她说道。

“可他要去巴黎做什么呢？”

伊莎贝尔笑了，因为她知道母亲听到自己的回答会觉得有

人有时候要做自己认为正确的事，难免会让别人不开心。

当你离开现成轨道时，
就是在抛硬币猜正反。

如果母亲把孩子看成是自己生命里唯一的关注，
那只会对他们不利。

没有激情的爱全是胡扯八道。
爱如果不是激情，那它就不是爱。

只要事情发生，就不会没有效果。如果你往池塘里扔一块石头，宇宙跟以前就不会完全一模一样。

世上的一切都绝非永恒，
如果我们要求挽留某样东西，那就是我们的愚蠢。
但如果我们在拥有时不懂得从中获得欢乐，
那才更加愚蠢。

多么荒诞不经。

“去游荡。”

“游荡？你到底是什么意思？”

“他跟我说的就是这个意思。”

“我真是没耐心跟你胡扯了。你要是有点儿骨气的话，当场就应该跟他解除婚约。他纯粹是在耍你呢。”

伊莎贝尔看着自己戴在左手的戒指：

“我还能怎么样？我爱他呀。”

艾略特随即也加入谈话。他运用自己的拿手策略，开始分析形势：“你先别把我当成你舅舅，我的好孩子，你就当是一个饱经沧桑的人对涉世未深的小姑娘在说话。”然而他的谈话效果并不比她妈妈的更好。我得到的印象是，虽然她跟他说话时态度显得很客气，却是在明确无误地表示：管好您自己的事吧。当天晚些时候，在我入住的黑石酒店的小起居室里，艾略特把所有情况都告诉了我。

“路易莎说得当然很对，”他补充道，“这实在没法儿让人满意。可是如果你任由年轻人安排自己的婚事，他们只会关心是否你情我愿，而不在乎其他的根本问题，那就会遇上这种情况。我告诉路易莎别担心。我认为事情最终的结果会比她预想的要好。拉里不在身旁，格雷·马图林这位小伙子就在眼前，如果说我对同性还算有所了解的话，事情结果是显而易见的。当你十八岁的时候，各种情感都会异常强烈，但它们并不持久。”

“您真是充满了人世间的智慧，艾略特。”我笑道。

“我的拉罗什富科[1]可没有白读。你知道芝加哥是什么情况：他们一年到头都见面。女孩子能遇见这样一个仰慕自己的男人，会觉得很受用。当她知道自己的女伴一个个都迫不及待地想要嫁给他——那么我问你，依照人性，难道还有谁愿意抵抗诱惑，不去动手把别人解决掉？我的意思是说，这就像参加一场派对，你知道自己在那里会无聊透顶，以至于心神不宁，而且饮料点心也只有柠檬汁和饼干；但是你仍然要去，因为你知道你最要好的朋友们即使挤破脑袋也要进去，而且他们到现在还没收到邀请。”

“拉里什么时候走？”

“我不知道。我觉得这件事还没有定下来。”艾略特从衣服口袋里面取出一个扁长的铂金配黄金香烟盒，抽出来一支埃及香烟。他不抽法蒂玛、切斯特菲尔德、骆驼牌或幸运牌这一类香烟。他用充满暗示的微笑看着我。“当然我在路易莎面前也不介意这样说，但是我不妨告诉你，我私底下有些同情那位年轻小伙儿。我能理解，他在战争时期对巴黎留下了浮光掠影的印象。如果他的内心被世界上这座唯一适合文明人居住的城市所俘获，我也不能怪罪他。他还很年轻，我毫不怀疑，他想在安稳进入婚姻生活之前去野地里撒一把自己的种子。这很自然也很妥当，我会对他稍加留意的。我会把他介绍给合适的人；他有良好的礼仪风范，只要我稍加点拨，他就完全能上台面了。我保证会让他看到

---

① 指法国作家弗朗索瓦·德·拉罗什富科（François de La Rochefoucauld, 1613—1680）1665 年出版的《箴言集》（*Réflexions ou sentences et maximes morales*，简称 *Maximes*）。

法国生活的某个侧面，这些东西美国人很少有机会能够目睹。相信我吧，亲爱的老兄，普通美国人就算能进入天国，也未必容易踏上圣日耳曼大道[①]。他今年二十岁，又有魅力。我想，我很可能会帮他和某位年长女性安排一场风流韵事。这样就可以把他塑造成人。我总觉得，对于年轻男子来说，最合适的教育，莫过于结交具有一定年龄阅历的女性，去给她做情人。当然，她应该符合我的眼光标准，是那种世事洞明的女人，你知道的，这样他很快就能在巴黎获得一席之地。”

“你把这种话告诉布莱德利夫人了吗？”我笑着问道。

艾略特呵呵地笑出声来。

“老兄啊，如果我还有一样值得自傲的东西，那就是我的圆滑计谋。我没有告诉她。她理解不了，这可怜人儿。这也是我对路易莎始终不理解的一件事情；尽管她大半生都在外交圈生活，去过世界上一半国家的首都，却仍然是无可救药的美国人。”

---

① 圣日耳曼大道（Boulevard Saint-Germain）是巴黎的一条主要街道，位于塞纳河左岸，贯穿巴黎第五、六、七区。自17世纪至19世纪，圣日耳曼区始终是贵族阶层的主要居住地。

9

那天晚上我到湖滨大道旁边一栋石砌的豪宅去赴晚宴。从房子的外观效果来看，好像建筑师原本打算建一座中世纪城堡，到中途又改变主意，最终决定把它变成一座瑞士山间小木屋。这是一场大型派对。我走进那间宽敞空阔的起居室，放眼四望，到处都是雕像、棕榈树、枝形吊灯、前代艺术大师作品，还有满当当的家具摆设。我很高兴看到这里至少还有几个我认识的人。亨利·马图林把我介绍给他那位瘦削、疲倦而孱弱的夫人，而后我又向布莱德利夫人和伊莎贝尔问候致意。伊莎贝尔看上去漂亮极了。她身穿红色丝绸礼服，跟她的黑发和深榛仁色的眼睛特别般配。她显得兴高采烈，没有人能猜出她最近刚经历过一场烦心事。她正在跟两三位年轻男子愉快交谈。这几个人围绕在她身边，格雷也是其中之一。她晚宴时被安排到了另一桌，所以我没有再看见她。不过等到后来，当我们这些男人终于不再没完没了地喝咖啡、饮烈酒、抽雪茄，纷纷回到起居室的时候，我就有机会和她说话了。我对她了解甚少，所以不能直接跟她讨论艾略特告诉我的那些事。但我有些话要说，我想她或许愿意听一听。

“我那天在会所里见到你那位年轻小伙儿了。”我很随意地说道。

“噢，是吗？”

她说话的语气跟我一样随意，但我察觉到她立刻警惕了起来。她的目光变得充满审视，我想我能从中解读出某种近乎忧惧的东西。

“他那时正在图书室里看书。他的专注力给我留下了深刻印象。我刚过十点时进屋，就看见他在读书；我午饭后回来，他仍然在读。等到我吃晚饭前经过那里，看见他还在读那本书。我相信他在先前十小时里根本就没离开过那把椅子。”

“他在读什么书？”

“威廉·詹姆斯的《心理学原理》。”

她低下头来，所以我也没法知道自己刚才的话对她是否有触动。但我的看法是，她既感到迷茫又感到轻松。就在这时，宴会主人过来把我叫走了，他要找我玩桥牌。等到牌局结束后，伊莎贝尔和她妈妈都已经走了。

10

两天过后我去跟布莱德利夫人和艾略特道别。我进屋后看到他们俩坐在那里喝茶。没过多久伊莎贝尔也进来了。大家聊了聊我后面的行程，我感谢他们在我逗留芝加哥期间给予的关照。聊完过后稍歇片刻，我感觉时机恰好合适，就站起身来准备离开。

“我陪你一起走到杂货店吧，”伊莎贝尔说，“我刚想起来要买一样东西。”

布莱德利夫人对我说的最后一句话是：“等您下次再见到亲爱的玛格丽塔王后时，请转达我对她的想念，好吗？”

我已经不打算声明我不认识那位威仪十足的夫人了，于是顺口答应说我肯定会的。

我们走到街上时，伊莎贝尔侧过脸来笑嘻嘻地看了我一眼。

“你想不想喝一杯冰淇淋苏打？”她问我。

“我可以试试。”我谨慎地回答道。

我们来到杂货店，伊莎贝尔始终没有说话。我因为没什么可说的，也是一言不发。我们走进店里，在一张桌子旁边找椅子坐下。椅子腿和靠背都是扭绞钢丝的，坐着感觉很不舒服。我点了两杯冰淇淋苏打。柜台那里有几个人在买东西，另外几张桌子旁边坐着两三对顾客，却都在忙自己的事。实际上店面差不多也就我们两个人。伊莎贝尔满脸惬意地吮吸着一根长吸管，我点了根香烟等她说话。我有一种感觉，她挺紧张。

"我想跟你谈谈。"她突然说道。

"我想就是。"我笑道。

她若有所思地看了我一两分钟。

"前天晚上在萨特斯韦茨家，你为什么要说拉里的事？"

"我以为你会感兴趣。当时我想到，可能你不太清楚他说的游荡是什么意思。"

"艾略特舅舅太爱嚼舌头了。他说要去黑石酒店跟你聊聊的时候，我就知道他会把什么事都告诉你的。"

"我认识他好多年了，这你都知道。他聊起别人的事情来总是很开心。"

"他真是这样。"她笑道。但那只是一闪而过的笑容。她眼睛一眨不眨地看着我，目光很是严肃。"你怎样看拉里？"

"我只见过他三次。他看起来是个很好的小伙子。"

"就这些？"

她声音里有一丝沮丧。

"不，不光是这些。我也不太好说；你看，我对他了解很少。当然，他很有魅力。他身上有一种谦逊、友善和温文尔雅的感觉，这很能打动人。对于这么年轻的人来说，他非常沉着冷静。他跟我在这边遇到的其他小伙子都不太一样。”

就这样，我吞吞吐吐，尝试把脑子里不甚清晰的印象逐一转换为语言。伊莎贝尔神情专注地看着我。等我讲完以后，她微微吁出一口气，好像是放心踏实了，然后向我绽开笑容，那表情迷人而近乎淘气耍赖。

“艾略特舅舅说他经常惊叹于你的观察力。他说没有什么能够完全逃脱你的眼睛，然而你身为作家的最大资本，还是你的常识。”

“我还能再想到一种更有价值的品质，”我冷冷地说道，“比如说，才华。”

“你知道的，我跟谁都不能谈这件事。妈妈只会从她自己角度来看事情。她希望我的未来有保障。”

“这很自然，对不对？”

“艾略特舅舅只是从社会价值的角度来看待。我自己的朋友，我那些同龄人，我意思是，他们都认为拉里是个废物。这实在太伤人了。”

“确实伤人。”

“并不是说他们待他不好。每个人都忍不住想对拉里好。可他们又把他当成一个笑话在看。他们经常戏弄他，可他似乎满不在乎，这让他们很抓狂。他只是一笑而过。你知道现在情况是怎样的吗？”

“我只知道艾略特告诉我的那些。”

“我可不可以把我们那天去马尔文以后发生的事情都彻底告诉你？”

"当然可以。"

我把伊莎贝尔复述的经过重新组合起来，一部分依据记忆当中她对我说过的那些话，另一部分则凭借了我自己的想象力。不过她和拉里谈论了很久，我毫不怀疑他们当时说过的事情要远远超过我现在讲述的内容。我怀疑，人在这种场合下，不仅会说许多毫不相干的话，还会把同样的事情翻来覆去地讲。

那天伊莎贝尔醒来后看到天气很好，就给拉里打了个电话，并且告诉他说，妈妈想让她帮忙去一趟马尔文。她请他开车送自己去那边。她当时留了个心眼，在母亲吩咐尤金放进餐篮的那一瓶咖啡以外，又放了一保温瓶的马丁尼酒。拉里刚买了一辆双人敞篷车，他对这辆车很满意。拉里的开车速度很快，这种疾驰的车速让两个人感到满心欢喜。他们到地方以后，伊莎贝尔把要换的窗帘尺寸量了量，拉里在旁边把数字记了下来。后来他们就坐在门廊边上开始吃午饭。那地方四面背风，沐浴在小阳春时节的阳光里，感觉十分怡人。房子位于一条土路旁边，丝毫显不出新英格兰旧式结构房屋的典雅。要说它的最大好处，也就是宽敞舒适。不过从门廊那里，你能够看到一片悦目的风景：巨大的黑顶谷仓，一丛丛老树。极目远眺，是棕褐色的原野。这里的地貌平淡无奇，然而那一天的光照，和岁末临近时大自然的亮丽颜色，却营造出亲切可爱的感觉。这是宏大空间铺陈在你面前所蕴含的一种欣喜。尽管它在过往的冬日里必然寒冷、荒芜而凄凉，在酷暑时必然干燥、灼热而压抑，但此时此刻，它却显示出奇特而令人兴奋的一面。因为这空旷开阔的景象，正召唤着灵魂前去历险。

他们享受着午餐，就像所有健康年轻的人一样，只要到一起就感到格外开心。伊莎贝尔倒了杯咖啡，拉里点燃了烟斗。

“你就直接说吧，宝贝儿。”他说道，眼里带着愉悦的笑意。

伊莎贝尔吓了一跳。

“直接说什么？”她努力装出懵然无知的样子。

他呵呵地笑了起来。

“你真把我彻底当傻子了吗，亲爱的？如果你妈妈对起居室窗户的尺寸不是一清二楚，我能把这根量尺吞下去。这绝不是你让我开车带你过来的原因。”

她缓了缓神，镇定下来后，向他报以灿烂的微笑：

“或许是我觉得咱俩单独在一起待一天就很好呢。”

“或许，但我不觉得是这样。我猜艾略特舅舅已经告诉你说，我拒绝了亨利·马图林给我的职位。”

他说话的语气愉快轻松。她发现用同样的腔调来谈话会更方便些。

“格雷肯定失望得要命。他觉得要能跟你一起工作就太棒了。你到一定时候还是得找事情做，你歇下来的时间越久，后面再找就更困难了。”

他抽了一口烟斗，看着她，温柔地笑了起来。这样一来，她也不明白他究竟是不是认真的了。

“你知道吗？我现在想法是：比起卖债券，我更想为自己的一生多做些事情。”

“那好吧。进律师事务所，或者去学医。”

“不，哪一样我也不想做。”

“那你还想做什么？”

“游荡。”他平静地回答道。

“噢，拉里，别瞎闹了。这可是正经八百的事情。”

她的声音带着颤抖，眼里充满了泪水。

“别哭啊，宝贝。我可不想让你难过。”

他走过去坐到她身旁，伸出胳膊抱住她。他声音里的温柔瞬间击溃了她，她再也无法忍住泪水。但是她拭干双眼，嘴角勉强泛起一丝笑容。

“说得挺好听，你不想让我难过。可你现在就让我难过了。你知道，我是爱你的。”

“我也爱你，伊莎贝尔。”

她深深地叹了口气，然后从他的怀抱里挣脱出来，自己坐到了一旁。

“咱们理性一点。男人必须工作，拉里。这是涉及自尊的问题。在这个年轻的国家，男人有责任参与它的各项行动。亨利·马图林那天还在说，我们要开始一个新的时代，要让以往的种种成就显得微不足道。他说他感到我国的进步发展永无止境。他还确信，到了1950年，我们将成为世界上最富裕最伟大的国家。你不觉得这简直太激动人心了吗？”

“简直了。”

“这是以往年轻人从来不曾经历的机遇。我原以为你会满怀自豪地投身于摆在我们面前的这份事业。这是多么恰当的进取机会啊。”

他轻声笑了笑。

“我敢断定你说得对。许许多多的阿默尔公司和斯威夫特公司，会加工生产出更多更好的肉制品，麦考米克会制造出更多更好的收割机，[①] 亨利·福特会出产更多更好的汽车。而且所有人会越来越富。”

“为什么不呢？”

“就像你说的，为什么不呢？偏偏我对钱财不感兴趣。”

伊莎贝尔咯咯地笑了起来。

“宝贝儿，说话别跟个傻子似的。人要是没钱就活不下去了。”

“我有一丁点儿钱。这就让我有机会做自己想做的事情了。”

“游荡？”

“对。”他笑着回答道。

“你真的让我很为难，拉里。”她叹息道。

“对不起。但凡我有办法的话，也不会这样。”

“你可以有办法。”

他摇了摇头。沉默片刻后，又陷入了深思。

他终于开口，说出来的话却吓了她一哆嗦。

“死者在临死前是多么彻底的死亡面孔啊。”

“你究竟想说什么啊？”她问道，心里隐隐感到不安。

---

① 阿默尔公司和斯威夫特公司是美国著名的肉类加工企业，20 世纪初与其他几家巨型肉类加工企业联合建立托拉斯。麦考米克公司的前身为麦考米克收割机械公司，1902 年并入 J. P. 摩根并购后新成立的国际收割机公司，现名为纳威司达国际公司。

“说的就是这个。”他向她忧伤地笑了笑，“飞到空中你就有很多时间去思考。你会产生一些古怪念头。”

“哪种念头？”

“模模糊糊，”他笑着说道，“不连贯。混淆不清。”

伊莎贝尔听到这里，仔细想了一会儿。

“你不觉得，如果你开始工作，这些想法会自动整理清楚，然后你不就知道自己的真实状况了吗？”

“我也这样考虑过。我的想法是，我可能要跟木匠一起干活，或是去修车铺。”

“噢，拉里，大家会觉得你脑子坏掉了。”

“这有什么影响吗？”

“对我来说，有影响。”

他俩再一次陷入沉默。她叹口气，打破了这种沉默气氛。

“你跟去法国之前相比，实在是太不一样了。”

“这并不奇怪。那段时间在我身上发生了很多事，这你也知道。”

“比如说？”

“噢，就是平常随时发生的事件。我在空军部队里最好的朋友为了救我被打死了。我发现自己很难释怀。”

“告诉我吧，拉里。”

他看着她，眼里带着深深的忧伤。

“我想还是不要说了。说到底，那也只是一个微不足道的事件。”

伊莎贝尔的本性就容易动感情，她眼里再次充满了泪水。

“你是不开心吗，宝贝儿？”

“没有啦，”他笑着回答道，“唯一让我不开心的事，是我正在让你不开心。”他握住了她的手。在他盈实有力的掌心里，她感觉到某种极其友善、极其亲密挚爱的东西，以至于她不得不咬住嘴唇，好让自己不要哭出声来。“在我认清事物之前，我不知道自己能否找到安宁，”他严肃地说道，又有些犹豫，“这很难用语言表达。每当你试图说什么的时候，就会觉得挺尴尬。你问自己：‘我是谁啊，为什么要绞尽脑汁想这个，又想那个，然后再想别的？恐怕这恰好因为我是心高气傲、自命不凡的人吧。沿着现成的道路，让即将到来的事情到来，难道不是更好吗？’可是当你想到有人在一小时前还充满生机和欢乐，现在却已经倒地毙命，这一切就会变得如此残酷，如此没有意义。你很难不问一问自己，生命到底意味着什么，它究竟有没有意义。或者说，它是否完全属于盲目命运一手造成的悲剧失误。”

无法不被他打动。拉里用他那奇妙而动听的声音讲述着，时断又时续，好像强迫自己说出原本要缄默深藏的话语，却又饱含着如此痛苦的真诚。伊莎贝尔听了一会儿，简直不知道该怎样开口说话了。

“如果你稍微离开一阵子会不会好些呢？”

她问这个问题时，心情直往下坠。他过了很长时间才回答。

“我想会的。就算你尽量对公众舆论无动于衷，也不容易办到。如果这件事充满对立情绪，它会在你心里激发出对立情绪，并让你感到不安。”

“那你为什么还不走呢？”

“这个嘛，因为有你啊。”

“咱们还是彼此坦诚相对吧，宝贝儿。目前你生活里并没有我的位置。”

“你的意思是说不想再跟我维持婚约了？”

她嘴唇颤抖着，想要挤出一丝微笑。

“不是这样的，别傻了，我意思是说我准备再等等。”

“可能是一年。可能是两年。”

“没错。可能时间更短。你想去哪里？”

他专注地凝望着她，仿佛试图看到她的内心最深处。她微微地笑着，想要掩饰住自己深切的忧伤。

“这个，我想先去巴黎。我在那里谁也不认识。那里不会有人来干预我。我以前在部队请假去过几次巴黎。不知道什么原因，我一想到那里，脑子里面所有混乱的东西会变得清晰起来。这种画面很有趣，它给你的感觉是，你在那里可以不受干扰地一直想下去，直到把问题想明白。我想自己可以在那里看清楚前方的道路。”

“如果你看不清楚的话又会怎样？”

他呵呵笑了。

“那就依靠我良好的美国式常识经验，认定这件事做砸了，把它放弃，然后回到芝加哥，做我力所能及的任何工作。”

那天的场景让伊莎贝尔的内心深受触动，所以当她向我再次描述时，难免又有些感伤。她说完以后，可怜兮兮地望着我。

“你觉得我做得对吗？”

“我想你做了自己唯一能做的事情。不仅如此，我还觉得你格外体贴、宽厚和善解人意。”

“我爱他，我想让他幸福。你知道，某种程度上来说，我对他想走并不感到难过。我想让他离开这个充满敌意的环境。这不仅是为他好，也是为了我自己。别人说他以后会一事无成的时候，我也没法责怪他们。我讨厌他们这样说，但我心底里时时刻刻都有一种担忧恐惧，觉得他们说得对。不过你可别说我善解人意。他要追寻什么东西，我到现在还是完全不理解。”

“也许你是用心理解，而不是通过你的理性吧。”我笑道，“你为什么不立刻嫁给他，然后跟他一起去巴黎呢？”

她眼里闪现出一丝笑意。

“我巴不得这样安排。但我不能这样做啊。你知道，尽管我自己也讨厌承认这一点，但我真的认为，他如果没有我跟在后面会更好。如果尼尔森医生没说错的话，他现在是得了延迟性休克症。换个新环境，找到新的乐趣，肯定能够治好他。等他内心恢复平衡，就会回到芝加哥，像其他所有人一样开始做事情。我并不想嫁给一个游手好闲的游荡者。”

伊莎贝尔是在某种特定教育模式下成长的人，所以她完全接受那些已经灌输到她内心的原则。她考虑的不是金钱，因为她还未曾认识到，无法得到自己想要的一切，会是怎样的感觉。但她却本能地察觉到金钱的重要性。它意味着权力、影响力和社会声望。男人应该挣钱，这是天经地义的事情。那是他在世俗生活里该做的事。

“我并不奇怪你无法理解拉里，”我说，“因为我非常确定他也不理解他自己。如果说他闭口不谈自己的目标，那可能只是因为他眼前仍然朦胧一片。再提醒你一句，当然我根本不了解他，所以也只是猜测：有没有可能他正在寻找某种东西，他自己并不知道那是什么，或许不确定它究竟有没有。或许是他在战争期间突然想到的某种东西，一直让他坐卧不安，从此无法罢休。你觉不觉得，他可能正在追寻某种隐藏在未知云雾里的理想目标——就像天文学家在寻找一颗恒星时，只有通过数学计算才能确认它的存在？”

“我觉得某种东西正困扰着他。”

“他的灵魂吗？也许他对自己有些畏惧惊慌。可能他对幻象的真实性毫无信心，那种幻象只是他通过心智目光而隐约察觉到的东西。”

“他有时候会让我产生一种古怪印象。他给我一种梦游者的印象。这个梦游者在陌生场所被突然唤醒，然后就不明白自己到底在哪里了。他在战争之前极其正常。他最可爱的一点，就是对生活无比热爱。他原先那么大大咧咧、那么快乐，跟他在一起的感觉真是美妙。他那样温柔，又那样地滑稽逗笑。一个人身上怎么能够发生这样大的变化呢？”

“我不明白。有时候一件很小的事情都会对你产生超乎想象的影响。这要看环境条件，还有你当时的情绪状态。记得有一次万圣节，也就是法国人称为亡灵节的时候，我去一座乡村教堂望弥撒。德国人首度攻入法国时，曾经在附近打过几次仗。教堂里到处都是士兵，还有身穿黑色丧服的妇女。墓地里是成排的木质小十字架。悲伤肃穆的弥撒仪式正在进行，妇人们在流泪，男人们也在流泪。我有一种感觉：或许那些躺在十字架下的人比我们这些活着的人要好受些。我把这种感觉告诉一位朋友，他问我什么意思。我解释不出来。我知道他认为我绝对是个该死的傻货。我还记得有一次战役过后，我看到了层层叠放的法国士兵尸体。他们被摞成一堆，就像是木偶剧场倒闭后被横七竖八扔进角落尘土里的提线玩偶，因为以后再派不上用场了。我那时候想到的，正是拉里对你说的话：死者在临死前是多么彻底的死亡面孔啊。”

我不想让读者以为我准备将拉里在战争中遇到的那件对他造成如此深刻影响的事情神秘化，然后再等到机会合适时揭晓谜底。我觉得他从未跟其他任何人提起过。不过，多年以后，他确实告诉了一位女子，苏珊娜·卢维尔。拉里和我都认识她。拉里告诉她说，那位年轻的飞行员同伴如何为了拯救他性命而独自迈向死亡。她向我复述了这件事，所以我只能转手再讲一遍。我是根据她说的法语内容翻译过来的。显然，拉里跟飞行中队里的另一位小伙儿产生了极其深厚的友情。苏珊娜只记得拉里提起他时说到的那个充满反讽意味的绰号。

“他是一位矮个儿伙计，红头发，爱尔兰人。我们以前都叫他‘倒霉蛋’，”拉里说，“我认识的人里面没有谁比他更加精力旺盛。天啊，他就跟电火花一样活力四射。他长相很逗乐，咧嘴笑的样子也很逗乐。你只要看他一眼，就会笑出声来。他是个冒失鬼，什么疯狂的事情都敢做。他总是被上司们一通臭骂。他是那种彻底无畏的人。每当他命悬一线并侥幸逃脱后，脸上总是乐开了花，仿佛那是天底下最有趣的玩闹。但他却是个天生的飞行员，在空中总是既冷静又警觉。他教会我很多东西。他比我年纪稍大，处处都庇护着我。这确实有些滑稽，因为我比他足足高出六英寸。如果要打架的话，我能一拳把他撂倒。有一次在巴黎的时候他喝醉了，我担心他要惹是生非，当场给他来过这么一回。

“我刚加入飞行中队时有些不在状态。总担心自己做不好。可他一个劲儿地跟我逗闷子，让我对自己保持信心。他对战争的态度嘻嘻哈哈，从来不讨厌转场飞行这些麻烦事；他喜欢打仗，总是心急火燎地想要上阵厮杀。他把对方的飞机一架接一架击落下来时，纯粹就当作玩恶作剧。他粗鲁、野蛮、不负责任，但周身却带有某种极度真挚的东西，让你没法不喜欢他。他会毫不犹豫地把自己的钱都掏给你，一分也不剩，也会毫不犹豫地拿走你的钱。如果你感到寂寞，或是想家，或者害怕，我有时候就会这样，他都能注意到。这时他那丑兮兮的小脸就会笑得直打皱。他会跑过来跟你说些妥帖的话，让你重新感觉好起来。”

拉里吸了一口烟斗，苏珊娜等着他继续往下讲。

“那时我们经常耍些小花招，这样就能一起请假外出。每次我们到巴黎以后，他简直彻底撒开了欢儿。我们每次都玩得很开心。那年三月初，我们的休假时间又快到了。假期是十八号，而我们已经提前做了许多安排。几乎没有哪样事情是我们不想做的。可就在出发之前，我们奉命驾机穿越敌人的火力线，并把侦察到的情况向本部汇报。突然间我们迎面遭遇几架德国战机。当我们发觉处境不妙时，已经陷入了重重包围。其中一架敌机对我穷追不舍，但我还是先击中了他。我瞅空瞄了一眼，看看他有没有坠毁。就在这时，我从眼睛余光里看到了另一架敌机出现在尾翼位置。我向下俯冲，想要摆脱他，可他唰地一下就向我直冲而来。我以为我完蛋了，这时我看到‘倒霉蛋’就像一道闪电似的向他猛扑过去，把他打发到了他想去的地方。敌人吃够了苦头，于是掉头逃窜，而我们也直接返航。我的仪器已经严重受损，勉强才坚持到底。‘倒霉蛋’就飞在我前面。等我下飞机的时候，看见他们刚把他从机舱里抬出来。他躺在地上，其他人等候着急救车赶到。一看见我，他就咧嘴笑了起来。

“‘我打中那个在你后面盯梢的死鬼了。’他说道。

“‘怎么回事啊，倒霉蛋？’我问道。

“‘噢，没事儿。他打中了我的机翼。’

“他脸色煞白，濒死的颜色。突然间他脸上浮现出一种古怪的表情。他刚刚意识到自己就要死了，他以前从来没有如此真切地体会到死亡的可能性。还没等他们来得及阻拦，他就坐起身来，哈哈笑了一声。

“‘好吧，我完蛋了。’他说道。

“他倒头就死掉了。他才二十二岁。他原本打算等战争结束后跟一位爱尔兰姑娘结婚的。”

那天我在和伊莎贝尔的谈话结束后，就离开芝加哥去往旧金山。我从那里又乘船去了远东。

第二章

1

我直到第二年六月底艾略特来伦敦时才和他见面。我问他，拉里究竟有没有去巴黎。他说已经去了。让我略感好笑的是，艾略特对他极其恼火。

“我私底下对那孩子产生过一些同情。他想来巴黎住一两年，我并不怪他，而且还准备好带他上路的。我跟他说过，什么时候到巴黎要跟我打个招呼。可是直到路易莎写信告诉我，我才知道他已经来了。我通过美国捷运给他写了封信，那是路易莎给我的地址。我请他过来一起吃饭，再见见我认为他应该结识的人。我想先试着带他见些法裔美国人，艾米莉·德·蒙塔杜尔，格拉西·德·夏多盖亚尔，诸如此类。可你知道他是怎么回答我的吗？他说他很抱歉来不了啦，他没带晚礼服过来。”

艾略特直勾勾地盯着我的脸，想看看这番话是否已经在我内心造成了他预期的强烈震惊。当他注意到我的反应很平静时，忍不住冷傲地挑了挑眉毛。

“他给我的回信就写在一张脏兮兮的纸上，信纸抬头是拉丁区的一家咖啡馆。我在回信时让他告诉我，他到底住什么地方。我想，为了伊莎贝尔，我也得替他做点儿什么。当时我想他可能是比较腼腆吧。我的意思是，这真难以置信。任何一个有头脑的年轻人，来巴黎时都不会忘记带晚礼服。不过再怎么说，这里还是有些不错的裁缝。所以我请他吃午饭，说这是场很小的聚会。你简直都不敢相信：我让他留个地址，不要只给美国捷运的联系方式，他不仅不加理睬，还说他从来都不吃午饭。这样一来，我这边跟他也就没什么瓜葛了。”

“我想知道他本人到底在忙些什么。”

“我不知道。说实话我也不在乎。我怀疑他是个彻底不可救药的年轻人。我想，伊莎贝尔要嫁给他，将是一个极大的错误。不管怎样，如果他过的是那种正常类型的生活，我在丽兹饭店的酒吧，或富凯酒店，或其他什么地方，还是会遇见过他的。”①

我自己有时候去这些时尚场所，但也去别的地方。碰巧的是，那年早秋时分，我要到巴黎住几天，然后顺路去马赛。我准备从马赛订购邮轮票去新加坡。有天晚上我和朋友们在蒙帕纳斯吃过晚饭，然后去多摩咖啡馆②喝杯啤酒。就在这时，我四处浏览的目光落到了拉里身上，他正独坐在人群拥挤的露台上，一张大理石台面的小桌旁边。他悠闲地注视着漫步在台阶上下的人

① 丽兹饭店（Hôtel Ritz Paris）和富凯（Le Fouquet's）都是巴黎市区的豪华酒店。

② 多摩咖啡馆（Le Dôme Café）位于蒙帕纳斯区，自 20 世纪初开始就是知识分子和艺术家的聚集地。

群，享受着白天闷热退散后夜晚的凉爽。我离开我们这拨人，径直走到他跟前。他抬起头来看见我，露出了迷人的笑容。他请我坐下，我说不坐了我那边还有一帮朋友。

“我只想过来跟你打个招呼。”我说道。

“你准备待在这里吗？”他问道。

“只待几天。”

“明天和我一起吃午饭好不好？”

“我以为你从来不吃午饭呢。”

他呵呵笑了起来。

“你见过艾略特对吧。我通常不吃午饭，耽误不起时间。我就喝杯牛奶，吃一个黄油鸡蛋圆面包，但我想请你和我一起吃午饭。”

“好啊。”

我们约定第二天在多摩咖啡馆见面，先来份开胃菜，然后在大街上找个地方吃饭。我回身去找那几位朋友。大家坐着聊了会儿。等我扭头再看拉里的时候，他已经走了。

2

第二天上午我过得非常愉快。我去了卢森堡公园，又用一小时的时间去看了我喜欢的一些画作。随后我就在几处公园里面溜达，重新拾起我年轻时的回忆。什么都没有改变。可能是当年同一批学生，成双成对漫步在石子小径，热烈讨论着那些让他们激动不已的作家。可能是当年同一批孩子，在同一批保姆的关注目光下滚动着同样的铁环。可能是同一批老人，沐浴在阳光下，读着晨报。可能是同一批身穿丧服的中年妇人，坐在免费歇息的长椅上，相互说着闲话，谈论着食品的价格，还有佣人的不良行为。后来我去了奥德昂街区，在廊街[①]里翻了翻新书看。我在那里遇到的青年小伙儿们，就像是三十年前的我。身穿工作罩衫的店员在旁边一脸愠怒地盯着，而他们则尽量多读几页自己买不起的书。我又沿着那些亲切、肮脏的街道闲逛，一直走到蒙帕纳斯

① 廊街，原文为 galleries，又名廊巷或拱廊街，法文名 le passage couvert（带棚顶的封闭街巷），是从 19 世纪兴起的一种由钢骨及玻璃天窗作为主体构架的商店街。

大道，然后来到多摩咖啡馆。拉里正等着我。我们喝了杯饮料，然后走到另一家餐馆。他可以在这家店铺外面露天的地方请我吃午饭。

他可能比我印象中的模样要略微苍白一些。他那黝黑的眼睛，深深的眼窝，也因此而格外醒目。不过他还是那样泰然自若。在这么年轻的人身上，如此镇定还真是少见。他的笑容依旧纯然天真。他在点餐时我注意到他的法语非常流利，口音还特别好。我向他表示祝贺。

“我以前就懂不少法语，你知道吧，”他解释道，“路易莎阿姨给伊莎贝尔找过一位法语家庭女教师。她们去马尔文的时候，她总是让我们一直用法语和她对话。”

我问他喜不喜欢巴黎。

“非常喜欢。”

“你住在蒙帕纳斯吗？”

“是的。”他迟疑片刻后说道。我的解读是，他不情愿把自己的确切住址告诉我。

“艾略特觉得挺没面子，你只给了他一个美国捷运的地址。”

拉里笑了笑，但没有答话。

“你这段时间都在做些什么？”

“我东游西荡。”

“在读书吗？”

“是的，在读书。”

“你有没有伊莎贝尔的消息？”

“时不时有。我们两个都不是特别能写信的人。她在芝加哥过得挺不错。她们明年要过来和艾略特待一阵子。”

“这对你来说是件好事。”

“我想伊莎贝尔从没来过巴黎。带她四处走走，会很有意思。”

他对我的中国之旅感到很好奇，非常专心地聆听我向他讲述的内容；可是我却没办法再让他谈谈他自己。他极不情愿与人交流，所以我只能得出这样的结论：他请我一起吃午饭，只是因为喜欢我陪着他。我觉得挺高兴，也很迷茫。我们刚喝完咖啡，他叫人拿来账单，结完账，然后站起身来。

“好，我得走了。”他说道。

我们相互道别。我对他的情况并不比先前知道得更多。后来我在巴黎也没再遇见过他。

3

第二年春天我不在巴黎，而布莱德利夫人和伊莎贝尔比原先计划的时间提早到，住在艾略特家里。为了弥补我对情况了解的不足，我只能再次通过发挥想象描述她们这几周的经历。她们在瑟堡市下船，而一向考虑周到的艾略特已经前往迎接，领着她们通过海关检查。火车开动后，艾略特带着几分得意地说，他已经聘请了一位非常优秀的侍女来照顾她们。布莱德利夫人说这实在没有必要，因为她们并不需要侍女，于是他就非常严厉地告诉她：

“路易莎，你不要一来就这么烦人。如果不安排一名女仆的话，没有谁能够收拾体面出门。我不只是为了你和伊莎贝尔才雇用安托瓦奈特，也是为我自己。如果你们穿衣打扮不得体的话，会让我非常难堪。”

他轻蔑地看了一眼她们身上穿的衣服。

“当然你们肯定还想再买些新的外套。经过我的深思熟虑，得出的结论是：没有比香奈尔更好的商店了。”

“我以前都是去沃斯[①]的。”布莱德利夫人说道。

她说与不说都无所谓，因为他并不在意。“我已经亲自跟香奈尔谈过了，明天三点可以给你安排预约。然后就是帽子。当然得选勒布设计的。”[②]

“我不想花太多钱，艾略特。”

“我知道。我建议所有东西都由我来付账。我绝对要让你们成为我的荣耀。噢，还有，路易莎，我给你们安排了好几场派对，我还告诉我的法国朋友说，麦隆以前是位大使。当然，如果他寿命再长一些，到现在他肯定就是了。像我这样说效果更好。我估计不会有人专门提到这件事，但我想最好还是先提醒你一下。”

“你真荒唐，艾略特。”

“不，我并不荒唐。我了解这个世道。我知道一位大使遗孀比一位公使遗孀更加显得尊贵。”

列车喷吐着蒸汽进入巴黎北站，站在车窗旁的伊莎贝尔突然叫出声来：“拉里来了！”

车还没停稳，她就跳下来冲上前迎接他。他展开双臂把她揽在怀里。

“他怎么知道你们要来？”艾略特语带尖酸地问他姐姐。

---

① “沃斯”是“高级定制时装之父”查尔斯·沃斯（Charles Frederick Worth）1858 年在巴黎创立的品牌。在定制服装缝上个人标签的惯例，也是始自沃斯。

② 可可·香奈儿代表一战后新兴的现代主义审美风尚。卡罗琳·勒布（Caroline Reboux，1837—1927）是 19 世纪末、20 世纪初法国著名女帽设计师。她首次在女帽中加入面纱，是 20 世纪 20 年代流行的钟形帽的首倡者。

“伊莎贝尔在船上给他拍了份无线电报。”

布莱德利夫人慈祥地亲了亲拉里，艾略特也跟他僵硬地握了握手。这时已是晚上十点。

“艾略特舅舅，拉里明天能来吃午饭吗？”伊莎贝尔嚷嚷道。她手挽着那位年轻人，神情迫切，眼里闪耀着光芒。

“我会觉得非常荣幸，但拉里以前给我的印象是他并不吃午餐。”

“明天他就会吃的，对不对，拉里？”

“我会的。”他笑道。

“那么我希望明天中午一点能跟您见面。”

他再一次伸出手来，想把他赶紧打发走，但拉里却觍着脸对他咧嘴笑了起来。

“我帮忙拿一下行李，然后给你们叫辆出租车。”

“我有专车等候，我手下的人也会收拾好行李。”艾略特威仪十足地说道。

“那就好。那我们直接走就好了。如果还能挤得下，我就跟着一起坐到您家门口。”

“好啊，就这么办，拉里。”伊莎贝尔说道。

他俩一道走下月台，后面跟着布莱德利夫人和艾略特。艾略特脸上带着一丝冷漠和不满。

“Quelles manières.”① 他自言自语道，因为在某些特定场合

---

① 法语：这都什么教养啊。

下，他觉得用法语更能表达自己的强烈情绪。

第二天上午十一点，他穿戴收拾整齐。因为他并不是习惯早起的人，所以就给姐姐写了张便笺，由他的男仆约瑟夫和她的女仆安托瓦奈特分别经手传递。他请她来书房，这样两个人可以谈谈。等她进房间后，他小心翼翼地关上房门，拿出一根香烟，把它装进一支巨长的玛瑙烟嘴里，点燃烟，然后坐了下来。

“我是不是应该了解一下，伊莎贝尔和拉里还是有婚约的对吧？”他问道。

“就我所知是这样。”

“恐怕我得跟你好好谈谈这位年轻人。”他随后告诉她，自己原先如何准备在社交圈里带他上路，如何做好各种计划，想给他树立一个良好端正的品貌形象。“我甚至还替他相中了某个地方的一楼房间，那里对他再适合不过了。房子属于年轻的德雷特尔侯爵，因为他被任命到法国驻马德里使馆，所以想把房子分租出去。”

但是拉里拒绝他历次邀请时的态度，就已经清楚表明他并不想要他的帮助。

“如果你来巴黎，又不好好利用巴黎带来的各种条件，这样做目的何在？它已经超出我的理解范围了。我不知道他自己一个人还能做些什么。他好像谁也不认识。你知道他住哪里吗？”

“我们得到的唯一地址就是美国捷运。”

“就像个旅行推销员，或者是外出度假的学校教师。他就算是跟哪个小娼妇住在蒙马特的画室里，我都不会感到奇怪。”

“哎呀，艾略特。”

“还能有别的解释吗？既然他这么神神叨叨，不肯说自己住在什么地方，又拒绝跟同一个阶层的人搭伴交往。”

“那不像是拉里的为人。昨天晚上，你没有感觉到吗？他跟伊莎贝尔还是跟以前一样相爱。他不会那样不忠诚的。”

艾略特耸了耸肩，意思是想让她明白，男人言行不一的程度可是永无止境。

“格雷·马图林怎么样？他还没有出局吧？”

“只要伊莎贝尔答应，他明天就可以娶她。”

布莱德利夫人随后告诉他，为什么她们来欧洲的时间比原先预想的要早。前些时候她发现自己身体状况不太好。医生们通知说她得了糖尿病。问题并不严重。她只需注意饮食，小剂量注射胰岛素。如果这样还不能再活好些年的话，那简直说不过去。然而她一想到自己患上了一种无法根治的疾病，就迫切想看到伊莎贝尔早日安顿下来。她俩把事情彻底谈了谈。伊莎贝尔很通情达理。她答应道，如果拉里在巴黎待够两年以后，仍然拒绝按照约定回到芝加哥找份工作，那么她只能做一件事，就是和他分手。不过布莱德利夫人觉得自己的个人尊严颇受冒犯：她们竟然还要等到约定期满后才能动身，然后像缉拿逍遥法外的逃犯一样带他返回本国。她觉得伊莎贝尔这样会让自己蒙羞受辱。如果她们到欧洲来过夏天，那就显得非常自然。毕竟伊莎贝尔上次来的时候还是个小孩子。她们在巴黎游览过后，要去某个适合布莱德利夫人病症的水疗胜地，然后到奥地利的蒂罗尔待一阵子。她们准备以蒂罗尔为起点，慢慢游遍意大利。布莱德利夫人的本意是让拉里一路陪着她们。这样他和伊莎贝尔就可以彼此看看，分别这么久以后，两个人的情愫是否依然没变。到了一定时候，事情就会自见分晓：拉里已经肆意放纵过了，那么他现在是否已经准备好承担生活的责任。

“亨利·马图林因为他拒绝应聘入职的事情，已经对他非常恼火。但他在格雷的劝说之下已经回心转意。拉里只要一回芝加哥，马上就可以有事做。”

“格雷是非常好的人。”

“他当然是了。”布莱德利夫人叹口气说，“我知道他是想让伊莎贝尔开心。”

艾略特随后告诉她，自己为她们安排了哪些派对。他明天要举办一次午餐会，人比较多；周四晚上有一个大型晚宴。他准备带她们去夏多盖亚尔家参加招待酒会，另外他已经替她们拿到了参加罗斯柴尔德家族舞会的请柬。

“你会让拉里来的，对不对？”

“他跟我说他没有晚礼服。”艾略特气哼哼地说道。

“算了，还是叫他来吧。不管怎样，他还是个挺好的小伙子，而且故意冷落他也无济于事啊。这样只会让伊莎贝尔更固执的。”

“如果你愿意的话我当然会让他来。”

拉里在约定的午餐时间到了。艾略特颇有绅士风范，他对拉里表现出明显的热情友好。这并不难办到，因为拉里本人就那样活泼开心。在他的热情感染下，除非是比艾略特脾气糟糕多少倍的人，才能够做到无动于衷。他们的谈话内容主要围绕着芝加哥以及他们在那里共同认识的朋友。这样一来，艾略特也不用多做什么。他只需显得和和气气，并且假装有兴趣关心和了解那些他认为并没有任何社会声望的人。他并不介意听别人说话；其实他觉得，听他们谈论起这一对年轻人订婚、那一对年轻人结婚，然后还有另一对年轻人离婚的事，也是蛮感动的。可是有谁听说过这些人呢？再看**他**[①]所认识的人，那位娇小漂亮的女侯爵德克兰尚差点儿服毒自杀，因为她的恋人科隆贝王子抛弃了她，准备迎娶南美洲某位百万富翁的女儿。这才是值得谈论的事情。他看着拉里，忍不住暗自承认：在他身上确实有某种格外吸引人的东西。深陷在眼窝里的一双异常漆黑的眼睛，高颧骨，白皙皮肤，还有说话时的口型变化，让他想起波提切利的一幅肖像画。他突然间觉得，如果拉里穿上那个时代的服装，会显得极具浪漫色彩。艾略特想起了当初有意安排一位优秀的法国女子带他上路的事情，再想到周六晚宴时将要见面的玛丽·路易丝·德·弗洛里蒙，就狡黠地笑了起来。对于玛丽来说，她可以将无可指责的男女交往与淫逸无度的生活集于一身。她年届四十，但面相至少年轻十岁。她拥有纳蒂埃描绘过的某位女性家族前辈的精致长相。据艾略特本人所说，这幅画作目前正悬挂在某个著名的美国藏品展厅里。她的性需求可以说是欲壑难填。艾略特决定到时候让拉里坐在她旁边。他知道玛丽会毫不犹豫地向他表露自己的欲求。

---

① 原文为斜体，以示强调。中文以黑体标注，以下类同。

他还邀请了一位年轻的英国使馆随员，觉得伊莎贝尔可能喜欢。伊莎贝尔如此漂亮，而他作为一名英国人，收入又高，所以她即使没有资产也无关紧要。他们在午餐开始时喝了极品蒙哈榭葡萄酒，后来又喝了优质波尔多，这让艾略特整个人都变得醇和起来。他带着宁静的愉悦，体味着那些自动呈现在脑海的可能性。如果事情像他构想的那样顺利发展，亲爱的路易莎就不会再有担心的理由了。她对他总是有些不满，这可怜的人儿，她可真是太土气了。然而他喜欢她。能够通过自己对这个世道的了解，替她安排好每样事情，对他来说是一种满足。

为了彻底节省时间，艾略特已经做好安排，准备在午饭后立刻带领他的两位淑媛去看服装。所以当大家从餐桌旁起身时，他运用自己精湛娴熟的技巧跟拉里私下交代，后面的活动他最好还是回避一下。不过，他同时也诚恳热切地邀请他参加自己组织的两场盛大派对。其实他完全不必花费这许多周折，因为拉里欣然接受了这两场邀请。

但艾略特的计谋最终还是落空了。当天拉里穿了一件非常像样的正装出现在晚宴上，让他由衷地松了一口气，因为他略微有些担心拉里会穿着上次午餐时的那套蓝西服过来。晚宴过后，他把玛丽·路易丝·德·弗洛里蒙叫到房间角落里，问她喜不喜欢这位年轻的美国朋友。

“他眼睛很漂亮，牙齿也很好看。”

“就这些？我以为他是你的菜，所以让他坐你旁边呢。”

她满脸狐疑地看了看他。

“他告诉我说，他跟你那位漂亮外甥女订婚了。”

“Voyons, ma chère,[①] 其实只要你愿意，就算这男人属于别的女人，也拦不住你把他从人家手里夺走啊？”

“原来你想让我做这种事？好吧，我还真不打算帮你干这种脏活，我可怜的艾略特。”

艾略特咯咯笑了起来。

“这话说的，我猜呵，是你的招数都使尽了，但发觉不管用对吧。”

“艾略特，我喜欢你的原因，就是因为你具有妓院老鸨的道德品行。你不想让他娶你的外甥女对吧。你为什么不同意？他那么有教养又那么迷人。只不过他实在是纯真得要命。我想他丝毫都没怀疑我有什么想法。”

“你应该再直截了当些，老朋友。”

“我的经验足以让我明白，哪些事情纯属浪费时间。其实他眼里只有你那位小伊莎贝尔。咱们说句老实话，她年龄上比我多出了二十岁的优势，而且她着实可爱啊。”

“你喜欢她的礼服吗？我亲自替她选的。”

“又漂亮又合身。只是她不够时尚风雅。”

艾略特把这句话当成了针对他本人的批评。他当然不肯轻易放过德·弗洛里蒙夫人。他表情随和地笑了起来。

“一个人必须达到您这种彻底成熟的地步，才能拥有**您的**风

---

① 法语：咱们这么说吧，亲爱的。

雅呢，我亲爱的朋友。”他说道。

德·弗洛里蒙夫人的还击方式不是刺出利剑，而是直接抡起大棒。她回敬的话让艾略特身上弗吉尼亚人的热血立刻沸腾起来。

“不过我肯定，在你们那个土匪横行的美好国家（vôtre beau pays d’apaches），如果哪一种风雅能够如此微妙、如此无可比拟，他们也很难视而不见。”

不过，如果说德·弗洛里蒙夫人是存心找碴，艾略特的其他朋友见到伊莎贝尔和拉里后却感到非常开心。他们喜欢她的青春靓丽，她周身充盈的健康活力；他们喜欢他好似画像人物般的英俊面容，他的良好礼仪和安静、含蓄反讽的幽默感。两个人的优势，是都能说一口纯正流利的法语。布莱德利夫人在外交界生活过这么多年，也能使用足够地道的法语，虽然带有无法掩饰的美国口音。艾略特慷慨大方地款待他们。伊莎贝尔对自己的新衣服和新帽子都很满意，因为艾略特提供的所有欢乐而感到愉悦，和拉里在一起时也感觉很幸福。她觉得很久以来都没有这样开心过了。

4

艾略特有一种观念：早餐这顿饭，应该跟完全不认识的人一起吃，除非实在没有其他选择。因此，就算布莱德利夫人有些不太情愿，或者是像伊莎贝尔那样几乎没有任何不满，她俩都得在自己卧室里吃早餐。但是伊莎贝尔醒来后，有时会嘱咐艾略特替她们聘请的大侍女安托瓦奈特，让她把加奶的咖啡端到母亲房间里。这样她可以跟母亲边喝边聊。在当前的忙碌生活里，她一天下来只有这段时间能和母亲单独相处。在抵达巴黎将近一个月以后的某天早晨，伊莎贝尔把头天晚上的经历叙述完毕，其中多半是她和拉里随一群朋友光顾各家夜总会的见闻。这时，布莱德利夫人把她们来法国后自己心里一直惦记的问题说了出来。

“他什么时候回芝加哥？”

“我不知道。他还没提。”

“你没问问他吗？”

“没有。”

“你是不是害怕问？”

“没有啊，当然没有。”

布莱德利夫人斜靠在法式贵妃椅上，身上穿着一件时髦的晨袍，那是艾略特坚持要送给她的。她正在涂指甲油。

“你们单独在一起的时候究竟谈些什么？”

“我们并不总在说话。在一起就很好。你知道，拉里一向不爱说话。我想我俩聊天时，主要都是听我一个人说。”

“他自己一个人的时候忙些什么呢？”

“我还真不知道。我不大想这些事情。我猜他一直过得挺好吧。”

“那他住哪里？”

“这个我也不知道。”

“他好像很有保留，对不对？”

伊莎贝尔点了一根烟，她从鼻孔里喷出一团烟雾，然后冷冷地看着她母亲。

“您这句话的确切意思是什么，妈妈？”

“你舅舅艾略特认为他租了间公寓，跟某个女人住在一起。”

伊莎贝尔哈哈大笑起来。

“您不会相信这个的，对吧？”

“不信。说老实话我不信。”布莱德利夫人若有所思地盯着自己的指甲看，“你从没跟他谈过回芝加哥的事情吗？”

“谈过，谈过很多。”

“他从来就没有丝毫暗示说自己想回去吗？”

“我不能说他有。”

“到十月份他就已经出来整整两年了。”

“我知道。”

“好吧，这是你自己的事情，亲爱的。你必须要做自己认为正确的事情。只不过事情拖得再久，也不会变得更容易解决。”她瞄了女儿一眼，但是伊莎贝尔不愿和她对视。布莱德利夫人向她露出慈祥的微笑。“如果你不想午餐迟到的话，最好现在去沐浴收拾一下。”

“我跟拉里吃午饭。我们准备去拉丁区的某个地方。”

“你们好好玩吧。”

一小时后拉里过来接她。两个人坐出租车到了圣米歇尔桥，下车后沿着人群拥挤的大道信步闲游，最后走到一家外观感觉很好的咖啡馆。两个人在露台找好位置坐下，点了两杯杜博尼酒。后来他俩又搭了辆出租车去餐馆。伊莎贝尔胃口相当不错，她很爱吃拉里给她点的各种美味。她喜欢看着那些肩摩袂接地挤在四周的人，因为这地方已经挤得坐不下了，她看到这些人对食物表现出如此明显而强烈的兴致，忍不住想笑；但她最喜欢的还是和拉里单独坐在这小桌旁。当她高兴得叽叽喳喳说个不停的时候，最喜爱看到他眼里的笑意。和他在一起就舒适自在，这种感觉着实迷人。但她思想深处却有隐约的不安，因为尽管他看上去也是非常舒适自在，但她觉得这并非源自她，或是源于周围环境。母亲刚说的话让她略微有些不安。尽管她貌似毫无心机地闲聊，却观察着他的每一个表情。他和离开芝加哥的时候又有所不同，但她无法判断差异在哪里。他容貌跟她记忆里的一模一样，同样年轻，同样坦率。但他的表情却变了。他的表情并没有变得更加严肃。以前每当他陷入沉静时面容总是很严肃，现在却带有一种安宁，她从未见识过的安宁感。就好像他刚刚解决完自己的某个问题，然后以一种前所未有的方式放松了下来。

吃完午餐后，他建议说应该去卢森堡公园溜达一圈。

“不，我不想去看画了。”

“那好，我们就去那边的花园里面坐坐吧。”

“不，这个我也不想。我想去看看你住的地方。”

“那里没什么可看的。我住在一家旅馆的小破屋里。”

“艾略特舅舅说你找了间公寓，而且在跟某个画家模特过着罪恶的生活。”

“那就亲眼来看看吧，”他笑着说道，“离这里只有几步路。我们可以走着去。”

他带领她走过狭窄而又迂回的街道。尽管两旁高耸的房屋中间还显现出一隙蓝天，这些街道内部的光线却非常昏暗。过不多久，他们来到一家门脸花哨的小旅馆跟前。

“我们到了。”

伊莎贝尔跟着他走进狭小的前厅，看见屋子一侧摆了张桌子，后面坐着个戴套袖的男人，穿着黑色和黄色细条纹相间的背心，系着脏兮兮的围裙，在读一份报纸。拉里向他索要房间钥匙，那人从紧贴身后的墙架上取来递给他。他用审视的目光扫了伊莎贝尔一眼，露出了会意的傻笑。显然他认为她要到拉里房间做些不正经的勾当。

他俩爬了两段楼梯。楼梯上铺着磨旧了的红地毯。拉里打开门锁，伊莎贝尔走进这个只有两扇窗户的小房间。窗外能看到对面的灰色公寓楼，一楼是一家文具店。房间里摆了张单人床，旁边是个床头柜。有个带大镜子的笨重衣橱，一把带椅垫的直背扶手椅。两扇窗户之间摆放了一张桌子，桌面有一台打字机、一些纸张和好些书。壁炉架上还堆着些平装书。

“你坐椅子吧。坐着不会太舒服，但这是我能提供的最好座位了。”

他拖过来另一把椅子坐下。

“这就是你住的地方？”伊莎贝尔问道。

他看见她脸上的表情，呵呵笑了起来。

“是的。我来巴黎后就一直住在这里。”

“可这是为什么呀？”

“这儿挺方便。它离国家图书馆和索邦大学很近。”他指了指她进屋后始终没注意到的一扇门，“它有一间浴室。我可以在这里吃早饭。正餐我通常会去刚才吃午饭的那家餐馆。”

“这地方脏乱得要命。”

“噢，没有，这儿挺好。我想要的就这些。”

“可这里住的都是些什么人啊？”

“哦，我不清楚。阁楼上住了几个学生。两三位政府机关的老单身汉，还有奥迪翁剧院[①]的一名退休女演员；另一处带浴室

① 奥迪翁剧院（Théâtre de l’Odéon），现名为奥迪翁欧洲剧院（Odéon-Théâtre de l’Europe），是法国六大国家剧院之一，位于塞纳河左岸，临近卢森堡公园。

的房间被某个被包养的女人给占了，她那位绅士男友每周四来看她。我想还有几位临时过渡的住户。这地方很安静也很体面。”

伊莎贝尔略微有些不安。因为发现拉里已经注意到自己的反应，而且还觉得挺有趣，她几乎快要恼羞成怒了。

“桌上的那本大书是什么？”她问道。

“那个吗？噢，那是我的希腊语字典。”

“你的什么？”她喊出声来。

“没事的。它又不会咬你。”

“你在学希腊语？”

“对。”

“为什么？”

“我想是喜欢学它吧。”

他笑盈盈地望着她，她也向他报以微笑。

“你觉不觉得现在可以告诉我：你来巴黎这么久，都做了些什么呢？”

“我读了许多书。每天读八到十个小时。我在索邦大学旁听了一些课程。我想我读完了法语文学里所有的重要作品。我现在能看懂拉丁文，至少能看拉丁语散文，几乎跟我读法语一样轻松。当然希腊语比较难。但我有一位非常好的老师。在你来之前，我每周有三个晚上都要去他那里。”

“这样做最终是要实现什么？”

“获取知识。”他笑道。

“听起来不太务实。”

“也许不太务实，但从另一方面看或许就是务实。它确实很有乐趣。你可以想象读《奥德修纪》原文的那种悸动感。它让你觉得自己仿佛只要踮起脚尖、伸出手，就可以触摸到星星一样。”

他推开椅子站起身来，好像受到某种突然附体的兴奋感的驱使，在小小斗室里来回走动。

“前一两个月我在读斯宾诺莎。我认为绝大部分我都不是很懂，但它让我满怀欣喜。就像是从飞机里跳出来以后，降落到山峦中间一片开阔的台地。孤寂，还有如此纯净的空气，就像美酒一样注入你的脑海。感觉像是挣到了一百万美元一样。”

“你什么时候回芝加哥？”

“芝加哥？我不知道。我还没考虑过。”

“你说过的，如果两年以后你找不到自己想要的东西，就会认输放弃的。”

“我现在还不能回去。目前我正站在这门槛边上。我看见广袤的精神沃野在我眼前延展开来，向我示意呼唤，而我迫不及待地想要动身去那里。”

“你能指望从中找到什么？”

“我那些问题的答案。”他用一种近乎戏谑的眼神看了看她。如果不是对他那么了解，她可能会以为他是在开玩笑戏弄她。“我想确认上帝究竟是存在，还是不存在。我想找到邪恶存在的原因。我想知道我到底有没有不朽的灵魂，或者我死去的时候是否意味着一切终结。”

伊莎贝尔微微倒吸了一口凉气。听到拉里说这些东西，让她感到不舒服。她庆幸拉里只是在轻描淡写地说，以一种平常谈话的语气在诉说，这样她才有可能克服自己的尴尬。

“可是拉里，”她微笑道，“几千年来人们都在问这些问题。如果能够回答得了，到今天它们应该已经有答案了呀。”

拉里咯咯地笑了。

“不许笑，好像我说的话很白痴似的。”她正色说道。

“恰好相反，我认为你说的话很机智。但从另一方面看，你也可以说，如果几千年来人们都在问这些问题，那就证明人们忍不住还要问，而且只能继续问下去。再说了，说没有人找到答案，这句话并不确切。现有的答案比问题还要多。许多人找到的答案让他们自己感到相当满意。比如说吕斯布鲁克[①]他老人家。”

“他是谁啊？”

“嗯，就是大学里面我原先不认识的一个人。”拉里漫不经心地说道。

伊莎贝尔没明白他的意思，但她继续往下说道：

“这话在我听来纯粹是孩子气。这些都是二年级大学生感到激动的东西，等他们离开大学就会忘得一干二净。他们必须要谋生。”

“我并不怪他们。你看，我的状况比较幸福，我有足够的生活来源。如果我没有来源，也会像所有人那样去努力挣钱。”

---

① 即吕斯布鲁克的约翰（John of Ruysbroeck, 1293—1391），基督教神秘体验论者，弗莱芒学派的代表人物。

“可是钱对你来说就毫无意义吗？”

“毫无意义。”他咧嘴笑道。

“你觉得自己会用多长时间做完所有这些事？”

“我不知道。五年。十年。”

“那然后呢？你攒这一堆智慧是要来做什么？”

“假若我获得了智慧，我想到时候也就足够聪明，知道该用它做什么了吧。”

伊莎贝尔情绪激动地攥紧双拳，她坐在椅子上，身体前倾。

“你大错特错，拉里。你是个美国人。你的归宿不在这里。你的归宿在美国。”

“等我做好准备就会回去的。”

“可是你会失去太多东西的。我们美国人正在经历一场全世界闻所未闻、无与伦比的进步发展，你还怎么能够忍受在这一潭死水里纹丝不动？欧洲已经完蛋了。我们才是世界上最伟大、最强盛的民族。我们将突飞猛进地向前发展。我们已经拥有了一切。投身于祖国的繁荣发展，这可是你的职责。你已经忘记了。你不知道当今美国的生活是怎样激动人心。难道你就确信，你这样做的原因，不是因为自己没有勇气去投身工作？这是摆在每个美国人面前的任务。噢，我知道你是在以某种方式工作，可这样难道不只是逃避自己的责任吗？它比那种磨洋工的做法又强到哪里去？如果每个人都像你这样推诿责任，美国最后到底会变成什么样呢？”

“你好严厉啊，乖乖，”他微笑道，“答案是并非所有人都像我一样想。或许多数人都比较幸运，他们准备遵循常规道路。你忘了，我的求知热情就好像，比如说，格雷想要挣大钱的热情。难道因为我想花几年时间教化自己，就真变成叛国贼了吗？可能等我经历过这一切，我就有东西可以给予，而人们也乐意接受。当然，这只是一种可能。如果我做失败了，也并不比上班做事却仍然一无所成的人差多少。”

“那我怎么办呢？我对你就毫不重要吗？”

“你对我相当相当重要。我想让你嫁给我。”

“什么时候？十年以后吗？”

“不。现在。越快越好。”

“凭什么？妈妈拿不出什么来给我。再说了，她就算能拿得出来也不会甘心。她会觉得，帮着你继续无所事事地生活下去，是一种错误。”

“我不会惦记着从你母亲那里拿任何东西的，”拉里说，“我每年有三千美元。这在巴黎已经算是不少钱了。我们可以租间小公寓，再找个 bonne à tout faire[①]。我们会很开心的，宝贝。”

“可是，拉里，三千块钱一年是没法活下去的。”

“当然可以活。许多人拿更少的钱都能活下去。”

“可我并不想指望着三千块钱一年过生活。我没理由要这样过。”

“我用一半的钱就活到了现在。”

---

① 法语：包揽全部家务的女佣。

“可这算是什么日子！”

她环顾这破败的小房间，满心嫌恶地打了个寒噤。

“这意味着我能攒下一笔钱。我们可以到南边的卡波里度蜜月，秋天时我们可以再去希腊。我想去那地方想得要命。你记不记得我们以前说过要环游世界？”

“我当然想旅行。但不是用这种方式。我不想坐汽船二等舱，不想忍受三流的旅馆，连个浴室都没有，还得吃便宜馆子。”

“我去年十月就这样游遍了意大利。我玩得非常开心。我们一年三千块钱就可以游遍世界。”

“可我想生孩子，拉里。”

“这很好啊。我们带上他们一起走。”

“你可真傻，”她笑了起来，“你知道养一个孩子要花多少钱吗？维奥莱特·托姆林森去年生了一个，她拼命省钱，结果还是花了她一千二百五十美金。你知道雇个保姆要多少钱吗？”她心里接连闪现出一个又一个的念头，情绪也变得越来越激昂。“你真是太不顾实际了。你不知道你正在要求我做些什么。我还年轻，我还想玩儿。我想做别人都在做的一切事情。我想参加派对，我想去跳舞，我想打高尔夫想骑马。我想穿漂亮衣服。你难道想象不出来吗？如果一个女孩子不能跟其他同伴穿得一样体面，那将意味着什么？如果你要等朋友把衣服穿烦穿旧了，才能花钱买下来；如果哪位朋友出于怜悯甩给你一件新衣服做礼物，你还得千恩万谢，你知道这意味着什么吗，拉里？我甚至都没钱找一位像样的发型师给我做头发。我不想出门坐电车和公共汽车；我想有自己的小汽车。你以为，当你成天泡在图书馆里看书时，我能给自己找点什么事情做吗？逛街时只能看不能买，要不然就傻坐在卢森堡公园里照看我的孩子，让他们不要淘气捣乱？我们这样也不会有什么朋友。”

“噢，伊莎贝尔。”他想要打断她。

“朋友也不再是我习惯的那种类型。是的，没错，艾略特舅舅的朋友们看在他面子上会偶尔邀请我们，但我们不能去啊。因为我没有一件能够穿出门的衣服；我们去不了啊，因为我们没办法回请他们。我不想结识一大群乱蓬蓬、不洗澡的人；我跟他们无话可说，他们跟我也无话可说。我想要生活啊，拉里。”她突然意识到，他的眼神，尽管就像平常盯着她看的时候同样温柔，却略有些暗自好笑的意味。“你觉得我很傻，对吧？你觉得我斤斤计较、很讨人厌，是吧？”

“不，我不觉得。我觉得你说这些都很自然。”

他背对壁炉站着。她站起来走到他跟前。两个人就这样面对着面。

“拉里，如果你名下没有一分钱，然后再找份工作，每年还能挣三千，我就一分钟也不犹豫地嫁给你。我会为你做饭，为你铺床叠被，我也不会介意自己穿什么。我会白手起家，我会认为它充满乐趣，因为我知道这只是时间早晚的问题，你迟早能够做成事情。但要是像你现在这样，那就意味着我们一辈子都将毫无指望、像牲口那样龌龊地活着。这意味着我要辛苦劳作到死去的那一天。而且这又是为了什么？为了你可以花好些年时间来寻找问题答案，你自己都说无法解决的问题的答案。这错得太离谱了。男人就应该工作。工作是他这辈子的目标。这是他造福社会的方式。”

“简而言之，这个男人的职责就是回芝加哥安顿下来，然后加入亨利·马图林家的生意。你觉得我让朋友们买进亨利·马图林感兴趣的那些证券，就能大力促进社会福祉吗？”

“证券经纪人必须得有，这可是相当体面尊贵的谋生方式。”

“在巴黎依靠中等收入而生活的场面，被你描绘得一团漆黑。你知道，真实情况并非如此。一个人不去香奈尔专卖店也可以穿得很漂亮。那些有意思的人也不都住在凯旋门或福煦大街附近。实际上有意思的人几乎不住那里，因为他们通常都没有多少钱。我认识这边许多人，画家、作家和学生，法国人、英国人、美国人，还有其他国家的。我觉得他们比艾略特那些贱不兮兮的侯爵和鹰钩鼻子的女伯爵要好玩得多。你思维敏捷，又富有幽默感。你会很喜欢聆听他们在餐桌上互相交流的想法，即使酒只是普通的酒，即使没有管家领着一对听差贴身伺候着你。”

“别说蠢话了，拉里。我当然可以。你知道我并不势利。我就爱遇见些有意思的人。”

“没错，穿着香奈尔的服装去见他们。你以为他们察觉不到，你是在用一种有涵养、逛贫民窟解闷的眼光来看待这一切吗？他们会不自在的，比你更不自在。何况你从中也一无所获，除非以后能够对艾米莉·德·蒙塔杜尔和格拉茜·德·夏多盖亚尔说，你在拉丁区遇到了不少稀奇古怪的波希米亚人。”

伊莎贝尔轻轻地耸了耸肩。

“我敢说你完全正确。他们不是我从小到大熟悉相处的那种人。他们跟我没有任何共同点。”

“那我们接下来怎么办？”

“回到我们原先开始的地方啰。我从记事起就住芝加哥。我的朋友都在那里。我所有感兴趣的也都在那里。我在那儿感到自在。它是我的归宿也是你归属的地方。妈妈病了，而且以后都不会痊愈。就算我想离开，也不能丢下她呀。”

“这就意味着我除非打算回芝加哥，否则你并不想嫁给我？”

伊莎贝尔犹豫了。她爱拉里。她想要嫁给他。她用全部的身心感受盼望着他。她知道他的思慕。她无法相信到最后摊牌的关头他仍旧毫不示弱。她心里面虽然担忧，却必须要冒险一试。

“是的，拉里，确实就是这个意思。”

他在壁炉边蹭着了一根火柴。那种让你鼻子里充满刺激气味的老式法国硫黄火柴。他点燃烟斗，从她身旁走了过去，站在一扇窗户旁边。他看着窗外。他的沉默似乎永无终结。她还保持着原来面对他时的站姿，看着壁炉上方的镜子。但她已经无法看清自己。她的心狂跳不已，紧张担忧得要命。他终于转过身来。

“我希望能让你看到，我要带给你的生活，会比你概念当中的任何生活都更加充实。我希望能让你看到，精神生活是多么激动人心，它带来的体验有多么丰富。它永无止境。它是如此幸福的生活。只有一样东西与它相似，那就是当你独自乘坐飞机升上天空的时候。越飞越高，越飞越高，只有无限环绕在你周围。你为这无边无际的空间而心醉神迷。你体会到如此欣喜的感觉，于是你不愿拿它换取世间的一切权力和荣耀。我有一天在读笛卡尔。那种自如、优雅和澄明感。老天啊！”

“可是拉里，”她绝望地打断了他，“你没发现你在要求我去做自己根本就不合适、我没兴趣也不想有兴趣做的事情吗？我还要跟你重复多少遍，我只是一个普通、平凡的女孩子，我二十岁了，十年后我就会变老，我想在还有机会的时候好好过日子。噢，拉里，我真是爱你爱得要命。你说的这一切都是琐碎事情。它不会给你带来任何结果。为了你自己，我恳求你放弃吧。像个男人的样子，拉里，做男人该做的工作。你正在浪费你的宝贵光阴，而别人这会儿已经完成不少事情了。拉里，如果你爱我，就不会为了一场梦想而把我放弃。你已经任性试过一回了。跟我们回美国去吧。”

“我不能回去，亲爱的。那样我还不如死掉。那是在出卖我的灵魂。”

“啊呀，拉里，你怎么能这样讲话？那些歇斯底里、自以为高雅的妇人才会用这种方式讲话。你这是什么意思？毫无意义。毫无意义。毫无意义。”

“这个词恰好准确表达了我的感觉。”他回答道，眼里闪动着熠熠的微光。

“你还笑得出来？你没认识到这是很严肃的事情吗？我们已经走到十字路口，我们现在的决定将影响到我们整个一生。”

“我知道这个。相信我，我绝对很严肃。”

她叹了口气。

“你要是不讲道理，那也就没什么可说的了。”

“可是我不觉得它有道理。我认为你一直都在说那些最可怕的废话。”

“我？”如果她心里不是那么难过的话，可能会笑出声来。“我可怜的拉里，你疯得可不是一点儿半点儿。”

她慢慢地将订婚戒指从指上捋下来，放在自己的掌心，然后凝望着它。那是一块切成方形的红宝石戒指，托架是细细的铂金环。她一直都很喜欢。

“如果你爱我，你不会让我这样不开心。”

“我真的爱你。不幸的是，人有时候要做自己认为正确的事，难免会让别人感到不开心。”

她伸出掌心里托放着红宝石戒指的那只手，嘴唇颤抖着，勉强挤出一丝笑意。

“给你吧，拉里。”

“我拿它没有用。你留下它，作为我们的友谊纪念好不好？你可以戴在小指上。我们的友谊没必要结束，对不对？”

“我会一直惦记着你的，拉里。”

“那就收着它吧。我希望你留着。”

她犹豫了一会儿，然后把它戴在右手的指头上。

“它太大了。”

“你可以改一改。我们去丽兹饭店的酒吧喝一杯吧。”

“好的。”

她略微有些吃惊，整个事情居然就这么轻易解决了。她没有哭。似乎什么都没有改变，除了现在她不打算跟拉里结婚了。她简直难以相信，一切都已经彻底了结。她有些愤懑的是，他们最终并没有大吵大闹。他们刚把所有的事情谈完，彼此都很冷静，就像刚谈完房屋交接事宜。她感到沮丧，但同时也体会到淡淡的满足感，因为他们的处事方式是那么文明。她愿意费一番周折，去了解清楚拉里的确切感受。但真想了解清楚，终究还是比较困难；他平静的脸庞，黝黑的眼睛，就是一副面具。她知道，就算自己已经认识他这么多年，也无法看透这层面具。刚才她把帽子摘下来放到床上。现在她站在镜子跟前，重新又把它戴上。

"我只是好奇问一句，"她一边说，一边整理着自己的头发，"你以前想到过我们会解除婚约吗？"

"没有。"

"我以为这对你来说可能是个解脱呢。"他没有回答。她扭转身来，嘴角泛起愉快的笑容，"我准备好了。"

拉里锁上身后的房门。当他把钥匙递给前台时，那个男人用一种欲擒故纵的狡猾眼光把他俩周身上下打量了一番。伊莎贝尔不可能猜不出他的心思：他以为他俩刚做过什么好事。

"我可以肯定那老家伙不敢跟人打赌猜我还是处女。"她说道。

他们搭出租车去了丽兹饭店，喝了杯酒，谈了些不相干的事情。没有明显的别扭勉强，就好像是两个天天见面的老朋友。尽管拉里天性沉默，而伊莎贝尔却是很健谈的姑娘，平常就有一大堆闲聊话题。她决意避免两个人之间出现片刻的沉默，因为那种沉默将难以打破。她不打算让拉里觉得她有任何怨念，她的自尊心也不允许她这样做，如此一来他就不会疑心她因为受到伤害而不开心。此时她建议他叫辆车送她回家。当他把她送到家门口时，她愉快地说道：

“别忘了明天来跟我们一起吃午饭。”

“你绝对放心，我不会忘的。”

她把脸颊凑过去和他亲吻告别，然后穿过内院门廊进了屋。

5

伊莎贝尔走进起居室的时候，发现有几位来访的客人正在里面喝茶。其中两位是住在巴黎的美国女人，她们穿着极其精美的长裙，脖颈上挂着珍珠串链，腕部缠着钻石手链，指头戴着昂贵的戒指。尽管其中一位的头发染成了深棕红色，而另一位则是不自然的金色，但古怪的是，这两个女人却极其肖似。两人都抹着厚厚的睫毛膏，嘴上涂着同样艳丽的口红，面颊上同样搽满了胭脂，同样的瘦削身材，而维持这种身材的代价是极其严酷的禁食方案。她俩有同样清晰而棱角尖锐的五官，同样饥渴而不安分的双眼。看见这两个人，你无法不意识到，她们的生命宛若一场挽留芳华衰逝的绝望斗争。她们用嘹亮的、金属般的噪声，一刻不歇地唠叨着蠢话，好像担心自己如果出现片刻沉默，这内在机器就会立刻停转，而她们整个自我的人工构造将成为散落一地的碎片。另外一位是从美国大使馆来的秘书，精明练达，沉默不语。因为他根本插不进一句话，何况又是饱经世事之人。还有一位身材矮小、肤色暗黑的罗马尼亚王子，他点头哈腰，一副奴颜婢膝的模样。小而晶亮的黑色眼珠，黝黑的脸庞刮得光洁溜滑。他一刻不停地上蹿下跳，或是拿一杯茶，递一碟蛋糕，或是要点一根香烟。他向在场的那些人抛出一大堆极度恭维的话，奉献最粗鄙的赞颂之词。他这是在进行偿付，为了这些奉承对象提供给他的所有宴会，为了所有他希望获得的宴会邀请。

布莱德利夫人坐在茶桌旁。她今天的穿戴样式，是为了尽可能迎合艾略特的高雅品位，而她自己则认为这种场合不必如此精心打扮。她以平常那种彬彬有礼而略显漠然的神情，履行着女主人的职责。她怎样看待她弟弟请来的这些客人，我也只能去想象。我对她的了解一向比较肤浅。她是不愿意倾吐心事的女人。她并不笨。她在外国首都居住的那些年月里，遇见过无数不同类型的人。我想她已经根据自己出生成长的弗吉尼亚小镇标准，非常精明地把他们逐一归类总结。我想她在观察这些人荒腔走板的举止时，应该获得了不小的乐趣。我相信她在看待这些人物的风采雅致时，还不如看小说认真。相比之下，她更关注小说人物的伤痛悲楚，尽管她从一开始就知道故事结局是皆大欢喜（否则她也不会读它）。巴黎、罗马、北京对于她美国精神的影响，并没有超过艾略特虔信的天主教对她那坚韧而不乏便利的长老会信仰产生的作用程度。

伊莎贝尔的青春气息，高挑美丽的身材，还有她的生机活力，给这浮华空虚的环境带来了一股新鲜气息。她就像年轻的大地女神飘然而至。罗马尼亚王子跳起来给她拽过一把椅子，连手势带比画地完成了他的当值使命。两位美国淑媛嘴上一惊一乍、尖声细气地表示着友好亲切，一边上上下下地打量她，把她的服装细节都默记在心里。或许在她们内心里，由于承受着青春洋溢的伊莎贝尔带来的挑战，越发感觉到失意的痛楚。美国外交官看见她益发衬托出这些人的造作和憔悴，便自顾自地笑了起来。然而伊莎贝尔却觉得这些人高贵大方；她喜欢他们的豪华穿着和昂贵的珍珠首饰。她对他们的优雅身姿感到一阵妒忌和刺痛。她怀疑自己能否达到如此极致的优雅。当然，那位小个子罗马尼亚人是很滑稽，但他也很温柔，哪怕他的那些甜言蜜语全然不能作数，至少听听也挺受用。这时大家已经纷纷拾起伊莎贝尔进屋时打断的话头，重新聊得热火朝天。他们确信无疑，每个人的谈话都颇有价值。你几乎会真的以为他们没在胡扯。他们谈到自己参加过的派对，还有准备参加的派对。他们开始闲话最近的丑闻。他们把自己的朋友撕得体无完肤。他们卖弄着一个又一个响亮的名头。他们似乎认识所有人。他们知道所有的秘密。几乎是在同一时间，他们谈起最近一场戏剧、最时新的发型师、新出名的肖像画家，还有刚上任总理的新任情妇。你会觉得他们几乎无所不晓。伊莎贝尔听得如痴如醉。在她看来，这些话题全都是极度文明化的表现。这才是真正的生活。这给她带来了一种置身于事物核心的兴奋感。这是真实的世界。这场景如此完美。宽敞的房间地面铺着萨伏内里地毯，一幅幅美妙画作悬挂在豪华木质墙板上。他们坐的是纳纱绣椅[1]，还有那些无价的螺钿家具、五斗橱和轻便小桌，每一件都足以拿到博物馆里展览。布置这个房间，肯定花费了一大笔钱，但确实值得。它的美，它的审慎得体，前所未有地打动了她。因为她脑海里还保留着那间破旧小旅馆房间的鲜明印象。房间里的铁架床，还有她坐过的那把硬邦邦、毫无舒适可言的椅子。那个在拉里看来没什么不对劲的房间。它空空荡荡、了然无趣，让人感到恐惧。她想起它来，忍不住打了个寒噤。

晚会散了，伊莎贝尔和母亲还有艾略特留下来待在一起。

“可爱的女子，”艾略特把那两位涂脂抹粉、索然无味的可怜女人送到门口后回来了，“她俩刚在巴黎安顿下来时我就认识她们了。我做梦都没有想到她们会出落成现在的模样。真令人惊叹，我国女子的适应能力。你现在简直认不出她们是美国人，而且还是中西部来的。”

布莱德利夫人抬抬眉毛，一言不发地看了看他。他反应那么快，不可能领会不到其中的意思。

“谁也不会那样说你的，我可怜的路易莎，”他半是尖酸半是慈爱地说道，“尽管老天爷知道，你曾经有过无数次的好机会。”

布莱德利夫人噘起嘴来。

“恐怕我对你来说只能是一种伤心和失望，艾略特。但跟你说实话，我对我现在的样子非常满意。”

① 纳纱绣椅（petitpoint chair），椅背和椅座部分一般为风景或抽象纹样的刺绣布面。

“Tous les goûts sont dans la nature.”[①] 艾略特低声咕哝道。

“我想应该告诉你们一声，我跟拉里已经解除婚约了。”伊莎贝尔说道。

“切！”艾略特喊道，“这样我明天的午餐会就办不成了。这么短的时间，我去哪里再找个人过来？”

“噢，他还是会来吃午饭的。”

“你们不是已经解除婚约了吗？这听起来可不合常规啊。”

伊莎贝尔咯咯地笑了。她眼睛看着艾略特，因为她知道母亲的目光正紧盯着自己，而她又不想去看路易莎。

“我们没吵架。我们今天下午谈透彻了，最后结论是我们犯了个错误。他不想回美国。他想继续待在巴黎。他还说准备去希腊。”

“去那里到底做什么？雅典根本就没有社交活动。事实上我本人对希腊艺术从来都不太看好。有些泛希腊时代的东西带有某种衰朽的魅力，那倒是挺迷人。但是菲狄亚斯[②]：不行，真不行。

“看着我，伊莎贝尔。”布莱德利夫人说道。

伊莎贝尔转过脸去看着母亲，嘴角带着淡淡的微笑。布莱德利夫人用充满审视的目光瞪了她一眼，只说了一句“哼”。这

---

① 法语：各花入各眼。

② 菲狄亚斯（Phidias，亦名 Pheidias，约前 490—约前 430），古希腊雕塑家、画家和建筑师。擅长神像雕塑。代表作为奥林匹亚的《宙斯像》和帕台农神庙的巨大铜像《雅典娜》。

姑娘没有哭过，她能看得出来；她显得平静而从容。

“我想你真解脱了，伊莎贝尔，”艾略特说道，“虽然我原本打算尽量往好处想，可我从来就不觉得这门婚事有多般配。他的素质水准比不过你。他在巴黎的所作所为已经非常清楚地表明：他以后一事无成。凭你的长相和社会关系，可以追求更好的条件。我想你的处事方法非常理性。”

布莱德利夫人又瞟了女儿一眼，眼光里不无忧虑。

“你不是为了我才这样做的吧，伊莎贝尔？”

伊莎贝尔坚决地摇了摇头。

“没有，亲爱的，我这样做完全是为了我自己。”

6

那时我刚从东方归来，正在伦敦小住一段时间。大概就在我前面讲述的那些事件过后两个星期，某天早晨艾略特给我打来了电话。听到他的声音我并不感到吃惊，因为我知道他习惯在社交季临近末尾时来英国。他告诉我，布莱德利夫人和伊莎贝尔也一起来了。如果我晚上六点愿意赏光过来见面喝一杯的话，大家会很高兴。他们住在克拉里奇[1]饭店，那是自然。我当时住得离他们不远，所以我漫步走过帕克大道，沿着梅费尔区[2]安静雍容的街道，一直走到了克拉里奇饭店。艾略特还是在他常住的那个套间。房间墙面是棕色贴板，好像是制作雪茄盒用的木材，室内装饰显示出低调的奢华。我被侍者引到房间，他一个人在那里待

---

① 克拉里奇（Claridge's）是位于伦敦的高级酒店，由于经常招待英国王室而被称为“白金汉宫的辅楼”。始建于 1812 年，1854 年被克拉里奇家族收购后得名。

② 梅费尔区（Mayfair，又译为“五月墟区”），最早是以一年一度、为期两周的“五月墟市”而得名。位于伦敦威斯敏斯特市的西区，居住者多为极度富裕的上层社会人士，目前仍是伦敦地价最昂贵的高档商业区。

着。布莱德利夫人和伊莎贝尔外出购物去了，他正在等候她们随时回来。他告诉我说伊莎贝尔和拉里解除了婚约。

艾略特对于人们在特定环境下的行为举止具有一种浪漫化、高度传统的认识，而这对年轻人的办事方法让他感到惶惑。拉里不仅第二天天亮后就过来赴午宴，还表现得好像自己的角色地位丝毫未曾改变。他跟平常一样和善、专注，稳重而欢乐。他以同样的友爱情谊对待伊莎贝尔，跟往常对待她的态度没什么区别。他看上去既没有显得焦虑不堪，也没有沮丧，或者愁容满面。伊莎贝尔也没有显得情绪低落。她看上去和以往一样高兴、同样笑语盈盈，嬉闹逗乐时仍然活泼愉快。仿佛她并没有迈出人生当中具有决定意义、必然带来灼痛的那一步。这让艾略特完全摸不着头脑。他捕捉到他们谈话的只言片语，从中推测出他们根本就不打算放弃以前做好的日程安排。他赶紧找机会和姐姐详谈了一番。

“这真不体面，”他说道，“他们不能再像订过婚的人那样出双入对。拉里真不懂什么礼仪规矩。再说了，这也会毁掉伊莎贝尔的机会啊。福特林罕这个年轻人，就是英国大使馆的那位小伙子，显然被她迷住了。他又有钱，社会关系又广泛。如果他知道她现在名花无主，随后向她求婚，我丝毫不会感到惊讶。我觉得你应该跟她谈谈这件事。”

“我亲爱的，伊莎贝尔二十岁了。她自有一套本事，能够既不惹你生气，又告诉你少管闲事。我发现自己始终很难对付这种情况。”

“那你以前培养她的方法真是糟糕透了，路易莎。再说了，这是你的事情啊。”

“这一点你跟她的看法肯定有差异。”

“你这是在考验我的耐心，路易莎。”

“我可怜的艾略特，如果你家有一位长大成人的女儿，你就会知道，套一匹野马都比管教她容易。关于怎样了解她内心的想法，好吧，最好假装自己就是个头脑简单、懵懂无知的老傻瓜，她心里差不多就是这样想我们的。”

“但你跟她彻底谈过这件事吗？”

“我试过。她笑话我，告诉我说真没什么可谈的。”

“她伤心吗？”

“我不知道。我只知道她胃口很好，睡得跟婴儿一样香。”

“好吧，你记好我的话。如果你让他们继续这样下去，他们准定会在哪一天悄悄溜走，跟谁也不打声招呼就结婚了。”

布莱德利夫人忍不住发笑。

“你如果这样想就应该感到宽慰了：在我们目前生活的这个国家，违反常规的性事可以获得各种便利，而婚姻的道路上却铺满了各种障碍。”

“是很有道理。婚姻是严肃的事情，它寄托着家庭的安危、国家的稳定。但只有当婚外关系不仅能得到宽容，而且获得准许的情况下，婚姻的权威才能得以维持。妓女制度，亲爱的路易莎……”

“到此为止吧，艾略特，”布莱德利夫人打断了他，“我可没兴趣听你那一套理论，什么通奸乱性如何具有社会和道德价值啥的。”

从那以后，他开始着手实施一项隐秘计划，想要中止伊莎贝尔与拉里的继续往来。从他自己的分寸尺度来说，他也非常反感这个计划。巴黎的社交季正接近尾声，所有上流社会的人正安排着去海滨度假地，或是趁着夏天先去一趟他们位于都兰、安茹或布列塔尼的祖传城堡，然后再去杜维尔[①]。通常情况下，艾略特到六月底就去伦敦了。但他的家族亲情很浓厚，对姐姐和伊莎贝尔的喜爱也发自真心。他已经充分做好自我牺牲的准备。他可以在所有重要人物已经消隐的这段时间里，继续留守在巴黎，如果她们愿意的话。但他又发现，自己目前的状态还比较适合做一些对别人极其有利，同时也给自己带来方便的事情。他向布莱德利夫人提议说，他们三个最好立刻动身去伦敦，那里正是如火如荼的社交季节。那些新鲜有趣的事情、新结识的朋友，会让伊莎贝尔的思绪从她不幸的情感纠葛中解脱出来。根据报纸登载的消息，治疗布莱德利夫人这种病症的一流专家届时将要抵达英国首都。向他求医问诊的迫切愿望，可以合理解释他们为什么要仓促动身，也能够打消伊莎贝尔可能不愿离开巴黎的念头。布莱德利夫人立刻同意采取这一计划。她对伊莎贝尔感到费解。她无法判定她究竟是像表面上那样无忧无虑，还是因为受伤、愤怒或伤心，所以假装勇敢来掩藏自己被伤害的情感。布莱德利夫人只能

---

① 杜维尔（Deauville）是法国西北部诺曼底地区的海滨度假城市，濒临英吉利海峡。

赞成艾略特的看法，认为让伊莎贝尔见些新人、去些新地方会对她有好处。

艾略特开始忙着打电话。当伊莎贝尔和拉里去凡尔赛宫玩了一整天回家后，艾略特已经能够告诉她说，他替她母亲预约了一位很有名气的医生，三天后就去英国找他。克拉里奇饭店的套间已经订好，他们后天就能动身了。当艾略特多少有些扬扬自得地把这个情报透露给伊莎贝尔时，布莱德利夫人在一旁观察着自己的女儿。可是她却连眼皮子都没眨一下。

“噢，亲爱的。你要去见那位医生啦，我太高兴了，”她嚷嚷道，还是她平常那种一惊一乍、急不可待的样子，“当然要去，你绝不能失去这个机会。再说能去伦敦也非常棒。我们准备待多久？”

“没必要再回巴黎，”艾略特说道，“一周之内这里连个鬼都见不到。我希望你们跟我一起在克拉里奇饭店住到今年社交季结束。七月份的时候通常会有几场很棒的舞会，当然还有温布尔敦网球赛。然后就是古德伍德和考斯的比赛[①]。我确信，埃林厄姆家族肯定乐意让我们坐他们的游艇去考斯，班托克家族也总是会为古德伍德赛事举办一场大型派对。”

伊莎贝尔显得很愉快，布莱德利夫人也安心了。她似乎根本没有考虑过拉里。

---

① 每年夏季英国的传统体育赛事，古德伍德指每年一度的卡塔尔古德伍德赛马节（Qatar Goodwood Festival），俗称“光辉的古德伍德”（Glorious Goodwood），为无障碍平地赛马；考斯是考斯帆船赛周（Cowes Week），赛事时间在古德伍德赛马节之后。

艾略特刚跟我说完这些事情，母女俩就回来了。我已经有十八个月没有见到她们了。布莱德利夫人比原先略微显瘦，脸色更加苍白。她看上去挺疲倦，状态不是太好。但伊莎贝尔却宛如绽放的花朵。她脸色红润，头发是纯正的棕色，榛仁色眼睛里闪耀着神采，皮肤光洁，给人留下了无比青春的印象。她让你觉得，单纯只是活着就能拥有如许之多的美妙感觉，所以你简直想要欢快地放声大笑。她让我产生一种古怪想法，觉得她好像是一只梨，金黄的颜色，美味可口，已经完全熟透了，只是等待有人来品尝。她周身洋溢着和煦温暖，如果你伸出手来，都应该能感觉到这种温暖的抚慰。她比我上次见面时显得又高了一些，我不清楚这究竟是因为她穿了高跟鞋，或是聪明的制衣匠在给她裁剪衣裙时刻意掩饰了她的婴儿肥。作为自小就爱玩户外游戏的姑娘，她充分体现出身姿的优雅灵活。简而言之，她是一位非常具有性吸引力的年轻女子。如果我是她的妈妈，我会认为这是她最适合婚嫁的时期。

我很高兴有机会回馈布莱德利夫人当年在芝加哥对我的盛情款待，我请他们三个人哪天晚上来找我玩。我为他们安排了一顿午宴。

“你如果立刻安排，那还是很明智的，亲爱的老兄。”艾略特说道，“我已经告诉朋友说我们来了，我猜这一两天之内，我们在整个社交季里余下的日程安排就会确定下来。”

我明白艾略特这句话的意思：到那时候他们就没时间搭理我这一类人了。我哈哈笑出声来。艾略特瞅了我一眼，我从中察觉到某种高傲之气。

“当然，通常你在六点钟的时候都可以来这里找我们。我们随时都愿意见到你。”他雍容大度地说道。但他的明显意图，是要把我，这位作家，放回到自己原本的卑微身份上去。

然而兔子急了也会咬人。

“你得跟圣奥尔弗德家试着联系一下，”我说，“我听说他们想处理家传藏品，康斯太布尔画的索尔兹伯里大教堂。”①

“我现在不买任何画作了。”

“我知道，但我想你可以帮他们把画处理掉。”

艾略特的眼里闪现出一道冷峻的光。

“我亲爱的老兄，英国人是一个伟大的民族，但他们从来都没有绘画的能力，也永远不会有绘画的能力。我对英国画派不感兴趣。”

---

① 英国风景画家约翰·康斯太布尔（John Constable, 1776—1837）曾经绘制过好几幅相关主题的名作，例如《从主教花园看见的索尔兹伯里大教堂》（*Salisbury Cathedral from the Bishop's Grounds*, 1823）以及《从草地看见的索尔兹伯里大教堂》（*Salisbury Cathedral from the Meadows*, 1831）。

7

在随后的四周时间里，我几乎见不到艾略特和他那两位亲戚的踪影。他在这对母女的待遇上面给足了排场。他带她们去苏塞克斯某个华贵府邸里度周末，在另一个周末又去了威尔特郡更为尊贵的人家。他带她们去听歌剧，并且作为温莎家族某位小公主的客人，坐进了王室包厢。他带她们去和达官显贵们共进午餐和晚宴。伊莎贝尔参加了好几场舞会。他在克拉里奇饭店也招待了好几批客人，而这些人的名字又成为第二天报纸版面的显赫新闻。他在基罗饭店和使馆举办晚宴派对。他确实将每件事情都安排得妥帖停当，而伊莎贝尔则需要更多地施展自己并不具备的成熟老练，才能够在艾略特为了她的欢娱享受而提供的这些华彩雅致面前，稍微表现出一点眼花缭乱的意思。艾略特可以自鸣得意地认为：他费尽所有周折，无非是出于纯粹无私的动机，为了让伊莎贝尔从一场不幸的恋爱中解脱出来。但我的看法是，他能让姐姐亲眼看一看他跟这些显赫时尚的人有多么熟络亲密，就足以产生无限的满足。他是一位值得钦佩的主人，他乐于展示自己在这方面的精湛技艺。

我参加过他的一两次派对，而且经常在六点钟到克拉里奇饭店登门拜访。我发现环绕在伊莎贝尔身边的人，或是身穿漂亮服装、身材魁梧的皇家近卫骑兵旅的年轻小伙，或是衣着漂亮程度稍逊、举止优雅的外交部年轻人。就是在这样一个场合，她把我拉到了旁边。

“我想问你件事，”她说道，“你还记得我们去杂货店喝冰淇淋苏打的那个晚上吗？”

“绝对记得。”

“你那时候非常和气，非常愿意帮忙。你还能和和气气地再帮一次忙吗？”

“我会竭尽全力。”

“我想跟你谈点事情。我们哪天一起吃个午饭好不好？”

“差不多哪一天都可以。”

“找个安静的地方。”

“你觉得坐车去汉普顿宫，然后在那里吃午饭怎么样？那里有几处花园，这会儿是最好看的时候，你还能看到伊丽莎白女王睡过的床。”

这个主意很适合她，于是我们商定了日期。然而等到那一天到来时，原本晴朗和煦的天气突然变得糟糕起来。天色灰暗，细雨纷纷而降。我打电话问她是否介意在城里吃午饭。

“我们应该没办法坐在花园里，如果去看画，光线也太暗了，我们什么也看不见。”

"我去好多家花园坐过，前辈大师们我也看腻了。我们随便找个地方吧。"

"好的。"

我开车去接她，然后沿着街道往前走。我知道一个小旅馆，那里吃的东西还不错，于是便直接去了那里。伊莎贝尔在路上显示出她一贯的活泼劲儿，说起这段时间参加过哪些派对，遇见过哪些人。这段时间她玩得挺高兴，但她遇见过我的几位熟人，从她给予的评价里，我意识到她的精明，还有识别那些荒唐之人的锐利眼光。恶劣天气驱走了游人，餐厅只有我们两个人歇脚。这家旅馆的特点是英式家常菜，我们让人切了一块美味的羊腿肉，配着绿豌豆和新摘的马铃薯，外加一份厚皮苹果派，接着是德文郡的鲜奶忌廉，再添一大杯淡啤酒，堪称一顿极佳的午餐。吃完东西后，我建议去空荡荡的咖啡室里坐一会儿。那里有扶手椅，我们可以坐得舒服些。屋里有些寒意，但壁炉里铺好了木炭，所以我划根火柴点燃了它。火焰让昏暗的房间变得更为宜人。

"饭吃完了。"我说道，"现在告诉我，你想跟我谈些什么吧。"

"跟上次一样，"她吃吃地笑道，"是拉里。"

"我猜也是。"

"你知道我们之间解除婚约了吧。"

"艾略特告诉我了。"

"妈妈松了口气，而他喜笑颜开。"

她迟疑片刻，然后开始逐步回顾她和拉里的谈话。这些内容，我已经尽可能忠实地告知各位读者了。大家可能觉得奇怪，她怎么会把这么多事情告诉一位相知甚少的人。我想我才见过她十来次，而且除了那次在杂货店以外，我俩也从未单独相处过。我对这种事并不感到吃惊。一方面，就像所有作家告诉你的那样，人们确实会把不愿意告诉别人的事情告诉作家。我不知道是什么原因，只能说，当他们读过某位作家的一两本书以后，会感觉自己已经跟他形成了格外亲密的关系；或者还有可能是，他们将自己的生活戏剧化，把自己视为小说里的角色，所以准备向他坦诚相见，就像他编造的那些角色一样。我还在想，伊莎贝尔已经感觉到我喜欢她和拉里，知道他们的青春气息打动了我，我对他们的忧伤愁苦会报以同情。她无法指望艾略特成为友善的聆听者。明明是其他年轻人求之不得的事情，一次走向社会的绝佳机遇，却被这位年轻人嗤之以鼻。他才不愿意为这种人多费心思。她母亲也帮不上忙。布莱德利夫人具有高度的原则感和常理心。她的常理心让她深信：如果你想在这个世界继续存活，就得接受它的习俗规矩，不要做其他所有人都明确表示不牢靠的事情。高度的原则感，让她相信男人的职责就是要从事某项营生，通过投入精力和不断进取，才有机会挣得足够的钱财，让妻子和家庭维持着与自己地位标准相匹配的生活；让儿子们受到良好教育，以便获得男人勤恳敬业所需的资本；在去世时再给遗孀留下足够的生计费用。

伊莎贝尔记性很好，那些冗长讨论的每一处起承转合，都深深印刻在她脑子里。我默默聆听她说完了全部经过。她只是偶尔中断一次，向我提了个问题。

“谁是勒伊斯达尔[①]？”

“勒伊斯达尔？他是荷兰风景画家。怎么了？”

她告诉我说拉里提起过他。拉里说勒伊斯达尔至少找到了他的问题答案。她还向我重复了一遍，说当她询问这个人是谁时，拉里就是这样漫不经心地回答她的。

“你觉得他是什么意思？”

我脑子里突然灵光一现。

“你确定他说的不是吕斯布鲁克？”

“他可能说了吧。这个人又是谁？”

“他是一位弗莱芒的神秘主义者，生活在十四世纪。”

“噢。”她失望地说道。

这对她来说毫无意义。但对我来说却挺有意义。这是我第一次体会到的暗示，它让我注意到拉里的思想转折。她继续讲述自己的经历故事，而我尽管还在认真聆听，一部分心思却在迅速联想他提到这位人物背后所代表的各种可能性。我不想过度引申这件事，因为他提到这位“入神派”[②]导师的名字时，或许只是为了形成一个论点。它可能还有其他意思，只是伊莎贝尔没有领

① 勒伊斯达尔（Jacob Isaackszoon van Ruisdael, 约 1629—1682）是荷兰黄金时代的油画家和蚀刻画家，以风景画著称。

② “入神”（Ecstasy）是基督教术语，亦译为“出神”或“狂喜”。词源来自古希腊，描述在信仰或诗意作用下的一种强烈情感状态。

会到。当他回答她说，吕斯布鲁克只是他以前在大学里不认识的一个家伙，显然是想摆脱她的注意。

“你觉得所有这一切都说明了什么？”她讲完以后问我。

我停顿了片刻才回答。

“你还记得他说过，他只想外出游荡吗？如果他跟你说的是真心话，这样的游荡似乎涉及某种异常辛苦的劳作。”

“我肯定这是真心话。可你觉不觉得，如果他花费同样精力去从事任何一项有益的工作，就能赢得一份像样的收入吗？”

“有些人的内在构造方式非常奇特。有些罪犯像河狸一样辛辛苦苦地策划计谋，最后把自己送进了监狱。等他们刚从监狱里出来，立刻又开始新一轮的辛苦策划，直到再次进监狱。如果他们用同样的勤劳、聪明才智和耐心，老老实实去做事情，可能会赚到相当丰厚的钱财，并且能够身居要职。但他们生来就是这种人。他们喜欢犯罪。”

“可怜的拉里，”她咯咯地笑道，“你不会是在暗示，他学希腊语是为了精心策划要抢银行吧。”

我也笑了起来。

“没有，我没这样想。我想告诉你的是，有些人心里有一种无法遏制的强烈冲动，想做些不同凡响的事情，这一点他们自己也管不住。他们必须得做这件事。他们哪怕牺牲一切，也要满足这种渴望。”

“哪怕牺牲那些爱他们的人？”

“噢，是啊。”

“这不就是纯粹的自私吗？”

“那我就不知道了。”我笑道。

“拉里学习那些死掉的语言，能派上什么用场呢？”

“有些人对知识的欲求是不计功利的。这种欲求并没有什么不光彩。”

“如果你不准备让它派上用场，学这种知识又有什么好处？”

“也许他就是这样的。也许了解这种知识本身就已是极大的满足，就像一位艺术家在创作艺术作品时获得的极大满足。这也许只是通向某个更高目标的步骤之一。”

“如果他想获得知识，为什么不在打完仗回来后就去上大学呢？尼尔森医生和妈妈以前就想让他这样做啊。”

“我在芝加哥的时候跟他谈过这些。学位对于他来说没有用处。我略微知道一点：他有自己的明确想法，知道自己想要什么。他觉得这在大学里无法获得。你要知道，在学习过程中，既有跟着狼群一起跑的，也有那种独狼。我想拉里就是那种除了自己的方式以外别无选择的人。”

“我记得有一次问他想不想写作。他笑着说他还没什么可写的。”

“我听说过许多不写的理由，这是最没有说服力的一种。”我笑着说。

伊莎贝尔做了个不耐烦的手势。她连这种最轻松的玩笑都听不下去。

“我不明白的是，为什么他会变成这样。在战争之前他跟其他所有人一样。你可能想象不到，可他网球打得真好啊，高尔夫玩得也很像样。他以前做的事情跟我们其他这些人都完全相同。他是极其正常的男孩子，而且你也没理由怀疑他无法成为一个极其正常的男人。毕竟你是小说家，你应该能够解释这种事。”

“我算什么，哪能解释清楚人性里这些极端复杂的东西呢？”

“这就是我今天想跟你谈话的原因。”她补充道，根本没注意我刚说过的话。

“你不开心吗？”

“没有，谈不上不开心。拉里不在的时候我也挺好。我跟他在一起时才感觉自己那么脆弱。现在它就像一种隐痛。就像好几个月没有练习骑马，然后突然骑得时间太长，开始浑身僵硬的感觉。它不算疼痛，完全不至于无法忍受，但你能意识到它的存在。我会恢复过来的。我一想起拉里要把自己的生活搞得一团糟就觉得烦心。”

“也许他不会。他将要开始的旅程，是一条漫长艰辛的道路。但可能到最后他能找到自己追寻的东西。”

“那是什么东西？”

“你难道就没想过吗？在我看来，他对你说的那些话里已经暗示得非常清楚了。是上帝。”

“上帝啊！”她叫出声来。但这是一种不可思议的惊叹。我们两人使用同一个词汇，意思却如此不同，这就形成了一种喜剧效果，于是我俩忍不住笑了起来。但伊莎贝尔立刻又变得严肃，从她的整个态度里，我感到某种类似于畏惧的东西。“到底是什么让你想到这一点？”

“我只是猜。但你又让我从小说家的角度谈谈看法。可惜你不知道他在战争中经历了怎样的事情，以至于对他造成如此深刻的触动。我想那是某种让他毫无防备、突如其来的震撼。我可以告诉你，无论在拉里身上发生过什么事，它都让他充满了生命易逝的感觉，让他带着痛苦去相信这世界的罪恶与伤痛还可以找到某种补偿。”

我能看得出来，伊莎贝尔并不喜欢我这样调整谈话方向。这让她感到害臊和难堪。

“这不简直是太病态了吗？人必须要接受世界本来的样子。既然我们已经来到这里，当然要尽量好好生活呀。”

“你很可能是对的。”

“我并不想假装自己不是一个绝对正常、普通的女孩子。我想过得开心。”

“你俩的脾气似乎完全不匹配。你能在结婚前发现这一点，真是太好了。”

“我想结婚还想要孩子还想生活——”

“生活在仁慈的上苍乐意为你安顿好的条件里。”我笑着打断了她的话。

“是啊，这又没什么害处，对不对？这是一种非常舒适的状态，我对此非常满意。”

“你们两个就像是一起度假的朋友，但其中一位想去格陵兰爬冰山，另一位想去印度的珊瑚海滨钓鱼。显然这样没法安排。”

“不管怎么说，我还有可能从格陵兰冰山那边得一件海豹皮大衣。但我非常怀疑印度的珊瑚海滨到底有没有鱼。”

“那得看过了才知道。”

“你为什么要这样说？”她问道，微微皱起了眉头，“你在说自己的想法时，好像一直都这样有所保留。当然啦，我知道我在这件事里演不了主角。拉里演主角。他是理想主义者，他是一个幻想美梦的梦想家。即使这个梦想不会成真，曾经梦想过它也足以让人激动不已。我扮演的却是铁石心肠、唯利是图、讲求实际的角色。有了常识心，就绝不会有太多的同情心，对不对？但你忘了，不得不付出代价的人是我。拉里可以拂袖而去，身后飘散一片片荣耀的云彩。而留给我的一切，却只能是亦步亦趋、入不敷出地过日子。我想要生活啊。”

“我根本没忘记这一点。多年以前，当我还年轻的时候，认识了一名学医的男子。这个人技术挺不错的，但就是不去行医。他花了很多年时间在大英博物馆的图书室里埋头苦读，每隔很长一段时间就会推出一部半科学、半哲学的巨著。没有人读这种书，他只能自费出版。他在临死前写了四五本这样的书，这些书绝对毫无价值。他有一个儿子想当兵，但家里没钱送他去桑德赫斯特[①]，只好应征入伍，后来就阵亡了。他还有一个女儿。女儿非常漂亮，我对她印象挺深。她在二流剧团里扮演小角色，拿着

---

① 桑德赫斯特皇家军事学院（The Royal Military Academy Sandhurst, RMAS），英国培养初级军官的一所重点院校，位于伦敦西 48 公里处的伦敦路北侧。学校历史可以追溯到 1741 年。

可怜的薪水，在全国各地到处巡回表演。这个人的妻子，在经过许多年枯燥、卑贱的繁重劳作后身体垮掉了。女儿只好回到家照顾她，拾起妈妈没有体力再做的重活。一个个白白浪费、遭受挫败的生命，一切都毫无意义。当你离开现成轨道的时候，就是在抛硬币猜正反。许多人蒙受召唤，但很少有人成为选民。”

“妈妈和艾略特舅舅赞成我的做法。你也赞成吗？”

“我亲爱的，这对你来说重要吗？我对你来说差不多算是陌生人。”

“我把你当作一位没有利害关系的旁观者，”她说道，带着迷人的微笑，“我想得到你的赞同。你确实觉得我这样做得对，是不是？”

“我觉得为了你自己，你这样做是对的。”我说道，几乎可以确信她捕捉不到我这句话里的细微差异。

“可是我为什么还良心不安呢？”

“你有吗？”

她嘴上还挂着笑，但已经是略显懊恼的笑容。她点了点头。

“我知道这只是基本常识。我知道每个有理性的人都会同意，我做了唯一能做的事。我知道从任何实际角度，从世俗智慧的角度，从日常体面的角度，从对和错的角度，我都做了自己该做的事情。然而在我内心深处却有一种不安的感觉：我想如果我再善良些，如果我再少些功利心，更加无私、高贵一些，我就会嫁给拉里，过着他那样的生活。如果我爱他爱得足够深，我就让这个世道见鬼好了。”

“你可以反过来想。如果他爱你爱得足够深，他会毫不犹豫做你想要的事情。”

“我也这样劝过自己。但不管用。我想女人天性里更多是要牺牲自己而不是牺牲男人吧。”她呵呵笑道，“路得和外邦的麦地，还有其他诸如此类的。”①

“你为什么不冒险试一下呢？”

我们一直很轻松地谈论这个话题，差不多像是在随意闲话我们俩都认识的人，但自己却跟这个人的事情没什么密切关联。伊莎贝尔在向我讲述她和拉里的谈话内容时，甚至表现出一种轻巧欢快，而且还带着幽默感，显得生动活泼，似乎并不想让我把这些话太当真。但我刚才的问题却让她脸色瞬间苍白。

“我害怕。”

我们俩沉默了片刻。一阵凉意沿着我的脊柱往下游走，是我每次遭遇到深刻而真实的人类情感时就会产生的奇怪感觉。我觉得它很可怕，几乎令人敬畏。

“你非常爱他吗？”我终于又问道。

“我不知道。我对他不耐烦。我对他很恼火。我又止不住地想念他。”

沉默再次降临。我不知道该说什么。我们坐的咖啡屋很小，厚厚的蕾丝窗帘挡住了外面光线。墙上贴的是黄色大理石纹的壁

---

① 典出《圣经·旧约·路得记》与济慈诗歌《夜莺颂》，指贫困寡居的“外邦人”路得和婆婆拿俄米在伯利恒拾穗，后来嫁给前夫族中的波阿斯的故事。

纸，挂着陈旧的体育运动版画。屋里的红木家具，敝旧的皮椅和霉味，奇怪地让人联想到狄更斯某部小说里面的咖啡馆。我拨了拨壁炉的火，又加了些炭。伊莎贝尔突然开口说话了。

“你看，我原以为真正摊牌的时候他就会认输。我知道他比较软弱。”

“软弱？”我惊呼道，“你怎么会这样想他？这个人可是在整整一年里经受了所有朋友和同伴的反对，只因为他决心要走自己的路。”

“我以前对他想做什么都可以做。我用一根小指头就能让他团团转。我们做事情时他从来都不占据主导。他只是跟随在大队人马的后面。”

我点燃一支烟，看着自己吐出的烟圈。它越变越大，然后渐渐消失在空气里。

“妈妈和艾略特当初觉得我到现在还跟他到处乱转悠，好像什么事都没发生过，是非常不妥当的。可我那时没怎么当回事。我一直在想，到最后他会妥协的。我无法相信，当他那个笨脑瓜终于看清楚我这个人说一不二的时候，居然还不肯让步。”她犹豫了一下，冲着我无赖而戏谑地坏笑道，“如果我告诉你一件事，你会不会吓傻掉？”

“我觉得可能性极低。”

“我们决定要来伦敦的时候，我给拉里打电话问他说，我在巴黎的最后一个夜晚能不能跟他一起度过。后来我告诉了他们，艾略特舅舅说这样极不妥当，妈妈说她觉得毫无必要。当妈妈说某件事毫无必要的时候，意思是她彻底不赞成。艾略特舅舅问我到底是怎么想的，我说我们打算到某个地方吃晚饭，然后再逛逛各家夜总会。他跟妈妈说，她应该禁止我出门。妈妈说：‘如果我禁止你去，你会当回事吗？’‘不会，亲爱的，’我说，‘绝不会。’然后她说：‘我猜就是这样。这样就算我禁止你去也没有多大意思。’”

“看来你妈妈是一位极其理性的女人。”

“我相信她在理性方面没什么欠缺。当拉里来找我时，我进她房间里道晚安。我稍微化了化妆；你知道的，在巴黎必须得这样，否则就像是没穿衣服似的。她看到我的装束，那种从头到脚打量的眼神，让我产生了一种不自在的感觉，我怀疑她已经相当精明地判断出我想做什么。但她什么也没说，只是亲了亲我，对我说，希望我玩得开心。”

“你到底想做什么？”

伊莎贝尔满眼疑惑地看着我，好像不太肯定自己是否应该说得再坦白些。

“我觉得我长得不算太难看，这是我最后一次机会。拉里在马克西姆餐厅订了一个席位。我们吃了不少好东西，都是我特别喜欢的。我们还喝了香槟。我们胡吹海聊，至少我是这样，我逗得拉里哈哈大笑。我喜欢他的原因之一，就是我总能把他逗乐。我们还跳了舞。玩得差不多的时候，我们又去马德里城堡夜总会。路上遇见几个认识的人，就跟着他们一起玩。我们又喝了些香槟，然后都跑到了金合欢。拉里舞跳得很好，我们俩配合得不错。我跳得浑身发热，再加上音乐和酒，整个人有些晕乎。我觉得自己完全不管不顾了。我跳舞时脸贴着拉里的脸，我知道他想要我。上帝知道我多么想要他。我萌生了一个想法。我估计当时这想法一直潜藏在我脑海深处。我想我得让他跟我一起回家。只要我把他带回去，好，那件不可避免的事情就会不可避免地发生。”

“说实话，你的表达简直是不能再微妙了。”

“我的房间跟艾略特舅舅和妈妈的有段距离，所以我知道没什么风险。等我们回到美国，我想我就可以写信说我要生宝宝了。他就只好回来娶我。只要能让他回国，我相信留住他也不会太难，特别是妈妈还生着病的时候。‘我真是傻瓜，以前怎么就没想到这个呢，’我对自己说，‘这肯定能解决所有问题。’当音乐停止时，我顺势倚靠在他的臂弯，然后说时候不早啦，我们明天中午还要坐火车，所以还是走吧。我们坐上一辆出租车。我紧紧依偎着他，他把我搂在怀里，亲吻着我。他吻着我，他吻着我，噢，那是天堂般的感觉。只是一转眼的工夫，出租车已经停靠在家门口。拉里给司机付了车钱。

“‘我走回去。’他说道。

“出租车丁零当啷地开走了，我伸手搂住他脖子。‘你上来，最后再来杯饮料好不好？’我说。

“‘好，如果你愿意的话。’他说道。

“他按了按门铃，大门打开了。他在我们进门时打开廊灯。我盯着他的眼睛看。这双眼睛如此充满信任、如此诚实、如此如此地毫无伪饰。显然他丝毫没有想到我正在给他设下一道陷阱；我觉得我不能对他使用这么恶心的花招。这就像从孩子手里夺走糖果。你知道我怎么做的吗？我说：‘噢，算了，要不你别上来了。妈妈今天身体不太舒服。她要是睡着了的话，我可不想吵醒她。晚安。’我把脸贴过去让他亲了亲，然后把他推出门外。事情就这样结束了。”

“你现在难过吗？”我问道。

“我现在既不高兴也不难过。我当时只是情非得已。最后这样做的并不是我自己，而只是一时冲动。它掌控指使着我，它代替我这么做的。”她咧嘴笑了，“我猜你会说，这是出于我相对善良的天性。”

“我猜你会这样做的。”

“所以我的相对善良的天性必须承担后果。我相信它以后再遇到这类事，肯定会更加留神了。”

我们的谈话基本到此结束。可能对于伊莎贝尔来说，能够自由自在地跟某个人畅谈，就是一种慰藉。但这是我能为她做的全部。我感觉到自己帮不上什么忙，只能试着聊一些微不足道的事情，从而给予她安慰。

“你知道的，当一个人陷入爱情，”我说，“事情又全部乱成一团的时候，会格外地不开心，觉得自己永远也过不了这道坎。但是你会惊奇地发现，大海能够解决很多问题。”

“你什么意思？”她笑道。

“这么说吧，爱情可不是一位好水手，它在海上航行的途中就会枯槁憔悴。你会惊奇地发现：等到你和拉里已经远远隔开整个大西洋的距离时，启航前那种看似无法忍受的创痛，在旅途结束后会显得那么微不足道。”

“你是根据经验这样说的吗？”

“根据过去某一段暴风骤雨般的经历。一旦我感受到毫无回报的爱情带给我的阵阵创痛，就会立刻搭乘一艘越洋邮轮远走他乡。”

雨似乎没有任何停歇的意思。于是我们断定，伊莎贝尔即使没看到汉普顿宫那一排富丽堂皇的建筑，甚或是伊丽莎白女王的卧榻，她也能继续活下去。我们开车回到伦敦。在这以后我又见过她两三次，但都是跟其他人在一起的场合。再到后来，我对伦敦暂时有些厌倦，就动身去了蒂罗尔地区①。

① 位于奥地利西部和意大利北部的阿尔卑斯山区。

第三章

1

此后十年间，我既没见过伊莎贝尔也没见过拉里。我还继续和艾略特见面。实际上，出于某种原因，我跟他见面比以前更加频繁。具体原因我会在后面说到。从他那里，我间或知道了伊莎贝尔的最新情况。至于拉里的情况他就无话可说了。

“我只知道他还住在巴黎，但我不大可能碰见他。我们活动的圈层不一样。”他不无得意地补了一句，“真是悲哀啊，他居然就这样彻底颓废了。他家庭出身非常好。如果他把自己交到我手里，我肯定能让他成为人物。不管怎样伊莎贝尔算是侥幸逃脱了。”

我结交的圈层并不像艾略特那样狭窄，所以我在巴黎认识的很多人，在他看来可能会非常讨嫌。我每次来巴黎歇脚的时间短暂，但相对频繁，其间我会询问这些人当中的某一两位，问他们有没有遇见过拉里，或是知道他的消息。有些人跟他有过一面之缘，但没有谁跟他关系很熟，所以我找不到可以打听消息的人。我去他经常光顾的那家餐馆，但发现他已经很久没去那里了。大家觉得他肯定是离开巴黎了。我在蒙帕纳斯大道沿途的咖啡店也从未遇见过他。一般来说，住在周边的人都会去那些店铺。

他原来的打算，是等伊莎贝尔离开巴黎后，自己去希腊。然而他放弃了这个计划。他到底做了些什么，等他亲口告诉我时，已经是多年以后的事了。但我还是现在就把它说出来吧。因为我如果尽量按照时间顺序来讲述事件，会更加方便些。他那年夏天继续待在巴黎，并且毫不间断地一直用功学习到深秋。

“当时我想自己需要放下书歇一歇了，”他说道，“我已经连续两年每天用功八到十个小时。所以我就去煤矿找了份工作。”

“你去了哪里？”我惊呼道。

我的错愕表现让他笑了起来。

“我觉得做几个月体力活会对我有好处。我认为它会让我有机会整理思绪，并且跟我自己和解。”

我沉默无语。我猜想，这个出人意料的举动，原因是否仅在于此。或许伊莎贝尔拒绝嫁给他也与此有关。事实是，我根本不知道他对她的爱有多深。许多人在恋爱时会编造各种理由说服自己，并且声称唯一合理的选择就是做自己想做的事。我想这也是那么多灾难式婚姻的存在原因。他们就像那些把自家事务托付给他们明知道是骗子，但骗子碰巧又是自己好友的人。因为他们不愿意相信一个骗子首先是骗子，然后才是朋友。他们确信，不管这家伙对别人怎样不诚实，都不会这样对待自己。拉里足够坚强，他拒绝为了伊莎贝尔而牺牲他认为自己应有的生活，但失去她的痛苦可能比他原先想象的更难承受。或许他像我们多数人一样，总希望能够做出两全其美的选择。

“好，你继续说吧。”我说道。

“我把自己的书和衣服打包装进两只大皮箱，寄存在美国捷运。我又准备了一套正装和几件内衣，装进一个手提包，然后就动身出发了。我的希腊语老师有位姐姐，她嫁给了朗斯附近一家煤矿的经理。老师让我带封信给他。你知道朗斯吗？”

“不知道。”

“它在法国北部，离比利时边境不远。我在那里只住了一晚，睡在车站旅馆。第二天我搭乘一辆朗斯本地的公交车到了煤矿那边。你去过煤矿村吗？”

“在英国去过。”

“好吧，我估计都差不多。那地方有煤矿，有矿场经理的住宅，还有一排排整齐低矮的双层房屋，都很相似，几乎都一模一样。样式太雷同了，看完以后你的心会直往下沉。有一座新崭崭、丑兮兮的教堂，还有几间酒吧。这里又荒凉又寒冷。我到的时候正在下小雨。我走进矿场经理的办公室，把信递交给他。他是个矮小、肥胖的男子，红红的脸蛋，一看就是个好胃口的家伙。他们缺少人手，许多矿工都参战阵亡了。有许多波兰人在那里工作，两三百号人吧，我想。他问了我一两个问题。他不太喜欢我的美国人身份，似乎觉得有些古怪，但他内弟在信里夸了我一通，所以他终究还是挺愿意把我留下来。他想给我安排一份地面的工作，但我跟他说我想去地下干活。他说如果我适应不了，会觉得这工作很艰苦。但我跟他说我已经做好准备，所以他后来就说我可以给某个矿工当帮手。实际上那是童工的活，但当时找活儿干的童工人数也不够。他是个好人。他问我有没有找个住的地方。我告诉他说还没有，他就在纸上写了个地址，说如果我要去那家的话，女主人会给我留张床。她是一位矿工的遗孀。矿工参战阵亡了，他的两个儿子还在矿场工作。

“我拿起手提包就走了。我找到那间房子，给我开门的是一位高挑、瘦削、头发半白、眼睛又黑又大的女人。她五官很好看，所以年轻时肯定挺漂亮。即使处于这种憔悴的状态，如果不是因为缺少两颗门牙，她的面相不会难看。她告诉我说没有单独房间了，但有间房里摆着两张床。其中一张租给了波兰人，我可以用另外一张。她的两个儿子住着楼上一个房间，她住另一间。她领我去看的房间在一楼，我猜想它可能曾经是起居室。我希望有一个自己的房间，但想想最好别太挑剔。这时细雨变成了持续的小雨，而我已经被淋湿了。我不想再出门走路，不想浑身再湿透。所以我说这挺合适，就此安顿下来。他们把厨房用作起居室，搁了一对快要散架的扶手椅。院落里有一间煤棚，同时也是沐浴间。两位小伙儿和波兰人已经自带午餐去了矿上，不过她说我到中午可以跟她一起吃饭。然后我就坐在厨房里抽烟，她继续忙着自己的活儿，一边跟我聊她自己和家里的情况。屋里其他几个人在轮班结束后也都回来了。先回来的是波兰人，然后是两位小伙儿。波兰人经过厨房时，我们的女房东告诉他说，我得跟他合住一间屋，他向我点了点头，没有说话，从炉盘上面拎起来一个大水壶，进到煤棚里去冲洗身体。两位小伙儿个头很高，长相英俊，虽然脸上蒙着一层尘垢。看来他俩挺愿意跟我友好相处。

因为我是美国人，所以这两人把我当成了怪胎。其中一位是十九岁，几个月后就要去服兵役。另一位十八岁。

“波兰人回到了屋里，然后他俩就收拾清洗去了。波兰人那些名字都很难记，这位波兰房客就是其中之一。不过他们都叫他考斯蒂。他是个大块头，比我要高两到三英寸，体格壮硕。他脸色苍白，显得肉乎乎的。鼻子又宽又短，嘴巴很大。他眼睛是蓝色的，因为没能把眉毛和眼睫毛上的煤灰洗干净，看上去就像化了妆一样。黑色睫毛的衬托下，这双眼睛蓝得有些吓人。他是个丑陋、粗鲁的家伙。两位小伙儿换好衣服后就出门去了。波兰人坐在厨房里，边抽烟斗边读报纸。我衣服口袋里有本书，于是就掏出来拿着看。我注意到他扫了我一两眼，然后很快就放下了手里的报纸。

“‘你在读什么？’他问道。

“我把书递给他自己看。这是我在巴黎车站买的一本《克莱芙王妃》[①]，因为它体积足够小，可以装进口袋里。他看了看书，又看了看我，显得很是好奇，然后把它递回来。我注意到他嘴唇边一丝嘲讽的微笑。

“‘你觉得这书好玩吗？’

“‘我觉得它很有意思——甚至挺吸引人的。’

“‘我在华沙上学时读过。乏味得要命。’他法语说得很好，几乎听不出一丝波兰口音。‘现在我什么都不看，只看报纸和侦

---

① 《克莱芙王妃》(*La Princesse de Clèves*)，1678 年以匿名形式出版的一部法国小说，真实作者据信为拉法耶特夫人（Madame de La Fayette），被认为是开创了现代心理小说的先河。

探故事。’

“勒克莱尔夫人，这是我们那位房东大姐的尊名，她坐在桌子旁边缝袜子，一边看着晚饭锅里的炖汤。她告诉考斯蒂说我是煤矿经理派来她这里的，又把我先前觉得合适告诉她的话重复了一遍。他一边听着，一边抽着烟斗，用他亮闪闪的蓝眼睛看着我。这眼里透着严苛与精明。他问了我几个有关我本人的问题。当我告诉他说自己从来没在煤矿工作过的时候，他嘴角再次露出一丝嘲讽的笑容。

“‘你并不知道自己是来做什么的。一个人只要还能做点别的，就不会跑到煤矿来干活。不过这是你的事情，你肯定有你自己的理由。你在巴黎时住哪里？’

“我告诉了他。

“‘有段时间我每年都去巴黎，但我只待在林荫大道。你去过拉吕餐厅吗？那是我最喜欢的餐馆。’

“这让我有些吃惊，因为你知道，那地方并不便宜。”

“相当不便宜。”

“我猜他注意到了我诧异的样子，因为他再次向我露出嘲弄的笑容，但显然觉得没必要再进一步解释。我们继续漫无边际地聊着天，后来两个男孩子就回来了。大家一起吃晚饭。吃完饭后考斯蒂问我愿不愿跟他一起去 bistro[①] 喝杯啤酒。那是个挺大的屋子，房间一头是吧台，屋里摆了好几张大理石面的桌子，旁边

① 法语：小饭馆。

围着几把木头椅子。屋里有架机械钢琴，有人刚往投币口扔了枚硬币，所以正在呜里哇啦地播放着舞曲。除了我们以外，只有三桌顾客。考斯蒂问我玩不玩贝洛特纸牌[1]，我因为以前跟几位同学朋友学过，所以就同意一起玩。他又提议说我们应该赌啤酒。我同意了，于是他要来了纸牌。我先输了一杯啤酒，接着又输了一杯。随后他又提议说我们应该赌点钱。他手上的牌很好，而我运气很差。我们玩的赌注非常小，但我总共输掉了好几个法郎。他赢了钱，加上喝过啤酒，所以兴致很高，一直在说话。根据他的自我表述方式和礼仪举止，我没过多久就猜到，他是受过良好教育的人。当他再说起巴黎时，总问我是否认识这位那位，或那位这位。都是路易莎阿姨和伊莎贝尔在巴黎时，我在艾略特家里遇到的那几位美国女子。他似乎比我更了解她们。我猜想，究竟是什么原因导致他今天的处境呢？时间虽然还不太晚，但我们第二天天刚亮就得起床。

"'我们走之前再喝杯啤酒吧。'考斯蒂说道。

"他啜饮着啤酒，用他那精明的小眼睛斜睨着我。我知道他让我想起什么来了，一头脾气暴躁的猪。

"'你为什么跑到这个烂煤矿来干活？'他问我。

"'为了增长见识。'

"'Tu es fou, mon petit.'[2]他说道。

---

① 法国当时流行的一种纸牌游戏，1920 年左右发明。

② 法语：你发疯了，小家伙。

“‘那你呢？为什么要在这里干活？’

“他耸了耸自己结实粗笨的肩膀。

“‘我幼年时进入贵族军官学校，父亲是沙皇手下的将军，我在上一次大战中担任骑兵军官。当时我忍受不了毕苏斯基[①]。我们策划杀死他，但被人出卖了。我们这批人里被他抓捕到的都枪毙了。我想办法及时逃出国境后，别的什么也做不了，除非是参加雇佣军或者去挖煤。我是两害相权取其轻。’

“先前我告诉过考斯蒂，我要到煤矿做什么工作，他听到后什么也没说。但此时他把胳膊肘拄在大理石台面上，对我说：

“‘把我的手推回来试试。’

“我知道这种测试力气的老办法，就摊开手掌抵住他。他笑道：‘再过几个星期你的手就没这么软乎了。’我用尽全力去推，但在他的惊人膂力面前，这简直是徒劳。他缓缓地把我的手推回来，然后从桌面上推掉了下去。

“‘你挺结实的，’好在他还愿意这样说，‘没有多少人能坚持这么久。你听我说，我的帮工派不上啥用场，他是个弱不禁风的小法国佬，力气还没虱子大。你明天跟我一起过来，我去找工头，让他答应我带你干活。’

“‘这样挺好，’我说道，‘你觉得他会答应吗？’

“‘要付酬劳的。你有多余的五十法郎吗？’

---

① 约瑟夫·克莱门斯·毕苏斯基（Józef Klemens Piłsudski, 1867—1935），一战期间的波兰军事将领，1918—1922 年任波兰国家元首，一直到去世都是波兰的事实独裁者。

“他摊开手掌，我从钱包里拿出一张钞票给他。我们俩回屋上床睡觉。我这一天很是辛苦，所以睡得像根木头一样。”

“你有没有觉得这份工作特别辛苦?”我问拉里。

“刚开始腰都累断了。”他咧着嘴笑，“考斯蒂跟工头说了说，我就成了他的帮工。那时候考斯蒂的作业空间差不多只有酒店洗手间那么大。你得顺着很低的隧道钻到那地方，再四肢着地爬过去。里面热得就像地狱。我们干活时只能穿条短裤。看着考斯蒂又肥又白的硕大躯干，实在有些让人反胃。他就像是一条巨大的蛞蝓。在那么狭小的空间里，气动剪的轰鸣声简直能把耳朵震聋。我的工作是把他切割下来的煤块堆到一起，然后装进矿篮，再把矿篮拖到隧道口。这里每隔一段时间就有轨道车经过，把煤块装进车斗后，再开到升降机的位置。我只了解这一家煤矿，所以我不清楚这是不是通行的做法。我完全是外行，而且这该死的活计真是累人。我们忙到一半时就撂下手里的家伙什儿休息片刻，吃吃午饭再抽根烟。我们这样一天下来时，我心里并不难受。老天爷，这时再洗个澡可真舒服。那会儿我觉得自己的两脚算是再也洗不干净了，它们黑得像是染过墨水。当然我手上也起了水泡，疼得跟见鬼似的，但最后都愈合了。我慢慢习惯了这份工作。”

“你总共坚持了多久?”

“我这份工作只做了几个星期。运送煤块到升降机那头的翻斗矿车，用一台柴油机作为牵引车头，而司机是个蹩脚的技工，柴油机引擎总是出故障。他只要一见机器卡壳，似乎就完全不知道该怎样解决。那，我是个挺不错的技工，所以有次我看了看，半个小时内就把它修好了。工头告诉经理，经理派人叫我过去，问我是不是会修车。结果他给我安排了技工的职位。当然这活儿挺单调，但它比较简单。因为后来引擎没再继续出故障，他们对我都很满意。

“我离开考斯蒂时，他差点儿没被气死。我挺适合他，他也适应我了。我对他已经非常了解，白天一起干活，晚饭后一道去bistro，又同住一个房间。他是个很有趣的家伙。你可能会对他这种人感兴趣。他不跟其他波兰人厮混，我们也不去那些人常去的咖啡馆。他忘不了自己是贵族，曾经当过骑兵军官。他视他们如粪土。当然那些人觉得很反感，却无计可施。他结实得就像一头公牛。如果动手打起架来，无论是动刀子还是不动刀子，他一个人能抵他们五六个。我渐渐也认识了那些波兰人当中的几位。他们告诉我说：没错，他以前是在某个光鲜体面的骑兵团当军官。但他所谓出于政治原因逃离波兰，那都是骗人的。他在华沙被踢出军官俱乐部，然后又被解除军职，是因为他打牌作弊时被人抓包了。他们警告我说别跟他玩牌，说这就是他拼命躲他们的原因。因为他们太清楚他的底细，不愿意跟他玩牌。

“我持续不断地输钱给他。并不算多，你懂的，每晚上就几个法郎。可每次他赢钱后，总是坚持付酒钱，所以这到最后也没多少损失。我以为只是自己手气不好，或是没他牌技好。但自从我擦亮眼睛以后，我绝对肯定他打牌时要了诈。可你知道吗，我死看活看，就是不知道他怎样办到的。老天爷，他可真聪明。我知道他绝不可能总能摸到一手好牌。我像只猞猁似的紧盯着他。他却狡猾得像只狐狸。我猜他已经发现我对他有所提防了。有天晚上，我们打完几局过后，他就用那种凶巴巴、嘲弄似的笑容看着我——他笑起来只有这一种表情，然后说道：

"'我给你耍几样把戏好不好？'

"他拿出一摞牌，让我点出其中一张。然后他把牌重新洗好，让我再选一张。我选了，正是我前面点的那张牌。他又玩了两三种其他的把戏，随后问我玩不玩扑克游戏。我说我玩，他就给我发了一副牌。我拿到手里一看，有四个 A 和一个 K。

"'你肯定愿意用自己手里的这副好牌来下注，对不对？'他问道。

"'我满手的好牌。'我回答道。

"'那你就傻了。'他摊开刚才发给自己的牌，是同花顺。我不知道这是怎么办到的。他看着我惊奇的模样，大笑起来。'我要是不怀好心，现在能把你赢得连衬衣都不剩。'

"'原来你的手艺一直还没施展开。'我咧嘴笑道。

"'只够喂麻雀的。在拉吕餐厅里连一顿饭都付不起。'

"我们每天晚上仍然玩得很好。我得出的结论是，他打牌耍诈，主要不是为了钱，而是为了逗闷子。他知道自己能把我当傻子耍，并且从中获得了一种奇怪的满足感。我想，他知道我只能看透他在耍把戏，却不明白他是怎样办成的。这给他带来了不少乐趣。

"但那只是他性格的一个方面。让我特别感兴趣的，是他性格的另一面。我没有办法把这两方面调和到一起。尽管他吹牛说自己除了报纸和侦探故事什么都不读，但其实是有文化教养的人。他很健谈，刻薄而又尖锐、愤世嫉俗，但听他说话却颇为激动人心。他是虔诚的天主教徒，床头上挂着十字架，每周日都照例去望弥撒。周六晚上他一般都会喝醉。周六时我们去的那家小饭馆经常人满为患，四处弥漫着烟雾，空气浑浊。有安安静静、拖家带口的中年矿工；有一批批吵闹得要死的年轻人；还有满脸是汗、围着桌子大呼小叫地玩贝洛特牌的男子，他们的妻子坐在稍微靠后的位置，观看着牌局。人群和喧闹声对考斯蒂产生了一种奇特的作用，他会越来越严肃，然后开始谈论各种不可思议的神秘主义话题。我当时对这方面一无所知，但我在巴黎读过梅特林克[1]论吕斯布鲁克的一篇随笔。不过，考斯蒂还谈到过普罗提诺、亚略巴古的丢尼修、鞋匠雅各·伯麦和艾克哈特大师。[2]聆听这位大块头的闲散游民谈话，是一桩妙事。这位被生生抛离自己的世界、语带嘲弄而穷困潦倒的人，居然谈论着事物的终极本质，以及与上帝合一的福祉。这对我来说全都充满了新意，我既迷惑又激动。我就像某个清醒着躺在黑屋子里的人：忽然间看到

① 莫里斯·梅特林克（Maurice Maeterlinck, 1862—1949），比利时剧作家、诗人和散文家，1911 年获诺贝尔文学奖。作品多涉及死亡和生命意义的主题，在欧洲象征主义文学运动中占有重要地位。

② 普罗提诺（Plotinus, 205—270），新柏拉图主义哲学的代表人物；亚略巴古的丢尼修（Denis the Areopagite），应该是公元 5 世纪晚期至 6 世纪早期托名教会史上同名人物的作者，又称“伪丢尼修”，对中世纪基督教神秘主义影响颇深；雅各·伯麦（Jakob Böhme, 1575—1624），文艺复兴时期德意志神秘主义哲学家和神学家；艾克哈特大师（Eckhart von Hochheim，约 1260—1327），中世纪德意志神学家、哲学家和神秘主义者。

一束光线透过窗帘射入，于是知道自己只要拉开窗帘，映照在黎明光芒下的田野就会展现于眼前。但如果我试图在他酒醒后继续讨论这个话题，他就会对我发脾气。此时他眼神里充满了怨毒。

"'我哪晓得是什么意思？那都是我自己都不清楚自己在说什么的时候扯出来的话。'他怒气冲冲地说道。

"但我知道他在说谎。他绝对知道自己当时在说什么。他懂的很多。当时他确实喝醉了，然而他的眼神，那张丑陋脸庞上心醉神迷的表情，却不仅出于酒精的作用，应该还有其他更多原因。他第一次这样开口讲话时，那些内容让我至今无法忘怀，因为我听到以后简直被吓坏了。他说这个世界并不是创造生成之物，因为'空无'里不会产生任何东西。世界只是永恒本质的彰显。好吧，这也没错。但他随后又添了一句，说恶是神圣的直接彰显，就像善一样。在那个破败、吵闹的小饭馆里，在机械钢琴的舞曲背景音下，听到这些话的感觉实在很怪诞。"

2

为了让读者歇息片刻，现在我要重新开辟一个章节段落。但这样做只是为了方便读者，我和拉里的谈话本身并没有中断。我可以利用这个时机再说明一下：拉里的谈话不紧不慢，他经常很慎重地选择言语措辞。尽管我并没有假装在一字不漏地进行转述，这是自然，但我还是在努力尝试重现当时情景，不仅是他的谈话内容，还有他的话语风格。他音色醇厚，带有一种乐感，极其悦耳动听。他在谈话时并没有任何手势比画，只是一口口地抽着烟斗，偶尔停下来重新点燃烟丝。他说话时眼光直视着你，幽黑的眼睛里带有一种令人愉悦、时常又古怪离奇的神情。

“然后春天来了。在这块平坦萧瑟的土地上，春天来得也晚。天气依旧寒冷多雨，但偶尔某一天又会变得温暖宜人，让人简直不想离开这地上的世界，不想乘坐快要散架的升降机，跟身穿污秽工装的矿友们挤成一堆，再向下直降几百英尺，抵达地球的腹腔内部。春天确实来了，但在这阴寒污秽的地域，它显得有些羞羞答答，好像不太确信自己是否受人欢迎。它就像一朵花。

一朵黄水仙或百合，生长在棚户区窗台上的花盆里，你会猜测它在那里到底准备做什么。某个周日的早晨，我们都还躺在床上没有起来——周日的早晨我们总是睡到很晚才起床。我正躺着看书，这时考斯蒂突如其来地对我说了句：

"'我要离开这儿了。你想跟我一道吗？'

"我知道许多波兰人在夏天时回波兰收割庄稼，但现在时间还早。再说了，考斯蒂也回不了波兰。

"'你要去哪里？'我问道。

"'去流浪。穿过比利时，进德国，然后沿着莱茵河走。我们可以去哪家农场找个活儿干，这样就能对付一夏天。'

"我几乎没怎么考虑就拿定了主意。

"'听起来不错。'我说道。

"第二天我们就告诉工头说不准备再做了。我找到一位工友，他愿意拿一只帆布背包换我的手提包。我把不想要或背不动的衣服都留给勒克莱尔夫人的小儿子，他跟我身材差不多。考斯蒂留下来一个包裹，把想带的东西装进了自己背包。第二天，等房东大姐帮我们煮好咖啡，我们就上路了。

"我们并不着急赶路，因为我们知道，至少要等到开始割麦草的时候，才会有农场愿意收留我们。于是我们穿过法国和比利时，途经那慕尔和列日，再穿过亚琛，进入了德国。我们每天行走的路程不超过十或十二英里。遇到看上去合适喜欢的村庄，就在那里歇脚。我们总是能够找到某个小客栈，那地方有床铺，还有啤酒屋。我们有东西吃，还有啤酒喝。总体来说，一路上天气都不错。在矿井里待了好几个月过后，可以露天行走和栖息，实在是美妙。我想，我以前从未意识到一片绿色草甸会有那么好看；一棵树在树叶还没完全萌发，但枝头已经隐约笼罩着一层淡淡绿雾时，又是那么可爱。考斯蒂开始教我德语，我相信他德语跟法语说得一样好。我们跋涉前行，他教我如何用德语来表述沿途遇见的各类事物：一头牛，一匹马，一个男人，等等；然后又教我重复一些简单的德语句子。这样时间就过得很快，等我们进入德国境内时，我至少能用德语向别人说自己想要什么东西了。

“科隆市稍微偏离了我们的原定路线。但考斯蒂坚持说要去一趟，因为它是一万一千童贞女的殉难地①。我们到那里以后，他跑出去狂喝滥饮。我连着三天都不见他的踪影。等他再次出现在我们暂时寄居的某处工友宿舍时，整个人显得非常狂躁。他跟人打过架，一只眼睛乌青，嘴唇也破了。他并不是好对付的角色，我可以告诉你。他在床上躺了一整天，然后我们开始沿着莱茵河谷向达姆斯塔特进发。他说那里的田野风光不错，我们过去找到工作的机会最多。

“我开心得要命。天气始终很好，我们漫游在城镇和乡村之间。哪里的风景好看，我们就停下来欣赏观看。我们能找到什么地方歇脚就停下来休息，有一两次还睡到了草垛顶上。我们在路

① 根据传说，圣女乌尔苏拉（Saint Ursula）是 4 世纪时不列颠西南部某位国王的女儿，因虔信基督教而携带一万余名童贞女前往罗马朝圣，归途中遭遇风暴，沿多瑙河到达科隆，被入侵的匈奴王阿提拉俘获。包括圣乌尔苏拉在内的一万一千名童贞女在科隆一同殉道。

边小客栈里吃饭；经过葡萄酒产区时，我们就不喝啤酒而改喝葡萄酒。我们在喝酒的馆店里结交了一些朋友。考斯蒂粗朴欢快的性格，足以打动这些人，并获得他们的信任。他会跟他们玩斯卡特牌。那是一种德国的纸牌玩法。考斯蒂咋咋呼呼的幽默感让他们全无戒心，回头他还会再讲些他们爱听的粗俗笑话，所以这帮人根本就不在意把腰包里的芬尼[1]全都输给他。我跟着他们练习说德语。先前我在科隆买过一小册英德对话语法书，这样一来我的进步就比较快。每天晚上，等到两升白葡萄酒下肚，考斯蒂会用一种鬼怪兮兮的方式谈论从孤独之地到孤独之地的飞行，谈到灵魂的暗夜，以及生灵与挚爱者合为一体的终极狂喜。可是等到第二天清早，当我们走过笑颜绽放的田野，草叶上还披挂着露珠的时候，我试图让他跟我再多说几句，他就立刻恼羞成怒，恨不得要揍我一顿。

"'闭嘴，你个呆瓜，'他说道，'你听这些乱七八糟的东西做什么用？来，我们接着学德语。'

"你不能跟一个拳头斤两赛过汽锤、抡起它来毫不迟疑的人去争辩。我见过他发飙的模样。我知道他几拳就能把我撂倒然后扔进水沟，我认为他趁我晕倒时肯定还会借机掏空我的腰包。我根本无法理解这个人。只要他喝完葡萄酒，就会变成话篓子，开始谈论那不可言喻者，而且满嘴都是他平常爱用的那些污言秽语，肮脏得就像他下矿井时穿的工作服。他能说会道，甚至可以

① 芬尼，德国旧辅币。

称得上雄辩。我没法不相信他是出于真诚。我不知道自己为什么会产生这种想法，但我多少觉得：他情愿在矿井里从事艰苦、严酷的劳作，是为了遏制自己的肉体。我想他憎恨自己这巨大粗笨的身躯，想对它进行折磨。他的欺诈、怨怒和残忍，都是自身意志的反抗。啊，我不知道你会怎样称呼它，我只觉得他要竭力反抗的，是一种深植于内心的圣洁本能，一种对于上帝的渴望。正是这位上帝，让他感到畏惧而压抑。

“我们不慌不忙地一路走着，春天很快就要过去，树叶开始茂密起来。果园里的葡萄渐渐变得饱满。我们尽量沿着土路走，而路上的尘土越来越厚，我们走到了达姆斯塔特的周边地区。考斯蒂说我们最好现在开始找份工作。我们的钱没剩多少了。我口袋里还有一打旅行支票，但我打定主意，只要还有办法，最好就不用它。每当我们看到有一间貌似有希望找到活计的农舍，就会停下来问，他们是否想雇两个人干活。我敢说，我俩的模样肯定很不招人待见。两个人浑身上下都是尘土、汗水和污垢。考斯蒂像是凶蛮的暴徒。我觉得自己也好看不到哪里去。我们一次次被拒之门外。其中有个地方的农夫说可以接收考斯蒂，但不能留我。考斯蒂说我俩是好伙计，不愿意分开来。我让他留下，但他不愿意。这让我有些吃惊。我知道考斯蒂挺喜欢我，尽管我也想象不出什么原因，因为我从一开始就不像是那种对他有用的人。但我从来没想到，他会喜欢我到这个程度，以至于为了我而拒绝已经到手的工作。我们继续往前走。这时我感到有些良心不安。因为我并不真的喜欢他，事实是我还觉得他挺讨嫌。可是当我试图说些什么来感谢他刚才的举动时，他却把我骂了个狗血淋头。

“不过我们最终还是时来运转。当时我们刚经过山谷里的一处村庄，来到了一个散乱搭建的农家宅院旁。这地方看起来还不差。我们敲了敲房门，开门的是一位妇人。我们像平常那样问有没有活干，又说不想要多少工钱，只要包吃包住就行。出乎我的意料，她没有砰地把门关上，而是吩咐我们等会儿。她冲着屋里面喊了一句，很快就走出来一名男子。他盯着我们看了好一阵子，问我们是哪里来的。他要检查我们的证件。当他发现我是美国人，又瞪了我一眼。他似乎不太情愿，但最后还是让我们进屋喝杯葡萄酒。他把我们带进厨房，我们坐了下来。那女人拿来一只大肚酒壶和几个玻璃杯。男人告诉我们说，他雇的人被一头牯牛给顶了，目前正在医院里，估计在麦收结束前什么也做不了。村里死了那么多男人，其他人又都跑到了莱茵河沿岸纷纷兴建的工厂里。找个工人比挣命还难呢。我们知道这一点，而且早就指望着这个。好吧，长话短说，他说愿意把我们留下。这一家屋里面挺宽敞，但我估计他不希望把我们留在家里。不管好赖，他还是告诉我们说，谷仓阁楼上有两张床，那是我们睡觉的地方。

“农活并不累。有几头牛要照看，还有几只猪。农用机器保养得不好，我们得想办法修理一下。但我仍然有闲暇时间。我喜爱草甸的芳香气息，我在夜晚时经常四处徜徉和梦想。这样的生活很是惬意。

“这一家人除了老贝克和他妻子，还有他寡居的儿媳妇和儿媳的几个孩子。贝克年近五十，身形肥硕，头发灰白。他参加过战争，有条腿受了伤，现在走路还是一瘸一拐的。他的旧伤口经常疼痛发作，于是就靠喝酒来止痛。通常是还没等上床睡觉，他就已经喝得烂醉。考斯蒂跟他处得很好，两个人经常在晚饭后一道去小酒馆玩斯卡特，再一起灌酒。贝克夫人以前是雇农丫头。有人把她从孤儿院里领了出来，而贝克在前妻去世后不久就娶了她。她比他要年轻好多岁，从某个角度来看还挺漂亮。身材丰满，红红的脸颊，金色头发，表情里带着饥渴的性感。考斯蒂没过多久就得出结论说，这地方准保有故事。我告诉他别胡说。我们有份好工作，谁也不想丢掉它。他只是讥笑我，说贝克满足不了她，她自己又想要那个。我知道，谁想劝他顾忌什么体面都是徒劳。不过我提醒他留神些。可能贝克看不透他心思。但他还有那么一位儿媳妇，什么事都休想瞒过她的眼睛。

“艾莉——这是她的名字——是个身材结实、大块头的年轻女子。她年纪还不到三十，黑眼睛黑头发，灰黄肤色，方方正正的脸盘，表情阴郁。她仍然还穿着丧服给凡尔登阵亡的丈夫守丧。她非常虔诚，每逢周日上午就一路跋涉到村里参加早弥撒，然后等到下午再参加晚祷。她有三个孩子，其中一位是遗腹子。她吃饭时从不开口说话，除非是要批评孩子。她不怎么做农活，多数时间都在照看孩子。晚上自己一个人坐在起居室，房门敞开着，以便听到有没有哪个孩子在哭，一边读着小说。这家的两个女人互相憎恨。艾莉厌恶贝克夫人，因为她是孤儿出身，而且当过佣人；同时还憎恨她是这个家里的女主人，有权发号施令。

“艾莉的父亲是位富庶农民，所以她结婚时带来了一笔丰厚的嫁妆。她出阁前并没有进村里的学校，而是去了莰温根贝尔格[1]，离家最近的一座城镇。当地有一所女子 gymnasium[2]，她在那里接受了良好教育。可怜的贝克夫人从十四岁就来到农庄，她最多只能勉强学会认字写字。这也是两个女人关系不和睦的另一个原因。艾莉经常不失时机地炫耀自己的学识，而贝克夫人则气得面红耳赤。她会问：农民家老婆懂这个有啥用？这时艾莉就会盯着自己手腕上用金属链缠系的一块遗物，她先夫的身份牌，阴郁脸庞上满含愠怒地说：

“‘算不上农民家老婆。只是农民家寡妇。只是一名为国捐躯的英雄遗孀。’

“可怜的老贝克只好停下手头的工作来劝和。”

“可他们是怎样看你的呢？”我打断了拉里的话。

“噢，他们以为我是美国部队的逃兵，回不了美国，否则会被抓进监狱。当我不愿意跟着贝克还有考斯蒂去酒馆喝酒时，他们就是这样解释的。他们认为我不想引起别人注意，不想让村公所的警察过来盘问。当艾莉发现我正在尝试学习德语时，就把自己的旧课本找出来，说她愿意教我。因此每天晚饭后她和我都会去起居室，而贝克夫人则待在厨房里。我大声念给她听，她帮我纠正口音，努力让我明白那些我无法理解的词汇。我猜她这样做

---

① 位于德国黑森州。

② 德语：文理高级中学。德国州政府辖下的 9 年制中学，课程设置主要是为培养学生进入大学院校做准备，相当于英国以往的文法学校（grammar school）。

并不只是为了帮我，而是要找个办法蔑视贝克夫人。

“这段时间考斯蒂一直在撩拨贝克夫人，所以也不去别的地方。她是个快乐爽朗的女人，很愿意跟他开玩笑逗闷子。他逗女人确实有自己的一套。我猜她知道他想干什么，我敢说她也觉得挺受抬举。可是当他开始掐一把摸一把的时候，她就会告诫他管好自己的手爪子，然后在他脸上扇一巴掌。我保证那一巴掌扇得不轻。”

拉里稍微犹豫了一下，然后颇为害羞地笑了笑。

“我从来都不认为自己是那种招女人的人。但这件事还是在我身上发生了。呃，贝克夫人喜欢上了我。这让我感到很不自在。一方面她比我年纪大很多；再者，老贝克在我们眼里一向是非常体面的人。她把饭菜端上桌的时候，我不可能察觉不到，她给我盛的分量比别人的要大得多。我觉得，她似乎总想找机会单独和我在一起。还有她冲着我笑的模样，我估计你会说这是一种挑逗方式。她会问我，有没有找到姑娘啊什么的，还说像我这样的年轻人在这地方肯定不好找。这种事情你都能明白。我只有三件衬衣，而且都穿得很旧。有一次她说我穿成这样破衣烂衫的真是丢人，说我要是愿意拿过来的话，她会替我补补。她说的话都被艾莉听到了。等到我和艾莉再次单独相处的时候，艾莉说如果我有什么东西需要缝补，她可以来做。我说不碍事。可一两天过后，我发觉自己的破袜子已经缝好，衬衣破洞也打上了补丁，而且就放在我们搁衣物的谷仓阁楼上。但究竟是她们当中哪一位做的，我并不知道。当然我不会把贝克夫人的表现太当真。她是个天性纯良的老丫头，我想这只是她的母性使然。然而有一天考斯蒂对我说：

"'你听仔细了，她想要的人不是我，是你。我算是没机会了。'

"'别胡说八道，'我对他说，'她的年纪都能做我母亲了。'

"'那又怎样？你要继续努力噢，小伙子，我不会挡你的路。她可能是不太年轻，可她作为一个女人身材可真棒啊。'

"'噢，闭嘴吧。'

"'你还犹豫什么？希望你不是因为我，我可是哲学家，我知道海里的鱼捞起来一网还会再有。我不怪她。你年轻嘛。我也年轻过。Jeunesse ne dure qu'un moment.[①]'

"我不想相信的东西，考斯蒂却深信不疑，这让我感到不太高兴。我不太清楚该怎样面对这种处境。这时我回想起原先没有注意到的好些事。艾莉对我说过，但我从来没太在意的事情。不过现在我既然已经明白是怎么回事，我肯定她也知道有什么事情要发生。每当贝克夫人和我凑巧单独在厨房里的时候，她就会突然出现在我们面前。我有一种印象：她这是在监视我们。我不喜欢这样。我想她就等着当场抓住我们。我知道她讨厌贝克夫人，只要有半点机会她就会惹是生非。我当然明白她不可能抓住我们什么事，但她是一个刻薄的家伙，我不知道她可能编造出怎样的谎话灌进老贝克的耳朵里。我不知道该做什么，只能假装是傻

① 法语：青春时光稍纵即逝。

子，所以不明白这老丫头要做什么。我在农场里过得很开心，我喜欢这份工作，我不想在收获季节结束前离开。”

我忍不住微笑起来。我可以想象拉里当时的模样：穿着打补丁的衬衣短裤，脸和脖颈已经被莱茵河谷的炙热阳光晒成棕色，柔韧苗条的身体，深邃眼窝里的黑眼睛。我完全相信，那位大嫂模样的贝克夫人，满头金发、丰乳圆肩的她，只消瞥见他一眼，立刻就会欲火中烧。

“那么，后来发生什么事了？”我问道。

“嗯，夏天就这样一天天过去。我们每天累得跟个鬼似的。我们割完麦草再打捆堆起来。然后就是樱桃成熟的时节。考斯蒂和我爬梯子去摘，两个女人把摘下的果子放进大篮子，老贝克再把它们拿到茨温根贝尔格卖掉。接下来我们又要割黑麦。当然牲口还得一直照看。我们黎明前起床，到天黑才收工。我估计贝克夫人已经觉得没戏而放弃我了，而我在不惹恼她的情况下，尽量跟她保持着一定距离。我实在是太困了，晚上也读不了多少德语书。每天晚饭过后没多久，我就跑到谷仓阁楼躺下休息。贝克和考斯蒂多半时候会去村里的小酒馆。不过等考斯蒂回来时，我已经呼呼大睡。阁楼上很热，所以我都光着身子睡觉。

“有天夜里我忽然被人弄醒了。刚开始还分辨不清是怎么回事，仍旧迷迷糊糊，半睡半醒。我感觉到有一只热乎乎的手放在我嘴上，这才意识到有人躺在我旁边。我把手拿开，然后就有一张嘴压到我嘴上，两只胳膊伸过来搂住了我，我感到贝克夫人的一对硕大乳房紧贴着我的身体。

“‘Sei still，’[①] 她悄声说道，‘别说话。’

“她紧紧地贴着我，炽热而丰满的嘴唇亲吻着我的脸颊，她的双手游走在我身上，两条腿交缠着我的双腿。”

拉里停下来不说了。我咯咯地笑了起来。

“那你怎么办？”

他埋怨地看着我笑了，脸上甚至有一抹羞红。

“我能怎么办？我能听见考斯蒂的粗重呼吸，他就在我旁边床上酣睡着。我一想起约瑟当年的处境，总觉得有点可笑。[②] 我只有二十三岁，总不能大喊大叫把她一脚踢开吧。我不想伤害她的感情。我就做了她期望我做的事。

“后来她从铺上悄悄溜走，踮着脚走下了阁楼。我可以告诉你，我真是如释重负地长吁了一口气。你知道，我被吓着了。‘老天爷，’我说道，‘这好险啊！’我想贝克很可能是喝得烂醉才回家，然后就倒头昏睡过去了。可是他们睡在同一张床上，有可能他一觉醒来发现老婆已经不在身边。还有艾莉。她总是说她睡不踏实。如果她已经醒了，肯定会听见贝克夫人下楼和出门的声音。然而，在瞬忽之间，我突然想起了一样事。刚才贝克夫人和我一起躺床上的时候，我感到皮肤底下硌到了一块金属东西。当时我没注意，你知道人在那种处境下是没办法注意到的，所以我压根儿没想那到底是什么鬼东西。现在这件事在我脑子里

---

① 德语：不要动。

② 指《圣经·旧约·创世记》里约瑟被兄长们卖到埃及沦为奴隶后遭到主母勾引，在全力挣脱后被反诬意图强奸的记载。

忽然闪现出来。我坐在床铺边沿思索着，担心着这件事带来的各种后果。这时我心头凛然一惊，噌地跳了起来。那块金属片，是艾莉手腕上她丈夫的身份牌。刚才跟我上床的不是贝克夫人。是艾莉。”

我放声狂笑。我实在忍不住了。

“可能你觉得好玩，”拉里说，“我可不觉得好玩。”

“好吧，现在你回过头来看，不觉得这里面略微还有那么一点点的幽默成分吗？”

他嘴角显现出一丝不太情愿的笑容。

“也许。不过这种情况真尴尬。我不知道它会导致什么后果。我不喜欢艾莉。我觉得她是一位让人相当不舒服的女性。”

“可你怎么能把一个人错当成另一个人呢？”

“当时一片漆黑。她除了让我闭嘴以外，一句话都没说。她俩都是那种人高马大的壮实婆娘。我以为贝克夫人看上我了。我从来没有想到过艾莉会对我有想法。她总是在怀念她的丈夫。事后我点了一根烟，反复考虑当前处境，越想越觉得不开心。在我看来，最好的办法就是连夜跑路。

“平时我经常骂考斯蒂，怪他睡得太沉，怎样都喊不醒。以前我们在煤矿的时候，总是要死命摇晃他，才能让他按时醒过来上班。但我这会儿真心感谢他能睡得这么沉。我点亮灯盏，穿上衣服，把自己的东西收好装进背包——我没有多少物件，所以不到两分钟就收拾好了。我胳膊伸进背包带，穿着袜子迈下阁楼，等走到梯子底部才穿上鞋。我吹灭了灯盏。那天晚上很黑，没有月亮，但我知道怎样走到大路上。我朝着村庄的方向走去，趁着有人起床走动之前，尽可能迅速穿过那里。这地方距离茨温根贝尔格只有十二英里，等我到达那里以后，才渐渐听到人声动静。我永远也忘不了自己走过的这段路。四周没有任何动静，除了我自己留在路上的脚步声，还有村舍里偶尔传来的一两声鸡鸣。天边隐现出第一道灰白颜色，这时天还没有亮，但也不是很黑。那是黎明初始的迹象。渐渐地太阳升起，鸟儿们开始歌唱。绿色的乡野、草甸和树林一片郁郁葱葱。在清凉的光线里，田间的金色麦株被镶上了一层银边。新的一天开始了。我在茨温根贝尔格买了杯咖啡和一个面包卷，然后去邮局给美国捷运拍了份电报，让他们把我的衣物书籍寄送到波恩。”

“为什么要去波恩呢？”我打断了他的话。

“我们在莱茵河沿途游荡时曾去那里逗留过，我很喜欢那地方。我喜欢光线照在屋顶和河面上的景象，还有它那些古老狭窄的街道，那些别墅、花园、两旁种着橡树的街道，还有大学里的洛可可式建筑。当时它就打动了我，让我觉得这地方挺不错，可以小住一段时间。但我想自己去那里之前，最好还是把外表收拾得像样些。我看上去就像个流浪汉。我想如果这副模样走进一家廉价旅馆订房间，恐怕不会让人产生多少信任。于是我乘火车到法兰克福，买了个手提包和几件衣服。后来我在波恩陆续待了一年。”

“那么，通过自己的这些经历，你有什么收获吗？我的意思是，从煤矿，还有农庄的这些经历里。”

“有。”拉里说道，点点头笑了。

但他没告诉我那是什么收获。我那时对他已经有足够了解，知道他如果想要告诉你什么，肯定会直说。当他不想说的时候，就会很冷静地开个玩笑转移话题，硬要追问下去也没有用。因为我必须提醒一下读者，当他向我讲述这一切的时候，事情已经过去了十年时间。我是直到那时候才跟他再次联系上，此前完全不知道他在哪里，或者过得怎么样。我想来想去都觉得他可能已经死了。只不过由于我和艾略特的交情，他总是持续不断地向我告知伊莎贝尔的生活状况，所以会让我时常惦记起拉里。否则的话，我肯定早已忘记这个人的存在了。

3

伊莎贝尔与拉里终结婚约之后，在第二年六月初嫁给了格雷·马图林。尽管艾略特讨厌在社交季最热闹的时候离开巴黎，而且肯定会错失好几场盛大聚会，但他的家族情感仍然十分强烈，让他无法忽视自己心目中的社会责任。伊莎贝尔的兄长们都远在异地，无法离开岗位，所以他理所当然就得劳神前往芝加哥，在自己外甥女出嫁时作为男性家长列席。他想起法国贵族哪怕要上断头台都会身着盛装，于是专门去了趟伦敦，给自己定做了一套新的晨燕尾服，一件紫灰色双排扣背心，还有一顶丝质礼帽。回巴黎之前，他邀请我过来看看他的试穿效果。他状态有些焦虑不安，因为他为这次庆典活动选择了一条合适的浅灰色领带，但他经常佩戴的灰珍珠领带夹在领带颜色的衬托下却显不出半点效果。我建议他换上那只祖母绿镶钻的领夹。

“如果我只是来宾，那可以。”他说道，“但考虑到我即将荣获的特殊地位，我感觉还是珍珠比较衬身份。”

他对这桩婚姻非常满意，这符合他所有的礼仪观念。他在谈论这件事的时候，就像是一位逢迎谄媚的公爵遗孀在竭力声称：拉罗什富科家族的子嗣与蒙莫朗西家族的女儿实现联姻是如何地般配。为了明确表示自己的满意程度，他准备不惜重金购入一幅精美的纳蒂埃肖像画作为结婚礼物，画中人物则是法国王室的一位公主。

亨利·马图林好像已经在阿斯特街给小两口买了一栋房子，这样他们离布莱德利夫人住的地方比较近，距离他自己位于湖滨大道的那所宫殿气势的豪宅也不远。还有更喜庆的巧合，我疑心这是艾略特的巧妙策划：马图林买房子的时候，格里高利·勃拉巴松恰好在芝加哥，所以装修的事务就委托给了他。等到艾略特返回欧洲时，他把巴黎社交季什么的都扔到一边，直接奔赴伦敦，还带来了装修效果照片。格里高利·勃拉巴松这次可是使出了浑身解数。他把起居室彻底装成了乔治二世的风格，显得富丽堂皇。书房是格雷以后的安乐窝，而勃拉巴松的装修灵感则来源于慕尼黑阿玛琳堡[①]的一个房间，屋子里除了没地方放书以外，一切都很完美。至于格里高利为这对年轻美国夫妇准备的卧室，如果不考虑它里面摆放的那对单人床，那么即使是路易十五临幸蓬巴杜夫人，也会感到极其自在适意。然而，如果他看见伊莎贝尔的浴室，更是要眼界大开。浴室的墙壁、天花板和浴缸，全都是玻璃制成。墙上有无数条银色的鱼，徜徉在鎏金的水草

① 阿玛琳堡（原文为 Amalienburg Palace，通常称为 Amalienburg）是宁芬堡宫（Nymphenburg Palace）的一部分，是在 1734—1739 年期间建成的奢华狩猎歇息所，洛可可风格。

之间。

“当然这房子比较小，”艾略特说，“但亨利告诉我说光装修就花了他几十万美金。对有些人来说这可是相当一笔财富了。”

这场婚礼办得风光排场，把那座圣公会[1]教堂能达到的效果发挥到了极致。

“比不上在巴黎圣母院办婚礼，”他扬扬自得地告诉我说，“但是对于新教徒来说格调也不算差了。”

报刊新闻界的表现相当不错，所以艾略特貌似漫不经心地扔给了我一沓剪报。他又把伊莎贝尔的照片拿给我看。她穿上婚纱后，显得颇具体量，但又不失俏丽；而格雷虽然长相魁梧，却是身材匀称的男子，只是穿上正装后显得有些不太自在。另外还有这对新人和伴娘们的一组照片，再就是身穿华美礼服的布莱德利夫人和艾略特的合影。照片里的艾略特手持他那顶新礼帽，此等优雅也只有他能够表现得出来。我问布莱德利夫人最近状况如何。

“她体重减轻了不少，我觉得她面色不好看，但状况不错。当然整桩事情对她来说也是负担，好在现在全部结束，她可以休息一下了。”

一年后伊莎贝尔生了个女儿。根据当年的时尚，她给女儿起的名字是琼安。间隔两年之后，她又生了个女儿。于是按照那

---

① 圣公会（Episcopal Church，或 Episcopalian Church）属于基督教主教制教会，是英国安立甘宗教会（Anglican Church）传到外国后的称谓。

一年的时尚，起名为普莉西拉。

亨利·马图林的一位合伙人去世了，另外两位承受不住压力，很快都退休回家。马图林在生意上素来独断专行，现在则独自掌控了全部业务。他实现了自己的夙愿雄心，又让格雷成为自己的合伙人。公司业务进入了前所未有的繁荣状态。

“他们翻翻手掌就能挣钱，老兄，”艾略特告诉我，“哎呀，格雷在二十五岁的年收入就有五万，而且这才刚刚开始。美国的财富资源真是取之不竭。这不是突然间的繁荣，这是一个伟大国家自然发展的成果。”

他胸膛中充盈着一种罕见的爱国主义激情：“亨利·马图林不可能长生不老。高血压，这你知道。等格雷到四十的时候，他身价就有两千万美金了。王族气派，亲爱的老兄，王族气派啊。”

艾略特和他姐姐保持着比较有规律的通信往来。随着一年年过去，他也间或把她在信里提到的情况告诉我。格雷和伊莎贝尔过得很幸福，小宝贝们也很可爱。他们的生活方式极为得体，正好是艾略特满心赞许的那种。他们经常举办奢华的娱乐招待活动，也应邀参加各种奢华聚会。他心满意足地告诉我说，伊莎贝尔和格雷每隔三个月才能自己单独吃顿饭。他们这种马不停蹄的快乐生活，由于马图林夫人的去世而暂时中断。亨利·马图林的父亲当年进城时还是个土包子，而他自己为了站稳脚跟，考虑到这位乏味无趣的名媛所拥有的社会关系，就跟她结了婚。出于对她的尊敬和怀念，伊莎贝尔小两口在这一年里每次宴请的客人不超过六位。

“我常说‘八’是个完美数字，”艾略特说道，他决心看到事物的光明一面，“它能够带来足够的亲密感，便于人们找到共同话题，但总数也够多，可以形成盛宴的气氛。”

格雷对他的妻子极其慷慨大方。在他们的第一个孩子诞生时，他送给她一只方形钻戒；在第二个孩子来临时，又送她一件紫貂大衣。他平时非常繁忙，不怎么离开芝加哥。但每逢节假日有空，他都会带家人去亨利·马图林位于马尔文的豪宅。亨利喜爱他儿子，有什么就愿意给他什么。有一年圣诞节，他把南卡罗来纳的一处庄园送给格雷。这样等到了狩猎季节，格雷就可以去那里打两周的野鸭。

“当然，我们的商业界王公贵族就像意大利文艺复兴时期那些伟大的艺术家庇护人。当年那些人也是通过商业致富。比如说，美第奇家族。法国那两位国王把女儿嫁入这个显赫家族时，简直是无比自豪。我预测会有那么一天，欧洲拥有王室头衔的人家也会纷纷迎娶我们的这些美元公主。雪莱说过什么来着？‘世界的伟大时代正重新开始，黄金岁月再度回返。’①”

许多年来，亨利·马图林一直帮忙打理布莱德利夫人和艾略特的投资项目。他们对他的精明程度持有合理的信心。他从不赞成使用投机手段，而是把他们的钱财投资于可靠的证券业务。然而随着证券价值的大幅提升，他们发现自己相对有限的资产已经通过一种既惊且喜的模式实现了增长。艾略特告诉我说，他手指

---

① 雪莱抒情诗《希腊》(*Hellas*) 里的语句。

头不需要动一根，1926 年他的财产就已经是 1918 年的近两倍。他六十五岁了，头发已经灰白，脸上布满皱纹，眼袋也出来了。但他却勇敢地直面自己的年龄。他和以前一样苗条，一样身姿挺拔。他的个人生活习惯向来比较节制，注意维护自己的形象。只要他还能请伦敦最好的裁缝帮他定制服装，还能让专职理发师给自己整理发型和刮脸，能让按摩师每天早晨帮他把优雅体形维持在最佳状态，他就无意屈服于岁月的摧残。他早已忘记自己曾经卑躬屈膝地委身于某个行当。他从不公开声张，因为他不会愚蠢到要去编造一个容易被人揭穿的谎言，但却会有意无意地暗示：他年轻时曾经从事过外交工作。我必须承认，如果能有机会让我画一幅大使肖像，我会毫不犹豫地选择艾略特做我的模特。

但事情在发生变化。那些曾经提携过艾略特的贵妇人仍然健在，只不过年事已高。这些英国的勋爵夫人，在失去她们的爵爷以后，被迫把府邸拱手让给自己的儿媳，然后退隐到切尔腾纳姆的别墅，或位于摄政公园附近的简朴宅第。斯塔福特府已经变成一间博物馆[①]，寇松府变成了一家组织机构的所在地，而德文夏府正在挂牌沽售。艾略特以前去考斯时经常乘坐的那艘游艇已是几经转手。那些在社交舞台上占据重要地位的时尚人群，认为艾略特这种老男人已经全无用场。他们觉得他既乏味又可笑。他们仍然还愿意参加他在克拉里奇饭店举办的精致午宴，但他也相当机敏地察觉到，他们来这里只是为了互相见面，而不是为了看

① 指大英博物馆。

他。他已经不能像从前那样从堆满写字桌的请柬里面精挑细选。更经常出现的情况，而他也不愿意让别人知道的是，他得忍受着屈辱，独自一人躲在饭店套间里面吃晚餐。英国那些有身份的女人，如果经历过一桩丑闻，导致社交界将其拒之门外，她们会培养起对艺术的爱好，让自己身边围聚一大批画家、作家和音乐家。艾略特过于自傲，他不愿用这种方式来羞辱自己。

"遗产税，还有发战争横财的人，他们已经毁掉了英国社会。"他对我说道，"人们似乎并不介意要认识些什么样的人。伦敦仍然还拥有自己的裁缝、自己的制靴匠和自己的帽匠。我相信他们会比我存在得更长久，但除此之外这地方已经完了。老兄，你知道圣厄斯府在让女人服侍用餐吗？"

他说这些话的时候，我们刚刚结束一顿午宴聚会，正准备离开卡尔顿府联排街①。宴会上还不幸发生了一件意外的事情。招待我们那位尊贵主人收藏有一批名画。有位年轻美国人也在那里，名字叫保罗·巴顿，他表示很想看一看这些画。

"你们有一幅提香，对不对？"

"原先有。现在到美国了。有个老犹太提着一箱子钱要买它，我们那会儿缺钱缺得要死，所以我家老爷子就把它给卖了。"

我注意到艾略特气得连头发都倒竖了起来，他恶狠狠地瞪了一眼那位喜滋滋的侯爵。我猜是他就是那幅画的买主。作为一

① 卡尔顿府联排（Carlton House Terrace）位于伦敦圣詹姆士区，原来的卡尔顿府（Carlton House）所在地。现在既指特定街道，也指1827—1832年间建成、位于街道南边露台之上的两排房屋。

名弗吉尼亚州出生、《独立宣言》签署人的后代，听到自己被别人这样描述，他感到无比愤怒。他生平从未遇到过如此严重的挑衅。更糟糕的是，保罗·巴顿恰好是他极度憎恶的目标。这位年轻人在战后不久就出现在伦敦。他年方二十三岁，金黄色头发，长相非常好看，模样动人，舞姿很是优美，家财也丰厚。当时他拿着一封推荐信来找艾略特，而艾略特天生一副好心肠，于是把他引荐给自己的几位朋友。这样他还稍嫌不足，所以在行为礼仪方面又单独点拨过几次，这些点拨都很有价值。他根据自身经验，向他展示怎样对年老贵妇们体贴入微；如何谦恭聆听尊贵的男士们讲话，无论讲话内容怎样单调乏味。因为一名新人只有这样做，才能在社交界吃得开。

然而，保罗·巴顿迈步踏入的世界有别于前一代人的世界，有别于当年艾略特·谭普顿需要通过坚忍执着才能打通关节的世界。这是一个刻意追求自我娱乐的世界。保罗·巴顿的飞扬神采，令人愉悦的外貌，还有他的有趣举止，让他在几周之内就赢得了艾略特辛苦执着好几年才达到的成果。他很快就不再需要艾略特的帮助，而且他对此毫不掩饰。见面时他仍然和颜悦色，但会在不假思索之间深深地冒犯这位年长者。艾略特请人参加派对，并不是出于对他们的喜爱，而是因为这些人能够让派对顺利进行。由于保罗·巴顿很有人缘，所以他在每周举办午餐聚会时仍然邀请他。但这位顺风顺水的年轻人总是事务繁忙，有两次他都是临近最后一刻才把艾略特晾在一边。艾略特自己也没少办过这种事，所以他知道这个人肯定是刚收到了一份更有诱惑力的邀请。

“我并不是非让你相信，”艾略特沉思着告诉我说，“可是天地良心，现在我和他见面，他反而变成我的恩主了。**在我面前**。提香。提香。”他语无伦次地说。“提香就是摆在他眼前他也认不出来。”

我从没见过艾略特如此气愤。我猜测他愤怒的原因在于，他相信保罗·巴顿打听那幅画的下落纯粹是心怀不善：他多少已经了解到，当年正是艾略特买下了它，所以才借助那位贵族老爷的回答来寻他开心。

“他绝对是一个腌臜势利的小鬼，如果说这世界上还有哪样东西让我反感厌恶的话，那就是势利。如果没有我，他还不知道在哪里乱晃悠。你信不信，他父亲是个做办公家具的。办公家具。”他把刻薄尖酸浓缩成这四个字，“我跟别人说他在美国根本不名一文，没有谁比他祖上家境更寒酸了。可这些人似乎毫不在意。你记住我说的，亲爱的老兄，英国社会已经像渡渡鸟一样死透透了。”

艾略特发现法国也好不到哪里去。他年轻时结识的那些非凡贵妇仍然还活着，但她们或是倾心于打桥牌（那是他厌恶的游戏），或是虔心信教，或是专意照顾自己的孙辈。工厂主、阿根廷人、智利人、跟丈夫分居或离婚的美国妇女，这些人纷纷搬进了原本属于贵族的庄严府邸，并且举办盛宴款待宾朋。然而在他们的聚会上，艾略特遇见的都是些带着粗鄙口音说法语的政客、餐桌礼仪一塌糊涂的记者，甚至还有演员。如今就连王公贵族的子弟也觉得，迎娶商店老板家的女儿并不可耻。没错，巴黎确实就是欢场，但现在这却是怎样粗鄙的欢乐啊！年轻人执意要疯狂地寻欢作乐，他们认为最好玩的事情，莫过于从某个空气污浊的小夜总会换到另一家，喝着一百法郎一瓶的香槟，跟城里那些不三不四的家伙挤挤挨挨地跳舞，然后折腾到凌晨五点。那种烟雾、闷热和噪声，让艾略特感到头痛不已。这已经不再是三十年前他视为精神家园的巴黎。这已经不再是美国的好人们在死后奔赴的巴黎。

4

但艾略特自有他的天赋。他内心里有个声音在提醒他说：里维埃拉即将再次成为尊贵时尚之人的度假胜地。他非常了解地中海沿岸的情况，因为他被教廷传召去罗马履行职责时，经常在返程途中去蒙地卡罗的巴黎饭店小住几日；或者是去戛纳，住进某位朋友的别墅。但那时候是冬天，而他最近听到许多传言：现在人人都说这地方将要成为度假胜地。大型酒店仍然还开张，而《巴黎先驱报》的社会专栏还登载着它们夏季访客的名单。艾略特读到那些熟悉的名字，满心赞许。

“我已经受够这个世界，”他说道，“我已经到达生命的某个阶段，已经准备好好安享大自然的美景去了。”

这话听起来也许晦涩。但其实不然。艾略特先前一直觉得，大自然是对社交生活的妨碍。对于那些眼前明明有一套摄政时期的橱柜，或华托的画作，却宁愿费力劳神去看湖泊山川的人，艾略特完全没有耐心。现在他手头已经有一笔相当可观的财产。亨利·马图林受到儿子的怂恿，同时也非常恼火地看到周围朋友都在股票交易中一夜暴富，最终还是向时代潮流做出让步，并一点点摒除了旧有的保守观念。他认为自己没理由不搭上这趟便车。他给艾略特写信说，他仍然跟以前一样反对赌博，但这次他并不是赌博，而只是为了确认自己的一个信念：这个国家的资源取之不竭。他的乐观是建立在常识基础之上。他认为没有什么能阻止美国的进步。他在书信末尾处说，他已经替亲爱的路易莎·布莱德利用保证金买进了一批优质证券，并且很高兴地告诉艾略特：她现在已经有两万美金的收益。最后，如果艾略特想挣点小钱，愿意让他根据自己的判断来进行操作，他有信心不会让艾略特感到失望。艾略特特别善于使用一些老掉牙的引语，他回复说：他什么都可以拒绝，就是拒绝不了诱惑。[①] 结果从那时开始，他改变了多年来一边吃早餐一边打开同时送到的《先驱报》查看社交情报的习惯，把注意力首先放在股市报道上。亨利·马图林替他经办的交易相当成功，现在艾略特发现自己什么都不用做，就会有五万美元干脆利索地进账。

他决定把收益金额取出来，然后去里维埃拉买一栋宅院。作为遁世逃名之人，他选择了安提贝。它位于戛纳和蒙地卡罗之间的战略要地，可以方便到达这两个地方。但不知究竟是因为借助于上帝之手，还是他自身的敏锐直觉，导致他选择了一处即将迅速成为时尚中心的地点。这简直无法说清楚。对于他来说，如果住进带花园的别墅，会体现出一种城乡边缘地区的粗鄙，这有

① 原话出自王尔德剧作《温夫人的扇子》。

悖于他的挑剔品位。所以他买下旧城区两栋望海的宅院，把它们打通合并，并安装了中央供暖、盥洗室和卫浴设施——冥顽不化的欧洲已经通过美国的榜样而被迫接受了这些东西。在那个阶段，浸渍[①]木材正好风靡一时，于是他把整个房子都配置了浸渍处理过的旧式普罗旺斯家具。此外，他还审慎地屈从于现代时尚，采用现代面料织物作为装饰。他仍然不大情愿接受毕加索和布拉克这类画家的作品——“恐怖啊，我亲爱的朋友们，恐怖啊”，尽管有一些受误导的狂热爱好者正在煞有介事地进行吹捧。不过他觉得，既然这么多年已经过去了，自己终究还是有必要把眷顾范围扩大到印象主义画派，所以他家墙壁上又增饰了一些相当漂亮的画作。我记得有一幅莫奈，是几个人在河上划船；一幅毕沙罗，画的是塞纳河的码头和桥；一幅高更的塔希提风景画；还有雷诺阿一幅迷人的侧面像，画中有一位年轻的姑娘，黄色的长发披散在后背上。装修完工后的房屋显得清新欢快、不同凡俗，同时还具有一种简朴，你知道只有付出很大代价才能够实现的简朴。

艾略特生涯里最为辉煌的时期就此开始。他把那位杰出的厨师从巴黎带过来。人们很快就承认，他家的厨艺在里维埃拉首屈一指。他让管家和听差都穿上白色制服，肩挎着金色吊带。他宴请款待时的富丽堂皇程度，从来不曾逾越上等品位的界限。在

① 浸渍（pickling），是一种为阻燃和防腐而使用化学溶液对家具木材进行预加工处理的方法。

地中海沿岸，遍地都是欧洲各国的王家贵胄：有些是被宜人气候吸引到了这里；有些正处于流亡状态；有些则因为过去的丑闻或不合适的婚姻，导致他们侨居国外会更方便。这里有俄罗斯的罗曼诺夫家族成员，奥地利的哈布斯堡家族成员，西班牙的波旁家族成员，两位西西里王族成员，还有一位帕尔马王族；这里有温莎家族的王子和布拉甘萨家族的王子，还有瑞典各位殿下和希腊的殿下们：他们受到了艾略特的盛情款待。另外还有一些不具有王室血统的王公郡主，以及奥地利、意大利、西班牙、俄罗斯和比利时的公爵与公爵夫人、侯爵和侯爵夫人们：他们都受到了艾略特的盛情款待。到冬天的时候，瑞典国王和丹麦国王会在海边暂住；西班牙的阿方索国王也经常匆匆往来一趟：他们也受到了艾略特的盛情款待。我对他的仪态简直赞不绝口：他一方面以骑士般的优雅对这些尊贵之人鞠躬行礼，另一方面又成功地维持着某国公民自主独立的风范——据说这个国家里人人生而平等。

我那时已经在海外旅行多年，后来在费拉角买了一栋房子。这样我和艾略特就会经常见面。这些年来我已经逐渐赢得他的高度青睐，所以他有时会邀请我参加他那些最隆重的派对。

“赏光来一趟吧，亲爱的老兄。”他会这样说，“当然我和你同样清楚，王室成员们到场，足以毁掉一场聚会。但别的人却喜欢见到他们。我想我们有义务让这些可怜人意识到，别人对他们还是有所关注的，尽管天知道他们到底配不配这种待遇。他们是这个世界上最不知感恩的人。他们平时只知道利用你，当你没有什么用处时，他们就会把你像袖口磨损的衬衣一样扔掉。他们会接受你无数次的关照，却没有一个人愿意顺道为你帮个微不足道的小忙，来作为回报。”

艾略特费尽心思和当地权势人物处好关系。这个地区的行政长官和教区主教，经常在教区副主教陪同下光顾他的宴席。主教在担任教职之前曾经是骑兵军官，在战争期间指挥过骑兵团。他是一位脸色红润、身材微胖的男子，喜欢使用兵营里那种咋咋呼呼的语言腔调。他那位表情凝重、形容枯瘦的副手却总是一副如坐针毡的模样，生怕他说些丢脸面的话。他脸上带着一丝不置可否的微笑，聆听着顶头上司讲述他最爱聊的那些故事。不过，这位主教却能充分运用他的杰出才能，对整个教区进行引导。他在布道坛上高谈阔论，效果极其生动感人，丝毫不亚于他在午餐桌旁讲的那些好玩的俏皮话。他赞许艾略特对教会的虔敬慷慨，喜欢他的温良谦和，还有他提供的美食。两个人就此成了好朋友。让艾略特颇为自得的是，他在神圣与凡俗这两个世界里都表现极佳。如果我可以斗胆概括一下的话，他是在上帝与财神玛门之间形成了极其满意的协作安排。

艾略特是以家族为荣的人，他急于向姐姐展示自己的新家。他总是能从她的赞许之词里感觉到某种矜持。他想让她看一看自己如今的生活格调，还有他殷勤结交的朋友们。这是针对她那些疑虑问题的明确回应。她将不得不承认他做得很好。于是他写信劝她和格雷还有伊莎贝尔一起来。他们不必住在他家里，因为他已经没有多余的房间，但可以作为他的贵客住在附近的开普酒店。布莱德利夫人回信说自己的年龄已经不适合四处旅行了，因为健康状况不允许。她想最好还是留在家里。再说，格雷无论如何也无法抽空离开芝加哥。现在生意兴隆，他正在大笔挣钱，所以只能原地不动。艾略特很关心自己的姐姐，这样的回信让他感到慌张。他写信给伊莎贝尔。伊莎贝尔拍有线电报回复说，尽管母亲身体不是很好，每周至少有一天需要卧床休息，但不会马上有危险。如果照顾得当，其实她还可以活很久。不过格雷倒是需要休息。父亲可以在家帮忙照看生意，他没有理由不给自己放个假。因此，今年夏天虽然来不了，但到明年她和格雷可以过来。

1929 年 10 月 23 日这一天，纽约股市崩盘。

5

当时我正在伦敦。刚开始的时候，我们在英国的这些人并没有意识到形势有多么严峻，也没想到它会导致如此惨烈的后果。从我自己这方面来说，虽然因为损失了相当一笔数目的钱财而感到懊恼，但主要损失还只是票面利润。等到尘埃落定，我发现自己的现金几乎没怎么减少。我知道艾略特向来赌得比较大，所以担心他会损失惨重。不过，直到我俩都返回里维埃拉过圣诞节时，我才再次见到他。他告诉我说亨利·马图林死了，而格雷已经破产。

我对生意上的事情几乎一窍不通，我敢说，艾略特跟我讲的这些事情，再经过我的复述，肯定会显得有些杂乱无章。根据我的有限理解，这场降落在马图林家族生意上的灾难，部分原因在于亨利·马图林的固执己见，部分归结于格雷的莽撞。亨利·马图林开始不愿意相信这次崩盘问题很严重。他自以为是地认定这是纽约经纪人的阴谋，是要给没见识的乡下同行兄弟们来一个措手不及。他咬紧牙关、投入大量资金来支撑市场。他对那些任由纽约证交所的恶棍们肆意践踏的芝加哥经纪人大发雷霆。他向来引以为豪的是，自己那些小额客户，无论是固定收入的寡妇、退休军官，还是类似的人员，从来没有谁因为听从他的建议而损失过一分钱。但是现在，为了不让他们承担损失，他却自掏腰包来弥补他们的账户亏空。他说他已经准备好公司破产，他本人还可以重新致富。但如果让那些信赖他的弱小客户损失全部家当，他就没法再抬起头来了。他以为自己是宽宏大度，但这只不过是虚荣。他的巨大财富迅速冰消雪解。有天晚上，他的心脏病发作了。他六十来岁，一直在拼命地工作、拼命地玩，一直在暴食暴饮。几个小时的痛苦挣扎过后，他死于冠状动脉栓塞症。

留下格雷独自支撑局面。他原先一直都在协助进行广泛的投机活动，并不具备父亲那样的业务知识，所以整个人陷入了极大的困境。他所有的自我解救办法都无济于事。银行不愿意借钱给他；证交所老一辈的人告诉他说，唯一的办法是投降认输。这段故事的其余部分，我就不清楚了。他无法履行自己的义务，所以被宣告破产。这一点我可以理解。他已经抵押了自己的房产，也情愿把它拱手交给受抵押人。他父亲位于湖滨大道和马尔文的房子也以勉强能够出手的价格给卖掉了。伊莎贝尔卖掉了首饰。他们只剩下南卡罗来纳州的那块庄园，当时它的产权挂在伊莎贝尔名下，而且一时间也找不到买主。格雷彻底地输掉了。

“那你怎么样，艾略特？”我问道。

“噢，我没什么可抱怨的，”他轻松地回答道，“上帝不会让大风吹到刚剪过毛的羊羔身上。”

我没再进一步问他了，因为他的财务状况与我无关。不管他损失如何，我估计也就是和我们其他这些人相似。

大萧条在刚开始时对里维埃拉的影响并不大。我听到两三个人说他们的损失严重，许多别墅在冬季仍然关着门，有几家正在挂牌出售。各家酒店的客房生意都很不兴旺，而蒙地卡罗的赌场抱怨说这一季度很糟糕。然而只有等两年过后，人们才真正感觉到这股寒流。当时有位房产销售代理告诉我说，从土伦到意大利边境的海岸沿线，共有四万八千套大大小小的房产在变卖出售。蒙地卡罗赌场的股票已经暴跌。那些大酒店开始降价打折来吸引顾客，但却是徒劳。唯一能看到的外国人，是那些一直贫穷而且不可能更贫穷的人。他们不用花什么钱，因为没有钱可以花。商店老板们感到了绝望。但是艾略特却既没有裁撤员工，也不像许多人那样给员工降薪。他继续给王室成员和头面人物们提供美酒佳肴。他新买了一辆宽敞的汽车。这是他从美国进口的，为此还得缴纳一大笔关税。他给主教组织的慈善活动慷慨捐资，以便给那些失业家庭提供免费食品。事实上，他生活里好像从未发生过任何经济危机，而大半个世界也没有受危机影响而举步维艰。

我碰巧发现了其中的奥秘：艾略特这时候除了每年去伦敦花两周时间买衣服以外，已经不怎么来英国了。但他在秋天的三个月里，仍然会带着全班人马转移到巴黎那所公寓，还有五月和六月，这都是艾略特的朋友们离开里维埃拉的时期。他喜欢里维埃拉的夏天，部分原因是可以在海里游泳。但更主要的，我想是因为那里的炎热天气可以让他随意穿戴搭配那些花俏活泼的衣服。他平时的礼仪分寸感，总是迫使他刻意回避这类服装。他在里维埃拉时，会身穿颜色绚丽的长裤，红的、蓝的、绿的或黄的；还会配上色彩反差强烈的无袖汗衫，淡紫色、紫罗兰色、紫褐色，或五彩斑斓的杂色。他会以一种不置可否的优雅神情，来接受别人看到他的装束后叽叽喳喳表示的赞美，这种优雅神情就像是某位女演员听到别人说，她刚扮演的新角色真是超凡脱俗。

这年春天，我在返回费拉角的途中，碰巧要在巴黎待一天，于是就邀请艾略特一起吃午饭。我们在丽兹饭店的酒吧见面，这地方不再像以前那样聚满了跑来欧洲游玩的美国大学男生。这幅荒凉景象，就像是某位剧作家在作品首次表演的当天晚上遭遇失败时的感觉。我们要了杯鸡尾酒。这种跨越大西洋两岸的习俗，艾略特最终还是向它做出了妥协。然后我们点了份午餐。吃完饭后，他建议一起去转转古玩店。尽管我告诉他说我付不起钱，但还是很高兴陪着他。我们走过旺多姆广场，他问我是否介意进夏维男装店等一会儿。他先前定了几样东西，想看看备齐了没有。看来他是定做了几件西服背心，几条衬裤，而且还要绣上自己的姓名字母缩写。西服背心还没到货，但衬裤已经做好了，店员问艾略特要不要看看。

“我可以看看。”他说道。当男店员去拿东西的时候，他又对我说：“我是按照自己的款式来让他们定做的。”

东西拿过来了。在我看来，它们除了是丝制品以外，外观跟我在玛西百货店经常买的衬裤一模一样。但吸引我目光的是，在 E. T. 的姓名缩写上方，还有一枚伯爵徽章。我一句话也没说。

“很好，很好。”艾略特说道，“好吧，等背心做好以后，你们再一起送过来吧。”

我们离开了店铺，而艾略特在出门的时候，转过身来望着我微笑。

“你注意到那个徽章了吗？跟你说句实话，我请你进夏维店的时候，自己都忘了。我想我还没来得及告诉你，教皇陛下已经恩准我重新使用本家族的旧头衔了。”

“你什么来着？”我问道，因为惊吓过度，已经浑然不顾礼仪。

艾略特不满地抬了抬眉毛。

“你不知道吗？我母亲那一脉传承的是德劳利亚伯爵，他跟随腓力二世来到英国，然后娶了玛丽女王的一位侍女。”

“我们的老朋友‘血腥玛丽’[①]吗？”

“那个名字，我相信，是异端分子给她的称呼。”艾略特冷冰冰地回答道，“我想我还没有告诉你，9月29日那天我在罗马。我想我不得不去一趟。事情是有些累人，因为罗马现在没什么人做事。但幸运的是，我的责任感超越了我追求俗世欢乐的欲望。我在梵蒂冈的朋友告诉我说，股灾马上就要来临，他强烈建议我卖掉所有的美国证券。天主教会拥有两千年的智慧根砥，所以我丝毫没有犹豫。我给亨利·马图林拍电报，让他卖掉所有证

① 指1553—1558年间担任英格兰与爱尔兰女王的玛丽一世（1516—1558），英王亨利八世之女，由于信奉天主教而对新教采取残酷迫害政策，人称“血腥玛丽”（Bloody Mary）。玛丽一世丈夫为西班牙国王腓力二世（1527—1598）。

券，然后买入黄金。我给路易莎拍电报，告诉她按照我的方法办理。亨利给我回复电报，问我是不是疯了，还说除非我确认上述指令，否则他什么都不会做。我立刻以不容置疑的语气给他拍了份电报，告诉他逐一办理，而且要在办理完毕后再给我发份电报。可怜的路易莎对我的忠告置若罔闻，现在可是遭罪了。”

“所以说，当股灾来临时，你已经安然无忧了？”

“这是一种美国精神，亲爱的老兄，我看你是不会有机会用到的，但它极其准确地表明了我的处境。我没有任何损失，实际上我还挣到了一笔钱，你很可能会称之为巨款。再后来，我还可以用原先成本的一小部分回购我原来的证券。这一切应当归功于谁呢？我只能将它描述为上天的直接干预。正因为如此，我觉得自己唯一该做的正当合理之事，就是回报天主圣意。”

“噢，那你是用什么方法做的呢？”

“这个嘛，你知道领袖[①]已经着手开垦蓬蒂内沼泽[②]的大片土地。有人告知我说，教皇陛下对开垦定居者缺少信仰礼拜场所而深感忧虑。那么，长话短说，我建了一所小小的罗马式风格的教堂，是我在普罗旺斯看到的某个教堂的忠实翻版，每一处细节都完美。我也就是自己说说，它可真是一块瑰宝。教堂的敬献对象是圣马丁，因为我很幸运地发现了一扇古代的彩色玻璃窗，图案展示的是圣马丁正在割开自己的衣袍，把它分给一位赤身裸体的

① 原文为 Duce，指墨索里尼。

② 蓬蒂内沼泽（Pontine Marshes）位于意大利中南部的拉齐奥大区。

乞丐。这个象征是如此地恰当，所以我把它买了下来，并且放在了祭坛高处。”

我没有打断艾略特的话并问他：一方面是圣人广为称颂的义举；一方面是他自己在紧要关头抛售股票而囤聚一大笔金钱，然后像支付经纪人佣金一样，付钱给另一位大能者，那么，他到底在这两件事之间发现了什么关联？不过，对于我这种思路散漫的人来说，象征总是隐晦难解的。他继续往下说道：

“当我有幸把这些照片呈献给教皇大人看的时候，他非常仁慈地告诉我：他一眼就看出我是品位方面无可挑剔的人。他还说，在这世风日下的年代，很高兴还能看到有人能够把奉献教会的精神与如此罕见的艺术天赋结合在一起。一段值得铭记的经历，亲爱的老兄，值得铭记的经历啊。但是很快就有人向我透露说，教皇愿意授予我贵族头衔，这时候就没有谁比我更感到吃惊了。作为一名美国公民，我觉得还是应该更低调些，尽量不要使用它。除非是在梵蒂冈，这是当然。所以我已经禁止我家的约瑟夫称呼我为Monsieur le Comte[①]。我相信你也会尊重我对你的信任。我不希望这件事在国外传得沸沸扬扬。但我也不希望教皇陛下以为我不珍惜他赠予的这个荣誉。纯粹是为了表示对他的尊敬，我才把这枚徽章绣在我个人用的内衣上面。我并不介意告诉你，我把自己的阶层地位深深隐藏在一位美国绅士庄重的细条纹西服之下，为此我感到一种朴素的自豪。”

---

① 法语：伯爵先生。

我们俩就此分手道别。艾略特告诉我说，他到六月末会南下到里维埃拉。他没能如愿。他刚刚安排好勤杂人员从巴黎转场，自己准备开着车一路悠游，这样等他到里维埃拉的时候，一切都已经完美就绪。但就在这时，他收到了伊莎贝尔发来的一份电报，说她母亲的身体状况突然急转直下。就像我前面说过的，艾略特除了喜欢自己姐姐以外，他还有一种强烈的家族亲情责任感。他搭乘了从瑟堡出发的第一艘轮船，再从纽约赶到芝加哥。他写信告诉我说布莱德利夫人病得很重，而且瘦得厉害，他看到以后委实感到吃惊。她或许还能坚持几周时间，或是两个月。但无论如何，他觉得自己有责任陪她直到最后一刻，尽管这令人伤感。他说，他发觉这里的高温天气比他预想的要好受。至于在社交场合缺少情趣相投的人，多少也能够忍受。因为在这样的时刻，他无论如何也没有这方面的心思了。他说，他看到本国同胞应对大萧条的方式以后感到很失望。他原本以为他们会更加冷静地看待自己的不幸。我知道，单从言语上要求别人满怀坚毅地承受灾难，没有什么比这种做法更容易的了。我想艾略特现在比以往任何时期都更有钱，他可能没有什么资格对人如此苛刻。他在信的结尾附加了几条消息，让我转告他的几位朋友。他让我见到他们时，无论如何也不要忘记向每个人解释，他家宅院在今年夏天大门紧闭的原因。

一个月刚过没多久，我收到了他的另一封信，告诉我说布莱德利夫人已经死了。他这封信写得情真意挚。由于我在前些时候就已了解到，艾略特尽管非常势利，而且装模作样滑稽可笑，却是善良、友爱和诚实的人，否则我根本无法料想，他竟然能够使用如此充满尊严、真情和简洁的文字来表述自己。他在这封信中告诉我说，布莱德利夫人家的事务似乎有些乱套了。她的长子是一位外交家，曾在大使缺位期间担任美国驻东京使馆的 chargé d'affaires[①]。他当然无法离开职守。她的二儿子谭普顿，从我刚认识布莱德利夫人时就在菲律宾。现在他已经任期届满，被召回华盛顿并在国务院任职。当他母亲被确认无法救治时，他带着妻子来过一趟芝加哥，但在葬礼结束后不得不尽快返回首都。在这样的情况下，艾略特感到他必须留在美国，直到所有事情都得到妥善处理。布莱德利夫人把财产均分给了三个孩子。不过看来她在二九年大崩盘过程中的确损失惨重。幸运的是，他们落实了马尔文农场的买主。艾略特在来信中将它称为“亲爱的路易莎的乡产”。

“当一个家族不得不向祖居道别时，一切总是令人伤感。”他写道，“但在近些年里，我看到许多英国朋友被迫接受这种结局，所以觉得我那两位外甥，还有伊莎贝尔，必须要以同样的勇气与决心，来接受这不可避免的场面。Noblesse oblige.[②]”

他们在处理布莱德利夫人位于芝加哥的房产时也颇为幸运。很久以来就有人规划要拆除她那栋住宅所在的连排房屋，然后新建一大片公寓楼。但是由于她固执己见，决心要死在自己一直生

① 法语：代办。
② 法语：贵胄者恪尽其责。

活过的房子里，所以这项规划就被搁置了起来。然而等她刚咽下最后一口气，开发经办人就纷纷跑来报价收购，结果很快成交。但即使如此，伊莎贝尔的生活来源依然相当匮乏。

股市崩盘过后，格雷试着找份工作，甚至还在捱过这场风暴的经纪人公司里做过秘书。但现在市场上没有什么业务。他向老朋友们求援，声称无论工作如何卑微、薪水如何低，只要有份事情做就行。但每次求援都归于徒劳。为了避免这场最终击垮他的灾难而付出的疯狂努力，加上焦虑产生的重压、内心的羞辱，最后导致他精神崩溃。他开始出现严重的头痛症状。每次头痛发作过后，他在二十四小时之内都动弹不得，整个人就像块湿抹布一样瘫软无力。在伊莎贝尔看来，他们最好的办法是带着孩子去南卡罗来纳的庄园去住，直到格雷恢复健康。那块庄园以往收成好的时候，每年稻米收入可以有几十万美元。但它很久以来只是一片沼泽和橡胶树密布的荒地，只有在狩猎爱好者打野鸭的时候才能派上用场，而且也寻不到买主。股市崩盘以来他们偶尔去住一阵子。他们打算去那里住，直到情况改善，等格雷能够找到工作后再回来。

“我不允许这样，”艾略特写道，“真是的，亲爱的老兄，他们过得就跟猪一样。伊莎贝尔没有女佣，孩子们也没有家庭教师，只有两名黑种女人照看她们。所以我答应让他们住进我在巴黎的公寓，建议他们待在那里，直到这个神奇的国家事态发生变化。我要给他们配备一批家政人员，事实上我家的厨娘是个很好的厨师，所以我要把她留给他们。我很容易就能找到顶替她的人。我会自己安排妥当这些事，这样伊莎贝尔就能用她那点微薄的收入给自己买买衣服，再支付家里一些 menus plaisirs[①]。当然这就意味着我得在里维埃拉多住些日子，这样我就有望能够比以往更经常地见到你了，亲爱的老兄。以伦敦和巴黎现在的这副德性样子，我在里维埃拉其实更自在。现在也就剩这里了，这是唯一能够遇见有人跟我说话投缘的地方。可以说，我时不时地还要去巴黎住几天。不过等我再去的时候，一点儿都不想再去丽兹饭店乱花钱了。我很高兴地告诉你，我最后终于说服格雷和伊莎贝尔同意满足我的愿望。等到做好了必要的安排，我会马上把他们都带过来。那些家具和绘画（质量相当差啊，亲爱的老兄，而且作品真伪也极度可疑），再过两周会被卖掉。与此同时，因为我想到，如果在这房子里住到临走的那一天，对他们来说会很痛苦，所以就带他们和我一起住进了芝加哥的德雷克饭店。我们到巴黎以后，我就让他们搬进我家，然后我南下去里维埃拉。请不要忘记代我向你那位王族邻居问好。”

谁能够否认，艾略特这超级势利的家伙，其实也是一个极其善良、极其体贴慷慨的人呢？

① 法语：小型娱乐开销。

第四章

1

艾略特把马图林一家安置到他那间位于塞纳河左岸的宽敞公寓，到年底时就回到了里维埃拉。他当初规划这栋房屋用途时，是根据自己的舒适方便。这里没有地方再额外容纳一家四口。所以，即使他有过这个想法，也不会让他们来里维埃拉住一起。我认为他并不为此而感到遗憾。他很清楚，作为一名单身自在之人，如果没有外甥女和外甥女婿的陪伴，自己更是奇货可居。如果他时刻都要考虑到两位常住客人在家，那么简直就别指望能安排他自己那些高品位的小型派对了。

“让他们在巴黎落脚，适应一下文明生活，这样更好些。再者说，两个女孩子都到了上学的年龄。我已经找到一家离公寓不远的学校，我确信这学校相当出类拔萃。”

这样一来的结果，是我等到春天才遇见伊莎贝尔。那时我因为要忙些事情，需要去巴黎住几周。我到达以后，在紧邻旺多姆广场的一家酒店里订了一套房间。这是我经常光顾的酒店，不仅因为它位置比较方便，还因为它别具风味。这是一栋大房子，中间有个庭院。两百年前它就已经是一个小客栈。盥洗室的装饰丝毫不算奢华，而且下水系统也极不理想。卧室里是铁床，墙壁刷成白色。它们用那种老式的白色床罩，还有玻璃大衣柜，都显得挺寒酸。但房间客厅里却配备了精致的旧家具。沙发、扶手椅，都是拿破仑三世统治时期的俗艳款式。尽管我觉得它们谈不上有多舒适，却具有一种花哨的魅力。我住在那个房间，仿佛置身于以往法国小说家的生活氛围。我看着玻璃罩下那座帝国时期的时钟，想到或许曾经有一位满头长鬈发、身穿荷叶边裙装的漂亮女人，她一边看着时针移动，一边等待着拉斯蒂涅[①]的来访。巴尔扎克在一部接一部的小说里，描写了这位贵族家庭出身的冒险家如何从卑微的起点开始，最终达到了辉煌的事业顶点。卞雄医生[②]很可能也会进入这个房间，来给一位外省的贵族遗孀检查脉搏、察看舌苔。这女人因为某桩讼案来巴黎找律师，又因为临时生病而约请了一位医生。对于巴尔扎克来说，卞雄医生是如此真实的人物，以至于作家在临死前还说："只有卞雄能救得了我。"在那张抽屉书桌旁，可能曾经有一位穿着带裙撑的服装、发辫中分、得了相思病的女子，给她薄幸的情郎写过一封情感炽烈的书信；或是一位身穿长礼服、高脖领、头发花白的绅士，给自己的败家子写过一封满纸怒气的信函。

我在到达后的第二天给伊莎贝尔打了电话，问她说如果我

---

①② 两处的拉斯蒂涅（Rastignac）和卞雄医生（Dr. Bianchon）都是巴尔扎克小说《人间喜剧》系列里的著名人物。

在五点钟的时候过来，可不可以请我喝杯茶。我和她已经十年没见了。一位表情刻板的管家把我带进起居室，我看见她正在读一本法国小说。她站起身来握住我双手，用她那温暖迷人的微笑予以迎接。我以前只见过她十来次，单独会面仅有两次。但她瞬时让我感觉到，我们并非泛泛之交，而是老朋友了。过去的十年时光，缩短了年轻女孩与中年男人之间横亘的鸿沟。我不再容易察觉到我们之间的年龄反差。她以熟谙世故、巧妙迎合的方式对待我，仿佛我就是她的同龄人。五分钟过后，我们的谈话就显得既坦承，又无拘无束，好像是两位从未间断会面的儿时玩伴。她已经拥有一种轻松、镇定和自信。

但让我印象尤深的，主要还是她相貌上的变化。我记得她是一位漂亮而健康结实的女孩，像是随时都有可能迅速发胖。我不知道，她是否意识到这一点，然后采取了减肥的英勇举动；或是在生育时遭遇到了某种不同寻常，但结果却让人高兴的事故。她现在苗条得不能再苗条了，而当前的时尚又格外注重这一点。她还穿着黑色丧服。我一眼就注意到，她那件既不太素朴又不太招摇的丝绸长裙，是巴黎某位最好的女装裁缝做的。她把这件衣服穿在身上，表现出浑然不经意的自信。对于拥有这种自信的女人来说，身穿昂贵服装就是她的第二天性。十年前，即使有艾略特提供参考意见，她的连衣裙仍然有些偏于浮华，而她穿在身上也显得不太自在。但现在即使是玛丽·路易丝·德·弗洛里蒙本人，也无法再说她不够风雅了。她浑身上下，一直到涂成玫瑰红的指甲尖，处处都显得风雅。她的五官也变得精致了。我觉得，我从未在哪位女人脸庞上见过谁的鼻子比她的更漂亮、更挺直。在她前额和榛色眼睛的下方，没有出现一道皱纹。尽管她的皮肤已经失去了最年轻时的新鲜饱满，但肤质却和以前一样细腻。显然这多少要归功于洁肤液、乳霜和按摩的作用。它们让她的皮肤呈现出一种柔软、透明的细致感，显得格外诱人。她瘦削的脸颊上淡淡地抹了层胭脂，嘴唇上也仔细地涂过口红。她头发是亮棕色，留了当前流行的短发型，还烫成了波浪。她手指上没有戴戒指。我记得艾略特告诉过我，她把首饰都卖掉了。她的双手虽然不是特别小巧，形状却挺好看。在那个时期，女人们白天都穿短连衣裙，所以我能看到她穿着香槟色长袜的双腿，造型优美，修长而苗条。对于许多长相标致的女子来说，一双丑腿足以毁掉全部美感。当伊莎贝尔还是少女时，她的双腿是最不讨巧的特征，但现在却异乎寻常地好看。事实是，她已经从一位蓬勃健康、精神抖擞、肤色靓丽，因此充满吸引力的漂亮姑娘，变成了一位美丽妇人。她的美究竟在何种程度上要归功于肉体层面的保养技艺、自制与苦行。这些都不重要，因为它们的结果令人殊为满意。可能她举手投足的优雅、得体的仪态，都是费尽思量而获得的东西，但它们却显现出一种完美的自然生动感。我不由得产生了这样的想法：巴黎的这四个月，给这样一件经年磨砺、有意识改进的艺术之作添加了最后几笔。艾略特即使是从最挑剔的眼光来看，也只能对她表示赞许。而我，作为相对不那么难以取悦的人，也发觉她美得摄人心魄。

格雷去莫特方丹打高尔夫球去了，但她告诉我说，他马上就会回来。

"你一定要见见我的两位小姑娘。她们去了杜伊勒里花园[①]，但应该很快就回来了。她俩好可爱。"

我们谈论起一件事又一件事。她喜欢住在巴黎，而且在艾略特的公寓里住得非常舒适。他在离开巴黎前带他们结识了一群朋友，因为他觉得他们夫妻俩会喜欢这些人。现在他们已经形成了一个气氛友好的熟人圈子。他还敦促他俩依照他以前的习惯做法来盛情款待朋友。

"你知道吗？一想起我们现在生活得好像是多么有钱的人，但其实却是一对彻底破产的穷夫妻，我简直就要笑死。"

"有这么糟糕吗？"

她呵呵笑了起来，这时我惦记起十年前她那轻灵欢快的笑声，当时我就觉得她是那么迷人。

"格雷一分钱都没有。我现在的收入正好是拉里当初想和我结婚时的水平。我不愿意，是因为我觉得我们不可能指望这点钱来生活。可我现在不仅如此，还外加两个孩子。这很滑稽，对不对？"

"我很高兴你能把它当成一个玩笑来看。"

"你有拉里的消息吗？"

"我？没有。自从你上次来巴黎以后，我就没有看见过他。

---

① 杜伊勒里花园（The Tuileries Gardens）是法国巴黎一座对外开放的庭园，位于卢浮宫与协和广场之间，是由王后凯瑟琳·德·美第奇在 1564 年为了兴建杜伊勒里宫所设计的。

我略微认识他以前认识的几个人。我真的问过他们，他情况怎么样了，但那也是好几年前了。好像没有人知道他一星半点的消息。他就这样凭空消失了。

“我们认识拉里在芝加哥开户银行的经理，他告诉我们说，他时不时地就会从某个古怪地方收到一张拉里签发的汇票。中国、缅甸、印度。他好像一直在四处跑动。”

我毫不迟疑地把溜到嘴边的话给问了出来。毕竟，如果你想要知道某件事，最好的办法还是去提问。

“现在你有没有希望以前嫁的人是他？”

她笑得很是动人。

“我和格雷一直过得很幸福。他是一位很好的丈夫。你知道的，在股灾来临前我们共同度过了一段美妙时光。我们喜欢同样的人，我们喜欢做同样的事。他很可爱。被人宠爱的感觉很好；现在他就像刚结婚时那样爱我。他觉得我是世界上最好的姑娘。你简直想象不到他有多么善良体贴。他对我是那么慷慨大方，简直都有些离谱。你瞧，他觉得世上没有我配不上的好东西。你知道吗？我们结婚这么多年来，他从来没对我说过一句不体贴的话或是狠话。噢，我一直都非常幸运。”

我心里问自己，她是否觉得已经回答了我的问题。我换了个话题。

“跟我说说你的两位小姑娘吧。”

我刚说完，门铃就响了。

“她们来了。你可以亲眼看一看。”

片刻过后她们就进屋里来了，身后跟着一位随行看护的家庭女教师。我首先被介绍给琼安，这是大女儿；然后是普莉西拉。两个小姑娘在跟我握手的时候，都很有礼貌地行了个小小的屈膝礼。一个八岁，另一个六岁。对于这个年龄的孩子来说，她俩个头算是挺高的了。伊莎贝尔当然身材高挑，而我印象中的格雷更是魁梧高大。不过，她们的漂亮只是从孩子角度而言。两个人看上去有些纤弱。她们拥有父亲那样的黑发和母亲的榛色眼睛。有陌生人在场，并没有让她们感到害羞。两个人争先恐后地告诉妈妈说，自己在杜伊勒里花园里都做了些什么。她们眼光迫切地看着伊莎贝尔的厨师为我们准备好，但谁都没有品尝的美味茶点。在获许品尝一块以后，她们俩又陷入了不知如何择取的小小疑虑痛苦之中。看到她们在外人面前流露出对母亲的情感，看到这母女三人簇拥在一起构成的迷人画面，着实让人感到愉快。等到她俩吃完了自己挑选的小蛋糕，伊莎贝尔就把她们打发走了。两人离开房间时，不需要任何言语和哄劝。我得到的印象是，她在培养孩子时，教会了她们如何听从吩咐。

等她们走后，我用人们通常会对母亲说的话，评价了伊莎贝尔这两位孩子。她带着一丝显而易见，似乎又漫不经心的愉悦，接受了我的夸奖。我问她，格雷喜不喜欢巴黎。

"很是喜欢。艾略特舅舅给我们留了一辆汽车，这样他差不多每天都能出去打高尔夫球。他参加了旅行者俱乐部，还在那里打桥牌。艾略特舅舅答应替我们支付这座公寓里的所有开支，当然，这是一份天赐。格雷的神经全都散架了，他仍然还会出现那种可怕的头痛情况。即使他能找一份工作，其实也无法胜任。这种情况自然也让他感到揪心。他想工作，他觉得自己应该工作，但没有人要他，这让他感到羞愧。你看，他觉得工作是男人的分内事。如果他不能工作，就跟个死人没有差别。他无法忍受那种在市场上无人光顾的感觉。我只能让他来这里，劝他好好休息，等形势改变，他就可以回归正常了。但我知道，只有等到某一天他开始套马备鞍，否则就不会感到开心。”

“恐怕你们在过去两年半里吃了不少苦头。”

“这个，你知道的，股灾刚来时我简直无法相信。我觉得无法想象自己到最后会破产。我可以理解其他人为什么破产，但我们会好起来——得了，看来这简直毫无可能。我不停地想，到了最后关头会发生某件事，从而让我们得救。可是后来，当最后一击降临时，我觉得不值得再生活下去了。我觉得自己无法面对未来。它太过黑暗。有两周时间我简直伤心透了。老天，这真可怕，必须要跟一切道别，知道以后不会再有什么开心事，必须失去我喜欢的一切，然后继续过下去。等两周过后，我就说道：‘噢，见鬼去吧，我再也不去想它了。’我保证后来再没想过。我什么都不懊悔。我在还能够开心的时候开心快乐过。现在它已经过去，那也就过去了。”

“显然，住在一间位于豪华地段的豪华公寓里，有一位称职的管家，有一位免费的优质厨师，而且不用花自己的一分钱，然后还能给自己的消瘦身体裹一件香奈尔的礼服，这样一来，破产的后果相对更容易忍受些，对不对？”

“衣服品牌是朗万，”她咯咯地笑道，“我看你这十年没什么变化。我不指望你相信我的话，你这个疑神疑鬼的浑人，但我真的不太确定，我是不是为了格雷和孩子而接受了艾略特舅舅的帮助。凭着我每年两千八百美金的收入，我们绝对可以在庄园里安排好生活。我们可以种稻米、黑麦、玉米，再养些猪。毕竟我是在伊利诺伊农场里出生和长大的。”

“话是这么说。”我笑了。我知道，事实上她出生在纽约一家费用昂贵的诊所。

就在这时格雷进屋来了。我跟他只见过两三次，这已是十二年前的事。但我见到过他和新娘的照片（艾略特把它装进一个精美镜框，然后跟瑞典国王、西班牙王后以及德基斯公爵的签名照并排放置在钢琴上方），记忆里对他还有印象。但我被他现在的模样吓了一跳。他的发际线已经退到太阳穴的位置，头顶有一小块都秃光了。他的脸现在胖鼓鼓的，脸色发红，而且还长出了双层下巴。由于多年来养尊处优，加上过量饮酒，他的体重增加了不少。只是因为他身材极其高大，才不至于显得过度肥胖。但我注意到，最明显的还是他的眼神。我清楚记得，那双爱尔兰人的蓝色眼眸里，曾经满是信任与公开的坦诚。那时世界就展示在他面前，他在这世界里没有一点忧愁烦恼。但现在我似乎在这双眼睛里看到了某种困惑沮丧的东西。即使不了解那些事实，我想自己或许也能猜到，先前发生的某件事已经摧毁了他对自己的信心，摧毁了他对世间之事整饬次序的信心。我在他身上体会到了一种自惭形秽的感觉，似乎他做错了事情，尽管出于无心，却感到羞耻。显然他的精神有些崩溃。他愉快而热情地跟我打招呼，看上去确实也像是见到老朋友一样高兴见到我。但我有一种印象，总觉得他这种热闹开心的样子，只是一种礼仪习惯，与他内心深处的感觉毫不相称。

仆人把酒端了上来。格雷为我们调制了杯鸡尾酒。他刚打完两场高尔夫，对自己的比赛表现挺满意。他开始有些事无巨细地向我们唠叨，自己是如何克服某个球洞带来的困难。伊莎贝尔带着意兴盎然的表情在一旁倾听。又聊了几分钟过后，我跟他俩约定好哪天由我来设宴款待，然后再一道看场戏。随后我就离开了。

2

后来我就形成了一种习惯，每星期里总有那么三四天的下午，当我结束了白天的工作任务后，就会到伊莎贝尔家里去见她。她在那个时间段通常都独自在家，也很愿意有个人一起闲聊。艾略特介绍她认识的那些人都比她年长很多。我发现她几乎没有同龄的朋友。我的朋友们多半要忙碌到晚餐时间。我觉得跟伊莎贝尔说说话，要胜过到俱乐部找那些牢骚满腹的法国人打桥牌。他们并不是特别欢迎一位陌生人闯入自己的地盘。她对待我的方式很是迷人，好像跟我岁数相仿似的。这就让谈话变得很轻松。我们说着笑话，一起放声大笑，互相逗趣，一会儿聊聊我们自己，一会儿聊聊我们共同的熟人，一会儿又聊到书籍和绘画。这段时间就过得非常愉快。我性格里的一个弱点，是从来无法习惯别人的难看长相。无论我朋友的性格有多温柔，无论是多少年的亲密关系，都无法让我将就喜欢他的一口坏牙或歪鼻子；在另一方面，当我看到一个人的英俊长相时，总是无法遏制地感到愉悦。就是二十年的熟识之人，我仍然能够饶有兴趣地欣赏他好看的眉形，或是颧骨的细腻线条。因此当我在伊莎贝尔面前，看到她椭圆的脸庞，酥酪般的细致皮肤，还有榛色眼睛里的明亮温暖时，总能再次感觉到某种小小的愉悦和震慑。

后来就发生了一件相当出人意料的事情。

3

所有的大城市里都有一些独立自足、与外界不通讯息的人群，他们是生活在一个更大世界的众多小世界。他们的成员彼此依赖，互为同伴，好像居住在一座座岛屿，而每座岛屿之间都被一道无法通航的海峡分隔开来。以我自身经验来看，哪座城市都不如巴黎在这方面给人的感觉更为真切。巴黎的高层社会很少允许外来者进入；政客们生活在自己的腐败圈里；大大小小的市民阶层彼此频繁往来；作家和作家聚集在一起（从安德烈·纪德[①]的《日记》里可以明显看到，如果有谁不愿响应他本人的号召，似乎也就很难成为他的亲密朋友）；画家和画家、音乐家和音乐家厮混到一处。伦敦也是同样的情况，只是程度上没有那么明显；所谓物以类聚的情况，相对要少得多。伦敦大概有十来个家族，你可以在他们家的同一张餐桌上遇见女公爵、女演员、画

① 安德烈·纪德（André Gide, 1869—1951），法国作家，1947 年诺贝尔文学奖获得者。《纪德日记》从作者十四岁的经历开始写起，直到作者去世前一年，以其坦诚文字以及丰富的艺术性和思想性而著称。

家、国会议员、律师、女装裁剪师，外加一位作家。

生活当中的各种事务，导致我时常要在巴黎的各类小世界之间迁移留驻。我甚至还能（通过艾略特）进入圣日耳曼大道的那个封闭世界。但我有一处最喜爱的地方，它的魅力不仅胜过以现在的福煦大街为中心而谨慎往来的那个社交圈，也胜过了都市潮人们光临惠顾的拉吕餐厅和巴黎咖啡馆，以及蒙马特地区嘈杂污秽而又欢乐的氛围。它就是以蒙帕纳斯大道为交通主动脉的那片区域。我年轻时在贝尔福雄狮像附近一间小公寓里住过一年。房间位于五楼，我从那里可以看到公墓[①]附近的开阔景象。蒙帕纳斯当时对我来说具有一种典型外省城市的安静气息，我现在对它的感觉依然如此。当我经过昏暗狭窄的奥德萨街时，心里会突然泛起一阵隐痛，想起以前我们经常聚餐的那间简陋饭馆。画家，插图师，还有雕塑家。除了阿诺德·班内特[②]偶尔参加以外，只有我一位作家。我们的聚会要到很晚才结束，大家时而情绪激昂，时而胡说八道，时而怒气冲冲地讨论着绘画与文学。对于我来说，漫步在这条大道上，看着跟我当年同样年轻的人们，心里面给他们编排着各种故事，仍然是一种愉快的事。当我没有别的事情可做时，就会乘一辆出租车到那里，然后坐在古老的多摩咖啡馆。它不再是以前的样子，不再是城市波希米亚一族的专属会晤场所。附近的小生意人到这里游览，塞纳河畔另一边的陌

---

① 指蒙帕纳斯公墓（Cimetière du Montparnasse）。此地安葬着莫泊桑、波德莱尔、涂尔干、波伏娃、萨特等众多知识界名人，也是巴黎因公殉职的消防员与警察的安葬地。
② 阿诺德·班内特（Arnold Bennett, 1867—1931），英国小说家与批评家。

生人也来这里，希望看到某个不复存在的世界。

学生们仍然来这里，当然还有画家和作家。但他们多数都是外国人。你坐在那里，听见周围说俄语、西班牙语、德语和英语的就跟说法语的一样多。但我心里有个念头：他们所说的内容和我们四十年前完全相同。只不过他们在谈毕加索，而不是马奈；在谈安德烈·布勒东，而不是纪尧姆·阿波利奈尔。我与他们心有灵犀。

我到巴黎已经有两个星期。那天晚上我去多摩咖啡馆闲坐。由于露台上挤满了人，我只好选了一张位于前排的桌位。气候宜人而温暖。悬铃木的嫩叶正在萌发。空气里是巴黎特有的那种闲适、轻快和畅意。我感到身心安逸，却不至于昏然欲睡，而是颇为振奋的那种感觉。这时突然有个人从我跟前经过，他停下脚步，咧嘴笑了起来，露出两排洁白的牙齿。他说："你好！"我茫然地看着他。他又高又瘦，头上没有戴帽子，乱蓬蓬的深棕色头发看上去亟须修剪。他的上嘴唇和下巴被浓密的棕色胡须完全遮盖住了，前额和脖子是古铜色的。他穿了一件磨损的衬衣，没系领带，破旧的棕色大衣，烂歪歪、松垮垮的灰色鞋子。他看上去就像个乡巴佬，我绝对肯定自己先前从没见过他。我认定他就是那种一无所长、在巴黎穷困潦倒的人。我估计他会编一套人生艰难之类的故事，从我口袋里骗几个法郎，好去吃顿晚饭，再找张床睡觉。他站在我面前，双手插在衣兜里，龇着白牙，漆黑的眼睛里带着一丝笑意。

"你不记得我了吗？"他说道。

“我这辈子从没瞧过你一眼。”

我打算给他二十法郎，但我不打算听他吹牛咋呼，说我们彼此认识什么的。

“我是拉里。”他说道。

“我的老天爷！你赶紧坐。”他呵呵笑了起来，向前迈了一步，把我桌边的空椅子拖出来。“喝点东西吧。”我向侍者打了个招呼，“你这一脸毛乎乎的，让我怎么能认得出来？”

侍者过来后，他点了杯橙汁。我再看着他时，就想起他那双眼睛的奇特之处：虹膜和瞳仁是同样的黑色。这让它们既显得色泽厚重，又深不可测。

“你到巴黎多久了？”我问道。

“一个月。”

“你准备继续住下去吗？”

“住一阵子。”

我问他这些问题时，脑子里开始转个不停。我注意到他裤脚已经破烂不堪，大衣肘部也有破洞。他这副模样，就像我以前在某个东方港口遇见的海滩拾荒者一样潦倒。那年头的人们还很难忘记大萧条带来的惨状，所以我疑心，是不是二九年的股灾导致他身无分文。想到这一点我有些不开心。因为我不是说话爱拐弯抹角的人，所以就直接问他了：

“你是倾家荡产了吗？”

“没有，我很好。你为什么要这样想？”

“这个，你看着好像每天能吃饱一顿饭就不错了。还有，你身上穿的东西只配扔到垃圾筒里去。”

“它们有那么差吗？我从来没想过这个。其实我是有打算给自己置办些行头的。但我好像一直还没来得及做。”

我以为他是因为害臊或是自傲，我也不知道自己为什么要说出那种废话：

“别傻了，拉里。我虽然不是百万富翁，但也不算穷。如果你缺钱，就让我借你几千法郎好了。这又不会让我破产。”

他发出爽朗的笑声。

“太感谢啦，但我真不缺钱。我自己得的钱也花不完。”

“就算有股灾也没事？”

“噢，那个对我没影响。我所有的钱都投在政府债券里头了。我不知道它们有没有贬值，这我从来没问过。但我确实知道，山姆大叔就跟正常体面人一样，还在继续支付债息。说实话我在过去几年里花得很少，现在手头肯定又攒下不少钱了。”

“这么说，你是刚从哪个地方回来的？”

“印度。”

“噢，我听说你去了那里。伊莎贝尔告诉过我。显然她认识你在芝加哥存钱的那家银行经理。”

“伊莎贝尔？你上次见她是什么时候？”

“昨天。”

“她不会是在巴黎吧？”

“她恰好在。她住在艾略特·谭普顿家的公寓。”

“这太棒了。我很想见见她。”

我在对话交流过程中密切注视着他的眼睛。不过，我只能察觉到一种自然流露的惊诧和喜悦，而没有任何更复杂的情感。

“格雷也住那里。你知道他们结婚了吧？”

“知道，鲍伯叔叔——尼尔森医生，我的监护人，他写信告诉我了。不过他好几年前就去世了。”

我想到，这似乎是他与芝加哥以及各位朋友之间唯一的纽带。当这条纽带断裂后，他很可能对后来发生的事情毫不知情。我告诉他，伊莎贝尔生了两个女儿，还告诉他亨利·马图林和路易莎·布莱德利的死讯，以及格雷破产和艾略特慷慨相助的事情。

“艾略特也在这里吗？”

“没在。”

艾略特四十年来头一遭没有在春天的时候驻留巴黎。尽管他的相貌显得年轻，但现在也有七十岁了。跟这个年龄的人通常面临的情况一样，有时候他也会觉得疲劳和不适。他渐渐放弃了其他运动，只把散步作为锻炼项目。他对自己的健康状况有些神经过敏。医生每周来看他两次，在他屁股两边轮换着打一针，用的是当时流行的皮下注射液。每顿饭的时候，无论是在国内还是国外，他都要从衣兜里掏出一只金色小盒，从里面捏出一片药，带着履行宗教仪式般的矜持神色把它咽下去。他的医生曾经推荐他到蒙特卡提尼进行治疗。那是意大利北部的水疗胜地。水疗结束后，他打算去威尼斯寻一座圣洗池。圣洗池的设计要适合他那座罗马风格的教堂。他已经不大愿意莅临巴黎，因为他年复一年地能看到，这里的社交气氛越来越让人不满。他不喜欢老人，讨厌在受邀场合里遇见的人都跟自己年龄相仿；至于年轻人他又觉得乏味。装饰自己一手兴建的教堂，已经成为他人生的主要乐趣。他可以将无法磨灭的热情倾注其中，去购买一件件艺术作品，心安理得地认为这样做是在荣耀上帝。他先前在罗马发现了一座古代祭坛，是用蜂蜜色的石头制成；他还在佛罗伦萨跟人讨价还价六个月，最后买了件锡耶纳画派的三折屏，用来摆放在祭坛上。

拉里接着问我，格雷喜不喜欢巴黎。

“恐怕他在这里感到挺失落的。”

我尝试着向他解释，格雷的模样如何让我感到震惊。他聆听着我说话，眼睛盯着我的脸。他那沉思冥想、一瞬不瞬的凝望眼神，不知为何让我联想到，他没有用耳朵在听，而是用某种内在、更敏感的听觉器官倾听着。这很古怪，而且让人不太舒服。

“不过你自己可以了解的。”我的话讲完了。

“是的，我很想见他们。我猜我可以在电话簿里找到地址。”

“可是你如果不想把他俩吓傻，不想让孩子们歇斯底里大声尖叫的话，我想你应该放聪明点，把头发剪剪，再把胡子刮干净。”

他笑出声来。

“我一直考虑这么做来着。没必要让自己显得那么刺眼。”

“你要打算去的话，可以再给自己置办一身新的行头。”

“我想我是有点破衣烂衫。当我打算离开印度时，才发现自己什么都没有了，只有身上套的这几件衣服。”

他看了看我穿的衣服，问我是哪位裁缝做的。我告诉他是谁，但又补充说这个人在伦敦，所以帮不了他什么忙。我们不再谈论这个话题。他又开始说格雷和伊莎贝尔的事。

“我最近经常见他们，”我说道，“他俩在一起非常幸福。我从来都没机会和格雷单独聊聊。而且我敢说他不会跟我谈论伊莎贝尔。尽管如此，我知道他对她相当关爱。他在平静时脸色显得很阴郁，眼睛里充满烦扰。可是当他看着伊莎贝尔时，那种格外温柔慈爱的神情就出现了，这真是感人。我的看法是，经过所有这些麻烦事，她就像磐石一样挺立在他身旁。他永远都不会忘记自己对她亏欠了多少东西。你会发现伊莎贝尔也有变化。”我没有告诉他说，她现在是前所未有的美丽。我不确定，他是否还有眼光体察到，那位漂亮、身材高大的姑娘，已经让自己变成了一位美妙优雅、精致而风姿绝伦的女人。艺术能够为女性本质的完善提供各种辅助，有些男人却对此浑然不解。“她对格雷非常好。她费尽千辛万苦，才让他恢复了对自己的信心。”

然而天色渐晚，我问拉里是否愿意沿着大道走一段路，然后陪我吃晚饭。

“不，我想我不用了，谢谢，”他回答道，“我必须得走了。”

他站起来，友好地点点头，然后迈步出门走向了人行道。

4

第二天我见到了格雷和伊莎贝尔，并且告诉他们说我看见了拉里。他们感到非常吃惊，跟我先前的反应一样。

“要能看见他就太好了，”伊莎贝尔说，“我们马上给他打电话。”

我这时才想起来自己忘问他住哪里了。伊莎贝尔给了我好一通臭训。

“我也不确定，就算我问了，他会不会告诉我，”我笑着抗议道，“很可能这跟我的潜意识有一定关系。你不记得了吗？他从来不愿意告诉别人自己住哪里。这是他的怪癖之一。他随时都有可能走进这间屋里来。”

“这才像他的作派，”格雷说，“即使是从前，你也根本不能指望他会出现在你以为他会出现的地方。他今天来这里，明天就走了。你在这个房间里看见他了，刚想着过会儿去跟他打个招呼。可等你刚一转身，他就不见人影了。”

“他从来都是个最让人抓狂的家伙，”伊莎贝尔说，“不承认也不行。我估计我们只能等到他自己认为合适的时候再现身了。”

他当天没来，第二天也没来，第三天也没有。伊莎贝尔埋怨我编了个故事来让人闹心。我向她保证我没编故事，还设法告诉她拉里为什么不出现。可这些理由都毫无说服力。我暗自猜想，他是否在仔细考虑过后，仍然还没有下定决心，不确定自己是不是想见格雷和伊莎贝尔，所以已经从巴黎又游荡到了另外某个地方。我已经有一种感觉，那就是他从来不会在任何地方扎根，而是时刻做好准备，在他认为合适或一时兴起的时候，须臾之间就动身出发。

他终于还是来了。那是个下雨天，格雷没有去莫特方丹。我们三个人坐在一起，伊莎贝尔和我在喝茶，格雷正啜饮着一杯掺过绿茴香酒的威士忌。这时管家把门打开，只见拉里信步溜达了进来。伊莎贝尔发出一声尖叫，跳起身来扑进他怀抱，在他左右脸颊上各亲了一口。格雷胖乎乎的红脸蛋显得比往常任何时候都要红，他满怀热情地紧握着拉里的手。

“哎呀，我真高兴能再看到你啊，拉里。”他说道，因为动情而有些哽咽。

伊莎贝尔紧咬着下嘴唇，我看她是极力控制自己不要哭出来。

“来一杯吧，老伙计。”格雷摇摇晃晃地说道。

我感动于他们见到这位漂泊者时的欢欣愉悦。对于拉里来说，发现他们如此在意自己，必然是件愉快的事。他开心地笑着。然而我看得很清楚，他完全处于镇定从容的状态。他注意到了桌上的茶具。

“我来杯茶吧。”他说道。

“啊，老天，你可不能喝茶，”格雷嚷嚷道，“我们开一瓶香槟吧。”

“我更想喝茶。”拉里微笑道。

他淡定的态度对其他人产生了预期效果。大家都平静下来，但仍然用欢喜的眼神望着他。我意思并不是说，他在用一种不知感激的冷淡态度回应他们自然洋溢的热忱。相反，他充分体现出应有的和善与可爱。但我从他的行为态度里意识到了某种东西，我只能将它描述为一种幽远感。我猜测它到底意味着什么。

“你为什么不马上来看我们？你这坏家伙！”伊莎贝尔嚷嚷道，假装很生气的样子，“我这五天来一直从窗口向外张望，看你来了没有。每次门铃一响，我的心都快跳到嗓子眼里，可我什么也做不了，只好把它再咽回去。”

拉里呵呵笑了起来。

“毛姆先生说我模样打扮太粗野了，你家仆人可能绝不会让我进门。我就飞到伦敦去买了几件衣服。”

“你不需要这么做，”我笑道，“你可以在春天百货或花园圣母时装店[①]里买套现成衣服。”

“我觉得，如果我真打算买衣服，最好还是遵循时尚。我已

① 花园圣母时装店（La Belle Jardinière）得名于拉斐尔同名画作，1824 年由巴黎绸缎商皮埃尔·巴利索（Pierre Parissot）创办，率先倡导了 19 世纪法国成衣连锁专卖店的经营模式。

经十年没买欧洲款式的服装了。我到了给你做衣服的那家裁缝店，说我想在三天之内拿到一套礼服。他说得花两个星期，所以我们最后谈妥是四天。我一个小时前刚从伦敦回来。”

他身穿蓝色哔叽西服，这和他苗条的身材极其般配。软领白衬衣，蓝色丝质领带，配了一双棕色的鞋。他剪短了头发，刮净了脸上的胡须。他不仅相貌整洁，而且有型有款。这是改头换面的变化。他很瘦，显得颧骨更加高耸，太阳穴也更显凹陷，他深邃眼窝里的双眼比我印象中的还要大。尽管如此，他气色却非常好。他的皮肤晒成了深棕色，脸上全无皱纹，面相年轻得令人称奇。他比格雷小一岁，两个人都是三十出头。但格雷看上去比实际年龄要老十岁，而拉里却要年轻十岁。格雷因为身形庞大，行动时体态显得既夸张又笨重，而拉里则轻巧而敏捷。他举手投足之间带着一种少年气息，情绪欢快，温文尔雅，却具有内在的庄重感。我可以格外明显体会到的一种庄重感。我记得以前认识这位小伙儿时，他身上并没有这种东西。谈话继续毫无滞碍地进行着，就像拥有许多共同回忆的老朋友那样，话题都来得非常自然。格雷和伊莎贝尔抛出芝加哥的一两件新闻，还有琐碎闲话，事情就这样一桩桩地谈下去。大家无拘无束地大笑，而我印象里仍然固执地认为，尽管拉里的笑声很坦诚，而且也怀着明显的愉悦在倾听伊莎贝尔轻巧快速的絮叨，但现场却有一种非常独特的超离感。我确实觉得他正在扮演某个角色，只是表现得极其自然，而他的真诚也显而易见。但我觉得他内心里还有某种东西，我不知道应该称之为觉知，还是一种感性，或是一种作用力。它奇妙地保持着自身的超然距离。

孩子们被人领进屋并且介绍给拉里。她们向他微微行了个屈膝礼。他伸出一只手来，望着她们俩，温和目光里有一种迷人的柔情。她俩握了握，然后表情严肃地盯着他看。伊莎贝尔笑容满面地告诉他说，两个孩子最近功课很好，又给她们每人分了一块曲奇饼，然后让她们到屋外去了。

“等你们上床后，我再过来给你们念十分钟的书。”

此时她并不想中断与拉里重逢后的喜悦。小姑娘们走上前去和父亲道晚安。这位长相粗糙的男人把两个女儿搂在怀里吻了吻，他红扑扑的脸庞因为爱意而容光焕发，那场面真是动人。任凭是谁都不禁看到，他满心骄傲地宠爱着她们。等孩子离开后，他转身看着拉里，嘴角边还挂着一丝甜蜜的微笑。他说道：

“这两个孩子还不差，对不对？”

伊莎贝尔饱含柔情地望了他一眼。

“如果我顺着格雷的心意，他真会把她们宠得不成样子。这个不讲理的家伙，他会让我饿着肚子，然后给孩子们喂鱼子酱和鹅肝。”

他面带微笑地看着她说：“你这个撒谎精，你自己心里清楚。我连你脚踩过的地方都会顶礼膜拜。”

伊莎贝尔眼里掠过一丝笑意。她心里明白，并为此欣然。这幸福的一对人儿。

她再三挽留我们吃晚饭。我考虑到他们可能更愿意自己单独吃，就找了些借口，但她却不予理会。

“我会让玛丽在汤里添一根胡萝卜，这样就够四人份了。还有鸡肉，你和格雷吃鸡腿，拉里和我吃鸡翅。玛丽可以把蛋奶酥[①]分量做足些，够我们所有人吃。”

格雷看来也是想让我留下，于是我就顺水推舟地留了下来。

我们在等仆佣上菜的时候，伊莎贝尔把我先前向拉里简短介绍过的情况又仔细讲了一遍。虽然她尽可能愉快地讲述这段悲伤往事，格雷脸上却浮现出一种凝重而阴郁的表情。她试图让他释怀：

“不管怎样，一切都过去了。我们跌倒过，而未来就在我们眼前。只要形势改善，格雷就会得到一份很棒的工作，还会再挣上几百万。”

鸡尾酒端了上来。两杯酒下肚，这可怜人的情绪才有所提升。我看到拉里尽管也端着一杯酒，却几乎没碰它。格雷浑然不觉地又给他递过来一杯，被他拒绝了。我们洗过手，坐下来用餐。格雷又要了一瓶香槟，可是当管家往拉里杯子里倒酒时，拉里告诉他说自己不需要了。

“噢，你必须得喝一点儿，”伊莎贝尔嚷嚷道，“这是艾略特舅舅最好的酒，他只用它来招待最特别的客人。”

“说实话我更愿意喝水。我在东方待得太久，能喝上一口没问题的水就算享受了。”

“今天场合不一样。”

---

① 蛋奶酥（souffle），又译“舒芙蕾”。

“好吧，那我就喝一杯。”

晚餐味道极佳。不过伊莎贝尔注意到，我也注意到，拉里吃得非常少。我估计她可能突然想到，自己一直在说话，而拉里除了聆听，几乎没有什么机会来谈论自己。所以她开始问他：上次见面过后的十年里，他做了哪些事。他和颜悦色而坦诚地回答，却语焉不详，我们并没有从中了解多少东西。

“噢，我一直在四处游荡，这你知道的。我在德国待了一年，在西班牙和意大利住了段时间。然后又跑到东方稍微转了转。”

“你刚从哪里回来？”

“印度。”

“你去那里多久了？”

“五年。”

“那里好玩吗？”格雷问道，“有没有打老虎？”

“没有。”拉里微笑道。

“那你究竟为什么还在印度待了五年？”伊莎贝尔说。

“到处玩啊。”他回答道，带着一丝善意的调侃。

“通天绳[①]好玩不？”格雷问道，“你有没有见过？”

“没有，我没见过。”

“那你见到什么了？”

---

① 19世纪流行于印度的一种街头魔术，通常由魔术师“施法”让篮中软绳升起直立呈垂挂状，由男童助手爬至绳顶进行表演。亦有更早时期的相似记录。

“不少东西。”

这时我问了他一个问题。

“瑜伽师们真的拥有我们认为的超自然能力吗？”

“我并不了解。我能告诉你的就是，印度人普遍都相信这一点。但最具智慧的人并不认同这种能力有多重要。他们觉得这些容易阻碍灵性提升。我记得他们当中有人跟我说起过一位瑜伽师。这位瑜伽师来到河边，却没钱付给摆渡人带他过河，而摆渡人又不愿意白送他过去。于是他就踩着水面走到了对岸。跟我说这件事的瑜伽师很是不屑地耸了耸肩膀。‘像这种神通，’他说道，‘还不值乘船摆渡用的那一分钱呢。’”

“可是你觉得那个瑜伽师真的从水面上走过去了吗？”格雷问道。

“跟我说这事的瑜伽师心里肯定是相信的。”

听拉里谈话是一种愉悦，因为他的嗓音非常悦耳动听。它很轻灵，音色醇厚而又不显低沉，语调里带有一种特殊的变化。我们吃完饭，又回到起居室里喝咖啡。我从没去过印度，很想再多听听。

“你接触过哪些作家和思想家吗？”我问道。

“我发现你是把这两种人分开来说的。”伊莎贝尔故意逗我。

“我认真去找过。”拉里回答道。

“你是怎么跟他们交流的呢？用英语？”

“这个最有意思。如果他们还能说几句的话，说得也不是很好，能听懂的更少。我学会了兴都斯坦语。我往南边走，顺路学了不少泰米尔语，学得还不错。”

“你现在到底懂多少种语言，拉里？”

“噢，我不清楚。六种左右吧。”

“我想再听听瑜伽师的事，”伊莎贝尔说，“你有没有跟他们当中哪一位的关系很亲密？”

“他们生命里最好的那部分时间都在无限中度过。你觉得他们跟别人关系有多亲密，我和他们就有多亲密。”他笑道，“我在一个阿室罗摩①待了两年。”

“两年？什么是阿室罗摩？”

“这个，我想你可以称它为隐修地。那是圣人单独居住的地方，在一所寺庙里，在森林里，或是在喜马拉雅山麓。另外还有一些隐修地是为了吸引弟子前来。施舍者受到某位虔心求道的瑜伽师感召，想要行善积德，就会造一间屋子，可大可小，请他来住下。弟子们跟瑜伽师生活在一起，睡在游廊或厨房里。如果连这些地方都没有，就睡在树下。我在寺院里有一小间茅屋，正好够我摆张折叠床、一把椅子、一张桌子和一个书架。”

“这是什么地方？”我追问道。

“在特拉汶哥②，一个美丽的国度，青山翠谷，碧水柔波。山

---

① 原文为 Ashrama，多作为 ashram 或 asram(a)，通常指婆罗门教、佛教和耆那教所称隐修之地，译为“精舍”、“静修林”或“道场”；亦是婆罗门教认为修行者灵性进阶必须经历的四时段之一。

② 特拉汶哥（Travancore）位于印度喀拉拉邦和泰米尔纳德邦南部地区，1729 年成为土邦，1947 年并入印度。

上有老虎、花豹、大象和野牛，但这座精舍是在一个水潭旁边，周围长着椰子树和槟榔树。它距离最近的村镇有三到四英里，但镇上的人，甚至更远地方的人们，都习惯步行到这里，在这位瑜伽师愿意开口时，聆听他的教诲。或者只是坐在他脚旁，彼此分享着他存在自身向外散发的安宁与福祉，就像闻着一枝晚香玉散发在空气里的芬芳。”

格雷在椅子里不安地挪了挪身子。我估计这个话题的转变让他感到不太舒服。

“喝一杯吗？”他对我说道。

“不了，谢谢。”

“好吧，我要再来一杯。你要不要，伊莎贝尔？”

他从座椅间抬起沉重的身躯，走到桌旁，那里放着威士忌、巴黎水和玻璃杯。

“那地方还有其他白人吗？”

“没有。就我一个。”

“两年时间你是怎么忍下来的？”伊莎贝尔嚷嚷道。

“它们就像闪电消逝而过。我以前曾经度过的几天时间，似乎远比它们更为漫长无尽。”

“你这段时间都做些什么？”

“我读书。我长途漫步。我坐着小船往水潭远处走。我打坐冥想。冥想是非常吃力的事。两三个小时过后，你就像开了五百英里的车，唯一想做的就是休息。”

伊莎贝尔微微皱了皱眉头。她感到疑惑不解，我不太肯定她是否有些许的惊惶。我想她开始意识到，几小时前刚走进房间的拉里，尽管外表毫无变化，似乎一如既往地开朗友善，却已经不再是她原先认识的那个拉里了：当年他是那么直率、随和、快乐。虽然在她看来有些任性，却仍然让人感到开心。她曾经失去过他。再次见面时，她还把他当作以前的拉里。所以她有一种感觉：无论世事如何变化，他仍旧属于她。可现在她好像是用手捕捉一束阳光，刚握紧手掌，这阳光就透过她的指缝滑走了。她感到些微沮丧。那天晚上我不停地看她：观看她始终是一件令人赏心悦目的事。我发现，当她目光停留在他头顶时，眼里充满了爱慕：他发型整齐，耳朵长得不大，紧贴在头颅两侧；我还发现，当她视线转移到他凹陷的太阳穴和清瘦双颊时，表情又出现了怎样的变化。她瞅了一眼他修颀的双手，这双手尽管瘦削，却强健有力。随后她的目光又游移到他正在说话的嘴巴上。他嘴形很好看，丰满又不显肉感。她又注视着他宁静的眼眉，还有轮廓分明的鼻子。他穿着自己新买的衣服，并没有艾略特那种刻板的风雅，而是带有一种轻松随意，好像他一年里每天都穿着这身衣服。我觉得他激发了伊莎贝尔的母性本能，这是我在她和孩子之间都从未感觉到的东西。她是阅历丰富的女子，他看着还像是少年。我从她的神态里似乎看到了一位母亲替长大成人的儿子感到的骄傲，因为他谈吐睿智，而其他人都在用心聆听，仿佛他说的话饶有意味。我觉得，他说的那些根本就无法突破她内心意识的表层。

不过我还有更多的问题。

"你那位瑜伽师是什么样的人？"

"他本人模样吗，你的意思是？这么说吧，他个子不高，既不瘦也不胖，皮肤有些浅棕色，胡须剃得很干净，白头发，发茬很短。除了一块围腰布，他向来什么都不穿。可是他却显得跟布鲁克斯兄弟广告里的年轻人一样着装整齐、干净而得体。"

"那他有什么特别吸引你的地方？"

拉里在回答之前，盯着我看了一分钟。他深邃眼窝里散发出的目光，似乎要穿透我的灵魂深处。

"圣人感。"

他的回答让我略微有些不大自在。在这样一个房间里，周围是如此精致的家具，墙上挂着那些可爱的画作，而这个词就像楼上浴缸里面的水漫溢出来，渗透天花板，然后吧嗒一声滴落。

"我们都读过圣人的各种事迹，圣方济各，圣十字若望，但那是几百年前的事了。我从未想到现在还有可能遇见活着的圣人。我第一次见到他，就毫不犹豫地认定他是圣人。这是一种美妙的体验。"

"那你从中又获得了什么？"

"平和。"他淡淡地说道，露出一丝微笑。随后，他突然站起身来。"我得走了。"

"噢，别走，拉里，"伊莎贝尔喊道，"时间还早得很。"

"晚安啦。"他说道，依旧微笑着，却没有理会她的挽留劝阻。他吻了吻她的脸颊。"我过一两天再来看你们。"

“你住哪里？我给你打电话。”

“噢，别麻烦了。你知道在巴黎接通一次电话有多费劲。再说了，我们那边电话经常出故障。”

我暗自笑了起来，因为拉里不愿说出自己的住址，又回答得如此干脆利索。这是他的古怪习惯，要让自己的住处变成秘密。我提议他们后天晚上都和我一起去布洛涅森林[①]那边吃饭。在这样温暖惬意的春日，去屋子外面吃吃饭，安坐在树下，会觉得很舒适。格雷可以开跑车送我们过去。我和拉里一道离开，我很愿意跟他再走一段路。可是当我们走到街边，他和我握了握手，就迅速地快步离开了。我坐上一辆出租车回了家。

---

① 布洛涅森林（Bois de Boulogne）位于巴黎城西，是一座面积较大的公园。

5

我们的安排，是先到公寓那边会合，在出发前喝一杯鸡尾酒再走。我比拉里先到。我准备带他们去一家非常时兴的餐馆，所以我估计伊莎贝尔会为这种场合而精心打扮一番。那地方所有女人都穿戴得极为考究，我敢肯定她不愿意被别人抢走风头。然而她那天穿的却是一件朴素的羊毛大衣。

“格雷的头痛病又犯了，”她说道，“他正难受着呢。我没办法不管他。我跟厨师说过，给孩子们备好晚饭就可以走了。我得给他做些东西，试着让他吃一点儿。你跟拉里还是自己去吧。”

“格雷现在躺床上了吗？”

“没有。他头疼时从来不愿意躺床上。天知道，他就应该躺下，可他不愿意。他在书房里面。”

这是一个镶贴着墙面板的小房间，墙体是棕色和金色，都是艾略特从某个旧城堡里找来的材料。所有书籍都用镀金的格栅架锁了起来，谁想看也拿不到。这样也好，因为它们多数是十八世纪带插图的色情书籍。不过，这些用新款摩洛哥山羊皮护封装帧的书籍，却形成了极其漂亮的视觉效果。伊莎贝尔带我走进书房。格雷正瘫坐在一张巨大的皮椅里，身边地板上散落着一些图片纸页。他双目紧闭，平时红扑扑的脸庞呈现出一种死灰色。显然他正处在极大的苦痛之中。他准备站起来，但被我拦住了。

“你给他吃过阿司匹林吗？”我问伊莎贝尔。

“根本就不管用。我有美国医生开的药方，可是也起不了什么作用。”

“噢，别费事了，亲爱的，”格雷说道，“明天我就好了。”他勉强要笑一笑。“真抱歉，我这个人实在是讨厌，”他对我说，“你们都去森林公园吧。”

“我想都不会想，”伊莎贝尔说道，“你觉得我看着你这样折腾受罪，自己能高兴得起来吗？”

“可怜的臭婆娘，我想她还真爱我。”格雷闭着眼睛说道。

然后他的表情就突然扭曲起来，你几乎可以清楚看到，那种剧烈疼痛正在刺穿他的头颅。书房的门轻轻打开了，拉里走了进来。伊莎贝尔把事情原委告诉了他。

“噢，真是抱歉，”他满脸同情地看了看格雷说道，“就没有办法让他缓解一下吗？”

“没办法，”格雷说道，仍然紧闭着双眼，“你们所有人唯一能做的事就是别管我；你们自己出去好好玩吧。”

我自己觉得这是唯一合理的解决办法，但我认为伊莎贝尔的良心会感到不安。

“要不让我看看能给你帮点什么忙？”拉里问道。

“没有人帮得了我，”格雷疲倦地说道，“简直折腾死我了，有时候我真希望上帝让它折腾死我算了。”

“我话说错了，我不该说我也许能帮你什么。我意思是，也许我能够帮你给自己帮个忙。”

格雷慢慢睁开眼睛，他看着拉里。

“你怎样办到？”

拉里从口袋里掏出一个银币似的东西，把它放在格雷手心里。

“你拢起手指头握紧它，把掌心朝下。别跟我对抗。什么都别做，只管牢牢握住手里的硬币。我数到二十，你再松开手，硬币就会掉出来。”

格雷按照他的吩咐去做。拉里让他坐在写字桌旁，然后开始计数。伊莎贝尔和我仍站在那里。一、二、三、四。当他数到十五的时候，格雷的那只手还没有任何动作，随后就略微有些颤抖。我不敢说自己看出什么来了，但我的印象是，他紧握的手指正在逐渐放松。然后大拇指从拳头里滑开了。我清楚地看到他的指头都在颤抖。当拉里数到十九时，硬币从格雷手里掉落，滚到了我脚旁边。我捡起来看了看。它分量挺沉，而且已经变形了。有凸起浮雕那一面是位青年人的头像，我认出来那是亚历山大大帝。格雷满脸疑惑地盯着自己的手看。

“我没让硬币掉下来，”他说道，“它自己掉了。”

他坐在那里，右臂搭在皮椅扶手上。

“这把椅子坐着是不是很舒服？”拉里问道。

“每次我头疼得要死的时候，坐这里再舒服不过了。”

“好，你完全放松自己。随意些。什么都别做。不要费劲儿。等我数到二十，你的右胳膊会从椅子扶手上抬起来，等右手超过头顶时它就会停下。一、二、三、四。”

他用白银质地般的声调和悦耳嗓音念出这些数字。数到九的时候，我们发现格雷的手向上抬了抬，几乎以勉强才可以察觉的动作，从扶手椅的皮面抬起大约一英寸高的样子。然后又停顿了一秒钟。

“十、十一、十二。”

轻微的抽动，然后整个胳膊开始缓慢上移。它已经不再搭在椅背上。伊莎贝尔有些害怕，她握紧了我的手。这真是一种奇异的效果。它完全不像是自发的动作。我从没见过梦游的人，但我可以想象，他会用格雷移动胳膊的相同古怪方式移动身躯。这种驱动力量似乎并非源于意志。我应该能够认识到，如此有意识而又缓慢匀速地移动胳膊，是很困难的事。它给人的印象是，有一种独立于心思之外的潜意识力量，正在抬举着它。就像一只活塞在汽缸里缓慢而往复地运动。

“十五、十六、十七。”

这几个字慢慢、慢慢、慢慢地降落，就像一颗颗水滴从一个坏掉的水龙头坠落到面盆里。格雷的胳膊向上举，再向上举，直到手掌高于头顶。当拉里数够了先前所说的数目，这胳膊就自然垂落，搭回到扶手椅上。

“我没有抬胳膊，”格雷说道，“我无法不让它像这样举起来。是它自己在动。”

拉里淡淡地笑了。

“什么都不影响。我想这可能会让你对我有一点信心。那枚希腊硬币在哪里？”

我递还给了他。

“握在手里吧。”格雷拿住了它。拉里看看自己的表。“现在是八点十三分。六十秒钟后你的眼皮会发沉，困得你不得不闭上眼睛，然后就会睡着。你会睡上六分钟。八点二十的时候你会醒过来，然后就不难受了。”

伊莎贝尔和我都没说话。我俩都盯着拉里在看。他没再说别的，目光凝望着格雷，但似乎又不像是在看他。他更像透过格雷和格雷以外的东西看了过去。我们在沉默中突然体会到某种奇异的东西。它就像夜晚降临时园中花朵的静默。突然间我感到伊莎贝尔的手攥得更紧了。我看了一眼格雷。他已经闭上了眼睛。他的呼吸轻松而有规律；他睡着了。我们在原地站了一会儿，这时间仿佛永无终结。我特别想抽支烟，但又不想去点燃它。拉里纹丝不动。他的双眼望向我不知幽远几许的地方。如果不是因为看见他睁着双眼，人们或许会以为他已经灵魂出窍。突然间他好像放松了下来，眼睛恢复了平常的表情，又看了看手表。他在看表的时候，格雷睁开了眼睛。

“老天爷，”他说，“我肯定刚才是瞌睡着了。”随后他凛然一振。我注意到他脸上的那种死灰色已经消失。“我脑袋已经不痛了。”

“那就好，”拉里说道，“先抽根烟，然后我们一起去赴宴。”

“这是奇迹啊。我觉得简直棒极了。你是怎么办到的？”

“不是我。是你自己办到的。”

伊莎贝尔回屋去换衣服，这时格雷和我一起喝了杯鸡尾酒。虽然拉里明显不想再谈，格雷却执意要聊聊刚才发生的事。他彻底不明白刚才到底怎么回事。

“我原先觉得你什么也做不了，你知道吧，”他说道，“我没再坚持，是因为我实在懒得跟你争了。”

他继续描述头痛发作时的状况，他所遭受的苦楚，还有疼痛消退后的虚脱感。当自己平常那种身强体健的感觉重新回返时，他简直无法理解这究竟是怎么回事。伊莎贝尔回来了。她换上了一件我从未见过的礼服，衣服下摆一直拖曳到地面。我猜那种白色裙筒面料的名称应该是富丽绉，裙摆面料用的则是黑网眼纱。我完全相信，她的模样肯定很给我们撑面子。

马德里城堡的气氛非常欢乐，大家情绪高涨。拉里东拉西扯地说些打趣的话，我以前从没见过他这种谈吐方式。他把我们逗得哈哈大笑。我的判断是，他这样做是想让我们不再关注他刚才出其不意展现的能力。但伊莎贝尔是意志果决的女人。只要她自己觉得方便，还会继续跟他绕圈子，但绝不会忘记满足自己的好奇心。当我们吃完饭，开始喝咖啡和餐后酒的时候，她可能满心以为，先前的美食，他刚喝下的一杯葡萄酒，还有彼此间的友好交谈，已经降低了他的防范心理，于是她用明亮的双眸凝视着拉里。

“现在跟大家说说，你是怎样治好格雷头痛症的吧。”

“你自己不都看见了嘛。”他笑着回答道。

“你是在印度学会这种东西的？”

“是的。”

“他遭了不少罪。你觉得你能彻底治好他吗？”

“我不知道。我想大概可以吧。”

“这会改变他的整个人生呢。如果他动辄连续四十八小时瘫着不能动，那也就别指望还能保留一份体面工作了。他只有重新工作，才能够高兴起来。”

“我并不能创造奇迹，这你要明白。”

“可这就是奇迹啊。我亲眼看见它了。”

“不，这不算。我只是在格雷老伙计的脑袋里放了一个念想，其余的事情都是他自己完成的。”他转身看着格雷，“你明天打算做什么？”

“打高尔夫。”

“我六点钟过来看看，然后我们聊一聊。”随后他对伊莎贝尔展现出迷人的微笑，“上一次跟你跳舞还是十年前的事。伊莎贝尔，你想不想看看我现在还会不会了？”

6

从此以后我们经常可以见到拉里。在这件事过后的一周时间里，他每天都来格雷家，然后两个人关起门在书房里待上半小时。看来他是想劝导格雷（这是他面带微笑的说辞），让他摆脱那种损耗身心的偏头痛症，而格雷则对他形成了一种孩子般的信赖。通过格雷的只言片语，我知道拉里除了治病以外，还在努力帮助他恢复那饱受摧残的自信心。大概十天过后，格雷的头痛病又犯了，碰巧拉里那天到晚上才过来。这一次情况并不严重，但格雷已经相当信赖拉里的特异功能，认为只要能找来拉里，几分钟内他就可以手到病除。可无论是接到伊莎贝尔电话后匆匆赶来的我，还是他们两人，谁都不知道拉里住什么地方。后来拉里终于到了，并且消除了格雷的病痛。这时格雷就向他索要地址，因为一旦需要就可以立刻召唤他。拉里笑了：

“给美国捷运打电话，然后留一条消息。我每天上午都给他们打个电话。”

伊莎贝尔后来问我，为什么拉里要在住址问题上保密。他以前就是这种做派，到后来发现他就住在拉丁区的一家三等旅馆，也没有任何秘密可言。

“我不明白，”我回答道，“我只能臆想出某种原因，很可能什么原因都没有。也可能是某种怪癖式的本能，导致他想把某种精神隐秘感完整地保留在自己的居所。”

“上帝啊你这么说究竟是什么意思？”她气哼哼地嚷道。

“你难道没有意识到，当他跟我们在一起的时候，尽管很随和、友善、乐于交流，但是你却能意识到他身上的某种超脱感，好像他并没有完全展示自己，而是在灵魂的隐秘深处存留了什么东西。我不知道是什么让他这样孑然独立，是一种紧张，是一种秘密，还是某个理想，某种认识？”

“我自小就认识拉里。”她不耐烦地说道。

“有时候他让我联想起某一位在廉价剧目里体现出完美技艺的伟大演员。就像是《客栈老板娘》里的埃莉诺拉·杜斯。[①]”

伊莎贝尔听完这句话，沉吟了片刻。

“我猜我明白你的意思了。本来大家还挺开心，觉得他就像我们当中任何人一样，但突然间你感到他就像一缕烟圈似的从身边飘走，你伸手捞也捞不住。你觉得是什么让他变得这么古怪？”

---

① 埃莉诺拉·杜斯（Eleonora Duse, 1858—1924）是意大利演员。她强调演员在表演时应消除自我个性，并融入角色本身。《客栈老板娘》（*La Locandiera*）是威尼斯剧作家卡洛·哥尔多尼（Carlo Goldoni）在 1753 年首演的一部三幕喜剧。杜斯曾经在 1894 年为维多利亚女王的演出中担纲主演。

“也许是某种极为寻常的东西，只不过人们根本没注意而已。”

“比如说？”

“这个嘛，比方说，善。”

伊莎贝尔皱了皱眉。

“我希望你不要说这种东西。它让我胃里面有一种不舒服的感觉。”

“或许它是你内心深处的那一点伤痛？”

伊莎贝尔盯着我看了好一会儿，似乎想看透我的心思。她从身边桌上拿起了一支香烟，点燃以后，仰靠在椅背上。她看着烟雾旋转上升飘入空中。

“需要我走开吗？”我问道。

“不用。”

我沉默了一会儿，同时观察着她。我愉快地欣赏琢磨着她那精巧的鼻子，还有下颌的绝美轮廓。

“你很爱拉里吗？”

“你真见鬼，我这辈子从来没爱过别人。”

“那你为什么要跟格雷结婚？”

“我必须得嫁个人啊。他那时候爱我爱得发疯，妈妈也想让我嫁给他。每个人都告诉我，最好是跟拉里彻底断了。我很喜欢格雷，我到现在还是很喜欢他。你不知道他有多温存。世界上没有人像他这样温和这样体贴了。他看着好像是暴脾气，对不对？可他跟我在一起时总是像天使一样。原先我们有钱的时候，他就希望我想要什么东西，这样他好开开心心地买来送我。有一次我说，我们要是有艘游艇去环游世界就好了。要不是因为股灾，他可能就真的买一艘了。”

“听起来他简直好得不合情理。”我喃喃地说道。

“我们有过很风光的时候。我会一直为此而感谢他。他曾经让我非常幸福。”

我看着她，但没有说话。

“我想自己是没有真正爱过他。可是一个人就算没有爱情也能过得很好啊。我心底里渴望得到拉里，但是只要我看不见他，其实也不会感到困扰。你还记得你曾经跟我说过，只要隔着三千里海水的距离，爱的剧痛也会变得更容易忍受吗？我原以为这是一句玩世不恭的话，可现在看来这是至理。”

“如果看见拉里是一种痛苦，那你觉不觉得，不见他更明智些？”

“可这种痛苦就好比是在天堂。况且你也知道他是怎样的人。他随时都可能像影子一样消失在晨光里，然后我们会连续好几年都见不到他。”

“你从来没考虑过跟格雷离婚吗？”

“我没理由要跟他离婚。”

“你的同胞姐妹们从来不会碍于这一点而不跟自己丈夫离婚，如果她们有意这样做的话。”

她笑了。

“你凭什么认定她们就是这样做的？”

“你不清楚吗？因为美国女子希望从丈夫身上找到的那种完

美，英国女子只能指望在自己的管家身上找到。”

伊莎贝尔一脸傲然地扬起了头。我疑心她这样做会不会扭伤脖颈。

“因为格雷不善言辞，所以你觉得他一无是处。”

“这你就说错了，”我赶紧打断她，“我认为他有些地方很让人感动。他拥有一种奇妙的爱的能力。人们只要在他望着你的时候，看一看他的脸庞，就可以发现他对你的依恋是多么深切、多么投入。他比你更爱自己的孩子。”

“我猜你这话意思是，我并不是一位好母亲。”

“恰好相反，我认为你是一位优秀的母亲。你看，她们既健康又快乐。你照顾她们的饮食，注意让她们肠胃功能保持正常。你教她们如何举止优雅，你还给她们念书，让她们做祈祷。如果她们生病了，你会马上找医生过来，然后仔细照料。但你并不像格雷那样对她们倾心投入。”

“没必要非得这样。我是个人，我把她们同样当作人来对待。如果母亲把孩子看成是自己生命里唯一的关注，那只会对他们不利。”

“我想你说得很对。”

“事实仍然是，她们很崇敬我。”

“我注意到了。你是她们心目中一切优雅、美丽和奇妙女子的典范。可她们和你在一起时，不如跟格雷那样舒服自在。她们崇敬你，没错，可她们爱的却是他。”

“他很可爱。”

我喜欢她这样说话。她最可爱的特征之一，就是从来不会在面对赤裸真相时觉得自己受了冒犯。

“股灾之后格雷整个人都崩溃了。他连续几个星期都在办公室工作到深更半夜。那时我经常痛苦不堪地坐在家里，担惊受怕。我担心他会一枪打爆自己的头，他那时觉得耻辱极了。你看，他们曾经为公司感到那么自豪，格雷和他父亲。他们对自己的诚信，还有判断问题时的确信无疑而感到自豪。我们的钱全部赔光了，这还不算是最要紧的事。他最过意不去的，就是所有那些信任他的人都赔光了本钱。他觉得自己应该多一些远见。我没办法让他明白，这事并不能怪他。”

伊莎贝尔从手袋里取出一支口红，往嘴唇上涂了涂。

“不过，这还不是我想跟你说的事。我们唯一剩下的财产就是那座庄园。我觉得格雷唯一的办法就是离开芝加哥。所以我们把两个孩子留给妈妈，随后就去了那里。他一直很喜欢那地方。只是我们自己以前从来没单独去过。我们曾经带着一大帮人，去那里度过了一段美好时光。格雷的枪法很好，但那时他却没心思打猎。他经常自己划着一条船进入沼泽地带去观鸟。每次都是好几个小时。他沿着运河上下漂游，两边只有黯淡的枯草，头顶只有蓝天。在有些时候，一道道的人工沟渠就像地中海的颜色那样蓝。当他回到家里时，一般不怎么说话。他会说嗯很棒。但我能明白他的感受。我知道他内心已经被那种美、那种辽阔、那种宁静所感动。日落前有那么一小会儿时间，夕阳还映照在沼泽上方，那景象真美妙。他总是站起身来看，满心的幸福愉悦。他在那些荒无人烟、充满神秘的树林里开车走得很远。它们就像梅特林克一部剧作里的树林，那么灰暗，那么沉静。简直是一种怪异感觉。春天里有那么一段时间——这地方的春天几乎维持不到两周——四照花绽放出花朵，橡胶树舒展开新叶。它们新鲜的嫩绿色，衬托着灰色的西班牙苔藓，就像一首欢乐的歌。地面上覆满了巨大的白色百合，还有野生的杜鹃。格雷无法描述这幅景象对他的意味，但这意味着整个世界。他为这可爱的美景而陶醉。噢，我知道我词不达意，但我可以告诉你，看到这个大块头男人因为如此纯洁、如此美丽的情感而情绪舒畅时，那种感动让我只想哭出来。如果天庭有一位上帝，那么当时的格雷离祂已经非常近了。"

当伊莎贝尔告诉我这些时，情绪变得略微有些激动。她掏出一块小手绢，仔细地拭去了眼角两边熠熠的泪珠。

"你是不是把整件事情给浪漫化了？"我笑着说道，"我的看法是，你把自己希望格雷拥有的思想和情感都归拢到了他身上。"

"如果这些当时都不存在，我又怎么能发现呢？你知道我是什么样的人。我是那种脚底如果踩不到水泥路面，街边如果没有巨幅橱窗玻璃，玻璃后面如果看不见帽子、裘皮大衣、钻石项链和镶金化妆盒，就会感觉不舒服的人。"

我哈哈大笑，然后我们彼此沉默了片刻。她随即又回到刚才谈论的话题。

"我永远也不会跟格雷离婚。我们在一起经历了太多的事情。他绝对依赖我。这让人感到挺受用，你懂的。它让你有一种责任感。再何况……”

“再何况什么？”

她乜斜着眼睛看看我，目光里闪现出一丝惫赖。我知道，她不太确定我究竟能否听懂她心里想说的话。

“他在床上的表现很棒。我们已经结婚十年，他还是跟当初一样，是个充满激情的恋人。你自己不是在一部剧作里说过嘛，没有哪个男人到五年过后还想要同一个女人。其实呢，你当时并不清楚自己在说些什么。格雷还是不断想要我，跟我们刚结婚的时候同样频繁。他在这方面让我很幸福。虽然你不会这样看我，但我真是很性感的女子。”

“你真想错了，我就是这样看你的。”

“是吧，还不至于毫无魅力，对不对？”

“恰好相反。”我上下打量了她一番，“你后不后悔十年前没嫁给拉里？”

“不后悔。真嫁了才是发疯呢。不过当然，如果我当时知道自己现在明白的道理，就会跑出去跟他一起住三个月，然后一劳永逸地把他从我体系里清除出去。”

“我想你可真够幸运，当初没有做这个试验；否则你有可能发现自己被一些无法挣脱的纽带绑缚在他身上。”

“我不这样认为。那只是一种身体的吸引。你要知道，克服欲望的最好办法往往是去满足它。”

“你有没有突然想到过，你是一个占有欲很强的女人？你告诉我说，格雷有很深的诗意情感。你告诉我说，他是一位炽烈的恋人。我完全可以相信，这两点对你来说都很重要。但你从来没告诉我，对你来说更重要的是什么？比它们两样加起来更重要的东西，那就是：你感觉能够把他牢牢把握在你虽然美丽却并不渺小的手掌心里。但拉里总能从你这里逃脱。你还记得济慈的那首颂诗吗？‘勇敢的恋人，你永远，永远都无法亲吻，虽然你与那目标近在眉睫。’[①]”

“你总以为自己懂的东西要比实际水平超出一大截，”她说道，语气略有些尖酸，“女人掌握男人的方式只有一种，这你都知道。我来告诉你吧：女人什么时候跟男人第一次上床并不重要，重要的是第二次。如果她过后还能继续把握他，那就能永远地把握住他。”

“你确实攫取到了最不寻常的信息片断。”

“我四处游历，我眼睛在看，耳朵在听。”

“我能否问一句，你是从哪里听到这句话的？”

她充满戏谑地冲我微微一笑。

“有一次从时装秀上认识的女性朋友那里听来的。女营业员告诉我说，她是全巴黎穿戴最时髦的女人。所以我决心要认识她。阿德里安·德·特瓦耶。听说过她吗？”

“从没听说过。”

“您真是没受过什么教育！她四十五岁，长相谈不上好看，但她比艾略特舅舅的那些女公爵都显得更出色。我在她身旁坐

① 引自济慈名作《希腊古瓮颂》(*Ode on an Grecian Urn*)。

下，然后小施伎俩，假装自己是性情直率冲动的美国小姑娘。我告诉她说，我必须要跟她谈一谈，因为我这辈子从没见过这么让人心醉神迷的女性。我告诉她说，她完美得就像一尊希腊小型浮雕。”

“你胆子真不小。”

“她刚开始还坐得笔直，满脸的漠然。但我继续保持着那种质朴天然的说话方式，她的矜持也就冰消雪化了。我们随后非常愉快地聊了一小会儿。秀场结束后我问她能否哪天赏光到丽兹饭店一起吃个午饭。我告诉她，我一直很赞赏她风雅卓绝的眼光。”

“你先前见过她吗？”

“从没见过。她不愿跟我一起吃午饭，她说巴黎的闲言碎语非常刻毒。这会给我带来不便。不过她很高兴我向她发出了邀请。她看到我因为失望而嘴唇颤抖，就问我愿不愿意到她家去吃午饭。当她发现我因为她的好意而感动得说不出话时，又在我手背上轻轻地拍了拍。”

“你去了吗？”

“我当然去了。她在富歇大街有一座很可爱的小房子。在我们身旁服侍的管家，简直就是乔治·华盛顿本人的长相。我一直待到四点钟。我们把头发解开，脱掉硬骨胸衣，后来完全就是女孩子之间的闲聊八卦。我那天下午听到的东西都够写一本书了。”

“为什么不写呢？本来就是适合《淑媛之家》杂志的那类东西。”

“你这蠢材。”她笑出声来。

我沉默了一会儿。我在理清思路。

“我怀疑拉里有没有**真正**爱过你。”我脱口而出。

她身体坐直了，表情不再友善，眼神里带着愠怒。

“你说什么呢？他当然爱过我。你以为女孩子察觉不到哪个男人在爱她吗？”

“噢，我敢说，他是以某种方式爱过你。他结交过的女孩子，没有哪位比你更加亲密了。你们从小就在一起玩耍。他期待着自己长大后爱上你。他有正常的性本能。你俩应该结婚，这是再正常不过的事情了。你们的关系不会有特殊变化，只不过是搬到同一间屋子里住，一起上床而已。”

伊莎贝尔的怒气多少平息了下来，她等着我继续往下说。我知道妇人们总是乐意听人论述爱情，于是就接着说道：

“道学家们试图劝导我们说，性本能跟爱情没有多大的关系。他们在谈论爱情时，好像它只是一种灵感瞬生的现象。”

“天哪，你说的是什么怪词？”

“这个嘛，有些心理学家认为，意识跟人类大脑的各种活动同步，并且受到它们左右，但本身却无法施加反向影响。就像一棵树在水里的倒影，它无法离开树而存在，而且不能通过任何方式影响到树。我认为，没有激情的爱全是胡扯八道。人们说激情已死而爱情犹存的时候，他们讨论的是其他东西。是喜爱、慈爱，或者是兴趣、品位和习惯的投合而已。尤其是习惯。两个人可以按照习惯继续性交，就跟他们到了习惯的饭点会感到腹中饥饿一样。无爱的欲望当然会有。欲望并不是激情。欲望是性本能的自然结果，对于人类这种动物来说，它并不比人的其他身体功能更重要。这也就是为什么说，如果女人发现丈夫趁着方便的时间和地点，偶尔在外面花心一回，就非要闹得鸡飞狗跳，是比较愚蠢的做法。”

“仅仅是男人会这样吗？”

我笑了起来。

“如果你非要问，我只好承认，公鹅肉能蘸的料汁肯定也能蘸母鹅肉。唯一可以用来唱反调的理由是：对男人来说，这种露水因缘并不具备任何情感价值，对女人而言却并非如此。”

“这得看是哪个女人。”

我不想让自己的话被打断。

“爱如果不是激情，那它就不是爱，而是别的东西。激情并不会因为获得满足而勃发，它在阻碍面前才会茂盛生长。你以为，济慈为什么要向他那尊希腊古瓮上的恋人说不要难过？‘你将永远地爱下去，而她芳颜永存！’为什么？因为她是无法触及的，无论恋人怎样追求，她都会躲闪隐匿。因为他们都被囚禁在大理石料制成的艺术作品里，而我怀疑那是一件不动声色的作品。你对拉里的爱，他对你的爱，无不单纯而自然，就像保罗与弗朗西丝卡，或罗密欧与朱丽叶的爱情。对你来说比较幸运的是，事情结局并不糟糕。你嫁了个富人，拉里遨游世界各地去寻找塞壬的歌声。激情女神并没有介入。”

“你怎么知道？”

“激情是不计代价的。帕斯卡说过，人心具备各种理性，而理性却对人心不予考虑。如果我没误解的话，他意思是：一旦人心被激情掌控，就会编造出各种不仅貌似合理而且明确无误的缘由，来证明为了爱，即使失去整个世界也值得。它会让你确信，荣誉完全可以牺牲，蒙羞受辱不过是轻微的代价。激情具有毁灭性。它毁掉了安东尼和克里奥派特拉，毁掉了特里斯坦和伊索尔德，毁掉了帕奈尔与吉蒂·奥谢。[①] 如果它不进行毁坏，就会径自灭亡。随后人们将面对孤寂伤悲，明白自己已经一年年荒废了生命岁月，已经自取其辱，已经忍受过妒忌的恐怖煎熬，已经尝遍每一丝苦涩悔恨，已经耗尽毕生柔情，已经挥霍完灵魂里的所有财富，只是为了某一个可怜的娼妇或某个蠢材。当年曾经是魂牵梦绕的寄托，如今这个人连一片口香糖都不值。"

我还没有发表完长篇大论，就已经非常清楚地知道，伊莎贝尔根本没在听我说些什么，而是自顾自地陷入了沉思。但她接下来的一句话却让我感到吃惊。

"你觉得拉里还是处男吗？"

"亲爱的，他都三十二岁了。"

"我肯定他还是。"

"你哪能这么肯定？"

"这种事情女人凭直觉就知道了。"

---

① 帕奈尔（Charles Stewart Parnell, 1846—1891），英国国会议员，爱尔兰自治运动的领导人，因为被指控与有夫之妇吉蒂·奥谢（Kitty O'Shea）通奸而身败名裂。该句中提到的诸多男女恋人，都是出现在莎士比亚或瓦格纳剧作以及其他历史与文学作品里著名的悲剧恋人形象。

“我认识一位年轻人，多年来他在情场上春风得意。他的方法，就是让一个个漂亮丫头确信他从来没有结交过女人。他说这就跟施魔法一样管用。”

“我不管你怎么说。我相信自己的直觉。”

时候不早了，格雷跟伊莎贝尔要和朋友一起吃饭，她还得换衣服。我无事可做，于是就在这美妙春夜里徜徉于拉斯巴耶大道。我向来不太信任女人的直觉；这种直觉跟她们愿意相信的东西过于吻合，然后她们又拿这个来奉劝我说，直觉如何真实可信。当我想到自己和伊莎贝尔的漫长谈话最终怎样结尾的时候，忍不住笑了起来。这时我又想起苏珊娜·卢维尔。我意识到自己已经有好些天没见她了。我猜她是不是在忙事情。如果不忙，她可能愿意和我吃顿晚饭，然后一起看场电影。我拦住一辆在街头转悠的出租车，把她公寓的地址告诉司机，让他带我前往。

7

我在这本书的开头提到过苏珊娜·卢维尔。我认识她已经有十年或十二年的时间。到我现在说话这个时候，她应该快四十岁了。她长得并不美，事实上倒挺丑的。作为一名法国女子，她个头偏高，躯干较短，长胳膊长腿。她笨手笨脚，好像不知道应该怎样摆弄自己的修长四肢。她根据自己的无常喜好而变换头发颜色，不过多数时候还是一种棕红色。她脸庞比较小，方方正正的；颧骨非常突出，抹着鲜红的胭脂；一张大嘴总是涂着浓艳的口红。这样说她似乎没有任何迷人之处。但事实正好相反。她的肤色着实好看，满口结实的白牙，还有一双活泼动人、硕大的蓝眼睛。这些都是她相貌上的长处。等她刷完睫毛膏、涂上眼影，这些相貌特点就发挥到了极致。她的表情显得精明、不安分而又友善。她把极度善良的本性与恰如其分的坚忍结合到了一起。以她的生活经历，她必须学会坚忍起来。她母亲是一位政府小官员的遗孀，在丈夫死后返回到故乡安茹省的村庄，靠自己的养老金为生。苏珊娜十五岁时，被她送到邻镇一位制衣匠那里学手艺。

那个镇子离她家比较近，可以在周日回家。她每隔两周休假。有一次休假期间，当时她已经年满十七岁，某位夏天来村里画风景的画家把她勾引到手。她非常清楚，自己在身无分文的情况下，和他结婚的机会非常渺茫。画家在夏季结束时提议带她去巴黎，她立刻欣然同意。在蒙马特地区密布着一堆兔子窝似的画室，他带她住到那里，陪伴她度过了非常愉快的一年。

一年过后他告诉她，自己一幅油画也没卖出去，不能再破费供养情妇了。她此前早已预料到这种情况，所以并没有感到慌张。他问她想不想回家，听她说不想回家后，又说同一幢楼里的另一位画家很愿意收留她。他说的那个男人，先前已经三番五次地向她献殷勤。尽管她根本没让他得逞，但是态度方式却很巧妙，所以不足以对他构成冒犯。她并不讨厌他，于是就气定神闲地接受了这项提议。比较方便的是，她不必另外再花钱雇出租车来搬行李了。她的第二任情人比第一任年龄要大很多，但相貌也还能出来见人。他穷尽心思描绘她的各种体态，穿衣服和裸体的都有。她跟他一起度过了两年幸福时光。她自豪地认为，他是在请她做模特以后，才开始获得真正的成功。她给我看过一幅从插页里剪下来的图片，也就是那幅成名作。它已经被某个美国画廊收购。这是一幅真人大小的裸体画。她在画面里的侧卧姿势，跟马奈那幅《奥林匹亚》大抵相同。画家很快就发现，她的体型比例，体现出某种既现代又有趣的东西。于是，他把她的细瘦身材精心表现为形销骨立的样子，并且拉伸她长胳膊长腿的比例，再突出她的高颧骨，还把她的蓝眼睛表现得异常硕大。通过这张复制图片，我自然看不出它原本的色彩，却能够体会到画面设计的优雅。这幅画给他带来了足够的声名，并让他有能力娶到一位仰慕自己的有钱寡妇。苏珊娜心里很清楚，男人必须要替自己前途着想。她毫无怨念地接受了这段融洽关系的破裂结局。

因为当时她已经认识到了自己的价值。她喜欢艺术生活，做人体模特让她感到身心愉悦。白天工作结束后，她很乐意去咖啡馆跟其他画家以及他们的妻子和情妇们聚会，听他们聊艺术、骂画商，或者讲些淫秽故事。在这种情况下，看到和老画家分手在即，她已经事先做好了安排。她挑中了一位年轻的单身小伙，觉得他挺有才华。当他独自一人在咖啡店的时候，她瞅准时机向他解释了当前处境，然后平铺直叙地建议说他们俩不妨搬到一起住。

“我今年二十岁，很会料理家务。我能给你省钱，还能省掉你雇模特的费用。看你这衬衣脏的，真寒碜人。你画室也乱得要命。你得有个女人来照顾自己。”

他知道她是那种好女人。他被她的建议逗乐了，她也明白他打算点头同意。

“不管怎样，试试总没坏处。”她说，“如果不对付的话，我们谁也不会比现在差多少。”

他是一位非再现派的画家，用正方块和长方形来描绘她的肖像。他描绘的她只有一只眼睛，而且没有嘴巴。他用黑赭灰三色几何图形的组合来描绘她。他用各种交叉线条画她，透过这些线条，你依稀能够看出一张人脸。她跟他在一起待了一年半，然后主动离开了他。

“为什么？”我问她，“你不喜欢他了吗？”

“喜欢，他是个好小伙。我只是觉得他不会再进步了。他一直在重复他自己。”

她没费多少力气又找到了另一位继任者。她对画家忠贞不渝。

“我始终留在绘画界，”她说，“我刚跟某位雕塑家在一起住了六个月，但不知道为什么，这段时光对我来说毫无启发。”

想起自己跟每位恋人分手时都没闹过别扭，她就觉得开心。她不仅是一位好模特，还是一位好主妇。她喜欢在自己暂时生活的画室里工作，并且因为把屋子收拾得井井有条而深感骄傲。她菜烧得好，还能尽量花最少的钱料理出一顿美味。她给恋人们补袜子，帮他们缝补衬衣纽扣。

“我一直不明白，做艺术的男人凭什么不应该收拾得整洁光鲜。”

她只遭受过一次挫败。那是一位比她以往认识的所有人都有钱的英国小伙，而且他还有辆汽车。

“但是没维持多久，”她说，“他总是喝醉，然后就开始烦人。如果他是个好画家，我也不会介意。可是，我亲爱的，这事情太荒唐离谱了。我告诉他说我要离开他，他就哭了起来。他说他爱我。

“‘我可怜的朋友，’我对他说，‘你爱不爱我，这一点儿都不要紧。要紧的是你根本没有才华。回你自己国家去做杂货铺生意吧。那才是你最合适做的事。’”

“那他怎么说？”我问道。

“他立刻来火了，让我赶紧滚。不过这是我给他的良言忠告，你懂的。我希望他能听进去，他人倒不坏，只不过是个蹩脚的画家。”

对于一位风尘女子来说，常识和温良天性能够在很大程度上使得生活的征途不至于过度艰辛。但苏珊娜从事的行当跟其他行业一样起伏不定。比如说那个斯堪的纳维亚人。她就是过于轻率地爱上了他。

“他是一尊神哪，我亲爱的，”她告诉我说，“他个头高得不得了，就像是埃菲尔铁塔。肩膀宽，胸膛厚，腰围细得用两手就能掐过来。腹肌平平展展，跟我手掌心一样平。肌肉就像是专业运动员。他有一头金色的鬈发，皮肤是蜂蜜色。而且他画得还不赖。我喜欢他的笔触，大胆而挥洒自如。他用的颜色也非常丰富。”

她决意要跟他生个孩子。他表示反对，但她说自己会承担责任。

“孩子出生时他喜欢得不得了。噢，多可爱的宝贝，粉嘟嘟，金头发，蓝眼睛，就像她爸爸一样。是个女孩儿。”

苏珊娜跟他在一起生活了三年。

“他有点儿蠢，有时候我也烦他。但他非常贴心，长相又那么好看，所以我真的不太在乎。”

后来他接到瑞典拍来的一份电报，说他父亲病危。他必须得马上回去。他答应会回来，但她却有一种不祥之兆，觉得他根本不会再回来了。他把剩下的钱都交给她。整整一个月她都没有他的消息，随后就收到他的一封信说：父亲已经去世，所以他自己的事情也一团糟。他觉得自己有责任留在母亲身边，并且从事木材生意。他还在信里装了一万法郎的汇票。苏珊娜并不是那种容易绝望的女人。她很快就打定主意，认为孩子会妨碍自己的生计应酬。于是她把小姑娘带到乡下，留给自己母亲，同时留下那一万法郎作为照看费用。

“太让人心碎了，当时我真是疼爱这孩子，可是人活着就必须得务实啊。”

“后来怎么样了？”我问道。

“噢，我熬过来了。我找了个朋友。”

但是她随后就染上了伤寒。她一提起这件事，就总爱说“我的伤寒病”，好像某个百万富翁说“我在棕榈滩的寓所”或是“我庄园里猎松鸡的草场”。她在医院住了三个月，差点儿死掉。等她出院时，只剩下皮包骨头，身体虚弱得像只病猫，而且神经兮兮的，除了哭就不知道做别的。那时候她对谁都没有多大用处，也没有力气给人做模特，几乎是身无分文。

“Oh la la,”[1] 她说，“我经历过几段苦日子。好在我还有些好朋友。但你也知道画家们的情况，再怎么说，他们也是咬紧牙关两头顾不着一头地过日子。我根本不算是漂亮女人，当然我还稍有点姿色，但已经不再是二十岁小姑娘了。后来我跑去找先前相好过的那个立体主义画家。我们俩分开以后，他结婚又离婚，后来干脆放弃立体主义，成了一名超现实主义者。他觉得可以雇我

① 法语：哎呀呀。

做事，说他自己也孤孤单单的。他说会给我提供食宿。我向你保证，我当时真是一口应承下来了。”

苏珊娜跟他住到了一起，直到后来遇见她那位工厂主。工厂主碰巧被一位朋友带去画室，想着他可能会从前立体主义画家这里买幅画作。苏珊娜因为急于成交，就使出浑身解数，对他格外体贴入微。他无法当场确定是否要买画，但表示自己愿意下次过来再看看。两周过后，他确实来了。这一回她得到的印象是：这个人并不是来看画作，而是来看她本人的。他临走时仍然没买画，可是在握手道别时却显露出毫无必要的热情。第二天她去市场采购生活用品时，那位带他来的朋友在半路上拦住她，说工厂主对她有好感，并且想知道下次再来巴黎时可否愿意一起吃个饭，因为他想跟她提个建议。

“他在我身上发现什么了，你觉得？”她问道。

“他是现代艺术的业余爱好者。他见过你的几幅肖像画。你让他感到着迷。他是外省人，是生意人。对于他来说，你代表着巴黎。艺术，浪漫，他在里尔找不到的一切。”

“他有钱吗？”她用惯常的理性方式问道。

“很多钱。”

“那好，我跟他一起吃饭。听他到底想说点什么，这总没啥坏处。”

他带她去了马克西姆餐厅，这给她留下了深刻的印象。她当天的穿着打扮非常娴静，她看了看周围的女人，觉得自己的表现完全符合一位受人尊敬的已婚女性形象。他点了一瓶香槟，这让她确信他是一位绅士。等到喝咖啡的时候，他对她表述了自己的建议。她觉得这个主意非常正点。他告诉她，自己在每隔两周的固定时间来巴黎参加一次董事会议，到了晚上独自进餐时会感到索然无趣。如果他需要女性的陪伴慰藉，就会去妓院。但是作为家里已经有两个孩子的已婚男子，他觉得对自己这种身份的人来说，这种安排并不理想。他俩都认识的那位朋友，已经把她所有的情况都告诉他了，他知道她是一位处事谨慎的女人。他年纪老大不小，也不希望跟轻浮草率的姑娘搅和到一起。他在某种程度上也是现代画派的收藏者，而她跟现代艺术的联系，让他产生了共鸣。随后他就过渡到核心问题。他打算给她备好一套公寓，把里面装修一番，每个月再给她提供两千法郎的花销。作为回报，他希望每隔十四天能够有幸跟她共度一个夜晚。苏珊娜一辈子也没见过这么多零花钱。她迅速意识到，有了这笔钱，她不仅能在吃饭穿衣方面获得现实世界明确要求的层次提升，而且还能供养自己女儿，再另外存些钱以备不时之需。但是她犹豫了片刻。用她自己的话来说，到目前为止她终究还“留在绘画界”。在她心目里，给生意人做情妇是一种沦落。

“C’est à prendre ou à laisser,”他说道，“愿不愿意都随你。”①

他并没有强迫她的意思。他西服扣眼上的荣誉军团玫瑰花饰，表明这是位有身份的人。她微微一笑。

“Je prends,”她回答道，“我同意。”②

---

①② 两句中法语的意思，就是说话人后面补充的内容。原文便是如此。

8

尽管苏珊娜一直以来都住在蒙马特，但她决定，现在需要告别过去了。于是她搬进了邻近蒙帕纳斯大街的一幢公寓楼。公寓共有两个房间，一个小厨房和一间盥洗室，位于大楼的六层。不过楼里有一部电梯。尽管电梯只能站两个人，移动速度就像是蜗牛，而且下楼时只能走步梯，但对于她来说，一间盥洗室再加一部电梯，代表的就不仅是奢华，而是格调品味了。

两个人结合后的最初几个月里，阿喀琉·戈温先生（这就是他的名字）每隔两周来一趟巴黎。他跟苏珊娜满足一番自己的情爱需求，共同度过一段夜晚时光，便独自回到酒店里睡觉。第二天再起床，坐火车回去忙自己的生意，回归到家庭生活凝重的氛围。不过后来苏珊娜向他指出，他这样浪费钱财真是毫无意义。如果他在公寓里一直留到第二天早晨，不仅更省钱，人也更舒适。这个提议让他无法拒绝。苏珊娜悉心考虑到他的舒适便利，这让他觉得格外开心——确实，在寒冷冬夜里走到街头找辆出租车，实在是很不舒服。他也赞成她不愿意让他产生不必要的花销。这真是个好女人，不仅自己精打细算，而且还帮着恋人省钱。

阿喀琉先生有充分的理由感到心满意足。通常情况下，他们都在蒙帕纳斯选一家最好的餐馆吃饭，但苏珊娜也时常在公寓里给他准备晚餐。她做的美味饭菜都非常合乎他的胃口。在那些温暖的夜晚，他用餐时通常只穿件衬衣，从而体会到美妙放纵的波希米亚式氛围。他向来都有购买画作的习惯，但苏珊娜让他买画前必须经过她的同意。他很快发现，相信她的判断是有道理的。她根本不跟画商打交道，而是把他直接带进画家工作室。这样他用一半价钱就能买到同样的画。他知道她在攒钱，等到她告诉他说，自己要在老家村子里买一小块地的时候，他内心突然涌现出强烈的自豪感。他知道，每一位拥有法兰西血脉的人，心底都隐含着拥有一块土地的愿望。他对她越发敬重，因为她也拥有同样的愿望。

苏珊娜自己这方面也很满意。她对他既不算忠贞也不算不忠。也就是说，她刻意不再跟其他男人产生持久关系，但如果偶然遇到自己喜欢的人，也不会讨厌跟他上床。只是她不会留这个人过夜，因为这关乎品德问题。为了这个既有门路又有地位的男子，这个以可靠又可敬的方式为她安排好生活的男子，她觉得自己有义务这样做。

我刚认识苏珊娜的时候，她还在跟一位画家同住。这位画家碰巧是我认识的熟人。我经常去他的画室坐坐，而她就在旁边摆姿势做模特。后来我隔三岔五就会遇见她，但从来没跟她关系有多亲密，直到后来她搬进了蒙帕纳斯。好像阿喀琉先生读过我一两部作品的译本（她跟我提到他的时候总是用这个名字，而且也这样当面称呼他）。有天晚上，他邀请我去餐馆和他们一起用餐。他是个小个子，比苏珊娜矮半头，银灰色的头发，整齐的灰色胡须。他体形偏胖，啤酒肚，不过这却赋予他一种颇具实力的感觉。他走起路来跟其他矮胖男人一样昂首阔步，显然他对自己没有任何不满意的地方。他为我安排了一顿很好的餐宴。他非常有礼貌。他对我说，很高兴我能成为苏珊娜的朋友，他一眼就看出我是 comme il faut[①]，他很高兴看到我对她颇为欣赏。他的生意，哎呀！总是把他拴在里尔无法脱身，这可怜的姑娘经常感到寂寞。对于他来说，知道她跟这样一位有学识的人往来，真是一种宽慰。他是生意人，但对艺术家向来很推崇。

“Ah, mon cher monsieur，[②]艺术和文学从来都是法国的一对荣耀标志。当然，还有她的军事能力。而我呢，一位木制品工厂主，可以毫不犹豫地说，我把画家和作家放在跟将军和政治家同等的地位。”

没有谁能比他表述得更精彩了。

苏珊娜不听劝，不愿意找个女仆来做家务。部分原因是为了省钱，部分原因是她不想让任何人打探纯粹属于她个人的私事（她自己最清楚其中原因）。她住的那间小公寓，在装修时采

---

① 法语：（举止）得当，体面（人）。

② 法语：啊，我亲爱的先生。

用了当年最时尚的风格，整洁而有条理。她所有的内衣都是自己亲手制作。但即使如此，由于她目前不再当人体模特，所以手头时间多得难以打发，何况她又是勤劳的女子。她很快萌生了一个念头：既然先前已经给那么多画家做过模特，她没有理由不自己动手画几幅。她买来画布、画笔和颜料，就此开工干活。有时候我准备请她出去吃饭，通常会提早赶到，然后就会发现她正穿着工作罩褂在忙忙碌碌。就像胚胎在子宫内部的发育过程相当于物种演化历史的简要囊括，苏珊娜也囊括了所有前任男友的风格。她笔下的风景宛如那位风景画家；抽象形式就像是那位立体主义者；对着明信片照片描绘的停锚帆船，又像是那位斯堪的纳维亚人。她不会素描，但色彩感觉还不错。如果说她的画还不算太优秀，至少她在绘画过程中得到了很大的乐趣。

阿喀琉先生鼓励她绘画。看到自己的情妇将要成为画家，让他产生出一种满足感。正是由于他的坚持，她才把自己的一幅油画递交到秋季沙龙。等到作品展出的时候，两个人都感到非常自豪。他给她提出了一条忠告。

“别画得像个男人似的，亲爱的，”他说道，“要像女人一样绘画。不用刻意表现得坚强有力；要乐于展现迷人之处。而且还要诚实。在生意场上，勤学苦练有时能奏效；但在艺术方面，诚实不仅是最好的对策，也是唯一的对策。”

当我写到这里的时候，他俩已经彼此心满意足地维持了五年的关系。

“显然他不会让我心潮澎湃，”苏珊娜说，“但他很聪明，身份地位也高。到了我这个年龄，是有必要考虑一下自己的处境了。”

她既体贴又善解人意，而阿喀琉先生对她判断力的评价甚高。他跟她聊自己的生意和家庭事务时，她也愿意仔细聆听。他女儿考试不及格，她会劝解安慰他；他儿子跟一位有钱人家的女儿订婚时，她跟他一同欢喜。他自己当年娶的就是某个生意同行的独生女。两家公司原本是竞争对手，合并过后双方都大获收益。看见自己的儿子能够如此明智地认识到幸福婚姻的最坚实基础就是资产利益的融合，这自然让他感到欣慰。他向苏珊娜坦露自己的宏愿，那就是让女儿嫁给一位贵族。

“有什么不行的？凭她的财产就可以。”苏珊娜说道。

阿喀琉先生想办法帮苏珊娜送她自己女儿去了一间修道院。她在那里可以接受良好的教育。他保证，等到年龄合适，他还会出钱让她接受适当培训，将来可以做打字员或速记员来谋生。

“她长大后会成为美人的，”苏珊娜告诉我说，“但显然，让她接受教育，有能力成为一名打字员，也并没有害处。她那么年轻，将来一切都很难说。不过她也可能在将来没有什么脾性。”

苏珊娜说话细致委婉。她让我自己动脑筋推测她的意思。我推测得完全正确。

9

过了一星期左右，我非常意外地遇到了拉里。苏珊娜和我有天晚上在一起吃饭，然后去看了场电影。我们刚在蒙帕纳斯大街的精品酒馆里坐下喝杯啤酒，只见他溜达了进来。她倒吸了一口凉气，然后跟他大声打招呼，让我着实吃了一惊。他走到桌旁，吻了吻她，又和我握手。看得出来，她简直不敢相信自己的眼睛。

“我能坐下吗？”他说道，“我还没吃晚饭，正准备找点东西吃呢。”

“噢，见到你真是太好了，mon petit[①]，”她说道，激动得两眼放光，“你从哪里蹦出来的？你这些年是死是活怎么连个信儿都没有？我的天啊，你怎么这么瘦！我还真以为你可能已经死掉了呢。”

“其实呢，我没有死，”他回答道，眼里闪过一丝笑意，“奥

---

① 法语：我的小家伙。

黛特怎么样了？”

那是苏珊娜女儿的名字。

“噢，她长成大姑娘了。而且还很漂亮。她到现在还记得你呢。”

“你从来都没告诉过我，你还认识拉里。”我对她说。

“为什么要告诉你？我从来都不知道你还认识他。我们可是老朋友了。”

拉里给自己点了鸡蛋火腿肉。苏珊娜先是把女儿的所有情况都告诉他，然后又聊她自己。他面带微笑听她絮絮叨叨地说着，那迷人的笑容。她告诉他，自己已经稳定下来了，目前正在画画。她转过身来对着我。

“我正在长进，你觉得是不是？我并不假装自己是天才，但我跟许多我认识的画家才华相仿。”

“你有没有卖出去几幅画？”拉里问道。

“我不用找人买，”她语气轻松地说道，“我有私人渠道。”

“姑娘你运气好。”

“不，不算运气好：是聪明。你得过来看我的画呀。”

她把地址写在一张纸上，并让他保证会来。苏珊娜很兴奋，继续呱啦呱啦地说个不停。这时拉里准备叫人结账。

“你不是要走吧？”她嚷嚷起来。

“我是要走。”他微笑道。

他付过钱，冲我们摆摆手就走了。我笑了起来。他的做法总让我觉得很有趣：半分钟前还跟你待在一起，下一刻钟扭头就走，连一句解释都没有。事情发生得太快，好像他瞬间就在空气里消失了似的。

“他为什么要这样着急走掉？”苏珊娜说道，她挺恼火。

“也许有个姑娘在等他吧。”我故意调侃道。

“这跟没说一样。”她从手袋里取出化妆盒，往脸上扑了点粉。“不管哪个女人爱上他，我都觉得怪可怜的。Oh la la.”

“为什么要这么说？”

她用严肃的目光凝视了我一分钟，我以前从没见过她这种表情。

“有一次我自己都差点儿爱上他了。这就好比你同样会爱上水里的倒影，或者是一缕阳光，或者是天上的一片云。我是侥幸逃脱掉了。一想起当年我遇到的情况有多危险，我到现在心里还直打哆嗦。”

什么谨慎礼貌，统统见鬼去吧！谁要是不想问清楚这件事的来龙去脉，那他简直太不像人类了。我庆幸苏珊娜这女人对所谓的含蓄根本没什么概念。

“你究竟怎么认识他的？”我问道。

“噢，好些年前了。六年还是七年，我忘了。奥黛特当时才五岁。我那会儿跟马塞尔住一起，拉里和他也认识。我做绘画模特的时候，他经常来画室坐会儿。有时候他会带我们出去吃饭。你从来都不知道他什么时候来。有时隔几个星期，然后每隔两三天跑一趟。马塞尔那会儿也喜欢他来，他说拉里在旁边的时候自己能画得更好。后来就是我那次伤寒。我出院后可是过了一段苦日子。”她耸了耸肩膀，“不过这些我都跟你说过。好吧，有一天我在那些画室周边转悠，想找份工作，但是没人要我。我一分钱都没有，每天只能喝一杯牛奶，吃一只羊角面包，也不知道回头拿什么去付房钱。碰巧有一天我在克利希大街遇见了他。他站在街头问我过得怎么样，我告诉他说我伤寒刚好。然后他就对我说：‘看你这样子，好像应该好好吃一顿。’他声音和眼神里有种东西让我当场崩溃，我哭了起来。

“我们旁边就是玛丽埃塔饭店，他挽着我的胳膊，帮我找了张桌子坐下。我太饿了，连旧皮鞋煮煮都愿意啃，可是等到煎蛋卷端上来以后，我觉得自己一口也吃不下。他逼着我吃了一点儿，又给我要了杯勃艮第酒。我后来感觉好些，就吃了点芦笋。我把自己所有的麻烦事都告诉了他。我身体太虚弱了，没办法再做人体模特。整个人几乎就是皮包骨头，模样很吓人。我也没法指望再找个男人。我问他愿不愿意借我点钱让我回乡下。至少我在那里还有个小姑娘。他问我想不想回去，我说当然不想。妈妈并不想留我。按照现在的物价，她那点儿养老金连自己都很难养活。我寄给奥黛特的钱都被花光了。不过如果我出现在她门口，她看我病成这样，应该不会不让我进门。他盯着我看了好久，我还以为他要说没办法借钱给我呢。结果他说：

“‘你愿不愿意我安排你住到乡下，我知道的一个小地方，你带孩子一起去？我想稍微度个假。’

“我简直不敢相信自己的耳朵。我认识他快八百年了，他对我从来没表示过任何意思。

"'就我现在这副模样？'我说。我忍不住笑了起来。'我可怜的伙计，'我说道，'我现在跟哪个男人都派不上用场噢。'

"他冲着我笑。你有没有注意到他笑起来特别灿烂？笑得跟蜜糖一样甜。

"'别傻了，'他说道，'我可没那个想法。'

"这时我已经哭得不成样子，话也说不出来。他给我钱去接孩子，我们一起去了乡下。噢，真是迷人啊，他带我们去的那个地方。"

苏珊娜把那个地方向我描述一番。那里离某个小镇只有三英里，但小镇名字我已经忘记了。他们开着一辆车去了那家旅店。那是河边的一座破旧建筑，屋边的草坪一直延伸到水边。草坪上种了梧桐树，他们平常在树荫下吃饭。夏天的时候，画家们会来这里创作。但那会儿还没到季节，整个旅店里就他们几个人。这里的特色菜很有名。每到星期天，人们从各地开车过来享受丰盛的午餐。但是到工作日的时候，就很少会有谁来打扰他们的安宁。苏珊娜在这里休息得好，加上食物和葡萄酒的滋养，身体开始结实起来。孩子就在自己身边，也让她感到幸福。

"他对奥黛特很照顾，她很喜欢他。我得稍微拦着她一点，免得她惹人讨厌。可是不管她怎样去烦他，他好像从来都不介意。我看见他们两个就总想笑，像是两个孩子在一起。"

"那你自己忙些什么呢？"我问道。

"噢，总归是有事情做的。我们经常划船去钓鱼。有时候会让店老板把他那辆雪铁龙借给我们去镇上。拉里觉得挺好。这些旧房子，还有镇上的place[1]。这里特别安静，走在鹅卵石路面上，只能听到自己的脚步声。这里有路易十四时期的hôtel de ville[2]，还有个旧教堂。镇子边上有一座勒诺特[3]设计的带花园的城堡。如果你坐在市镇广场的咖啡店，会产生一脚踏进三百年前的感觉。停在街边的那辆雪铁龙似乎根本不属于这个世界。”

在某一次类似这样的外出游玩途中，拉里把那位年轻飞行员的事情告诉了她。就是我在这一章开头讲述的那段故事。

“我寻思着他为什么要告诉你。”我说道。

“我完全不清楚。战争时期他们在这座镇子设了一所医院。公墓里有一排排的小十字架。我们去看过。我们在那地方没待多久，因为我觉得瘆得慌——那些可怜的小伙子全都躺在那里了呀。拉里在回来的路上一言不发。他本来吃得就不多，可是那天晚饭他几乎什么都没碰。我记得太清楚了，那天晚上夜色很美，满天都是星星。我们坐在河边，白杨树的侧影映衬着黑夜，景色真漂亮。他抽着烟斗。突然之间，à propos de bottes[4]，他就告诉我说以前有位朋友，为了搭救他自己却送了性命。”苏珊娜喝了一大口啤酒，“他是个怪人。我从来都没办法理解他。他以前挺爱念书给我听。有时候是白天念，我在给小家伙缝东西的时候。有时候是晚上，等我哄她上床睡觉以后。”

---

① 法语：广场。

② 法语：市政厅

③ 勒诺特（André Lenôtre，1613—1700），法国著名景观设计师。

④ 法语：无缘无故地。

"他念些什么书？"

"噢，各种各样的东西。塞维涅夫人的信，还念过一点儿圣西门。[1] Imagine toi，[2] 我这个人以前几乎什么书都不看的，除了报纸以外，也就是在画室里听见他们聊到哪本小说，因为怕被他们当成傻瓜，才会偶尔读一两本。我从来没想到读书会这么有意思。那些老作家真不是一般人以为的那种脑满肠肥的蠢材。"

"谁会这样以为的？"我呵呵地笑了起来。

"后来他让我跟他一起读书。我们读了《费德尔》和《贝蕾妮丝》。[3] 他朗读男人的部分，我读女人部分。真想不到会这么有意思，"她天真地补充了一句，"我读到那些让人伤心的地方就会哭起来，这时候他总是用一种非常奇怪的眼神看着我。当然这样只是因为我的体力还没恢复。你知道，几本书我到现在还留着。即使是现在，当我再读他以前给我念过的塞维涅夫人书信集时，耳朵里还会响起他动听的声音，还会看见那条小河在静静流淌，还会看见对岸的白杨树。有时候我就念不下去了，因为着实感到心疼。现在我知道，那几周是我生命里最幸福的时候。那个男人啊，他真是温柔的天使。"

---

① 《塞维涅夫人书信集》收入了塞维涅夫人（Marquise de Sévigné, 1626—1696）与女儿的一千多封信件内容，广泛涉猎各类话题，是法国文学史上的经典作品。圣西门是指路易·德·鲁弗鲁瓦（Louis de Rouvroy），曾任职于路易十四与路易十五时期宫廷，在文学史上以《回忆录》著称。

② 法语：你想象一下。

③ 《费德尔》（*Phèdre*），原名《费德尔与希波吕托》（*Phèdre et Hippolyte*），和《贝芮妮丝》（*Bérénice*）都是法国17世纪剧作家拉辛（Jacque Racine, 1639—1699）的重要剧作。

苏珊娜意识到自己越说越感伤，于是担心会被我笑话（她想错了）。她耸耸肩，微微笑道：

"你知道的，我早就下定决心，等我成了神圣的老古董，没有哪个男人还想跟我睡觉的时候，我就跟教会和解，忏悔自己的种种罪恶。但是我跟拉里一起犯下的罪过，世界上任何东西都没办法让我忏悔。绝对不行，绝对，绝对不行的！"

"可是就凭你刚才跟我描述的这些，我看也没什么需要悔罪的呀。"

"我跟你说的事情还不到一半。你看，我天生就是体质健康的人，加上成天在户外活动，吃得好，睡得又好，过得无忧无虑，三四周过后我就跟以前一样结实了。而且我气色也好看。我脸色红润润的，头发也恢复了光泽。我觉得自己才二十岁。拉里每天早晨到河里游泳，我总是去看他。他身材很美，不是我那位斯堪的纳维亚情人的运动员体形，而是结实有力、无比优雅的那种。

"我身体非常虚弱的时候，他一直很有耐心。可是现在我已经完全好了，我觉得没理由让他再等下去。我给过他一两次暗示，意思是我已经准备把一切交付给他。可是他好像没听明白。当然你们这些盎格鲁-撒克逊人确实挺特别。你们既粗鲁，同时又多愁善感。你们算不得好情人，这一点你没法否认。我对自己说：'也许他就这么细致委婉，他为我做了这许多事，他让我把孩子留在这里，也许是不敢让我报偿他应该得到的东西呢。'于是有天晚上，我们正准备上床睡觉时，我对他说：'今天晚上你想不想让我去你房间？’”

我笑了起来。

“你实在有些直不棱登，对不对？”

“对啊，我不能让他来我房间啊，因为奥黛特就睡在里面。”她坦率地回答道，“他用那种温和的目光看了我一会儿，然后笑着说，‘你想来吗？’

“‘你觉得呢——既然你身材这么好。’

“‘好，那就来吧。’

“我走上楼去，脱掉衣服，沿着过道溜进了他房间。他正躺在床上抽着烟斗看书。他搁下烟斗和书，挪了挪身子给我腾出地方。”

苏珊娜沉默了片刻，我觉得我不应该再问她什么。但过了一会儿，她又继续说了下去。

“他是个很奇怪的情人。非常温存、体贴，甚至是轻柔，体力充沛却不奔放，如果你明白我意思的话，而且绝对没有一丝邪恶感。他表达爱的时候就像是热血充盈的中学生。这挺滑稽，也让人感动。我离开他的时候有那么一种感觉：应该是我向他表示感谢，而不是他感谢我。我关门的时候，看见他拿起书来，从刚才停下的地方继续读了起来。”

我笑了起来。

“很高兴看见你觉得挺逗乐。”她略带严肃地说道。但她这句话也不失幽默感。她咯咯笑道：“我很快就发现，如果我要等他请我一次，那真不知道要等到什么时候。所以每当我想要的时候，就直接进他房间，躺到他床上。他对我一直很好。简而言之，他拥有人的自然本性，但是像做事过度专心的人那样容易忘记吃饭，当你把一顿可口饭菜放在他面前时，他又吃得很香。男人爱上我的时候，我心里会知道。不过，如果我要以为拉里爱过我，那我可真是个傻瓜了。我想，他只是习惯了我。人活着总得务实。我告诉自己，如果我们回巴黎以后，他带着我一起住，会对我非常合适。我知道他会让我带上孩子，我也愿意这样。我的本能告诉我，如果真心爱上他的话就傻了。你知道女人都很倒霉的，如果她们恋爱次数太多，自己就不再可爱了。我下定决心要守住这一关。”

苏珊娜吸进去一口烟，从鼻孔里呼了出来。天色已晚，旁边许多餐桌都已经空了，不过酒吧里仍然还有一群人在逗留。

“有天早晨，早饭过后，我正坐在河岸边缝衣服，奥黛特在玩拉里买给她的积木块，这时候拉里向我走了过来。

“‘我来是跟你道别的。’他说。

“‘你要去哪里吗？’我吃惊地问道。

“‘是的。’

“‘不会再也不回来了吧？’我说道。

“‘你已经完全好了。这里有点钱，够你这个夏天继续用，一直等到回巴黎重新开始。’

“我难过了好一会儿，不知道该说什么。他站在我面前，一脸坦诚地望着我微笑。

“‘我是做错什么事情惹你不高兴了吗？’我问他。

“‘没有啦。千万别这样想。我还有事情要做。我们已经在这里度过了一段美好时光。奥黛特，过来跟叔叔说再见吧。’

“女儿年纪还小，她不懂得怎么回事。他把她抱起来亲了亲，又亲了亲我，然后走回到旅馆里。一分钟过后，我听到汽车开走的声音。我看着手里拿的钞票。一万两千法郎。事情来得太快，我根本没时间反应。‘Zut alors.’[①]我自言自语道。至少在有件事情上我要谢天谢地，那就是我没让自己爱上他。可是我实在想不清这前因后果。”

我忍不住哈哈大笑。

“你知道的，我有一段时间还算是小有名气的幽默作家。我的方法就是简单直白地讲真话。对于多数人来说，这样说话很让人吃惊，所以他们就以为我是在逗乐。”

“我看不出这有什么联系。”

“这么说吧，拉里这个人呢，我觉得，他是我认识的人里面唯一完全摆脱了功利心的人。这就让他的举止行为显得很奇特。我们并不习惯那些纯粹为了敬爱自己并不信仰的上帝而做事情的人。”

苏珊娜两眼发直地瞪着我。

“可怜的朋友，你酒喝多了吧。”

① 法语：去他娘的。

第五章

1

我在巴黎优哉游哉地做事情。春色格外宜人，香榭丽舍的橡树开花了，每条街道的光线都让人如此惬意。空气里透着愉悦，一种轻松而转瞬即逝的愉快。它刺激着人的感官，却又不显粗鲁。它让你脚步更加轻盈，心智更敏锐。我很高兴和各色各样的朋友们在一起，心里充满了关于过往的亲切回忆。我在精神上重新获得了青春韶华时的某种东西。我想，如果任由工作来干扰我将来可能无法充分享受到的悠然时光，那我真是个傻瓜了。

伊莎贝尔、格雷、拉里和我一起游览了几处交通方便而又有意思的地方。我们去了尚蒂利和凡尔赛，还去了圣日耳曼和枫丹白露。每到一处，我们都要享受一顿美味而丰盛的午餐。格雷需要吃掉大量食物，才能满足他那壮硕身躯的需求，酒也容易喝得有点儿多。不管是因为拉里的治疗效果，或者只是时间关系，他的健康状况都有明显改善。他不再感觉到剧烈的头痛。我刚来巴黎时从他眼里看到的那种令人悲伤的迷茫，现在也消失了。他说话不多，偶尔会没完没了地讲一段故事；听到伊莎贝尔跟我胡扯八道时，又会声音洪亮地狂笑一通。他觉得挺愉快。尽管不怎么会逗乐，他的脾气却很好，也很容易感到心满意足，让人很难不喜欢他。他属于那种会让人犹豫是否该跟他单独相处一晚，却心甘情愿跟他共处半年的人。

他对伊莎贝尔的爱，让人看着都开心。他爱慕她的美貌，认为她是世界上最绚丽、最迷人的姑娘。他的诚挚，他对拉里那种忠犬式的诚挚，同样令人感动。拉里看来也很愉快。我的感觉是，他脑子里不知在惦记着什么计划。只不过他把这段时光当作一次假期，而且在郑重其事地发挥它的最大作用。他同样也不怎么讲话，但这没关系。他陪伴在你身边，就已经是丰富的交流了。他是如此随和，如此轻松欢快，所以你不需要向他索求，他就已经给了你更多的东西。我很清楚，我们能够共同度过这快乐的时光，完全因为是他和我们在一起。尽管他从来没有一句华丽或机敏的话语，可是如果没有他，我们会觉得很沉闷。

就是在这样一次短途旅行的归程中，我目睹的一幕场景，让我多少有些吃惊。我们当时刚去了夏特尔，正在返回巴黎的路上。格雷开着车，拉里坐在他旁边；伊莎贝尔和我坐在后座。一整天下来我们已经很劳累了。拉里坐好以后，把胳膊伸出来平放在前排座椅顶部。他的衬衣袖口被拽得很低，露出了纤巧结实的手腕，棕色下臂还覆盖着一层细细的汗毛。金色阳光照射在他身体的这些部位。伊莎贝尔坐在那里纹丝不动，但这种状态下的某种东西引起了我的注意，所以我瞄了她一眼。她毫无动静，你甚至会以为她被人催眠了。但她的呼吸急促起来，眼睛紧盯着那肌肉饱满、略带些许金色汗毛的手腕，还有那秀颀而强壮的手掌。在我目睹过的人类表情里，还从来没有谁像她这样充满了饥渴的色欲。那是淫念的面具。我从来都不敢相信，她如此美丽的面容，竟然可以产生如此性欲难遏的表情。那是一种动物的表情，而不像是人类。美从她的脸庞剥落，这副模样让她变得丑陋可怖。它让人惊恐地联想到发情的母狗，让我感到一阵阵恶心。她没有意识到我就在旁边，她什么都意识不到，除了眼前那只手，如此漫不经心地搁放在椅顶边缘，让她内心充满了狂热的欲望。她的面部肌肉抽搐了一下，身体打了个寒噤，然后闭上眼，瘫坐在座位角落里。

“给我一根香烟。”我几乎没听出是她在说话，这声音极其粗哑。

我拿出烟盒，点着烟递给她。她贪婪地吸了起来。这一路剩余的时间里，她盯着窗外，一言不发。

等到了他们家门口，格雷让拉里开车送我返回酒店，然后再把车开回车库。拉里坐进驾驶室，我坐在他旁边。伊莎贝尔走过人行道时，伸手挽住格雷的胳膊，身体紧紧地贴了过去。我看不见她的眼睛，却能想象到她眼神里的意味。我猜他的伴侣今晚在床上会表现得格外炽烈，但他永远都不会知晓这份热情是源于何处的良心刺痛。

六月逐渐接近尾声，我得回里维埃拉去了。艾略特有几位朋友准备去美国，他们把自己在第纳尔的别墅租给了马图林一家，所以格雷两口子等到孩子们学期刚结束就去了那里。拉里还留在巴黎继续忙碌，不过他准备买一辆二手的雪铁龙，并且答应到八月份过来再跟他们住几天。我在巴黎的最后一个晚上，邀请了他们三个人一起吃饭。就在那天晚上，我们遇见了苏菲·麦克唐纳。

2

伊莎贝尔原先就盼望能在巴黎那些乱哄哄的地盘游览一圈，因为我相对熟悉情况，所以她让我给他们当向导。我不太想这样做，因为在巴黎这种地方，人们看见来自另一个世界的观光者，容易表露出明显的反感，这会让人很不愉快。但伊莎贝尔坚持要去。我警告她说，这可能会很无趣，并且央求她穿得朴素些。我们用餐时间比较晚，过后又去女神游乐厅[①]玩了一个小时，然后才出发。我首先带他们去了巴黎圣母院附近的一个地下酒窖，那是黑帮人物们经常带着马子去的地方。我认识店主，他给我们找了一张大桌，旁边坐着一群乌七八糟的人。不过我给他们所有人都点了红酒，于是我们碰杯互祝健康。这地方很热，烟雾弥漫，脏不兮兮的。后来我带他们去了斯芬克斯舞厅，那地方的女人都穿着时髦俗丽的晚礼服，里面光着身子。她们的乳房、奶头

① 女神游乐厅（Folies Bergères）是巴黎的一家咖啡馆—音乐厅（cabaret），位于第九区。

还有别的什么都暴露无遗。她们面对面地坐在两排长凳上，等乐队开始演奏时，全都站起来没精打采地跳舞，眼光在舞厅里四处乱瞟，打量着大理石桌旁闲坐的男人们。我们点了一瓶常温的香槟酒。有几个女人从我们旁边经过时，眼神暧昧地看了看伊莎贝尔，我猜想她是否明白其中的意味。

我们随后去了拉普街。这是一条昏暗狭窄的街道。你只要走进去，就会感觉到它的污秽淫靡。我们走进一家咖啡店。里面弹钢琴的，照例是一位面容苍白、被酒色淘空的小伙子；另一位年老疲惫的男子，像是在拉锯似的演奏小提琴；第三个人则在荒腔走调地吹奏着萨克斯。这地方挤满了人，似乎已经没有一张空桌。但是店老板看出我们是有钱的主顾，所以就毫不客气地把一对夫妇清理到旁边，给他俩安排到另一张已经坐满人的桌子，然后再请我们坐下。那两个被撵走的人不太高兴，对我们说了一些很不好听的话。许多人都在跳舞。帽顶缀着红色绒球的水手；多数头戴帽檐帽、脖子围着丝巾的男人们；还有成熟的妇人和年轻姑娘，整张脸除了两只眼睛以外，简直找不出没化妆的地方。她们都没戴帽子，穿的是短裙和各种颜色的罩衫。有些男人在跟体形微胖的男孩子跳舞，这些男孩子画了眼线、涂着眼影；瘦削而表情严峻的妇人跟头发染过的胖女人跳舞；男人跟女人跳舞。屋子里满是闷热的烟雾、酒精和大汗淋漓的身体气味。音乐在没完没了地演奏，这群不三不四的乌合之众在屋里来回走动，脸上汗水闪亮。他们脸上带着一种严肃而紧张的表情，好像隐藏着什么可怕的东西。有几个模样凶狠的大块头，但多数人都是一副孱弱而营养不良的模样。我看着三位演奏者。他们有可能都是机器人，表演动作如此机械，所以我问自己，有没有可能在某个时候，当他们刚开始从事这份营生时，曾经以为自己是别人愿意远道而来聆听赞叹的音乐家？一个人的小提琴演奏水平就算很差，也必然经历了勤学苦练：那位提琴手费尽千辛万苦，难道只是为了在这臭烘烘的卑污场所里演奏狐步舞曲，直到深更半夜？这时音乐声停了，钢琴师掏出了一块脏手绢在擦汗。跳舞的人们或是垂头丧气地坐下来，或是犹犹豫豫地走开，或是一路扭搭着回到自己的座位。突然间我们听到了一个美国人的声音。

“我的上帝啊。”

有个女人从屋子另一头的桌子旁边站起身来。跟她一起的男人想要拦住她，却被她推搡到一边。她从屋子中间摇摇晃晃地走过来。整个人醉得很厉害。她走到我们桌边，站到我们面前，身体有些摇晃，傻兮兮地咧着嘴笑，好像觉得我们的模样格外可笑。我瞅了瞅同伴们。伊莎贝尔眼神空洞地看着她。格雷皱着眉，脸色阴沉。拉里似乎在用一种难以置信的眼神望着她。

“你好。”她说。

“苏菲。”伊莎贝尔说。

“你以为我他妈的还能是谁？”她咯咯笑了起来。她一把捞住从身旁经过的侍者。“文森特，给我拿把椅子。”

“自己拿去！”他一边挣脱开来，一边说道。

“Salaud.”[1] 她喊道，冲他吐了口唾沫。

---

① 法语：臭杂碎。

"T'en fais pas, Sophie."[1] 说话的是个大胖子。他脑袋肥硕、梳着油光锃亮的背头，上身穿了件衬衣，就坐在我们旁边。"这里有把椅子。"

"没想到会这样遇到你们大家，"她说道，身体还在晃悠，"你好啊，拉里。你好啊，格雷。"她扑通一下坐到刚才说话那个人放在她身后的椅子上。"我们大家都喝一杯吧。店老板。"她扯开嗓子喊道。

我早就注意到店主一直在盯着我们看，这会儿他走了过来。

"你认识这些人吗，苏菲？"他问道。这个"你"，是法语里熟人之间用的第二人称单数。[2]

"Ta gueule,"[3] 她醉醺醺地笑道，"他们是我打小就认识的朋友。我要给他们买一瓶香槟喝。你可别给我们端那种 urine de cheval[4] 过来。给我们拿些喝下去不会吐的东西。"

"你喝多了，我可怜的苏菲。"他说道。

"你见鬼去吧。"

他走到一边，很高兴又卖掉了一瓶香槟酒。先前我们为了安全起见，喝的只是白兰地和苏打水。苏菲愣兮兮地盯着我看了一会儿。

"你朋友是谁，伊莎贝尔？"

伊莎贝尔把我名字告诉了他。

---

① 法语：别担心，苏菲。

② 即法语第二人称单数 tu。在表示客气或尊敬时通常使用第二人称复数 vous。

③ 法语：闭上你的臭嘴。

④ 法语：马尿。

“噢。我记得，你来过一次芝加哥。你有点老古板，对不对？”

“可能是。”我笑了。

我完全想不起她来了，但这并不奇怪，因为我还是十多年前去的芝加哥，此后又遇到过一拨又一拨的人。

她身材很高。因为非常瘦，所以站起来的时候显得更高。她穿了一件鲜艳的绿丝绸罩衫，不过有些皱巴巴的，还带着污渍，下身穿了条黑色短裙。她剪的是短发，大波浪卷，但显得很蓬乱，是亮丽的棕红色。她浓妆艳抹，两颊胭脂一直搽到了眼睛旁边。她上下眼睑都涂着浓郁的蓝色眼影，双眉和睫毛都刷着厚厚的眉膏和睫毛膏，嘴上抹的是猩红色唇彩。染过指甲，两只手脏兮兮的。她看上去比周围所有女人都邋遢破落，我怀疑她不仅喝醉了，而且还嗑过药。但不可否认的是，她周身散发着一种凶猛而诱人的魅力，她高傲睥睨地抬着头，脸上的妆容衬托着眼眸里令人惊艳的绿色。尽管她已经烂醉如泥，可是那种放肆而全无羞耻的感觉，在我看来却足以充分激发男人的卑劣本性。她带着一丝嘲弄的微笑，和我们挨个儿拥抱。

“我觉得你们见到我好像并没有特别开心。”她说道。

“我先前听人说你在巴黎。”伊莎贝尔讪讪地说道，她脸上挂着冰冷的笑意。

“你可以给我打电话啊。电话簿上有我名字。”

“我们来的时间不太长。”

格雷过来插话解围。

“你在这里玩得开心吗，苏菲？”

“很好。格雷你破产了，对不对？”

格雷的脸瞬间变得更红了。

“是的。”

“你真不容易。我估计芝加哥现在很不景气。好在我一早就跑出来了。我的天啊，那杂种怎么还不把我们喝的东西端过来。”

“他马上就拿来了。”我说话的时候，看见侍者正举着托盘穿行在酒桌之间，盘子里是玻璃杯和酒。

我一开口说话，她的注意力就转向了我。

“我那几位好心的兄嫂弟妹把我从芝加哥撵了出来。说我会毁掉他们名声。”她咯咯地狂笑着，“我是个靠亲戚汇款为生的人。”

香槟端了上来，酒倒进每个人的杯子。她一只手哆哆嗦嗦地把酒杯举到唇边。

“老古板们见鬼去吧。”她喝空杯中的酒，看了一眼拉里，“你自己的事好像也没什么可说的吧，拉里。”

他始终在不动声色地望着她。从她刚露面那一刻起，目光就没有离开过。他和善地笑了起来。

“我不是特别能说会道的人。”

音乐声再次响起，有个男人冲着我们走了过来。他个头很高，身形健壮，很大的鹰钩鼻子，头发浓密而乌光油亮，厚嘴唇显得很肉感。他看上去就像是一位邪恶的萨弗纳罗拉[①]。他像店

① 萨弗纳罗拉（Girolamo Savonarola, 1452—1498），意大利多明我会修士，1494 年至 1498 年担任佛罗伦萨的精神和世俗领袖，以严峻的宗教思想和反对文艺复兴思潮而著称。

里的多数人一样，穿着没领子的上衣，贴身外套的衣纽扣得很紧，正好衬出他的腰身。

“来吧，苏菲。我们来跳舞。”

“走开。我忙着呢。你没见我跟朋友们在一起吗？”

“Je m’en fous de tes amis. 让你朋友见鬼去吧。你是来跳舞的。”

他抓住她胳膊，却被她挣脱开来。

“Fous-moi la paix, espèce de con.” ① 她突然情绪暴躁地喊道。

“Merde.” ②

“Mange.” ③

格雷听不懂他们在说什么，但是我发现伊莎贝尔完全听明白了，那些最贞洁的妇女似乎对污言秽语拥有一种奇特的理解能力，伊莎贝尔也不例外。她厌恶地皱了皱眉，脸色阴沉了下来。那个男人抬起胳膊，抡起干重活的粗糙手掌，准备扇她一耳光。这时格雷从椅子上抬起身子。

“Allaiz vous ong. ” ④ 他用蹩脚的法语口音吼道。

那汉子停下手，怒气冲冲地瞪了格雷一眼。

“你悠着点儿，戈戈。”苏菲恨恨地笑道，“他一巴掌就能把你撂倒。”

那人估摸了一下格雷的魁梧身形和体重力气。他满脸不悦

---

① 法语：让我安静会儿，你这傻货。

② 法语：臭狗屎。

③ 法语：喂你吃。

④ 不标准的法语：您个倒是试试。

地耸耸肩，冲我们撂下一句脏话，灰溜溜地走掉了。苏菲带着醉意咯咯地笑了起来。我们其他几个人都默不作声。我把她的酒杯再次斟满。

“你住巴黎吗，拉里？”她喝空酒杯后问道。

“目前是这样。”

跟喝醉酒的人聊天总是很困难的事。不可否认，清醒的人相对处于不利地位。我们继续无聊而尴尬地攀谈了好几分钟。这时苏菲把自己坐的椅子给推开了。

“如果我不回去找我男朋友，他会炸窝的。他是个脾气不好的大老粗，可是上帝啊，他上床可真是一把好手。”她晃晃荡荡地站了起来，“回见，伙计们。再来吧，我每天晚上都在。”

她从跳舞的人群中间挤过去，我们看着她消失不见。我瞥见伊莎贝尔那古典风格的脸孔上冷若冰霜的讥讽表情，几乎要笑出声来。大家都一言不发。

“这地方乌烟瘴气，”伊莎贝尔突然说道，“我们走吧。”

我给大家付了酒钱，还有苏菲的香槟钱，随后我们就撤出了这家酒吧。人群都聚集在舞池里，我们什么也没说就出来了。这时已经过了午夜两点，在我看来是该上床睡觉的时候了。但格雷说他饿了，于是我建议去蒙马特的格拉夫餐馆吃点东西。我们开车过去，一路上默默不语。我坐在格雷旁边指路。我们很快就到了那家花里胡哨的餐馆。餐馆外面的露台还坐着许多人。我们进店后点了培根、鸡蛋和啤酒。伊莎贝尔至少从表面看已经恢复了镇定。或许是为了表达某种反讽，她说，恭喜我对巴黎这些声名狼藉的地段如此熟悉。

“是你自己找上门的。”我说。

“我玩得开心透了。今天晚上过得真精彩。”

“活见鬼，”格雷说，“真恶心。还有苏菲。”

伊莎贝尔满不在乎地耸了耸肩膀。

“你到底记不记得她？”她问我，“你第一天晚上来我家赴宴时，她就坐你旁边。她那会儿还没染这种丑得要命的红头发。它本来是那种暗米黄色。”

我努力往回想。记忆里有一位非常年轻的姑娘，她的蓝眼睛几乎接近于绿色，微微侧着脑袋的时候，颇为迷人。人不算漂亮，但清新可爱。既有些羞涩，又有些冒失，让我觉得很有意思。

“我当然记得。我喜欢她的名字。我有位婶婶就叫苏菲[①]。”

“她嫁给了一位名叫鲍伯·麦克唐纳的小伙子。”

“是个好人。”格雷说道。

“他是我见过的最标致的男孩子之一。我始终不明白他究竟看上她哪一点。我刚结婚她就结婚了。她父母离异，母亲嫁给了美孚石油公司驻华机构的什么人。她跟父亲家族那帮人住在马尔文。我们以前经常能见到她。可是她结婚后就不大跟我们这群人来往了。鲍伯·麦克唐纳是律师，但他挣的钱不多。他们住在城北的公寓，楼里面没有电梯。但问题不在于这，是他们自己不想见任何人。我从来没见到谁家两口子像他俩这样缠绵痴迷。尽管

---

① 即毛姆叔叔亨利·麦克唐纳的第一位妻子，闺名苏菲·冯·谢登（Sophie von Scheiden）。

他们已经结婚两三年，而且已经有了个孩子，可还是会一起去看电影。他坐在那里搂着她的腰，她把头靠在他肩膀上，就像是恋人一样。他们俩在芝加哥真是被人当成笑话来说的。”

拉里听着伊莎贝尔的话，却没有一句评论。他脸上的表情让人难以捉摸。

“后来发生什么事了？”我问道。

“有天晚上他们开着自己的一辆小敞篷车回芝加哥，小孩子也跟他们在一起。他们到哪里都得带着宝宝，因为没有其他人帮忙照看。苏菲什么事都是自己做。而且，说实话，他们也特别宠爱这孩子。那天有一堆醉鬼开了辆大轿车，以八十迈的速度跟他们迎头相撞。鲍伯和小孩儿当场就死了，而苏菲只是脑震荡，肋骨撞断了一两根。他们想办法隐瞒消息，尽量让她晚一点知道鲍伯和小孩儿已经死了。可是终究还得告诉她啊。听他们说当时的场面真是可怕。她几乎就跟个疯子一样。她尖叫的声音差点没把房顶给掀塌。他们只好从早到晚看守着她，有一次她差点儿就从窗口跳了下去。当然我们也尽全力了，可是她好像挺恨我们。她从医院出来以后，又被送进一家疗养院里待了好几个月。”

“可怜的家伙。”

“等到他们放她出来后，她就开始酗酒了。她只要一喝酒，谁找她上床她都愿意。这对她婆家来说太要命了。他们都是非常老实本分的人，讨厌这种丑事。刚开始我们都试着帮她，可是完全不起作用。如果你请她吃饭，她就会醉醺醺地过来，没等晚饭吃完，她很可能就已经喝晕倒了。后来她跟一帮渣滓混在一起，我们也只好放弃她了。她有一次因为醉驾被逮捕过。当时她从贩私酒的地方搭上了一个拉丁佬，后来才发现他是警察通缉的对象。”

“可是她有钱吗？”我问道。

“有鲍伯的保险金。开车撞上他们的那些人买过保险，她从他们那里又得了些赔偿。但这些钱没能维持多久。她花起钱来就像是喝醉酒的水手，两年过后她就破产了。她的祖母不愿意让她回马尔文。后来她婆家人说，如果她愿意去国外，他们愿意贴她一笔钱。我估计她现在就是靠这些钱生活。”

“时运轮流转，”我说道，“曾经有段时间，家族里的害群之马都是从我们国家派送到美国。现在显然是从你们国家派送到欧洲来了。”

“我忍不住替她感到难过。”格雷说道。

“你忍不住？”伊莎贝尔冷冷地说道，“我可忍得住。当然这个打击很大。没有人比我更同情苏菲了。我们一直都很熟。但正常人能从这件事当中恢复过来。如果她彻底不要好，那是因为她人品本来就比较渣。她天生就不知道什么是适可而止，她爱鲍伯也爱得够夸张。如果她人品还过得去，原本可以好好生活的。”

“假如当初怎样，如今就会怎样……[1]你是不是太苛刻了，伊莎贝尔？”我低声说道。

---

① 原文为 If pots and pans，出自谚语“If ifs and ands were pots and pans, there’d be no work for tinkers’ hands”，字面意思是：如果凡事可以预料，就像锅瓢从来都不会磕碰，那么白铁匠也就无事可做了。

“我不觉得。我相信常识，我觉得没道理替苏菲唏嘘感叹。上帝做证，没有谁比我对格雷和宝贝们更关心了。如果他们出车祸死了，我也要疯掉，但我迟早会振作起来。格雷，难道这不正是你希望我做的吗？难道你愿意我每天在巴黎喝得不省人事，然后跟所有的混混上床吗？”

格雷随即说了一句迄今为止我认为最幽默的话。

“当然我更愿意你穿一件崭新的莫利纽兹[①]礼服，然后扑到我的火葬柴堆上。但现在不时兴这个了，所以我估计你最该做的事情就是去打桥牌。而且我希望你记住：打正宗无王牌的时候，树立的快速赢墩不能低于三个半到四个。”

如果这时我向伊莎贝尔指出：尽管她对丈夫和孩子的爱足够真挚，却几乎谈不上热忱，这样做显然不合时宜。或许她已经察觉到了我心里一闪而过的念头。因为她颇有些蛮横无理地对我说：

“你还有什么话要说？”

“我跟格雷想法差不多，我替那姑娘感到难过。”

“她可不是个姑娘，她三十了。”

“我估计，她丈夫和娃娃的死，对她来说就是世界末日。我估计她已经不在乎将来怎样，所以才自甘沉沦到那种酗酒、滥交的可怕堕落状态，就是为了报复生活对她的残忍。她曾经生活在天堂。当她失去了这一切，便无法忍受普通世间的普通人类，而

---

① 莫利纽兹（Edward Molyneux, 1891—1974）是英国著名的爱尔兰裔时装设计师，他的品牌店始于 1919 年，止于 1950 年。他的设计以简洁和高度优雅而著称。

要在绝望当中一头扎进地狱。我可以想象，如果她不能再次畅饮诸神的琼浆，就会觉得自家私酿的琴酒喝起来也不错。”

“这是你小说里的那一套东西。都是胡扯八道，而且你也知道是胡扯八道。苏菲在阴沟里打滚，是因为她就喜欢这样。别的女人也失去过丈夫孩子。这不是她变得邪恶的理由。邪恶不是从善良里生发出来的。邪恶是原本就在那里的东西。车祸打破了她的伦理防线，让她得以解脱，成为她自己。别在她身上浪费你们的同情心了，她现在就是自己心里一贯以来的模样。”

整个过程中拉里都保持着沉默。他好像陷入了冥思状态。我想他几乎没听到我们在说什么。伊莎贝尔这番话过后，是片刻的沉默。然后他开始说话了，却是一种奇怪的、毫无音调起伏的声音。好像不是在对我们说话，而是对着他自己。他的双眼似乎看到了遥远处隐约模糊的过去。

“我记得她十四岁的模样。她留着长头发，从脑门往后梳过去，后脑勺系了个黑色的蝴蝶结。脸上有雀斑，表情很严肃。她是个谦逊、高尚、满怀理想的孩子。她把所有能找到的书都读了个遍。我们经常在一起聊读书的事。”

“什么时候？”伊莎贝尔问道，微微皱了下眉头。

“噢，你和你母亲外出参加社交的时候。我经常去她祖母家，我俩坐在他们种的一棵大榆树下面，互相念书给对方听。她喜欢诗，自己还写过不少。”

“许多女孩儿在那个年龄都这样。写得都挺差。”

“当然，那是很久以前的事情了。可以说我自己的评判眼光也不高。”

“你自己可能还不到十六岁呢。”

“当然它是以模仿为主。里面有许多罗伯特·弗罗斯特的痕迹。但我的看法是，对于这么年轻的女孩子来说，已经挺了不起了。她对声音很敏锐，又有韵律感。她对乡村的各种声音和气味怀有一种情感，空气里春天的第一丝温柔，干枯土地落雨后的气味。”

“我从来都不知道她还写诗呢。”伊莎贝尔说道。

“她悄悄地写，她担心你们都笑话她。她非常羞涩。”

“她现在可不羞涩了。”

“我从战场回来时，她简直就是大姑娘了。她读过许多有关劳工阶级状况的书，她自己也了解过芝加哥的有关情况。她开始读卡尔·桑德堡，并且用自由体狂热地创作了一批关于穷人悲惨状况和劳工阶级遭受剥削的诗歌。我可以说它很普通，但它很真诚，并且带有悲悯和理想。当时她想成为一名社会工作者。真是令人感动，她愿意做出牺牲的愿望。我想她有能力做好很多事。她并不傻，也不无病呻吟，而是给人一种可爱纯洁的感觉，一种奇特的灵魂高贵感。我们那一年经常见面。”

我能看得出来，伊莎贝尔越听他的话，就越觉得恼怒。拉里没有意识到自己已经往她心窝里戳了一刀，而他说的每一句公道话，都无异于在伤口处继续转动着刀柄。不过等到她开口讲话时，唇边却挂着一丝微笑。

“当初她为什么要选中你来坦露心迹呢？”

拉里满眼信任地望着她。

“我不知道。她是个可怜的姑娘，周围都是你们这些家境富足的人，而我就算不上了。我住马尔文，是因为鲍伯叔叔在那里执业。我猜她觉得我们在这方面有共同点吧。”

拉里举目无亲。我们大多数人至少还有几位亲眷，哪怕彼此可能完全不认识，但他们至少让我们意识到自己是人类家庭的一部分。拉里的父亲是独子，母亲是独生女。他祖父是贵格教徒，年轻时出海失踪了。他的外祖父既没有兄弟也没有姐妹。世界上没有谁比拉里更孤独了。

“你有没有想过，苏菲曾经爱上过你？”伊莎贝尔问道。

“从没想过。”他笑着说。

“好吧，她爱过。”

“他从战场回来时，是负过伤的英雄。芝加哥可是有一半的女孩子都为拉里倾倒。”格雷以他平常那种咋咋呼呼的口气说道。

“那可不仅是倾倒。她是在崇拜你啊，我可怜的拉里。你意思是说你以前都不知道吗？”

“我当然不知道，我现在也不相信。”

“我估计你当时以为她心气太高了。”

“我仍然还记得那个瘦小女孩的模样。头上戴着蝴蝶结，表情严肃。在朗读济慈的颂诗时，因为它太美了，所以眼里满含着泪水，声音也在颤抖。我不知道这个小姑娘现在去哪里了。”

伊莎贝尔微微一惊，用狐疑审视的眼光睃了他一眼。

“真要命，时间太晚了。我好累，我也不知道该怎么办。我们走吧。”

3

第二天晚上，我乘坐蓝色列车前往里维埃拉，两三天后又去安提贝看望艾略特，跟他说说巴黎的新鲜事。他气色非常不好。蒙特卡提尼的治疗效果并没有他预期的那么好。随后他又四处奔波，几乎耗尽了自己的精力。他在威尼斯发现了一座洗礼圣池，然后又去佛罗伦萨买了一幅议价很久的三折屏。他迫不及待地想要看到这些物件获得妥善安置，就往南跑到蓬蒂内沼泽，勉强委屈自己住在一家酷热难当的破败旅店里。他高价购买的那些物品还需要好几天才能运送过来，但他决意等待目标完成后离开，所以就停留了下来。所有物品最终各就各位，而他对效果感到很满意。他满怀自豪地向我展示他拍摄的照片。这个教堂虽然很小，却显得威严庄重，它的内饰风格既富丽又内敛，是艾略特风雅品位的明证。

“我在罗马看到了一尊古代基督徒的石棺，它很让我动心。我考虑了很久该不该买，临到最后我改变了主意。”

“你要买古代基督徒的棺材做什么呀，艾略特？”

“把我自己放进去啊，亲爱的老兄。它设计得非常好，我想它跟教堂入口另一侧的圣洗池可以呼应平衡。不过那些古代基督徒都是矮胖家伙，我应该躺不进去。我要等到天使召唤我的号角吹响时，像胎儿一样蜷起双腿，膝盖抵住下巴，才能躺进去。相当不舒服。”

我笑出声来，可艾略特是认真的。

“我有个更好的主意。我已经做好了所有安排，有点麻烦，不过可以考虑，那就是葬在祭坛前面台阶底部。这样的话，等到蓬蒂内沼泽那些穷苦农民来参加圣礼的时候，他们就会穿着厚重的鞋子踩到我骨头上。挺时尚的，你觉不觉得？上面只要覆盖一块朴素的石板，写好我的名字还有几个日期。Si monumentum quaeris, circumspice.‘若要找寻他的丰碑，环顾四周，你就会明白。’”

“我拉丁文学得不好，听不懂这一句古旧的格言啊，艾略特。”我酸溜溜地说道。

“请您原谅，亲爱的老兄。我过于习惯看到上流社会的惫赖无知，一时间忘了自己是在跟一位作家讲话呢。”

这一回合他赢了。

“但我本来想跟你说的是，”他继续说道，“我已经在遗嘱里留下具体说明，但我希望你能监督实施它们。我**不愿意**葬在里维埃拉，不想跟这许多退役上校和法国中产阶级混在一起。”

“我当然会按照你的愿望来做，艾略特。可是我觉得我们还不需要精心计划多少年以后才发生的所有事情吧。”

“我老了，你知道的。跟你说句实话，我临走也没什么遗憾了。兰德的那几行诗是怎么说的？我已经温暖了双手……[①]”

尽管我对文字的记忆力比较差，但这首诗很短，我还能够背得出来。

我和谁都不争，和谁争我都不屑。
我最爱大自然，其次，就是艺术；
我双手烤着生命之火取暖；
火萎了，我也准备走了。

“就是这首。”他说道。

我忍不住思忖道，艾略特需要怎样凭借着想象力的爆发和生拉硬拽，才可以拿这首格言诗来标榜自己。

“它恰如其分地表达了我的诸多情感。”不过他又说道，“我唯一想补充的内容是：我毕生行走在欧洲的顶级上流社会。”

“把它塞进这首四行体的诗歌，会有难度。”

“社交界已经灭亡了。我有一段时间还希望美国能够取代欧洲，创造出 hoi polloi[②] 敬重的新贵族。但是大萧条摧毁了所有的机会。我可怜的祖国已经毫无指望地沦落为中产阶级国家。你简直无法相信啊，亲爱的老兄，我上次去美国时，一位出租司机竟

① 瓦特·兰德（Walter Savage Landor, 1775—1864）在 75 岁时写的一首诗。艾略特引用时略有偏差。后文诗句采用杨绛先生的译文。

② 古希腊语的拉丁式拼法，意为“庶民百姓”。

然称呼我为伙计。”

尽管里维埃拉仍然深受1929年股灾冲击的影响，已经不复旧日风貌，但艾略特却继续举办和参加各类聚会。以前他从不光顾犹太人的场所，唯一的例外就是罗斯柴尔德家族。但目前规模最宏大的聚会都由这些上帝选民成员一手举办，而只要哪里有聚会，艾略特就无法按捺自己不去参加。他游走于一场场盛宴，仪态优雅地跟这个人握握手，又跟那个人行吻手礼，却带着一种凄然而超脱的表情。仿佛他是某个遭到流放的王族，因为身处于这群人中间而略觉尴尬。可是，那些真正流亡的王族成员却玩得极度开心。跟某位影星见见面，似乎就是他们的最高理想。当代人愿意将戏剧从业者作为社交对象，艾略特对这种做法也绝不赞成。不过有位息演的女演员在紧邻他家的位置盖起了一栋豪宅，还敞开门扉招待宾朋。各位内阁部长、伯爵大公、贵妇淑媛常年不歇地来到她家，一住就是好几个星期。艾略特也成了她家常客。

“当然这批人很芜杂，”他对我说，“但人总得搭理一下自己不喜欢的人吧。她是我国同胞，我觉得应该帮她一把。对于她家的客人们来说，看到有个人能够用他们自己的语言进行交谈，肯定是一种慰藉。”

有时候他显然感觉相当不好，所以我就问他，为什么不能轻松看待这些事。

“亲爱的老兄啊，到我这把年纪就不能再把关系闹僵啦。你不会觉得，我用了将近五十年的时间才进入最高级的社交圈，仍然还不明白这个道理吧：你如果不是每次都到场，别人就不记得你是谁了。”

我怀疑他有没有意识到，此时他诉说的这番心里话，是多么地可悲。我没有心思笑话艾略特了。在我看来，他是一个极度可怜的角色。他是为了社交而活着，聚会就是他须臾之间的呼吸，不被邀请就意味着冒犯，而独自相处是一种耻辱。再说，他现在已经是一位老人了，他担心得要命。

夏天就这样过去了。艾略特在整个时期来回穿梭于里维埃拉的四面八方。他去戛纳参加午宴，再到蒙地卡罗赴晚宴；他发挥所有的聪明才智，去参加这一处茶会和那一处的鸡尾酒会。无论他感觉多么劳累，都竭力让自己表现得和蔼可亲、谈笑风生。他有一肚子的八卦闲话。你从他那里保证可以听到最新的丑闻，除了直接相关人，估计其他任何人都毫不知情。如果你向他暗示说，他亲自到场也没什么用处，他会用一种坦率而讶异的眼神直愣愣地看着你。他会认为你这人粗俗得伤心作孽。

4

秋天来了，艾略特决定去巴黎住一段时间。部分原因是要去看看伊莎贝尔、格雷和孩子们过得怎样，部分原因是在首都体现出他所谓的“acte de présence”①。接下来他想去伦敦订购几套新衣服，顺带看望几位老朋友。本来我自己的计划是直接回伦敦，但他却要我陪他一起开车回巴黎。因为是比较愉快的事，所以我就答应了下来。既然已经这样安排，我自己也没理由不在巴黎至少多住一两天。为了保证旅途轻松，我们分段走完了这条路。每次经过有美味佳肴的地方，就会稍事歇息。艾略特的肾脏有点问题。他除了维希矿泉水，别的什么都不喝。但他总是坚持要替我选半瓶葡萄酒尝尝。他心地实在善良，并没有因为自己无法分享这种愉悦而愤愤不平。他看着我品味美酒佳酿，获得了由衷的满足。他非常慷慨，所以等到说服他让我自己来付钱时，就很费劲。尽管我有些听腻了他以前结交过哪些大人物的故事，但

① 法语：到场。

还是很喜欢这趟旅行。我们开车经过的乡野之地，多数才刚刚开始呈现初秋之美，景色着实可爱。我们在枫丹白露吃过午饭，直到下午才抵达巴黎。艾略特把我送到我住的那家朴素老式的旅馆，然后开车拐过街角去了丽兹饭店。

我们向伊莎贝尔提前通报过我们要来巴黎的事，所以当我看到她的邀请便笺时，并不觉得吃惊。让我吃惊的是便笺的内容。

> 你人一到就赶快过来吧。发生了可怕的事情。别带艾略特舅舅。看在上帝的分上，越快越好。

我的好奇心不亚于其他任何人，但我必须先梳洗打理一番，换件干净衬衣，然后再乘坐出租车，来到位于圣纪尧姆街的那间公寓。我被仆人领进了起居室。伊莎贝尔一见我就迅速站起身来。

“这么长时间你都去哪儿了？我已经等你好几个小时了。”

现在是五点。我还没来得及答话，管家已经把茶水拿了进来。伊莎贝尔攥着拳头，不耐烦地等着他摆放东西。我猜不出到底是怎么回事。

“我刚到的呀。我们在枫丹白露悠哉悠哉地吃了顿午饭。”

“我的天啊，他真磨蹭。简直要疯掉！”伊莎贝尔说道。

这位管家先放好装有茶壶和糖罐的金属托盘，又在桌上摆开茶杯，再用真正令人绝望的细致手法，沿着桌边排出一碟碟的面包、黄油、蛋糕和曲奇。他走出房间，随手掩上了房门。

“拉里要跟苏菲·麦克唐纳结婚了。”

“她是谁啊？”

“你少装糊涂，”伊莎贝尔喊道，眼里闪着怒火，“就是那个喝醉酒的贱货，你带我们去那个脏兮兮的咖啡馆遇见的。天晓得你为什么要带我们去那种地方。格雷快恶心死了。”

“噢，你是说你们芝加哥的那位朋友吗？”我没有搭理她的无端指责，继续说道，“你怎么知道的？”

“我怎么知道的？他昨天下午过来亲口告诉我的。我到现在为止，一想起来就要发疯。”

“不然你就坐下来呗，给我倒杯茶，然后跟我从头到尾说个清楚。”

“你自便吧。”

她坐在茶桌的另一头，恨恨地看着我给自己斟了杯茶。我在壁炉旁边的一个小沙发上舒舒坦坦地坐了下来。

“我们最近没怎么见到他。我的意思是，自打我们从第纳尔回来后没怎么见。他去第纳尔待了几天，但不愿意跟我们住一起，而是住在旅馆。他常到海滩这边来跟孩子们玩。她俩不知道有多喜欢他。我们当时在圣布里亚克打高尔夫。格雷有一天问他有没有再见到苏菲。

“‘有啊，我见过她好几次了。’他说道。

“‘为什么见她？’我问道。

“‘她是个老朋友啊。’他说道。

"'我要是你就不会在她身上浪费时间。'我说道。

"他就笑了起来。你知道他笑起来的模样，好像你说的话有多滑稽，哪怕这件事一点都不可笑。

"'可你并不是我啊。'他说。

"我耸耸肩膀，换了个话题，过后也没多想这件事。所以你能想象得到，当他来这里告诉我说，他俩准备结婚的时候，我觉得有多恐怖。

"'你不能这样，拉里，'我说，'你不能这样。'

"'我准备这样，'他说得那么平静，好像是说再来一份土豆沙拉似的，'而且我希望你很好地对待她，伊莎贝尔。'

"'这要求太过分了，'我说，'你疯了。她是个坏女人，坏女人，坏女人。'"

"你为什么这么想？"我打断她说道。

伊莎贝尔满眼怒火地看着我。

"她从早到晚都喝得个烂醉。随便哪个混蛋要跟她上床她都愿意。"

"那并不意味着她就是坏女人。许多相当受人尊敬的公民都会喝醉，喜欢做些混账勾当。那些确实是恶习，就像啃手指甲一样，但我不觉得它们有多糟糕。我如果说谁是坏人，那是因为这个人又撒谎又骗人，而且还薄情寡义。"

"你再帮她说话我就宰了你。"

"拉里又是怎么找到她的？"

"他在电话簿里寻到地址，就跑去看她了。她生病了，这并不奇怪。你看她过的都是什么日子吧。他找来医生，又请人照料她。事情就这样开始了。他说她已经戒酒了；这个该死的蠢材以为她已经完全没毛病了。”

“你忘了拉里给格雷做的事情了吗？他治好了他，对不对？”

“那可不一样。格雷想要治好病。她可不想。”

“那你又怎么知道的？”

“因为我了解女人。一个女人如果能崩溃成那样，就算彻底完蛋了。她永远也回不了头。如果说苏菲能够到今天这副模样，那是因为她始终就这个德行。你以为她会一直黏着拉里不放吗？当然不会。她迟早会跑掉。那是她骨子里的东西。她想找个大老粗，那种人能让她兴奋起来，她心心念念的就是个大老粗。她会让拉里一辈子生不如死的。”

“我觉得很有可能，但我不认为你还能怎样。他准备这么做的时候可是心知肚明。”

“我是什么也做不了，但是你行啊。”

“我？”

“拉里喜欢你，你的话他能听进去。你是唯一能对他产生影响的人。你见过世面。你去找他，告诉他说不能做这种蠢事。你跟他说这样会毁了他的。”

“他只会告诉我说这件事跟我无关，而且真这么说也完全正确。”

“可是你喜欢他啊，至少你对他挺感兴趣。你不能袖手旁观，不能由着他把自己的生活毁得不可救药吧。”

“格雷是他相处最久、最亲密的朋友。虽然我觉得也没什么用，但我想格雷才是最适合跟他谈话的人。”

“噢哟，格雷。”她不耐烦地说道。

“你要知道，事情结果可能不像你以为的那样糟糕。我认识两三个人，一个西班牙人，另外两个是东方人。他们把妓女娶回家，后来她们都成了良家妇女，对丈夫很是感激。我的意思是，由于他们提供了安全感，她们当然清楚怎样让男人开心。”

“我觉得你好烦。你以为我当年牺牲自己，就是为了让拉里掉进这个花痴的手掌心里吗？”

“你怎么就牺牲自己了？”

“我放弃拉里的原因，也是唯一的原因，是我不想妨碍他。”

“省省吧，伊莎贝尔。你放弃他是为了戴四方钻戒，穿水貂皮大衣。”

这句话刚出口，一碟子面包黄油就冲着我脑袋飞了过来。我非常走运，居然还伸手接住了碟子，但面包和黄油却撒落一地。我站起来，把碟子放回到桌上。

“你舅舅艾略特的皇家德比瓷器，你要敢打碎一只，他可不会对你客气。这是给多尔塞特公爵三世特制的，几乎是无价之宝。”

“把面包和黄油捡起来。”她凶巴巴地说道。

“你自己捡吧。”我说道，重新又坐回到沙发上。

她站起身，气哼哼地把地上撒的东西一样样捡起来。

“就这样你还自称英国绅士。”她气势汹汹地嚷嚷道。

"错，我这辈子还没做过这种事。"

"赶紧滚出去。我再也不想见到你。看到你就心烦。"

"那我真遗憾，因为每次看到你我都很开心。有没有人跟你说过，你的鼻子就跟那不勒斯博物馆的普绪克[①]雕像一模一样？那可是代表了世界上最可爱的童贞之美。你的腿也相当秀丽，那么细长，腿形也好看。我每次看到都忍不住要惊叹，因为当你还是小姑娘的时候，两条腿可是又粗又壮，我想象不出你怎么能长成现在的模样。"

"钢铁般的意志，还有上帝的恩宠。"她恨恨地说道。

"当然，你这两只手是你最迷人的特征。那么纤细，那么优雅。"

"我印象中总以为你觉得它们太大了。"

"相比你的身高体形并不算大。我经常赞叹你用双手展现的无限优雅。无论是天生的，还是培养出来的，你一举手一投足，处处都显示出美感。它们有时像花朵绽开，有时像飞翔的小鸟。它们比任何话语都更具表现力。它们就像埃尔·格列柯[②]在肖像画里呈现的手。其实，当我看到你的双手时，我简直要相信艾略特说的那个极不靠谱的故事了。他说你们有一位西班牙贵族出身的祖先。"

她气哼哼地抬起了头。

---

① 普绪克（Psyche）是欧洲古典神话里丘比特的情人。

② 埃尔·格列柯（El Greco, 约 1541—1614），西班牙文艺复兴时期的画家、雕塑家和建筑家，由于出生在希腊而被称为"希腊人"。

“你说什么呢？我可是头一回听说。”

我告诉她，艾略特追踪查询过家族谱系，发现他母亲这方面是德劳利亚伯爵和玛丽王后某位嫔侍的后代。我一边说着，伊莎贝尔一边心满意足地端详着自己的颀长手指，还有做过护理、涂了油彩的指甲。

“咱肯定是某个人物的后代子嗣。”她说道。她轻笑一声，满脸惫赖地看看我，眼里的怨毒之气已经消散殆尽，然后又添了一句：“你这坏杂种。”

让一个女人恢复理性就是这样简单，你只要跟她讲真话就可以。

“有时候我并没有那么认真地讨厌你。”伊莎贝尔说道。

她走过来坐在我旁边沙发上，伸手搭住我胳膊，侧过身来要亲吻我的脸颊。我向后撤退了回来。

“我可不想让口红沾到脸上，”我说，“如果你想亲，就亲嘴唇好了。这才是仁慈上苍赋予它的名分。”

她咯咯地笑了起来，伸手把我的头扳过去，用朱唇在我嘴边覆印了一抹浅浅的色泽。这种感觉相当不错。

“既然你这样对我了，或许能告诉我你想要什么吧。”

“要个建议。”

“我很愿意给你建议，但我觉得你目前不会接受。现在你只能做一件事，那就是想办法面对残局。”

她顿时感到气恼，猛然抽出胳膊站起身来，扑通一下坐在壁炉另一头的椅子上。

“我不打算袖手旁观，再让拉里毁掉自己。只要能让他不娶那个贱货，我什么都做得出来。”

“你不会得逞的。你看，他为之而痴迷的东西，是盘踞在人类胸膛里最强大的那种情感。”

“你的意思不会是，你认为他爱上她了吧？”

“不是。相比之下，爱情简直微不足道。”

“那是什么？”

“你读过《新约》吗？”

“算是读过。”

“你记不记得耶稣曾经被引入旷野，然后禁食四十昼夜？后来，当他饥肠辘辘的时候，魔鬼过来对他说：你若是神的儿子，可以吩咐这些石头变成食物。[①] 但耶稣拒绝接受诱惑。魔鬼又带他站到圣殿顶上，对他说：你若是神的儿子，可以跳下去。因为天使照应着他，会把他托举起来。可是耶稣再一次予以拒绝。后来魔鬼又带他上到高山，将世上的万国都指给他看，并且说：你若俯伏拜我，我就把这一切都赐给你。可是耶稣说：撒旦退去吧。这是那位善良淳朴的使徒马太记载的故事结尾。其实故事并非如此。魔鬼很狡猾，他再次来到耶稣跟前说：如果你愿意蒙羞受辱，接受鞭笞和荆冠，愿意死在十字架上，就能够拯救整个人类。因为人间至高之爱，莫过于一个人为他的朋友舍弃生命。耶稣就此而堕落。魔鬼

---

① 出自《圣经·新约·马太福音》第4章，部分译文内容根据和合本。

的肚子都笑痛了，因为他知道邪恶之人将以他们拯救者的名义而犯罪。”

伊莎贝尔恼怒地看着我：“你究竟从哪里听来的？”

“没有哪里。我灵机一动编出来的。”

“我觉得这不仅白痴而且还亵渎神圣。”

“我只是想向你表明，自我牺牲是一种不可遏制的激情。跟它相比，色欲和饥饿都不值一提。它极度肯定自我牺牲者的人品，从而裹挟着这位受害者进入毁灭。目标是什么并不重要，可能它有价值，或者分文不值。没有哪一种烈酒比它更能醉人，没有哪一种爱比它更让人粉骨碎身，没有哪一种恶比它更难以抗拒。当一个人牺牲自我时，他就暂时比上帝更伟大。因为无限而全能的上帝，又怎么会牺牲自己？他最多只会牺牲他生下的独子。”

“噢，基督保佑，你快烦死我啦。”伊莎贝尔说道。

我毫不在意她的话。

“当拉里被这种激情紧紧掌控时，你想所谓的常识或审慎，又怎能对他产生作用？你不知道他这些年都在找寻什么。我也不知道，只能是猜测。这些年来他所有的辛苦，他累积的所有经验，跟他现在的欲望相比，完全不成比例——哦，它不只是欲望。这是他纷扰于心的迫切需求：他想要拯救一位放荡女子的灵魂，他从纯真的孩童时代就已经认识她了。我想你是对的，我认为他正在做一件毫无指望的事情。以他的敏锐感性，他将遭受到天谴的折磨。他毕生的任务，无论是怎样的任务，最终将无法完成。卑劣的帕里斯一箭射中阿喀琉斯[①]的脚后跟，随后便杀死了他。即便是圣徒也会拥有的那一丝冷酷无情，拉里却毫不具备，所以他也无法替自己赢得圣洁光环。”

“我爱他，”伊莎贝尔说道，“上帝知道，我什么都不要求他。我什么都不指望。没有人像我这样不带私心地爱他。他会过得非常不幸福的。”

她哭了起来。我想这样对她也有好处，就没再劝她。这时我心底突然迸发出一个想法，我沿着它的思路暗自揣摩，翻来覆去地想。

我只能推测出一种结果：当魔鬼看到基督教引发的那些残酷战争，看到各种压制迫害，看到基督徒对基督徒施加的酷刑，以及无情、虚伪和不加宽容之后，一定会对自己的收支账目感到心满意足。当他想到，这样已经给人类增加了罪恶感的苦痛负担，让绚美的星夜也黯然失色，并给世间转瞬即逝的欢乐投下了苦涩阴影，他一定会暗自偷笑并自言自语道：把魔鬼该得的那一份交给他。

这时伊莎贝尔从手袋里取出手绢和镜子，照了照自己，仔细地拭净了眼角的泪痕。

“你真他妈的同情我，对不对？”她凶巴巴地说道。

我若有所思地看着她，并没有回答。她往脸上扑了粉，又

---

① 荷马史诗《伊利亚特》（一译《伊利昂战纪》）里的人物。英雄阿喀琉斯出生时在冥河里浸泡过，所以刀枪不入，唯一致命处是他的脚踵。后来遭到诱拐海伦的特洛伊王子帕里斯的暗算。

补了些口红。

“你刚才说，你猜测他这些年里究竟在找什么。你这是什么意思？”

“我只能猜，你知道的，而且有可能大错特错。我想他是在寻求一种哲学，也可能是宗教，一种能够让他大脑和内心都得到满足的生命原则。”

伊莎贝尔琢磨了一会儿。她叹了口气。

“你觉不觉得，一个来自伊利诺伊马尔文镇的农村小伙儿会有这种念想，真的很古怪？”

“并不比路德·伯班克更古怪，他出生在马萨诸塞州的农场，居然还培育出无核蜜橘；也不比亨利·福特更古怪，他出生在密歇根农场，却发明了T型车。”[①]

“可那些都是实用东西。那属于美国传统的一部分。”

我笑了。

“了解怎样达到最佳生活状态，世界上还有什么比它更实际吗？”

伊莎贝尔做出一个表示倦怠的手势。

“你不想彻底失去拉里，对吧？”

她摇了摇头。

---

① 伯班克（Luther Burbank, 1849—1926）是美国著名的植物学家和植物育种学家，他培育的蔬菜、水果、花卉等超过了200个品种。T型车（Ford Model T）俗称为Tin Lizzie或Flivver，是亨利·福特创办的福特汽车公司于1908—1927年间推出的一款畅销汽车。

“你知道他有多么忠诚：如果你打算跟他妻子一刀两断，他跟你也就不再有任何关联。如果你还有一点理性的话，就会跟苏菲交朋友。你会忘记过去，并且在你愿意的时候尽可能地对她好。她要结婚了，我估计她得买些衣服。你为什么不提议跟她一起去购物呢？我想她会一口答应的吧。”

伊莎贝尔眯缝着眼睛听我说话。她似乎对我所说的内容非常关注。她思考了一小会儿，但我猜不出她心里想到了什么。她随后说出来的话让我很意外：

“你要不要请她吃午饭。昨天我对拉里说了那样一番话，今天再请她还是有些尴尬呢。”

“如果我来请，你会老老实实守规矩吗？”

“我会像光明天使一样。”她用那最迷人的微笑回答道。

“我马上就安排。”

房间里有部电话。我很快找到了苏菲的号码。随后就是电话转接过程中常见的拖延等待。但凡在法国打过电话的人，都知道这时候需要耐心忍受。我找到了她，并且报上了我的姓名。

“我刚到巴黎，”我说道，“听说你和拉里准备结婚了。我想给你俩道贺。我祝愿你俩将来过得非常幸福。”我硬生生地忍住没叫出声来，因为伊莎贝尔就站在旁边，她在我胳膊内侧恶狠狠地掐了一把。“我在这里只待几天，我想后天能否请你和拉里到丽兹饭店吃个午饭。我准备叫上格雷、伊莎贝尔和艾略特·谭普顿。”

“我问问拉里。他就在这里。”片刻过后，“可以，我们很高兴能参加。”

我敲定了时间，彼此客套一番，然后把话筒放回电话机座上。我从伊莎贝尔眼睛里看到了一种表情意味，它让我感到有些疑虑。

“你在想什么？”我问她，“我不是很喜欢你这副样子。”

“抱歉；我还以为这是你真正喜欢我的某种东西。”

“你不会是在心里面策划什么阴谋诡计吧，伊莎贝尔？”

她眼睛瞪得滚圆。

“我保证没有。实际上我好奇得要命，我想看看苏菲在拉里的改造之下到底变成什么模样了。我唯一的希望，就是她来丽兹饭店时，脸上别再涂抹得跟戴面具似的了。”

5

我的小型聚会效果不错。格雷和伊莎贝尔两个人先到，拉里和苏菲·麦克唐纳五分钟过后也来了。伊莎贝尔见到苏菲后热情亲吻对方脸颊，然后又和格雷共同祝贺她的婚事。我注意到伊莎贝尔在苏菲出场时上下打量的眼神。我对苏菲的样貌感到震惊。先前在拉普街那间廉价酒吧见面时，她的妆容极其浓艳。棕红色头发，亮绿色外套，尽管打扮得令人咋舌，还喝得烂醉，却具有某种撩人甚至于妖贱的魅力。然而她此时却毫无神采，虽然年龄肯定比伊莎贝尔小一到两岁，却格外显老。她仍然保持着那种傲然的姿态，微微歪着脑袋，但现在不知是何原因，模样竟有些可怜。她头发恢复了原来的自然色泽，显得邋遢不整，就跟所有染过颜色以后又重新生长的头发一样。除了嘴唇上的一抹红色，她几乎完全不施脂粉。皮肤看上去很粗糙，是一种不健康的苍白色泽。我记得她眼睛原本是那么活泼生动的绿色，现在却灰蒙蒙的，黯淡无光。她穿着一件红外套，显然是刚买来的，还有配套的帽子、鞋和手包。我不想假装自己对女装有多懂行，但我的感觉是这种搭配比较琐碎，对于今天的场合来说显得过于造作。她胸前佩戴着一件花哨俗气的人造珠宝，就是你在里沃利街能买到的那种。身旁的伊莎贝尔却穿着黑色丝绸礼服，脖颈上环绕着养殖珍珠制成的项链，头戴一顶极其时髦的帽子，把苏菲的装扮衬托得又廉价又乏味。

我点了几杯鸡尾酒，但拉里和苏菲却说他们不喝。

艾略特随后也到了。他在宽敞大堂里一路前行，步伐却屡屡受阻，因为每见到一位熟人，他都要停下来握握手，或是行吻手礼。他举手投足之间，仿佛丽兹饭店就是他的私人府邸，而他要让宾客们确信，他为这些人能够接受他的邀请而感到开心。没有人告诉他苏菲的事。他只知道苏菲的丈夫孩子在一次车祸中去世，现在准备嫁给拉里。最后他终于来到我们身边，并用优雅考究的仪态向两人道贺。他是这方面的行家里手。我们一起走进了餐厅。因为是四男两女，所以我让伊莎贝尔和苏菲坐圆桌对面，让苏菲坐在格雷和我中间。餐桌并不是很大，所以大家可以同时聊天说话。我已经点好午餐，而酒保这时拿着酒水单过来了。

“你对葡萄酒完全不了解，我的老朋友，”艾略特说道，“把酒水单给我吧，阿尔贝。”他一页页地翻看着，“我自己只喝维希矿泉水，但我不忍心看着大家喝那种算不得顶级的葡萄酒。”

他和酒保阿尔贝是老朋友了。经过一番热烈讨论，他俩替我决定了该给客人们喝什么酒。然后他扭过头对苏菲说：

“那你们打算去哪里度蜜月呢，亲爱的？”

他扫视了一眼她的衣服，几乎令人无法察觉地耸了耸眉毛，我看得出他对这一身打扮印象不佳。

“我们准备去希腊。”

“我十年前就准备去那里，”拉里说道，“可是出于某种原因，到现在还是没能够成行。”

“一年里这个时间去，应该是很好玩的。”伊莎贝尔说道。她表现出很热心的样子。

她记得，我也记得，那是拉里想让她嫁给自己的时候，曾经提议带她去的地方。去希腊度蜜月，这好像已经是拉里的一个idée fixe[①]。

谈话进行得并不顺畅。如果不是为了伊莎贝尔，我早该意识到这是一场吃力不讨好的安排。她已经尽可能表现得彬彬有礼。每次快要尴尬冷场的时候，我就绞尽脑汁地想些新鲜话题，而她则轻松随意地接上话头继续聊。我对她很是感激。苏菲几乎一言不发，除非别人找她谈话，她似乎才能费劲地说两句。她一副失魂落魄的模样。你可以说她身上的某种东西已经死掉了。我问自己：拉里是不是给她带来了无法承受的压力。如果她先前像我猜测的那样既喝酒又吸毒，这种突然戒除的方式肯定已经让她的神经系统疲惫不堪。我有时会侦察一下他们俩之间的表情。我从他脸上看到了温存和鼓励，从她脸上却看到一种可怜兮兮的求

① 法语：执念。

助神态。格雷性格里的和善，可能也让他本能地体会到我认为自己刚发现的东西。因为他开始对她说，拉里当初怎样治好了他的头痛症，而之前自己几乎是个废人。他还说自己是怎样地信赖拉里，对他如何感谢。

“现在我像跳蚤一样活蹦乱跳，”他继续说道，“只要能找到活儿，我就会回去工作。我有好几件事情马上等着办，希望过不多久事情就会有着落。天啊，能够回归正常真是太好了。”

格雷是出于好意。可是，如果像我估计的那样，拉里曾经用暗示疗法治好了格雷，现在又用同样的方法来治疗苏菲这种严重的酗酒症（在我看来就是如此），那么格雷的这番话可能说得并不巧妙。

“你现在怎样也不头痛了吗，格雷？”艾略特问道。

“我已经有三个月没痛了，如果我觉得快发作时，就会攥着我的法宝，这样就没事了。”他从口袋里摸出拉里给他的那枚古代钱币，“一百万美元我都不肯卖。”

我们吃完了午餐，咖啡也端上来了。酒保走过来问我们是否需要喝点烈酒。我们都说不喝。只有格雷说他想来杯白兰地。等酒瓶拿过来的时候，艾略特执意要看一眼。

“行，我可以推荐它。这对你没什么坏处。”

“先生您也来一杯？”酒保问道。

“啊呀，我就绝对不可以啦。”

艾略特详详细细地告诉他，自己的肾脏有些不适，医生不允许他喝酒精饮料。

“一小滴野牛草伏特加[1]，对先生您不会有什么影响。众所周知，它对肾脏很有好处。我们刚从波兰拿到的委托销售权。”

“真的吗？如今这可是不容易弄到噢。让我再看看瓶子。”

酒保是个身材肥硕、举止端庄的家伙，脖子上挂着长长的银项链。他转身拿酒去了，而艾略特则向我们介绍说这是一款波兰产的伏特加，但在各方面都优胜一筹。

“我以前住拉齐维尔家族[2]城堡，跟他们一起打猎时，经常喝这种酒。你们应该见识一下那些波兰王公是怎么喝它的。我告诉你们，这可不是夸张，他们拿着大玻璃杯喝这种酒，面不改色心不跳。优良血统，肯定是了。从头到脚都是贵族。苏菲，你一定要尝尝，还有你，伊莎贝尔。这可是谁都不容错过的体验。”

酒保把酒瓶拿了过来。拉里、苏菲和我都拒绝了诱惑，但伊莎贝尔说她愿意尝一口。我很吃惊，因为按照她的习惯，通常并不怎么喝酒。而且她已经喝过两杯鸡尾酒，外加两到三杯的葡萄酒了。酒保将淡绿色的液体倾倒在一个玻璃杯里，伊莎贝尔闻了闻。

“噢，味道真好闻啊。”

“对不对？”艾略特嚷嚷道，“那是因为他们在里面放了香草。就是这些香草产生的细腻味道。我就陪你喝一滴。就这一回，不会对我有损害。”

---

① 野牛草伏特加（Zubrowka），又译为“芳香露酒”，产自波兰，是以伏特加为基酒，并添加芳香植物或药草浸制而成。瓶中常留有一枝野牛草的草秆作为装饰。

② 拉齐维尔家族（Radziwillis）是波兰旧贵族里较为显赫的一支。

“味道太神圣了，”伊莎贝尔说，“就像母亲的乳汁一样。我从来没尝过这么好喝的东西。”

艾略特把他的酒杯举到唇边。

“噢，真是让人回到了过去的时光啊！你们这些人从来没有跟拉齐维尔家族共处过，不知道什么是生活。那才是高尚风范。封建领主式的，你们懂吧。你可能还以为自己回到了中世纪。来车站接你的，是六匹马拉的马车，还有几位左马驭手。进餐时每个人身后都有一位穿制服的听差。”

他继续描绘着豪门贵胄的辉煌和奢华，以及盛宴欢会的华彩。这就让我产生了一种明显不合时宜的疑虑。我怀疑整件事都是艾略特和酒保串通的把戏，目的是给艾略特提供一次机会，好让他畅谈这位王公贵族的伟大尊贵，还有他如何在这家城堡里逢迎巴结那一批波兰贵族。完全没有办法让他停下来。

“再来一杯吗，伊莎贝尔？”

“噢，我不敢喝了。真是天堂般的感觉。我太高兴了，还能喝得上这种酒。格雷，我们回头得买上几瓶。”

“我会让人送几瓶到你们公寓的。”

“哦，艾略特舅舅，是真的吗？”伊莎贝尔欢喜无限地嚷嚷道，“你对我们真是太好了。你们一定要亲口尝尝。它闻起来就像新割的麦草，像春天的花朵，像百里香，还像薰衣草。它的口感很柔很舒适，就像在月光下聆听着音乐流淌。”

如此毫无节制地喋喋不休，这可不是伊莎贝尔的做法。我想她是不是有些喝醉了。宴会最终散去。我和苏菲握了握手。

“你们准备什么时候结婚呢？”我问她。

“下下个星期。我希望您能来参加婚礼。”

“恐怕我到时候已经不在巴黎了。我明天要去伦敦。”

当我跟其他客人道别时，伊莎贝尔把苏菲拉到旁边，跟她说了一两分钟的话，然后转身对格雷说：“噢，格雷，我这会儿还不打算回家。莫利纽兹服装店里有一场服装秀，我要带苏菲去。她应该看看新的款式。”

“我非常乐意。”苏菲说。

我们各自分手。当天晚上我带苏珊娜·卢维尔去吃饭，第二天早晨便动身去了英国。

6

艾略特在两周后抵达克拉里奇饭店。没过多久我顺道过去看望他。他给自己订购了好几套衣服，还向我详细讲述了他的挑选内容和挑选原因。在我看来，这种事情实在不值得说这么久。等到我终于能够插话时，就问他婚礼举办得怎么样。

"没有举办。"他表情凝重地回答道。

"你这是什么意思？"

"婚礼前三天苏菲就失踪了。拉里到处找她。"

"这真是太稀奇了！他俩吵架了吗？"

"没有。根本没有。本来所有事情都安排妥了。我来送她出嫁。婚礼一结束，他们就去乘坐东方快车。你要是问我的看法，我觉得拉里总算可以脱身了。"

我猜伊莎贝尔已经把所有情况都告诉了艾略特。

"究竟发生了什么事？"我问道。

"好，你还记得那天我们跟你一起在丽兹饭店吃午饭对吧。伊莎贝尔后来带她去了莫利纽兹服装店。你记得苏菲穿的套装吗？太不像样了。你注意到她衣服肩膀了吗？你从衣服肩膀的做工，就能看出它质量如何。当然，可怜的姑娘，她也买不起莫利纽兹的衣服。而伊莎贝尔呢，你知道她很大方的，何况她俩自小就认识。伊莎贝尔答应送她一件正装，这样她在结婚时就能有件体面衣服穿了。她自然就一口答应喽。这个嘛，长话短说，伊莎贝尔请她隔天三点钟的时候来公寓，这样她们就能一起去最后试穿。苏菲倒是来了，但不巧的是伊莎贝尔要带着一个孩子看牙医，所以四点钟才能回来。等回来时，苏菲已经不见了。伊莎贝尔估计她可能等得不耐烦，索性自己去了莫利纽兹服装店，所以就立刻赶过去，但发现她并没有来。最后她只好放弃，又回到自己家里。他们当天准备一起去吃饭。等拉里在晚餐时候过来，她立刻就问他，苏菲去哪里了。

“他不明白是怎么回事，就给她公寓打电话。但是没人应答，于是他说自己再过去一趟。格雷他们把晚宴时间尽量往后推迟，可是这两个人再也没有出现，所以到最后是他们自己吃的晚饭。当然你清楚苏菲以前的生活状态，你在拉普街碰巧见过她以前的状态。实在太不幸了，你怎么想到带他们去那种地方？好嘛，整个晚上拉里跑遍了她以前常去的那些地方，可是哪里也找不见她。他过后又去了一趟她的公寓，可是 concierge[①] 说她不在。他足足寻找了三天。她就这么凭空消失了。等到第四天，他又去了趟公寓，concierge 告诉他说，她回来过，收拾好一包东

① 法语：门房。

西，然后坐出租车走了。

“拉里是不是沮丧透了？”

“我没见到他。伊莎贝尔告诉我说他是挺沮丧的。”

“她也没写信或留下其他东西？”

“什么都没有。”

我思来想去。

“你怎么看这件事？”我问道。

“亲爱的老兄，我跟你看法完全一样。她没法再坚持住，又继续开始灌酒了。”

这是显然的，但不管怎样事情都很蹊跷。我不明白她为什么非要选这个时候悄悄溜走。

“伊莎贝尔的反应如何？”

“她当然很难过，但她是个有理性的姑娘。她告诉我说，她始终认为，如果拉里娶了这么个女人，那将是一场灾难。”

“那拉里呢？”

“伊莎贝尔对他一直很关心。她说最麻烦的是他不愿意谈这件事。你也知道，他会好起来的。伊莎贝尔说他从来没爱过苏菲。他娶她只是出于某种走火入魔的骑士精神。”

我能想象得到，伊莎贝尔在情势突变的情况下如何摆出一副若无其事的样子，而这个变局肯定给她带来了极大的满足。我心里很清楚，下次再见面时，她肯定会不失时机地向我指出：自己如何对后来发生的事情早有预料。

不过等到我和她再见面时，已经过去了将近一年的时间。

尽管此时我仍然可以跟她说说苏菲的事，让她自己好好想一想。但时过境迁，我也没心情这样做了。我在伦敦一直待到圣诞节临近，然后因为想回家，就直接去了里维埃拉，中间没在巴黎逗留。我开始动手写一部长篇小说，所以后面几个月都闭门在家。我时常会去看望艾略特。显然他的身体正在衰退，可他仍然还坚持出席各类社交活动，这让我感到心痛。他对我很恼火，因为我不肯开三十英里路的车，去参加他仍在举办的常规派对。他认为我宁肯坐在家里工作，是极度的骄傲自负。

“这是不同寻常的灿烂季节，亲爱的老兄，”他对我说，“把自己关在家里，错过所有正在发生的事情，这是一种犯罪行为。你为什么偏要在里维埃拉选一处地方，然后再用这种不合时宜的方法生活呢？就算我活到一百岁，也仍然想不明白。”

可怜的好心的傻乎乎的艾略特，很显然他并不能活到那个岁数。

到六月时我已经粗略完成了小说初稿，觉得应该休憩几天犒劳自己。于是我整理行装，坐上以前夏天经常开到佛斯湾[①]游泳的快艇，沿着海岸线一路航行到马赛。海风时断时续，多数时候我们都需要使用辅助马达吭哧吭哧地缓慢前行。我们在戛纳港口停留了一晚，在圣马克西玛歇了一夜，第三天晚上是在萨纳里。然后我们到达了土伦。我一直很中意这个港口城市。法国舰队船只给它带来了一种既浪漫又怡人的气氛。我徜徉在那些老式

① 位于圣让卡普费拉（Saint Jean Cap Ferrat，又称费拉角圣让）。法国滨海阿尔卑斯省的一个市镇。

街道，从来都不会觉得厌倦。我可以在码头那边游荡好几个小时，看着上岸休假的水手们三三两两地闲逛，或是带着女孩子溜达。当地居民们信步往来，仿佛在这世间没有别的事情可做，唯有享受这怡人的阳光。因为所有这些舰船与渡轮，将熙熙攘攘的人群带到这庞大港口的无数场所，所以土伦给你的感觉，仿佛它就是广袤世界条条道路的汇集终点。当你坐在咖啡馆的时候，海洋和天空的明亮光线会让你感到眩目，你将在想象中一次次开启金色之旅，航向地球最遥远的地方。你将乘坐长舟，停靠在太平洋的某个珊瑚海滩，岸边点缀着一株株的椰树；你将走下舷梯，信步走在仰光的栈桥，然后登上一辆人力车；你将在游船快速靠近太子港的突堤时，从甲板上方注视着一群喧闹的黑人，看他们比画着各种手势。

我们在上午较晚的时候才到。下午三四点钟时，我上岸去码头那边走了走，沿路看看商店，观察身边经过的人群，还有坐在咖啡馆遮阳篷下面的人。突然间我看见了苏菲，而她同时也看见了我。她微笑着向我打了个招呼。我停下来跟她握手。她独自坐在一张小桌旁，面前是个空玻璃杯。

“坐下来喝一杯吧。”她说道。

“你也陪我喝一杯。”我回答道，伸手拉了把椅子。

她穿着法国水手那种蓝白条纹的针织衫，亮红色宽松长裤，脚底穿了双凉鞋，伸出来的几根大脚趾都涂着指甲油。她没戴帽子，头发剪得很短，烫成了波浪卷，是那种浅到接近于银白的金色。她化着浓妆，就像我们在拉普街初次相遇时那样。我从桌上的杯垫数量来判断，她应该已经喝过一两杯了。但她状态清醒，看见我似乎也没有感到不愉快。

“巴黎的伙计们都怎么样啊？”她问道。

“我想他们都很好吧。自从我们在丽兹饭店一起吃午餐那次以后，我就没再见过他们任何人了。”

她从鼻孔里喷出一大团烟，哈哈地笑了起来。

“我终究还是没嫁给拉里。”

“我知道。为什么没有？”

“宝贝儿，事情到了节骨眼上，我可不能眼看着自己变成他这位耶稣基督的玛利亚·抹大拉。不行的，先生。”

“是什么让你最后一刻改变了主意？”

她一脸嘲讽地看着我，仍然是那样略带桀骜地歪着脑袋。扁平的胸部，细瘦的躯干，再加上那种穿戴打扮，她看上去就像是个充满恶意的少年男孩。但我得承认，相比上次见面时她穿的红礼服，那种带有外省人的光鲜考究却毫无神采的服饰，她现在这样穿要有魅力得多。她的脸和脖子被太阳晒得很厉害，尽管棕色皮肤把她面颊上的胭脂颜色和粗黑眉毛衬托得更显挑衅，但这种俗艳打扮也并非全无诱惑。

“你愿意听我说吗？”

我点点头。侍者端来我点的啤酒，还有她的白兰地和气泡矿泉水。她用刚抽完的 caporal[1] 点燃了另一支烟。

---

① 法语：粗烟丝香烟。

"我三个月没有喝一口酒。一口烟也没抽过。"她看到我略带惊讶的表情，哈哈笑了起来，"我说的不是香烟。是鸦片。我感觉糟透了。你知道吗？有时候就我自己一个人，我的尖叫声都快把房子给震塌了。我说：'我办不到，我办不到。'跟拉里一起时情况还不算太糟，可等他不在时，那简直就是地狱。"

我盯着她看。当她提到鸦片时，我更加认真地打量了她一番。我注意到她的瞳孔已经变得细小，说明她正在吸食这种东西。她眼睛呈现出鲜亮的绿色。

"伊莎贝尔要送我结婚礼服。我不知道它现在是什么下场了。那是件很诱人的礼物。我们原先的安排，是我先去接她，然后一起去莫利纽兹服装店。我要替伊莎贝尔说句公道话，如果在穿衣打扮方面还有她不了解的东西，那它也就不值得了解了。我到她家公寓时，仆人说她先前要带琼安去看牙医，走之前留话说她办完事就直接回来。我走进起居室。桌上还摆着咖啡用具，我问仆人能不能来杯咖啡。咖啡是唯一能让我继续存活的东西。他说过会儿给我拿过来，然后收走了空杯和咖啡壶。他在托盘上留了一瓶东西。我看了看，就是你们在丽兹饭店聊的那个波兰货。"

"野牛草伏特加。我记得艾略特说他要送几瓶给伊莎贝尔。"

"当时你们都聊得很起劲，说它有多么好闻，所以我也很好奇。我打开瓶塞，闻了一下。你们说得非常对，闻起来真他妈棒。我点了根烟。几分钟过后仆人拿着咖啡进来了。也是好东西。他们老说法国咖啡怎么样怎么样，那他们自己喝好了。我可要喝美国咖啡。这是我在这里唯一想念的东西。可是伊莎贝尔的咖啡也不错，我当时感觉挺糟心，喝完一杯以后感觉好些了。我盯着桌上摆放的那个瓶子看。实在是太诱惑了，但是我说：'见鬼去吧，我想都不会想它。'然后又点了一根烟。我想伊莎贝尔随时都会进屋，可是她却没有。我开始害怕紧张，我讨厌别人让我久等，房间里又没有书可看。我开始来回走动，有时看看墙上的画。可我还是不停地看那个该死的瓶子。后来我想，不如我倒一杯出来看看。它颜色很漂亮。"

"淡绿色。"

"没错。真有意思，它颜色就跟它的香味一样。就像你有时候在白玫瑰花蕊里看到的那种绿色。我**得看看**它的味道是不是也一样。我想只尝一口的话应该不会对我有害处。我本来的意思是只抿一小口，不过这时我听到外面有动静，以为是伊莎贝尔回来了，就咕咚喝下了一整杯。因为我不想让她看见我偷喝。可后来发现并不是伊莎贝尔。老天爷啊，这一口喝得我浑身舒坦。自从戒酒以后我就再也没有过这么好的感觉。我真觉得自己重新又活过来了。如果伊莎贝尔在这时候进来，我想我现在应该已经嫁给拉里了。我想，那又会是怎样的结局呢。"

"所以她并没有回来？"

"没有，她没有。当时我对她很恼火。她以为她是谁啊？让我这样白白等着。后来我就看见白酒杯又斟满了。我估计肯定是自己啥也没想就给斟上了。不过，信不信由你，我真是看见杯子倒满后才知道。再灌回去好像有点傻，所以我就把它喝掉了。不可否认，它太美味了。我觉得自己变成了另外一个女人。我想哈哈大笑，我已经连续三个月都没有这种感觉了。你记不记得那个老娘炮说的：他在波兰看见那帮伙计们端着大玻璃杯喝，眼睛都不带眨一下，对吗？得，我想不管是哪个狗娘养的波兰人，他能喝多少，我也能喝多少。死猪不怕开水烫。所以我把剩下的咖啡倒进壁炉，然后倒了满满一咖啡杯。别扯什么你妈妈的狗屁乳汁了。后来的事情我就不太清楚了，不过我相信等我停下来的时候，瓶子里也没剩多少了。于是我就想，我得在伊莎贝尔进屋之前跑掉。她差点儿给我逮个正着。我刚从前门出去，就听到琼安说话的声音。我顺着公寓楼梯往上跑了一层，听到她们确实都进公寓里面了，才赶紧冲下楼，钻进了一辆出租车。我让司机死命往前开。他问我去哪里，我冲着他放声大笑。我觉得神清气爽。"

"你回自己公寓了吗？"我问道，虽然我已经知道她并没有回去。

"你以为我他妈的有多傻啊？我知道拉里会来找我。我不敢去以前去的任何地方。所以我去了哈钦姆家。我知道拉里绝对不会到那里来找我。再说，我得抽一口。"

"什么哈钦姆家？"

"哈钦姆家？哈钦姆是个阿尔及利亚人，如果你有钞票付账的话，他总能给你找来鸦片。他跟我交情很好。他可以找来你想要的任何东西，找个小男孩，找个男人、女人，或者是黑人。他手头总是备着半打阿尔及利亚人。我在那里待了三天。我不知道自己还有哪些男人没搞过。”她咯咯地笑了起来，“各种体形，各种尺寸，各种肤色。我要彻底弥补失去的时光。可是你知道吗，我真害怕。我觉得待在巴黎不安全，我担心拉里会找到我。再说我也没剩多少钱了。你要跟那些狗杂种上床，还得给他们付钱。所以我就出来了，我回到公寓，给了concierge一百法郎，告诉她说，如果有人找我，就说我已经走了。我收拾行李，当天晚上坐火车到了土伦。我到这里才觉得真正安全了。”

“从那以后你一直在这里？”

“当然啰，而且我准备就留在这里。你想要多少鸦片都能买得到，水手们从东方带回来的，成色好，不是他们在巴黎卖给你的那种屎坨子。我在旅馆里有个房间。你知不知道，商业海运局那边。你晚上进屋的时候，走廊里到处都能闻到那个味儿。”她一脸享受地嗅了嗅，“甘甜又刺鼻，你知道他们正在房间里面抽着呢，于是就有一种回家的温馨感觉。他们从不介意你带什么人回来。他们早晨五点的时候会来捶你房门，叫水手们起床返回各自的船上。所以你也不用担心。”随后，她毫无过渡和铺垫地说：“我在码头旁边的店里看到了你的一本书。如果我早知道能见到你的话，就买一本找你签名了。”

刚才经过那家书店时，我在窗口停下来看了看，注意到自己有一本书跟其他新书摆放在一起。那是我最近刚出版的一部小说的法文译本。

“我估计你觉得它没多大意思吧。”我说道。

“我不明白它怎么就没意思了。我会**认字**，这你也知道。”

“而且你还会写作，我相信。”

她迅速地扫了我一眼，哈哈笑了起来。

“是啊，我以前写过诗，那时候我还是小孩子。我估计写得非常恐怖，可当时觉得还挺好。我猜是拉里告诉你的吧。”她沉吟片刻，“生活终究是座地狱，可是如果能从中得到乐趣，你再不去享受的话，那真是死脑筋了。”她表情轻蔑地一昂头。“如果我买那本书你会签名吗？”

“我明天就走了。如果你想要，我送你一本，然后放在你旅馆里。”

“那可真是帅呆了。”

就在这时有艘海军舰船停靠在码头，一群水手从船舷蜂拥而下。苏菲用眼神把他们巡视拥抱了一遍。

“那就是我男朋友了。”她冲着某个人挥了挥手，“你可以给他买杯喝的，然后最好赶紧蹿。他是科西嘉人，嫉妒心就跟我们的老朋友耶和华一样严重。”

一位年轻人朝着我们走了过来，他看到我的时候犹豫了一下，但见这边招手，就走到了桌旁。他个子很高，皮肤黝黑，脸刮得很干净。眼睛又黑又亮，鹰钩鼻，乌黑的波浪鬈发。他看上去不超过二十岁。苏菲介绍说，我是她自小认识的一位美国朋友。

“夯头夯脑，但长得漂亮。”她对我说道。

“你喜欢这些粗野的人，对不对？”

“越粗野越好。”

"早晚有一天你会被人割断喉咙的。"

"我不奇怪，"她咧着嘴笑，"应该大力铲除臭垃圾。"

"咱们应该说法语的，对不对？"那位水手厉声说道。

苏菲转过身来看他，笑容里带着一丝嘲讽。她说的是一口流利而俚俗的法语，带着很浓的美国口音。不过她经常使用那些粗鄙下流的俗语，这样就增添了一种喜感，让你忍不住想放声大笑。

"我告诉他呀，你人长得漂亮。可是为了免得你谦虚客气，我就用英语说了。"她又对我说："他结实着呢。他的肌肉就跟拳击手一样。你来摸摸看。"

听到这样的奉承话，水手的满脸愠怒立刻消散。他带着满意的微笑，弯了弯胳膊，凸显出自己的肱二头肌。

"摸摸看，"他说道，"来吧，摸一下。"

我试了试，并且恰当表达了赞赏之情。我们又继续聊了几分钟。我付过酒钱，然后站起身来。

"我必须得走了。"

"见到你真高兴。别忘了那本书噢。"

"我不会的。"

我跟两个人都握了握手，然后径自走开了。在回程路上，我走进那家书店，买下那本小说，题上苏菲和我自己的名字。这时候，我脑海里忽然浮现出龙沙那首可爱的短诗，它在所有诗歌选集里都出现过，而且除了它，我别的什么也想不起来了，所以我就把诗的第一行写了下来：

"Mignonne, allons voir si la rose..." ①

我把书留在旅馆里。它位于码头沿岸，我以前经常在那边驻足停留。因为每到清晨时分，你会在号角声中醒来，那是召唤晚班休息的人们返岗的号角。这时太阳刚从雾气里升起，浮现在平静的海面，给港湾里一艘艘鬼魅似的船只笼罩上一层柔和色彩。第二天我们乘船去了卡西斯，我想在那里买些酒。然后再去马赛取回先前订购的新帆船。一周过后我就回家了。

---

① 法语：美人，我们一起去看玫瑰……

7

我看见艾略特的男仆约瑟夫送来的消息，他告诉我说艾略特正在卧床养病，说想要见到我。因此第二天我就开车去了安提贝。约瑟夫带我上楼前告诉我说，艾略特刚刚尿毒症发作，医生对他的情况很不乐观。这一次他挺过去了，状况正在好转，但肾脏的疾病仍然严重，而且不可能完全康复了。约瑟夫已经跟随艾略特四十年，可谓忠心耿耿。尽管他表现出惋惜之情，但你并非完全察觉不到，就像许多同阶层的成员那样，主人家的天灾人祸给他带来了足够的内在满足感。

“Ce pauvre monsieur,”[①] 他叹息道,“显然他有自己的各种怪癖，可从骨子里说他真是个好人。人嘛迟早都是要走到这一步的。”

他说话的腔调，好像艾略特已经奄奄一息似的。

“我肯定他已经为你做了些准备，约瑟夫。”我板着脸说道。

“那是肯定的呀。”他语带悲伤地说道。

① 法语：可怜的先生啊。

让我吃惊的是，当他把我领进卧室后，我眼里的艾略特却是一副春风得意的模样。他脸色苍白，看上去颇显衰老，但精神状态却很好。他刮过胡子，头发梳得整整齐齐。穿着淡蓝色的丝质睡衣，口袋上绣着他的姓名缩写，字母上端是他的伯爵徽章。这几个字母，还有那个徽章图样，以更大的比例繁复细密地纹绣在披挂下来的床单边缘。

我问他感觉如何。

“相当不错。”他欢快地回答道，“这只是短时间的身体不适。我过几天又可以下床走动了。我已经邀请迪米崔大公在周六和我一起共进午餐，我还告诉过医生，他要不惜代价让我恢复常态。”

我跟他在一起待了半个小时，出门时我跟约瑟夫说，如果艾略特旧病复发，一定要通知到我。让我吃惊的是，一周后当我参加某位邻居的午宴时，竟然发现他也在那里。他穿着参加派对的正装，看上去像是个死人。

“你不该出来的，艾略特。”我对他说。

“啊呀，你真是胡说八道，亲爱的老兄。弗里达邀请的是玛法达公主。自从可怜的路易莎随丈夫在罗马 en poste[①] 以来，我跟意大利的皇族已经有好些年交情了。我可不能让可怜的弗里达失望呀。”

我不知道究竟是应该钦佩他这种顽强不屈的精神，还是哀

---

① 法语：驻节。

叹他已经到了这么一把年纪，并且患有致命疾病，居然还对社交活动如此热衷。你根本不会想到他是个病人。他就像垂死的演员，只要脸上还抹着油彩，只要能迈步登台，就会立刻忘却自己的病患痛楚。艾略特带着他一贯的从容自信，扮演着温文尔雅的朝臣角色。他无比和蔼可亲，恭维奉迎着那些值得关注的人，并且用他擅长的毒舌反讽逗大家开心。我觉得，这次他把自己的社交天赋发挥到了我前所未闻、淋漓尽致的地步。等到公主离席(此时艾略特极其优雅地弯腰鞠躬，恰如其分地表现出他对公主崇高地位的尊敬，同时还表达了一位老者对她秀美相貌的赞赏。这真是难得一见的场面)，当我听到女主人对他说，他始终是社交聚会的生命与灵魂，我丝毫也不感到诧异。

几天过后，他又躺倒在病床了。医生禁止他离开房间活动。艾略特十分绝望。

“偏偏这时候出状况，太糟糕了。今年社交季的活动可是格外精彩啊。”

他滔滔不绝地说出一长串重要人物的名单，这些人都到里维埃拉避暑来了。

我每隔三四天就去看他。他有时候躺卧在床上，有时候穿着华美的起居服躺在长椅上。他这类服装的储备量似乎无穷无尽，因为我从来不记得什么时候见他穿过相同款式。我有一次去的时候，当时已经是八月初，我发现艾略特异常安静。约瑟夫带我进屋时，告诉我说他似乎好些了。所以当我看到他如此萎靡不振时，觉得有些惊讶。我试图哄他开心，把我在海滨听来的零星闲话说给他听。可是他显然不感兴趣。他略有些愁眉不展，表情里有一种异乎寻常的阴郁。

“你准备参加埃德娜·诺维玛利的派对吗？”他突然问我。

“不去，当然不去。”

“她请过你吗？”

“她请过里维埃拉的每个人。”

诺维玛利亲王夫人是美国巨富，她以前嫁过一位罗马亲王。并不是那种普普通通、在意大利遍地都是、不值钱的那种亲王，而是某个望族的家长，祖先是十六世纪自行割据占领封邑的condottière[①]。这女人今年六十岁，单身寡居。由于法西斯政权要从她在美国获取的资产收益里瓜分一大块，她觉得很不痛快，于是就离开了意大利。她在戛纳北边找了个好地段，盖了一座佛罗伦萨风格的别墅；从意大利买回大理石，用它们装饰几间大会客室的内墙；又找来几位外籍画家绘制房间天顶。她收藏的画作和青铜器都精良出众。即使是对意大利家具不感兴趣的艾略特，也不得不承认她的家具装饰非常华美。她的几处花园也非常可爱宜人，修游泳池肯定花了不少钱。她招待宾客的规模庞大。你若是去她家赴宴，同桌的从来不会少于二十人。她安排了一场化装舞会，时间是八月的月圆之夜。尽管还有三个星期，但整个里维埃拉几乎已经不谈别的事情了。到时候除了燃放烟火，她还要从巴黎请一支有色人种组成的交响乐队。那些流亡在外的王族成员们

① 意大利语：雇佣军首领。

带着艳羡相互转告，因为这场花销将超过他们一年必需的生活费用。

他们有人说："真是王家典范。"

有人说："真是疯狂。"

有人说："真是恶品位。"

"你准备穿什么去？"艾略特问我。

"可是我已经告诉你了，艾略特，我不准备去。你可别指望我这辈子会穿什么奇装异服参加舞会。"

"她没请我。"他声音嘶哑地说道。

他用疲惫的眼神看着我。

"哦，她会请你的，"我淡淡地说道，"我敢说请柬还没发完呢。"

"她不打算请我。"他说话音调都变了，"这是故意要羞辱我。"

"哦，艾略特，我可不信。我敢肯定他们是看漏掉了。"

"我不是那种容易被忽视的人。"

"不管怎样，到时候你身体状况也不允许你去的。"

"我当然要去。这是今年社交季最好的派对！哪怕我躺在床上快要死了，也得爬起来参加。我要穿上我祖先的服饰，德劳利亚伯爵的衣服。"

我不太清楚该说什么，于是缄口不言。

"你来之前，保罗·巴顿刚来看过我。"艾略特突然说道。

我估计读者已经不记得这个人是谁了。因为我自己也得回过头来看看先前给他起的名字。保罗·巴顿是艾略特当初引荐到伦敦社交圈的那位美国年轻人。当他不需要艾略特的时候，就不再理睬他，所以引起了艾略特的仇恨。近来他在公众场合风头十足，首先是因为他获得了英国国籍，其次是他娶了一位报业大亨的女儿，而这位大亨刚刚被封爵。有了这样影响力十足的后台，加上他自己的精明，显然他还可以走得更远。艾略特心里很是愤愤不平。

“每当我半夜醒来，听到墙板里老鼠挠爪子的声音渐行渐远，就会对自己说：‘这是保罗·巴顿在往上爬呢。’相信我，亲爱的老兄，他最终能爬到上议院的。感谢上帝，我不用活着看见那一天了。”

“他想要什么？”我问道，因为我跟艾略特一样清楚，这个年轻人从来不会平白无故地做事情。

“我来告诉你他想要什么，”艾略特咆哮道，“他想借走我的德劳利亚伯爵服装。”

“胆子不小！”

“你看明白这什么意思了吧？这意思，就是他知道埃德娜没请我，也没准备要请我。是她撺掇他过来的。这条老母狗。当初如果没有我，她什么事情也办不成。我替她连续举办派对。所有她认识的人都是我当初介绍的。她还跟她家司机上床睡觉，这件事你肯定知道。真恶心！巴顿就坐在那地方对我说，她要让整个花园里灯火通明，而且还要放烟火。我喜欢看烟火。而且他还告诉我，那些跑来索要请柬的人成天纠缠埃德娜，可是她已经全部拒绝了。因为她想举办一场真正精彩的派对。他说话的口气，好像我根本就不可能接到邀请似的。”

“你要把衣服借给他吗？”

“我宁愿看到他先死掉然后下地狱。这衣服我要留到以后下葬的时候穿。”艾略特坐在床上，身体前倾后仰地晃动着，像是一个心神错乱的女人。“噢，太狠心了，”他说道，“我恨他们，我恨他们所有人。我还有精力招待他们的时候，他们个个都高兴得要命，对我千恩万谢。现在我老了病了，他们就觉得我派不上用场了。我生病卧床在家，过来看望的还不到十个。这礼拜我只收到了可怜巴巴的一束鲜花。我替他们操持一切。他们吃我的饭喝我的酒。我替他们跑腿效力。我替他们安排派对。为了给他们帮忙，我自己累了个底儿朝天。我从中得到哪样好处了？一场空，一场空，一场空。他们没有一个人在乎我是死是活。啊呀，这太残忍了。”他哭了起来。大颗大颗的泪珠从他枯瘦的脸颊滚落下来。“我祈愿上帝，希望我从来没离开过美国。”

看看这位老人，当墓穴已经在他面前张开吞噬之口，他却因为没有受邀参加聚会而哭泣得像个孩子，真让人好生伤感：这场景触目难忘，又带着一种悲不自胜的凄婉。

“别在乎它，艾略特，”我说，“派对当天晚上可能会下雨。那可就去他娘的了。”

听到我这句话，他就像传说中的溺水之人捞到了一根稻草似的。他含着眼泪咯咯地笑了起来。

“我还从来没想到这一层。我会竭尽全力向上帝祈雨。你说得很对，那可就去他娘的了。”

我把他的浮华心思成功地转移到了另一个方向。等我离开时，即使他没有多高兴，至少情绪已经平复下来了。可是我不想让这件事到此为止，所以回家后我给埃德娜·诺维玛利打电话，说我明天有事要来戛纳，问能否和她一起吃午饭。她让人送信说她很乐意一起吃饭，只不过没法再安排派对了。尽管如此，等我到了她家里，仍然看到她桌旁坐了十来号人。她不算什么坏人，既慷慨也好客。她唯一严重的缺陷就是爱毒舌。哪怕是最亲密的朋友，她也忍不住要叨咕些混账话。但她这么做只因为她是个蠢女人，找不到其他让自己显得更有趣的办法。因为那些诋毁的话被人传来传去，所以她经常跟自己的喷毒对象互不理睬。可是因为她经常举办高级派对，所以那些人过一阵子就发现，还是原谅她比较妥当。我不想要求她给艾略特发邀请，这样会让他蒙羞受辱，而且欠她的人情太大。所以我就在旁边静观其变。她谈起派对这件事来很激动，除此以外，整顿午餐中其余的话题完全都接不上茬。

“艾略特要是有机会穿上腓力二世时期的那套行头，他会很高兴的。”我尽量说得轻松随意。

“我可没请他来。”她说道。

“为什么不请？”我带着讶异的表情问道。

“为什么要请？他在社交界已经不算数了。他又无聊，又势利，还是个造谣精。”

这些指责如果用在她身上也同样真实贴切，所以我觉得这话说得有些没脑子。她真是个蠢材。

“再说了，”她又补了一句，“我还想让保罗穿艾略特的那套服装。他要是来这么一身，不用说肯定很神气。”

我什么都没再说，但心里已经打定主意：哪怕是坑蒙拐骗，我都要帮可怜的艾略特把他念叨的那份请柬拿到手。午餐过后，埃德娜带着她的朋友们走到屋外的花园里。我等待的机会此刻就在眼前。先前有一次我曾经在这宅子里住过几天，所以知道它的布局。我猜应该还有些请柬没发出去，可能就在秘书的房间里。我一路晃荡着经过那里，准备偷偷拿一张装进口袋，写上艾略特的名字再寄出去。我知道他身体太差参加不了，但是能够收到这东西，对他来说意义重大。我打开房门时吓了一跳，因为埃德娜的秘书就端坐在写字桌前。而我原本以为她还在吃午饭。她是一位苏格兰裔的中年妇人，名字叫凯思小姐，沙褐色头发，脸上布满了雀斑，戴着夹鼻眼镜，脸上显现出贞女般的坚毅表情。我努力表现得镇定自若。

“亲王夫人正带着一群人在花园里转悠，所以我想进来找你抽支烟。”

“欢迎您。”

凯思小姐说话时带有苏格兰人的小舌音。当她想在自己喜欢的人跟前尽情展现她特意保留的这种冷幽默时，就会夸大这种发音特点，把一番话说得妙趣横生。可是如果你忍不住放声大笑，她又会带着讶异而受伤的神情望着你，仿佛觉得你这个人实在傻头瓜脑，居然能从她的话里听出任何滑稽意味。

“我估计这次派对的准备工作快把你累惨了吧，凯思小姐。”我说道。

“我已经忙得脚打后脑勺了。”

我知道她值得信赖，就开门见山地说：“那老丫头为啥没请谭普顿先生呢？”

凯思小姐的严肃脸孔闪过一丝笑容，她并没有回避。

“你知道她是什么人。她对他有埋怨。她亲手把他从名单里剔除掉了。”

“他快要死了，你知道的。他再也不能下床走动了。这次他被别人晾到一边，简直伤心极了。”

“他如果真想跟亲王夫人维持好关系，当初就应该放聪明些，不要到处跟别人讲她跟司机上床，而且司机还有老婆和三个孩子什么的。”

“那她到底有没有呢？”

凯思小姐的目光越过夹鼻眼镜的上方看着我。

“我当了二十一年的秘书，亲爱的先生。我给自己立的规矩是：我相信所有雇主都跟飘飞的雪花一样纯洁。我承认，以前我侍奉的一位夫人发现自己已经怀孕三个月，而爵爷六个月前就到非洲打猎去了。当时我这条信念真是面临着巨大考验。不过后来她去巴黎做了一次短途旅行，也是非常昂贵的一趟小旅行，所有事情就妥了。夫人和我都如释重负地叹了口气。”

“凯思小姐，我不是来找你抽烟的。我来是想偷一张请柬卡片，然后亲手送给谭普顿先生。”

“那可是非常冒失的举动。”

“同意。给个面子，凯思小姐。送我一张卡片。反正他又不会来，这样还能哄这位可怜的老人家开心点。你没有哪里跟他过不去的，对吧？”

“没有，他对我一直都非常客气。他是个绅士，这一点我要替他声明。可以说，跟大多数来这里浪费夫人的钱财、填饱他们肥肚皮的那帮人相比，尤其如此。”

在所有大人物周围都有某个居于从属地位、耳聪目明的人。这些依附者对于外界的怠慢极为敏感。一旦他们没有受到自认为公正的对待，就会专门针对那些激发他们憎恶之情的人群，目标明确地施放冷箭，反复不断地在主子心目中破坏这些人的印象。所以最好的办法是和他们维持良好关系。艾略特对这一点比别人了解得更清楚。遇见某位穷亲戚、年长的女佣或主人信赖的秘书，他总是跟他们友好地交谈一两句，或报以和善的微笑。我肯定他以前经常跟凯思小姐互相打趣逗乐，每逢圣诞节也不会忘记送她一盒巧克力，一个小化妆盒，或是一只手袋。

“好了，凯思小姐，发发善心吧。”

凯思小姐把她架在高耸鼻梁上的眼镜摁摁紧。

“你肯定不希望我背叛我家雇主吧，毛姆先生。再说了，那头老母牛要是发现我不听话，会把我解雇的。卡片在信封里，信封在桌上。我要走到窗户旁边看看外面。姿势一动不动地坐了大半天，两条腿都僵住了，我要舒展一下。顺带欣赏窗外的美景。我转身以后发生的事情，不管是上帝还是普通人，都不能让我来承担责任。”

等凯思小姐回到她座位的时候，请柬已经装进了我口袋里。

“很高兴见到你，凯思小姐，”我伸出手来说道，“你在化装舞会上准备穿什么？”

“我是牧师女儿，亲爱的先生，”她回答道，“我把这种装疯卖傻的机会留给上流社会。我只要等《先驱报》和《邮报》的代表们吃到丰盛的晚餐，再喝一瓶我们的二等优质香槟，我的职责就到此为止。然后我要回到自己卧室的私密空间，找一本侦探小说来读。”

8

两天过后，等我再去看望艾略特的时候，只见他笑逐颜开。

“看，”他说，“我收到我的请柬了。今天早晨到的。”

他从枕头底下取出卡片来展示给我看。

“就是我跟你说的情况，”我答道，“你看，你姓氏开头是T。秘书显然是刚准备到你这里。”

“我还没有回信。我明天再写。”

我听到这句话，心里一阵发紧。

“你想不想让我替你回复？我出门时可以寄出去。”

“不用，为什么要麻烦你？我自己完全可以回复请柬。”

我想，幸亏到时候是凯思小姐拆信，她会明智地把它扣押下来。艾略特按了按铃。

“我想让你看看我的礼服。”

“你不会是真要去吧，艾略特？”

“我当然要去。自从波蒙家族举办舞会以来，我还从来没穿过它呢。”

约瑟夫听到铃声后过来，艾略特吩咐他去拿礼服。它装在一个大扁盒子里面，用褶皱纸包裹着。有白色丝质的长紧身裤，加衬垫的金色布质短裤，上面斜织着白色缎面，搭配着一件紧身短上衣，一袭斗篷，脖子上围的轮盘领，天鹅绒扁帽，还有一条悬挂金羊毛勋章[①]的大金链子。我认出来了，它模仿了提香在意大利普拉托为腓力二世绘制的那幅肖像画里的华丽服装。艾略特告诉我说，这确实是德劳利亚伯爵在西班牙国王与英格兰女王举办婚礼时[②]穿的礼服。我只能认为，他正在信马由缰地发挥着自己的想象。

第二天早晨当我正在吃早饭时，接到了一个电话。约瑟夫告诉我说，艾略特晚上病情又发作了。被他匆忙召唤过来的医生担心他能否挨得过今天。我叫来汽车开往安提贝。我看见艾略特已经不省人事。先前他坚决拒绝请护士来照料，但这次我看见医生从尼斯和波利约中间地带的那家英国医院找来了一位护士。我很高兴看见她在这里。我出门给伊莎贝尔拍了份电报。她和格雷还有孩子们正在拉伯勒一处价格适中的海滨度假胜地避暑。两边的路程很远，我担心他们不能及时赶到安提贝。艾略特跟伊莎贝尔的两个哥哥已经多年未见，除了他们，她就是他唯一在世的亲人了。

---

① 金羊毛勋章（the Order of the Golden Fleece）是信奉罗马天主教的金羊毛骑士团所颁发的勋章。该骑士团由勃艮第公爵腓力三世在 1430 年创建，旨在纪念他与葡萄牙王室联姻。目前仍存在的两个分支为西班牙和奥地利的金羊毛骑士团。

② 指腓力二世与玛丽一世从 1554—1558 年的婚姻。

但他体内的生存意志仍然顽强，或许是医生的诊疗效果不错，到白天的时候他精神已经恢复了些。尽管身体垮掉了，但他仍然装出勇敢无畏的样子，还跟护士开些老不正经的玩笑，询问她最近的性生活情况，以此自娱自乐。我陪了他大半个下午，第二天又陪了一天。等回去再看他时，发现他尽管虚弱，却相当轻松愉快。护士只允许我陪他待一小会儿。我担心自己拍的电报收不到回复。我不知道伊莎贝尔在拉伯勒的地址，所以把电报发到了巴黎。我又担心公寓的看门人耽误了传信时间。两天过后我才收到答复，说他们马上就动身。相当不巧的是，格雷和伊莎贝尔正开车去布列塔尼，他们刚接到我的电报。我查看了火车时刻表，发现他们最早抵达的时间是三十六小时过后。

第二天清早，约瑟夫又打电话告诉我说，艾略特昨晚的状况很糟糕，他想要见我。我赶紧过去了。等我刚一赶到，约瑟夫就把我拉到了旁边。

“我有一个不情之请，如果要告诉他，先生您应该能原谅吧。”他对我说，“当然我是自由思想者，我相信所有的信仰都只是教士们控制人民的阴谋。可是先生您知道女人们是什么情况。我太太和清洁女工都坚持认为，这位可怜的绅士应该接受临终圣礼。显然现在时间已经很仓促了。”他颇为羞惭地看着我。“事实就是这样，说到底谁也不清楚，也许这样更好，如果说人终究一死，还不如把自己跟教会的关系摆摆正。”

我完全理解他的想法。对于多数法国人来说，不管他们平时怎样任意嘲弄取笑，等到大限来临，还是宁愿与信仰和解。那是他们血肉里的一部分。

"你想让我跟他提这件事吗？"

"如果先生您愿意做件好事的话。"

这种活儿我不是很乐意做。但不管怎样，多年来艾略特一直是虔敬的天主教徒。如果他能够服膺于自己的信仰规范，这倒也合适。我进到他房间。他正仰躺在那里，干瘪枯瘦，一脸的憔悴，但意识却相当清醒。我让护士先出去一下。

"恐怕你这次病得很厉害，艾略特，"我说道，"我刚才还考虑呢，我刚才在考虑你愿不愿意见神父？"

他盯着我看了一分钟，一言不发："你意思是说，我快要死了？"

"噢，我希望不至于。但是为了保险起见，不妨考虑一下。"

"我明白。"

他沉默了下来。这真是极其难熬的时刻，如果你像我刚才对艾略特那样，不得不把情况都说出来的话。我没办法看着他。我咬紧牙关，因为我担心自己会哭出来。我坐在床沿，面对着他，用一只胳膊斜撑着身体。

他拍了拍我的手背。

"别难过了，亲爱的老兄。Noblesse oblige.[1] 你懂的。"

我歇斯底里地狂笑起来。

"你这滑稽透顶的家伙，艾略特。"

"这就对了嘛。去请主教过来吧，跟他说我希望告解，并接

① 法语：贵胄者恪尽其责。

受临终涂油礼。如果他能够派查理神甫来，我将不胜感谢。他是我的一个朋友。”

查理神甫是主教所辖教区的副主教。我先前有几次提起过他。我下楼去打电话，先是跟主教本人谈了谈。

“情况紧急吗？”他问道。

“非常紧急。”

“我马上就办理。”

医生这时候到了，我把刚才的情况告诉了他。他跟护士上楼去看艾略特，我在一楼餐厅里等人过来。从尼斯开车到安提贝，只有二十分钟的路程。半个小时多一点的时候，一辆黑色卧车停靠在门口。约瑟夫走过来对我说：

“C’est Monseigneur en personne，先生，”他慌里慌张地说道，“是主教本人来了。”

我出门去迎接他。陪同他来的并不是平常那位副主教，而是一位年轻神甫，究竟什么原因我也不清楚。年轻神甫手里拿着个匣子，我估计放的是举行圣礼所需要的器具。司机跟在后面，拎着一只破旧的黑色旅行包。主教和我握了握手，向我介绍了他的同伴。

“我们那位可怜的朋友怎样了？”

“恐怕他病得很严重，主教大人。”

“能否麻烦您带我们找个房间，我们好换上圣袍。”

“这边是餐厅，主教大人。起居室在另一层。”

“餐厅就很好。”

我领他进了餐厅，又跟约瑟夫到外面客厅去等候。过不多久门打开了，主教走了出来，后面跟着的年轻神甫双手捧着圣餐杯，杯顶覆盖着小平盘，平盘里放着圣体饼，上面又罩着一件织法精致、薄如蝉翼的苎麻方巾。我以前从未在晚宴或午餐聚会以外的场合见过主教。他是一位胃口极好的食客，喜欢伴着一杯美酒品味美食，还生龙活虎地讲一些滑稽甚或是猥亵的故事。那时他给我留下的深刻印象，只是一位普通身高、结实粗壮的男子。现在他身穿白色罩衣，佩戴着圣带，看上去不仅显得高大，而且充满了庄严感。他那红彤彤的脸庞，由于经常恶意搞怪却充满善意地大笑，不免布满了皱褶。这些都无异于往常，但整体却显得十分凝重。从他外部形象来看，曾经的骑兵军官已经荡然无存。他仿佛是，实际上他就是教会里的尊贵人物。看见约瑟夫在用手比画十字，我一点也不奇怪。主教微微躬身，侧过头来。

“领我去见病人吧。”他说道。

我往旁边让了让，请他走在前面，但他吩咐我在前面带路。我们在肃穆沉默中走上了楼。我走进艾略特的房间。

“主教大人亲自来了，艾略特。”

艾略特挣扎着抬起身来坐稳：“主教大人，我岂敢期待获得这种尊荣。”

“不要动，我的朋友。”主教转身对护士和我说，“你们都出去吧。”然后对神甫说：“等我准备好了会叫你的。”

神甫向四周环顾一圈，我猜他是想找个地方搁放圣杯。我把镜台上几把背面嵌镶玳瑁壳的毛刷清理到一边。护士下楼去了，我带神甫走进艾略特用作书房的隔壁房间。窗户全都开着，外面是蓝天。他走过去站在窗边。我坐了下来。海面上正在举行一场全明星帆船赛。船帆在蔚蓝色里闪着耀眼的白光。一艘巨大的双桅纵帆船，船体漆成黑色，红色的船帆饱满鼓涨，正迎着微风，在波浪里时起时伏地驶向港口。我认出这是一只捕龙虾船。它刚从撒丁岛捕捞归来，今天要给各家赌场的晚宴盛会提供一道海鲜食材。隔着紧闭的房门，我隐约能够听到低语的声音。艾略特在做临终告解。我特别想抽根烟，可是担心点烟时会吓着神甫。他纹丝不动地站在那里，看着窗外。这是一位身材修长的年轻人，浓密卷曲的黑发，漂亮的黑眼睛，橄榄色皮肤透露出他的意大利血统。他外表里有一种南欧人的炽烈感，我问自己，是怎样迫切的信仰，怎样灼热的激情，才导致他放弃生活的欢乐，放弃他这个年纪的种种愉悦，以及各种感官满足，而后投身于侍奉上帝的行列?

突然间隔壁屋里沉寂下来。我看着房门。门打开了，主教出现在门口。

“Venez.”[①]他对年轻神甫说道。

我一个人留了下来。我听到主教的声音再次响起，我知道他在念诵教会准许在信徒临终前使用的祈祷文。然后又是一阵沉寂。我知道艾略特正在领受基督的圣体和圣血。我有一种感觉，不知它最初从何而来。我估计，可能是从远古祖先那里承继而来

① 法语：您过来吧。

的：尽管我不是天主教徒，但只要参加弥撒仪式，听见辅祭轻摇铃铎，那清脆铃声在宣告举扬圣体的时候，心里就会产生战栗而敬畏的感觉。现在的情形与此相似，我瑟瑟发抖，仿佛被冷风吹遍了全身，我因为畏惧和惊异而颤抖。这次房门再次打开。

“您可以进来了。”主教说道。

我走了进去。年轻神甫正在把苎麻方巾盖在杯子和放那块圣体饼的小镀金盘上。艾略特两眼放光。

“你送主教大人上车吧。”他说道。

我们从楼梯往下走。约瑟夫和女仆在客厅里等待着。女仆都在哭。她们三人一个接一个走上前来，然后跪在地上，亲吻主教的戒指。他伸出两根指头为她们赐福。约瑟夫的老婆用胳膊肘推推他。他迈步上前，也跪了下来，低头亲吻戒指。主教淡淡地笑了。

“你是自由思想者吧，我的孩子？”

我能看出约瑟夫尽量想显得从容些。

“是的，主教大人。”

“不要为此感到困扰。对于你的主人来说，你一直是善良忠诚的仆人。天主会原谅你在理解问题时的种种失误。”

我跟他一起走到街上，为他打开车门。他在迈入车门前朝我鞠了个躬，宽厚地笑了笑。

“我们这位可怜的朋友非常谦卑。他那些缺点只是在表面。他内心慷慨，对兄弟姐妹很善良。”

9

我想艾略特刚结束涂油仪式，可能想自己待一会儿，于是走到起居室里找了本书看。可是还没等我坐稳，护士就进来告诉我说他想见我。我爬上楼梯进了他房间。医生刚给他打过一针，好让他熬过眼前这道难关。不管是出于这个原因，还是兴奋所致，他现在显得平静而愉快，眼神也明亮起来。

“至高荣誉啊，亲爱的老兄，”他说道，“我将手持一位教会王公的引荐信升入天国。我期待着所有的大门向我打开。”

“恐怕你会发现那里的人群比较混杂。”我笑着说。

“你信不信，我亲爱的老兄。我们从《圣经》里了解到，天堂里面的阶层差异跟人间一样。有炽天使和智天使，有大天使和普通天使。一直以来我都行走在欧洲最上流的社会。毫无疑问，我以后还会行走在天堂的最上流社会。我们的天主说过：‘在我父的家，有许多住处。’[①] Hoi polloi[②] 如果被安置在他们完全不熟

---

① 出自《圣经·新约·约翰福音》第 14 章。因为艾略特是天主教徒，故此处采用了思高本的译文。

② 法语：普通百姓。

悉的住处，那会相当不妥。”

我怀疑，艾略特眼里的天堂居所，或许就是某位罗斯柴尔德男爵的城堡，再配有十八世纪的内饰墙板、镙钿桌椅、镶拼橱柜，而在路易十四风格的诸多套间里，家具物什都覆盖着同一时期的碎点刺绣罩布。

“相信我，我亲爱的老兄，”他歇口气继续说，“天堂里可是没他妈的这种平等。”

他突然开始犯困瞌睡来。我拿了本书坐下。他睡着了，就这样一直睡着。到一点钟时，护士进来告诉我，约瑟夫已经为我准备好了午餐。我看见约瑟夫默不作声。

“想想看，主教大人亲自过来。他可是把极大的荣耀赐予了我们可怜的先生。您看见我亲吻他的戒指了吗？”

“我看见了。”

“我要是为自己就根本不会做这件事！我这样是为了让我可怜的太太称心。”

我整个下午都待在艾略特的房间。在这个过程中，伊莎贝尔发来了一封电报，说她和格雷明天上午就乘坐蓝色列车过来。我不敢指望他们能够及时赶到。医生也来了。他望诊过后直摇脑袋。临近日落时，艾略特醒了，能够吃一点东西。这似乎让他暂时有了些气力。他向我示意，我走到床边。他的声音非常虚弱。

“我还没回埃德娜的请柬。”

“哎，现在就别操心这种事了，艾略特。”

“为什么不回信？我这个人向来懂得人情世故。我在临走之前没有道理忘记礼仪教养。那张卡片在哪里？”

卡片在壁炉架上，我把它拿来放在他手里。但我怀疑他能不能看清楚。

“你可以到我书房里找一张信纸簿。等你拿来后，我口述回复。”

我走进隔壁房间，拿着纸和笔过来，坐在他的床边。

“你准备好了吗？”

“好了。”

他闭着眼睛，嘴角却挂着一丝恶作剧的微笑。我猜后面究竟会发生些什么。

“鉴于艾略特·谭普顿先生已拟亲赴神圣天主之邀，特此辞谢诺维玛利亲王夫人之至诚宴请，甚以为憾。”

他气息孱弱、鬼森森地轻笑了一声。他的脸孔是一种奇怪的青白色，看上去颇为惨郁。他呼吸里带着肾脏疾病特有的臭味，让人感到反胃。可怜的艾略特，喜爱往身上喷洒香奈尔和莫里诺香水的艾略特。他手里仍然紧握着那份偷窃来的请柬，以为是它给自己造成了困扰。我试图从他手里拿走这东西，但他却攥得更紧了。突然间我吓了一哆嗦，只听他清晰响亮地说道：

“这老母狗！”

这就是他的临终话语。随后他就陷入了昏沉状态。护士已经在头一天里整夜没睡看护着他，看上去十分劳累。所以我让她去上床休息会儿，并且答应她说，如果有必要的话会来叫她，还说我可以做夜间陪护。其实并没有什么可做的。我打开一个带灯罩的灯，读书读到两眼生疼。于是我关掉灯，坐在黑暗里。夜晚的空气很温暖，窗户开得很大。灯塔的光柱间歇而有规律地从房间里一遍遍地匆匆掠过。月亮悬挂在天上。等到满月时分，它将低头俯看着埃德娜·诺维玛利化装舞会那空虚、喧闹的欢乐场景。然而此时它却是一种幽深而又幽深的蓝色。繁星无数，闪烁着骇人的璀璨光芒。我想我可能已经进入浅睡状态，但诸般感官仍然还醒着。突然间我被一阵急促、愤怒的声音吵醒。如果你亲耳听到，那将是最令人惊畏的声音。濒死的喉鸣。我走到床边，趁着灯塔的亮光去寻艾略特的脉搏。他已经死了。我打开床头灯看他。他的下颌已经垂下。眼睛还睁开着。我凝视着这双眼睛，看了一分钟光景，然后才给他阖上。我不禁为之动容。我想那是几滴泪珠顺着我的脸颊滚落。一位老朋友，善良的朋友。想起他的一生有多么愚蠢、徒劳和琐细，我感到悲伤。他生前参加过多少次聚会，奉迎过多少亲王、公爵和伯爵，都已经不值一提。他们已经把他浑然遗忘。

我觉得没必要叫醒疲惫不堪的护士，所以又坐回到窗边椅子上。等她七点钟进来时，我还在睡梦之中。我留下她去做她认为合适的事，自己去吃了个早饭，然后去车站接格雷和伊莎贝尔。我告诉他们说艾略特死了。因为他的宅邸里没有房间给他们住，所以就请他们来我家。但他们宁愿住旅馆。我回到自己屋里洗了个澡，刮了刮脸，换了身衣服。

上午的时候格雷打电话告诉我说：约瑟夫给了他们一封信，是艾略特委托他交给我的。因为里面可能包含一些只允许我看的内容，所以我说马上就开车过来。所以，不到一个小时，我又再次走进这所宅院。信的外封上面写着：**“待我死后，速呈收信人。”**信里包含了葬礼的相关事宜。我知道他决意要埋葬在亲手兴建的教堂，这个我已经告诉过伊莎贝尔。他还希望对遗体进行防腐处理，并且提到了委托代办的公司名称。“目前我已提交申请，”他继续写道，“得知该公司工艺颇为精湛。故而委托您亲自督办，以免草率。届时我愿穿戴先祖德劳利亚伯爵之同款礼服，身侧摆放其亲传宝剑，胸口佩戴金羊毛勋章。至于棺柩式样，则悉听尊便。以朴素大方、符合本人身份地位为宜。为免无端滋扰众人，愿以托马斯·库克父子公司全权运送我之遗骸，并委派专使亲扶灵柩至安息之所。”

我记得艾略特说过他想穿那套奇装异服入葬，但我以为那只是一时间的心血来潮。我没想到他是认真的。约瑟夫坚决要求执行他的遗愿。我们似乎也没理由不照此办理。遗体及时获得了防腐处理，我跟约瑟夫一起帮忙给他穿上那身荒唐的服饰。整个过程有些让人毛骨悚然。我们把他两条长腿套进白色紧身裤，外面再穿上金线织的短外裤。我们费了好一番力气，才把他胳膊伸进紧身短上衣的袖筒。接着我们又给他围上浆过的硕大轮盘领，在肩头系好缎面斗篷。最后我们给他戴上平顶天鹅绒帽，脖子上系好金羊毛项圈。入殓师已经给他面颊打过胭脂，又涂红了嘴唇。艾略特的身形已经极其消瘦，所以这套服装显得异常肥大。他看上去就像威尔第早期歌剧合唱队的成员。悲伤的堂吉诃德，毕生追求着毫无价值的目标。等到几位殡葬人把他放进灵柩，我又把那柄传世宝剑摆在他两腿之间，让他的两只手摁着剑柄顶端的圆球，就像我在十字军墓顶雕像上看到的摆放姿势那样。

格雷和伊莎贝尔去意大利参加了葬礼。

第六章

1

我觉得应该提醒一下读者：本章节完全可以忽略过去。这样并不会脱离我要讲述的故事主线，因为这一章的绝大部分内容都是我与拉里的一次谈话。不过，我需要补充的是：假如没有这一番谈话，我可能会觉得这本书并不值得去写。

2

那年秋天，艾略特死后又过了两个月，我在返回英国的途中去巴黎住了一周。伊莎贝尔和格雷在结束那次黯然神伤的意大利之旅后，便回到了布列塔尼。不过他们现在又住进了圣纪尧姆街的公寓。她把艾略特遗嘱的细节告诉了我。艾略特留了一笔钱支付自己安魂弥撒的费用。主持弥撒的地方，就是他出资兴建的那座教堂。他还另外留下了教堂的后续维护费用。他把相当一笔数量的钱捐赠给尼斯的主教，用于慈善目的。他赠予我的那份遗产，则让人浑然不知所谓：那是他收藏荟萃的十八世纪色情书籍，还有弗拉戈纳尔的一幅精美素描，是一只萨堤尔跟一位水泽仙女在进行通常只局限于私密空间的表演。如果把它挂到我家墙上，实在是不成体统；而我又不是那种偷看淫秽物品、垂涎欲滴的人。仆人们都收到了他的慷慨馈赠。两个外甥各自分得一万美元。其余家产则归伊莎贝尔所有。这一部分的总价值有多少，她并没有告诉我。我也没问。我从她心满意足的表情里，估计那是相当大的一笔钱。

格雷自从身体恢复后，就一直迫不及待地想要返回美国重新开始工作。尽管伊莎贝尔在巴黎过得挺舒适，但他这种坐卧不安的状态对她也有影响。他先前跟朋友们联系沟通过一段时间，然而这个计划如果要以最佳方式启动实施，还取决于他能否投入相当数量的一笔资金。他没有这许多钱。但艾略特死后给伊莎贝尔带来的财富增长却远远超过上述数字。经过她的同意，格雷开始跟有关方面协商。他的想法是，如果所有情况属实，他将离开巴黎亲自调查这个项目。但在落实这件事之前，他们还有其他许多事情要办。他们必须要跟法国财政部商定出合理的遗产税缴纳协议。他们需要处理安提贝的宅邸和圣纪尧姆的公寓。他们还需要在德鲁奥酒店组织拍卖艾略特的家具、油画与素描作品。这些藏品价值不菲，所以明智的办法似乎是等到春天再说，大收藏家们可能都会在那个时间来巴黎。继续在这里过一个冬天，伊莎贝尔并不觉得遗憾。两个孩子现在叽里呱啦地说起法语来，就跟说英语一样轻松。她情愿孩子们在法国学校再多待几个月。她们在三年里已经长大了不少，现在都是长腿伶仃、身材苗条、活泼精神的小家伙。从目前来看，她们几乎没从妈妈那里继承多少美貌，却彬彬有礼，好奇心十足。

他们的情况就是这些了。

3

我遇见拉里纯属巧合。我向伊莎贝尔了解过他的情况。她告诉我说：他们从拉伯勒回来以后，就很少见到他。她和格雷现在都各自结交了许多朋友，都是跟他们自己同龄的人。相比我们四个人那几周经常聚到一起的愉快时光，现在他们更是忙不过来了。有一天晚上我到法兰西剧院去看《贝芮妮丝》。当然我先前读过剧本，但从来没看过剧院演出。由于它很少上演，所以我不愿错失观赏机会。它并不是拉辛最好的剧作，因为主题比较薄弱，不足以支撑五幕表演。但它确实感人至深，而且包含了一些名副其实的精彩片断。故事是根据塔西佗[①]的一段简要记述改编而成的：提图斯对巴勒斯坦王后贝芮妮丝产生了炽烈爱情，而且不出所料，甚至还一度答应与她结婚。但是为了国家统治的需要，他只能在刚即位的几天之内，违背自己同时也违背贝芮妮丝

① 普布里乌斯·克奈里乌斯·塔西佗（Publius Cornelius Tacitus，约 55—约 120），古罗马著名历史学家。

的心愿，将她送出罗马城。因为元老院和罗马人民强烈反对本国皇帝与外国王后联姻。这部剧作表现了他内心深处爱与责任的挣扎。正当他动摇不定的时候，贝芮妮丝终于深信他对自己的爱情，并且明白了他的意图，最后与他永诀。

我估计只有法国人才能够充分欣赏拉辛的典雅庄重，以及他诗句的音乐美感。不过，即使是一个外国人，只要他习惯了这种佩戴假发、郑重其事的表现风格，也很难不被拉辛的炽烈柔情和高贵情愫所打动。很少有人能像拉辛那样认识到，人的声音里可以蕴含着多少戏剧感。在我看来，那些连绵不断、甜美流畅的亚历山大体诗行①，在任何情况下都足以取代戏剧里的行动表现。我还发现，这部剧里篇幅较长的台词，通过无可比拟的技巧，逐步达到了预期高潮。它的每一行每一句，都像电影里令人须发戟张的惊险场面那样扣人心弦。

第三幕结束时有一次场间休息，我走到剧院门厅里去抽支烟。那里有一尊乌东②制作的雕像，牙齿掉光的伏尔泰正带着嘲弄的笑容俯视周围。有人碰了碰我肩膀。我转过身来，可能动作显得有些恼怒。因为那些铿锵有力的台词让我极度兴奋，我想再独自感受一会儿。然后我就看见了拉里。我很高兴能看见他，从来如此。距离上一次看见他的时间，已经有一年光景了。我提议在演出结束后再碰面，然后一起喝杯啤酒。拉里说他饿了，因为

---

① 法国诗歌的常用体例，每行十二音节，在第六音节有顿挫。

② 让·安托万·乌东（Jean Antoine Houdon, 1741—1828），法国新古典主义雕塑家，作品题材多为著名哲学家、发明家与政治人物。

还没吃晚饭。他提议去蒙马特。我们在约定时间会面，一起走到外面。法兰西剧院有一种特殊的、沉闷污浊的霉味儿。那些脸色阴郁、不曾好好洗澡、被称为领座小姐的妇人，让整个剧场世世代代地充斥着她们的体味。她们的职责就是把你带领到座位，然后盛气凌人地等着你付小费。这时能够呼吸到新鲜空气，是一种放松。因为夜色很好，我们就走路去餐馆。歌剧院大街的弧光灯不无挑衅地闪耀着光芒。天上的群星仿佛因为骄傲而不屑竞争，只是用无尽距离间的黑暗包裹起自身光明。我们一边走着，一边谈论着刚看的演出。拉里感到比较失望。他觉得表演还可以再自然些，说台词的时候可以像人们平常讲话那样自然，动作的戏剧化程度可以再低些。我觉得他看戏的角度有问题。这是一种修辞方法，充满华彩的修辞方法，我的看法是这种台词应该通过修辞手段加以表现。我喜欢那些有规律的音韵顿挫；喜欢那些程式化的动作。它们世代流传而形成了悠久传统，在我看来恰好符合那种庄重行为的气质。我只能认为，这或许就是拉辛希望自己剧作采用的表演方式。我赞叹这些演员在诸多形式约束之下尽力体现人性、激情和真实的方式。当艺术能够运用传统，并将它作为实现自身目标的手段，也就赢得了胜利。

我们来到克利希街，走进格哈夫啤酒屋。这时刚过午夜时分，餐馆里很拥挤。不过我们还是找到了一个台位，各自点了份鸡蛋炒培根。我跟拉里说我见过伊莎贝尔。

“格雷会很高兴能回到美国的。”他说道，“他在这里就跟鱼儿离开了水一样。除非他重新开始工作，否则是不会开心的。我敢说他肯定能挣不少钱。”

“如果他能做到这些，那得归功于你。你不仅治好了他的身体，还治愈了他的精神。你让他恢复了对自己的信心。”

“我只做了一丁点儿。我不过是让他明白了怎样自行痊愈。”

“你是怎么学会这一丁点儿的？”

“是碰巧。当时我在印度。我因为一直受失眠症的困扰，所以有一次偶然跟自己认识的一位老瑜伽师说了起来。他说他可以很快解决这个问题。他的办法，就是你看到我对格雷所做的那些。那天晚上我睡得很香，好像几个月都没睡过觉似的。再后来，肯定得有一年以后了，我和一个印度朋友去了喜马拉雅山区。他把脚踝给崴了。那地方不可能找到医生，他又痛得厉害。我想我得试试那位老瑜伽师的办法。结果奏效了。信不信由你，他的疼痛完全治愈了。”

拉里笑了起来：“我向你保证，没有人比我自己更吃惊了。其实这真没什么。它只意味着你把某个想法放进患者的心里。”

“说来容易做来难。”

“如果你没有产生任何意念，但胳膊却从桌子上自动抬升起来，你会不会感到吃惊？”

“非常吃惊。”

“是会吃惊的。等我们回到文明社会以后，我的印度朋友把我做的事情告诉别人，然后又带别人过来找我。我不喜欢做这种事，因为我无法充分地理解它。可是他们一再坚持。我就这样莫名其妙地又把他们治好了。我发现自己不仅能让人们缓解疼痛，还可以缓解他们的恐惧。竟然有那么多人被恐惧所困扰，这真是奇怪。我说的不是对封闭空间的恐惧，也不是恐高症，而是对死亡的恐惧。而更糟糕的是，是对生命的恐惧。通常他们都是极其健康、富足、凡事不需操心的人。但他们却备受恐惧的折磨。有时候我想，这就是让人类最受困扰的情性。有一次我问自己，这是否源于某种深层次的动物本能，是人类原始本性里第一次体会到生命的惊悸、从此世代相传的某种东西。”

我充满期待地聆听着拉里的讲话，因为他很少这样滔滔不绝地谈论事情。我隐约感觉到，这次他总算是想要畅谈一番了。也许是我们刚刚欣赏的戏剧打消了某种拘谨。正如音乐必然产生的效果，它那铿锵顿挫的韵律节奏，解除了他本能的内敛习惯。我突然间意识到自己有一只手出现了某种状况。刚才拉里笑着向我提出那个问题时，我并没有多想。现在我感觉到我那只手已经没再放在桌上，而是悬空离开了一英寸的距离，就在我无意为之的时候。我吓了一跳。我看着它，发现它微微有些颤抖。我感觉我这只胳膊的神经产生了一种奇怪的麻刺感。伴随着轻微的跳动，我的手和前臂自发抬升起来。我完全确信自己并没有帮着往上抬，或有所抗拒，直到它们离开桌面有几英寸的高度。然后我就感觉到整个胳膊都从肩膀位置往上抬高起来。

“这太古怪了。”我说道。

拉里笑了。我稍微调动了一下意念，我这只手就落回到桌上。

“这不算什么，”他说道，“别把它当回事。”

“这就是你刚从印度回来时跟我们谈到的那位瑜伽师教的吗？”

“噢，不是，他没耐心教这种东西。我不知道他是否相信自己具有那些瑜伽师声称的能力，但他会觉得演练这些东西比较愚蠢幼稚。”

这时鸡蛋炒培根端上来了，于是我俩就津津有味地吃了起来。我们喝着啤酒，谁也没有说话。拉里不知道在思考什么，而我则在思考着他。吃完东西后，我点了一支香烟，他抽起烟斗来。

“最初是什么让你要去印度的呢？”我突然问道。

“是巧合。至少当时我是这样想的。我现在倾向于认为，这是我在欧洲生活这些年以后不可避免的结果。几乎所有对我产生过最重要影响的人似乎都是碰巧相遇。但回过头看，似乎又像是我必然会遇见他们。仿佛他们就在那里等待着我的需求召唤。我去印度是因为想要休整一下。我工作得非常辛苦，希望能够整理一番思绪。我找了份工作，在一艘环游世界的游轮上做普通水手。这艘船先是开往东方，然后再穿过巴拿马运河抵达纽约。我已经有五年没去美国，也想家了。当时我情绪很低落。你应该知道，我们若干年前在芝加哥第一次相遇时，我有多么无知。我在欧洲读了特别多的书，也见识了许多，但是我并没有比自己刚开始寻觅时更接近于预期目标。”

我想问他要寻觅什么，但估计他听了只会笑一笑，耸耸肩，然后说这是无关紧要的事。

“可是你为什么要去做普通水手？”我换了个问题，“你自己有钱啊。”

“我想寻求体验。我发觉，无论什么时候，只要我精神上感觉像是被水淹透，只要我已经暂时吸收了所有能吸收的东西，去做这一类事情会很管用。那年冬天，伊莎贝尔和我解除婚约之后，我去朗斯附近的一个煤矿里工作了六个月。”

这就是他先前告诉我的那些经历，我已经在前面章节里叙述过。

“伊莎贝尔把你甩掉的时候，你觉得心酸吗？”

他在回答问题前，用异样乌黑的眼睛注视了我一会儿。此时此刻，那双眼睛好像是在向内观看，而不是观看外界事物。

“是的。我那时很年轻。我打定主意要跟她结婚。我已经计划好我们两个人的共同生活。我期待它成为美好生活。”他轻声笑道，“可是结婚需要两个人，就像两个人才能吵架一样。我从来没有想过，自己给伊莎贝尔提供的生活会让她充满沮丧感。如果我事先有丝毫觉察，就绝对不会再提它了。她太年轻，太热忱。我不能怪她。是我不能够妥协。”

读者可能还记得他当年逃离农场的情景。他与那位农场主的寡居儿媳发生了荒唐之事，随后就去了波恩。我迫不及待地想让他继续讲下去，但知道自己必须小心谨慎，免得忍不住问出更直接的问题。

“我从来没去过波恩，”我说，“当我还是个孩子的时候，去海德堡上学住过一段时间。我想，那是我生命里最幸福的时刻。”①

“我喜欢波恩。我在那里住了一年。有位大学教授的遗孀家里对外提供食宿，住了好几个人，我在她家租了一个房间。她和女儿们负责做饭和收拾。两个女儿都已经是中年人了。我刚开始发现跟我合租的是位法国人时，感到挺失望，因为我只想跟人说德语。但他是阿尔萨斯人，所以说的正好是德语，跟他的法语相比，即使没有更流利，至少口音上更加好听。他穿得就像是一位德国牧师。几天过后，我惊异地发现他居然是本笃会的隐修士。修道院允许他请假到大学图书馆里做些研究。他是非常博学的人。然而，他不仅跟我心目当中隐修士的印象完全不符合，从外表上我也同样看不出他的博学。这位朋友高大壮硕，沙褐色的头发，鼓凸凸的蓝眼睛，又红又圆的脸庞。他性格害羞内敛，似乎并不想跟我关系太近。但他却非常礼貌，待人处事也挺细致，在饭桌上聊天时总是温文尔雅。我只有在吃饭时才见到他。等我们吃完饭，他就去图书馆继续工作。晚饭后，我坐在客厅里，看见哪位房东女儿没在洗涮收拾，就找她练习德语，而他却回自己卧室去了。

“让我吃惊的是，来到波恩至少一个月过后，有天下午他问我是否介意跟他一起去散步。他说可以带我看看附近一些地方，他觉得我自己可能找不到。我是走路很快的人，但他可以随时超

① 毛姆在十六岁时拒绝继续上学，并获得叔父批准前往德国旅行，而后在海德堡大学继续求学。他在海德堡遇见了比他年长十岁的英国人约翰·布鲁克斯（John Ellingham Brooks），并与之产生恋情。毛姆的第一部著作也是在海德堡完成的。

过我。我们头一次散步时肯定走了至少十五英里。他问我来波恩做什么。我说是来学德语，再了解一下德国文学。他说话时充满了睿智。他说愿以力所能及的方式帮助我。从这天起，我们每周都要走这么两三趟。我发现，他以前教过好些年的哲学课。我在巴黎的时候读了不少哲学书，斯宾诺莎、柏拉图和笛卡尔，却从没读过德国伟大哲学家的著作。能够听到他谈论这些人物，我真是感到由衷的高兴。有一天，我俩远足到莱茵河对岸，坐在一家啤酒花园里喝啤酒，他问我是不是新教徒。

"'我估计是。'我答道。

"他迅速地瞥了我一眼，我想我从他眼里看出了一丝笑意。他开始谈论埃斯库罗斯。你知道的，我先前一直在学希腊语。他对我先前从未想过要了解的那些伟大悲剧家都挺熟悉。听他说话很受启发。我心里猜测他为什么会突然问我这个问题。我的监护人鲍伯·尼尔森叔叔，他是一位不可知论者。但他定期去教堂，因为他的病人们希望他如此。出于同样的原因，他还送我去了主日学校。我们的帮工玛莎是个刻板的浸信会教徒，她在我小时候经常吓唬我说，罪人将会被永堕地狱，并遭受烈火焚烧。她饶有兴趣地向我绘声绘色地描述道，村里面由于各种原因而被她深恶痛绝的那些人将来要忍受的苦痛惨状。

"到冬天时我就已经非常了解恩舍姆神甫了。我想他是挺了不起的人物。我从未见他恼怒过。他天性温和而善良，比我预想的更加胸襟开阔，而且异乎寻常的宽容。他博学多闻，肯定知道我有多么无知。然而他在跟我谈话时，总是表现得好像我跟他一样学识丰富。他对我非常有耐心。他似乎一无所求，只是想帮助我。有一天，不知出于什么原因，我突然腰痛起来。格拉鲍大妈，也就是我的房东，坚持要我躺在床上用热水袋敷疗。恩舍姆神甫听说我卧病在床，就在晚饭后到房间里看我。我除了腰疼得厉害，其他各方面都感觉很正常。你知道书呆子的本性，他们都对书籍充满探求之心。所以当他进来时，看见我刚放下手里那本书，就拿起来看了看书名。这是一本关于爱克哈特大师的书籍，是我在城里一家书商那里找到的。他问我为什么要读这本书，我说我读过相当数量的神秘主义文献，还告诉他说，考斯蒂当初怎样激发了我对这个题材的兴趣。他用鼓凸凸的蓝眼睛审视着我。这眼神让我难以描述，只能说是既想笑又充满和善的那种眼神。我认为他发现我确实有些荒唐，但对我又有足够的爱与仁慈，所以并没有因此而降低喜欢我的程度。不管怎样，我从来都不太介意别人觉得我有些傻里傻气。

"'你在这些书里寻找什么呢？'他问我。

"'假如我要知道的话，'我回答道，'至少我可能已经踏上找寻的道路了。'

"'还记得我问过你是不是新教徒吗？你说你估计是。你这又是什么意思呢？'

"'我是作为新教徒被抚养长大的。'我说道。

"'你相信上帝吗？'他问道。

"我不喜欢涉及私人问题，所以我的直接反应是想告诉他，这跟他没有什么关系。然而他的问话方式是那样和善，我又觉得无法顶撞他。我不知道该说什么。我不想回答说是，也不想说不。可能是我此时感受的痛苦，或者是他身上的某种东西，最终还是让我开口说话了。不管怎样，我跟他谈了谈我自己。”

拉里犹豫了片刻。当他继续再说的时候，我知道他不是对我，而是在对那位本笃会的隐修士说话。他已经忘记了我的存在。我不知道，此时此地究竟是什么导致他吐露心迹，而且不需要我的催促，便说出了自己在沉默寡言的天性下隐匿了如此之久的事情。

“鲍伯·尼尔森叔叔非常民主，他把我送到马尔文上中学。因为路易莎·布莱德利不停地跟他唠叨，所以到我十四岁的时候，他又让我去了圣保罗学校。我做任何事情都不大出色，不管是功课还是游戏，不过我适应得很好。我想我是完全正常的男孩子。当时我对航空飞行非常痴迷。那会儿还是飞行技术发展的早期阶段，而鲍伯叔叔跟我一样为之欢欣激动。他认识几位飞行员。当我说想要学开飞机的时候，他说愿意帮我解决这个问题。我在同龄人里面算是高个儿，十六岁时就可以轻易冒充十八岁。鲍伯叔叔让我答应保守秘密。因为他如果让我走，所有人都饶不了他。如果每个人往他身上扔砖，加起来都能凑够一卡车。不过说到底他还是帮我跑到了加拿大，又让我给一位熟人带封信。结果，等我到十七岁时，就已经在法国开飞机了。

“我们那时候驾驶的飞机，做工粗糙得可怕。每次飞上天，等于是把自己的小命攥在手心里。我们当时能够飞到的高度，按现在的标准来看都有些滑稽可笑。但我们并不知道还有更好的，觉得这已经是棒极了。我喜爱飞行。我无法描述它给我的感觉。我只知道自己感到自豪而幸福。在半空中，往上飞的时候，我感觉自己是某种至大至美之物的一部分。我不知道它到底是什么，只知道我不再孤独。尽管只身一人，在两千英尺的高度，但我却归属于它。哪怕这种想法听起来很傻，我仍然忍不住这样想。当我飞行在云层之上，它们就像是我下方的一大群绵羊。我觉得自己已经回归无限。”

拉里停顿了下来。他从无法窥透的双眸幽深洞穴里向我凝望，但我不知道他是否看见了我。

“我知道有数以十万计的人被一批批杀死，但没有看到他们被杀戮的场面。当时这对我来说并不意味着什么。后来我目睹了一个人的死亡。那一幕让我心里充满了羞耻感。”

“羞耻感？”我不由自主地惊呼了一声。

“羞耻感。因为那个男孩子只比我大三到四岁，他原本是那么精力充沛，那么勇敢，片刻之前还生龙活虎、如此善良的人，此刻却变成了一具残损不全的躯体，好像从来都没有存活过。”

我什么也没说。我在读医科的时候见过死人，在战争期间见到的更多。让我沮丧的是，他们看起来显得那么微不足道。他们毫无尊严可言。好像马戏团老板扔进垃圾堆的一个个提线木偶。

“那天晚上我无法入睡。我哭了。我不是替自己感到害怕。我感到的是愤怒。这件事的邪恶感打垮了我。战争结束后我就回国了。我以前一直热衷于机械制作。如果在航空领域里做不了事情，我原本打算进汽车厂工作的。因为我受了伤，所以暂时只能把这件事放一放。后来他们想让我去工作。我又不想做他们希望我做的那一类事情。好像都是徒劳。我有很多时间去思考。我不断问自己活着是为了什么。说到底，我只是凭运气才活了下来。我想在自己的生命里有所作为，但不知道该做什么。我以前很少思考上帝。现在我开始对祂进行思考。我不明白世界上为什么会存在着恶。我知道自己很无知。我不知道有谁可以求助，我想要学习了解，于是我开始漫无目的地读书。

“当我把这些都告诉恩舍姆神甫后，他问我：‘这么说，四年来你一直是在读书，那你了解到了什么？’

“‘一无所获。’我说道。

“他用如此温煦慈爱的神态看着我，让我很是迷惑。我不知道自己做了什么，会引发他产生如此丰富的情感。他用手指轻叩着桌面，好像在心里来回考虑某个想法。

“‘我们睿智而古老的教会已经发现，’他接着说道，‘如果你在行动时宛如心存信仰的人，那么就会被赋予信仰；如果你带着疑惑而祈祷，却祈祷得真诚，你的疑惑就会被驱散；如果你愿意忘我地体会礼拜仪式的美感，而仪式对于人类精神的作用力已经被数世纪的经验所证明，那么平和安宁就会降临到你身上。过一阵子我就要回修道院了。不如你来跟我们一起住几个星期？你可以跟我们那些平信徒兄弟一起去地里劳动，可以在我们的图书馆看书。这种体验的有趣程度，不亚于下煤矿或是在德国农庄里干活。’

“‘你为什么要提出这个建议呢？’我问道。

“‘三个月以来我一直在观察你，’他说，‘或许我比你更了解你自己。你和信仰的间隔距离，并不比一层香烟纸更厚。’

“我听完以后什么也没说。它让我产生出一种古怪的感觉。好像有人抓住了我的每根心弦，然后用力拨动了一下。最后我说我要再想想。他就没再谈论这个话题。在恩舍姆神甫离开波恩前的剩余几天里，我俩再也没有攀谈过跟宗教有关的任何事情。不过他离开时给我留下了修道院的地址，还告诉我说，如果我决定要来，只要给他写一句话，他就会做好安排。他走后，我对他的怀念超出了预期。一年渐渐过去了，已经是仲夏时节。我很喜欢待在波恩。我读歌德、席勒和海涅，还读了荷尔德林和里尔克。然而我依旧一无所获。我仔细思考了恩舍姆神甫的话，最后决定接受他的邀请。

“他到车站来接我。修道院位于阿尔萨斯，这里的乡村景色很美。恩舍姆神甫把我介绍给修道院院长，又带我去看分配给我的僧舍。屋里有一张窄铁床，墙上有个十字架。至于家具，只有一些最简陋的必需物件。就餐的钟声响了，我走到僧侣食堂。那是一个宽敞的拱顶房间。院长和另外两个修士站在门口，其中一位端着脸盆，另一人拿着毛巾。院长在客人们手里洒一点水，算是洗了洗，然后拿起其中一位修士递来的毛巾，把客人的手擦干。我旁边坐着三位客人。其中两位教士是途经此地，然后歇脚就餐。另外还有一位年纪较大、爱发牢骚的法国人，他是来这里寻清静的。

“修道院院长和正副两位长老坐在房间的最前端，每个人都有单独桌位。神甫们沿着两面墙边的长桌依次入座，而初学修士、平信徒兄弟以及客人们都坐在房屋中央。饭前祷告做完后我们开始进餐。一位初学修士在靠近食堂门边的位置坐下，用毫无起伏的声调念诵着一部教诲著作。我们吃完饭后，还要再说一遍饭后祷告。随后修道院院长、恩舍姆神甫、客人们，还有负责张罗的那位隐修士都进入另一个小房间。我们在那里喝咖啡闲聊。过后我就回到了自己的僧舍。

“我在那里待了三个月。我感到非常愉快。这种生活格外适合我。图书馆很好，我读了不少书。没有哪位神甫试图以任何方式来影响我。不过他们都很愿意跟我交谈。他们的学识、他们的虔诚，还有他们对俗世的超脱，给我留下了深刻的印象。你千万不要以为他们过的是一种闲散生活。他们可以说是在终朝忙碌。他们亲手开垦土地，自己料理，而且很乐意让我来帮忙。我喜爱各种敬拜仪式的恢宏感，不过我最喜欢的还是晨祷。晨祷时间是凌晨四点。此时你端坐在教堂里，四周夜色笼罩，而身披僧袍、头上盖着兜帽、充满神秘感的修士，则用他们雄浑的男声唱颂着质朴的祈祷歌词，这场面真是感人至深。每天循环往复的规整生活中，自有一种让人心安的东西。尽管需要投入全部精力，尽管需要勉力思考，但你自始至终都感觉是在休憩。”

拉里笑了，略带着一丝伤感。

“我就像是罗拉，过于迟缓地来到了一个过于年迈的世界。[①]

---

① 《罗拉》(*Rolla*) 是法国作家阿尔弗莱德·德·缪塞（Alfred de Musset, 1810—1857）完成于 1834 年的一首长诗，缪塞原文为：Je suis venu trop tard dans un monde trop vieux。

我应该出生在中世纪，那时候信仰还是理所当然的事，而我要走的道路也就清楚明白。那样我就会加入修会。我无法产生信仰。我想要崇信，但我无法信仰一位优秀程度不超过普通正派人的上帝。修士们告诉我说，上帝创造世界是为了荣耀自身。在我看来这并不是什么有价值的目标。贝多芬创作出他那些交响乐是为了荣耀自身吗？我不相信。我相信他创作这些曲子，是因为音乐是他灵魂里的表达需求，所以他想做的一切，都是为了让它们尽可能地符合自己心中的完美。

“我那时经常听修士们反复念颂献给天主的祈祷词，我在想，他们怎么能够持续不断、毫无疑虑地祈祷天父每天赐予他们面包呢？孩子们会乞愿自己在人间的父亲供养他们吗？他们希望他这样做，但既不会心存感激，也没有必要感激他这样做。如果一位男子将孩子带到这个世界，却既不能也不愿抚养他们，我们只会对他加以谴责。在我看来，如果全能的造物主并没有准备给他创造的一众生灵提供生存的必需品，从物质的到精神的，那么他当初最好就不要创造他们。”

“亲爱的拉里，”我说，“我想你多亏没生在中世纪。否则你无疑会在火刑柱上送命的。”

他笑了。

“如果你已经相当成功，”他继续说道，“还想再听人当面表扬你吗？”

“那只会让我尴尬。”

“如果是我也会这样想。我相信上帝也不想这样。在空军的时候，如果有人通过溜须拍马从指挥官那里赚到一份清闲安逸的工作，我们会看不起他。我很难相信，试图通过恭维谄媚而赚取拯救机会的人，上帝居然会瞧得上他。我会认为，最能让他愉悦的崇拜方式，就是依照你内心的光芒，尽全力而为之。

“但这并不是困扰我的最主要问题：罪恶感始终萦绕着我，让我无法心安理得。我能看得出来，即使是这些修士也无法将它从自身思想里彻底免除。我以前认识很多在空军服役的人。当然，他们只要一有机会就喝个烂醉，随时都要找个女孩子，一开口脏话连篇。我们这帮人里有一两个坏蛋：有个家伙因为签了空白支票而被判入狱六个月。这并不完全是他的过错。他以前从来就没多少钱。当他挣到连做梦都想不到的数目时，就不知天高地厚了。我在巴黎见识过一些坏家伙，回到芝加哥后见识得更多。但在很大程度上，他们的坏只能归因于遗传，这个连他们自己也无法控制；或是环境所致，这一点他们也无法选择。我不太确定，他们的罪行是否更应该归咎于社会，而不是他们本人。如果我是上帝，我不会让自己谴责他们当中的任何人，或者采取更糟糕的办法，让他们遭受永劫。恩舍姆神甫心胸宽广，他认为地狱是上帝存在的缺失。然而，如果因为它是一种让人难以忍受的惩罚，所以被恰当地称为地狱，我们可以想象这是一位仁慈的上帝施加的结果吗？无论如何，祂创造了人类：如果祂在创造时让他们有可能犯罪，那也是因为祂当初意愿如此。如果我训练一条狗，让它只要看见任何陌生人迈入我的后花园就扑过去咬他咽喉，等它这样照办以后再去揍它，那就很不公平。

“如果世界的创造者是一位绝对仁慈而全能的上帝，那祂为什么还要创造出邪恶？修士们说，这样一来，人类就可以通过战胜内在的恶念，通过抵抗诱惑，通过接受苦痛、悲伤和不幸，并将它视为上帝用来净化自己的种种考验，如此经年历久，才可能有资格接受祂的恩典。在我看来，这就像派人送信去某个地方，但只是为了给他制造困难，于是你就搭一座迷宫让他想办法通过，再挖一条护城河让他游过去，最后又建一座高墙让他费力攀爬。这样一位缺乏常理的全知上帝，我可不准备去信仰。我不明白为什么就不能信仰这样一位上帝：虽然他没有创造世界，但在找到这份糟心工作后却必须尽力而为；他是一种良善、睿智和伟大程度远胜于人类的存在；他跟并非自己一手造成的邪恶在进行斗争，而你希望他最后能够获胜。但从另一方面看，我也不明白为什么要这样去信仰。

“关于这些困扰我的问题，那些善良的神甫无法给出我从思想或内心里感觉满意的答案。我的归属不在他们这里。我去跟恩舍姆神甫道别。他并没有询问，我是否像他当初充分确信的那样，通过这一段体验而获得裨益。他用不可言喻的慈爱看着我。

“‘我恐怕让你失望了，神甫。’我说道。

“‘没有，’他说，‘你是一位不信奉天主但深怀宗教虔诚的人。天主会找寻到你。你会再回来的。究竟是回到这里还是其他地方，只有天主知道。’”

4

“我在巴黎安顿下来，度过了这个冬天的剩余时间。我对科学一无所知，觉得现在正好可以趁着时机，至少对它略做些了解。我读了许多书。我不知道自己到底能了解多少，只知道自己的无知程度宛如深渊。不过我先前也知道这一点。春天到来时我去了乡下，住在河边一家小旅馆里。附近有座村镇，属于法国那些美丽而古老的小镇之一。那里的生活似乎在两百年间都没什么变化。”

我猜那是拉里和苏珊娜·卢维尔当年夏天去的地方，但是没有插话打断他。

“过后我去了西班牙。我想看一看委拉斯凯兹和埃尔·格列柯。我想艺术能否为我指出一条宗教未曾提供的道路。我到处逛了逛，然后就到了塞维利亚。我喜欢这地方，想等冬天再来这里。”

我在二十三岁的时候去过塞维利亚，也是很喜欢那地方。我喜爱它洁白蜿蜒的街道，它的大教堂，还有瓜达尔基维尔河沿岸的广袤平原。但我同样喜爱安达卢西亚的姑娘们，喜爱她们的优雅和欢快，她们漆黑闪亮的眼睛，她们头上簪戴的康乃馨衬托着乌黑的秀发，而黑发又衬托出花儿的鲜艳。我喜爱她们皮肤的深沉色泽，还有她们诱人而性感的嘴唇。确实如此，青春年少已是宛如天堂。拉里去那里的时候，只比我当初年龄略长。我忍不住悄悄问自己，当他面对那些迷人尤物的诱惑时，是否仍旧无动于衷？他回答了这个没有说出来的问题。

“我遇到了在巴黎认识的一位法国画家，名叫奥古斯特·柯代特。他有段时间收留过苏珊娜·卢维尔。他来塞维利亚画画，跟他在当地结识的一个姑娘同住。有天晚上他让我跟他们一起去厄立塔尼亚听弗拉门戈歌手唱歌，路上还要带着她朋友。她是我见过的世界上最漂亮的女孩儿。她只有十八岁，先前跟某个男孩子惹出麻烦，所以只好离开老家村庄，因为她怀孕了。男孩子正在服兵役。她生下孩子后交给保姆，又在烟厂里找了份工作。我带她回到我住的地方。她很活泼很温柔。过了几天我问她是否愿意过来跟我一起住。她说愿意。于是我们就在一家casa de huéspedes[①]里找了个住处，一间做卧室，一间是起居室。我跟她说可以把工作辞掉，但她不想这样。我觉得这样也合适，因为我到白天就可以做自己的事情了。我们自己做饭，所以她总是在出门上班前帮我把早饭准备好，中间回来做午饭。晚上我们一起去餐馆吃饭，然后看场电影，或者是找个地方跳舞。她把我当成

① 西班牙语：提供食宿的普通民宅。

神经病，因为我有一个橡胶浴盆，每天早晨都坚持用冷水擦洗身体。她的孩子被寄养在距离塞维利亚几英里外的村子，我们到了周日就经常过去看孩子。她丝毫也没有遮掩回避：她跟我同居的目的，是为了挣够一笔钱来装饰某个廉租公寓房，她打算等男朋友服完兵役后一起搬进去。她真是个可爱的小东西，我敢肯定她会成为她那位帕科[①]的好妻子。她性格活泼，脾气温和，对人关心体贴。我们委婉称之为两性交合的那件事，在她看来就是一个人用身体喜爱另一个身体的自然本能。她从中获得愉悦，也很高兴能给他人带来愉悦。她当然是个小野兽，却是非常美妙、迷人、温良驯服的小野兽。

“后来有天晚上她告诉我说，她刚收到帕科从西班牙属摩洛哥寄来的信。那是他服役的地方。信里说他就要退伍了，过两天到卡迪兹。第二天早晨她收拾好自己的物品，把钱塞进长筒袜，然后我送她去车站。我把她送上了火车车厢，她开心地吻了我一下。不过当她想到即将跟自己的爱人重逢，就格外兴奋，所以就不再惦记我。我肯定，火车还没出站，她就已经彻底忘记我的存在了。

“我继续在塞维利亚待着。秋天的时候我动身出发，就这样一路抵达了印度。”

① 西班牙人名“弗朗西斯科”的昵称。

5

天色渐晚。店里的人已经稀疏寥落。只有几张餐桌旁边还坐着人。那些因为无所事事而到这里闲坐的人已经都回家。刚看过演出或电影，然后过来喝一杯或是吃点东西的人，他们也都走了。零零落落地偶尔有人进来。我看到了一位高个子男人。他显然是英国人，同行的是位年轻的粗莽汉子。这个英国人的脸很长，五官轮廓模糊。他长着英国知识分子特有的那种稀薄卷曲的头发，显然正被某种错觉所蒙骗。这种错觉对于许多人来说都很普遍：等你出国以后，你在国内认识的任何人都不可能认出你来。那位年轻糙汉正在贪婪地吃着一大盘三明治，而他的同伴则饶有兴趣、满脸慈爱地盯着他看。真是好胃口！我又看见我以前见过的一个人，因为他在尼斯的时候跟我去过同一家理发店。他身材很胖，年纪偏大，灰白色头发，胖乎乎的红脸蛋，两只眼袋很明显。他是美国中西部的一位银行家，他在股灾之后离开老家城市，而没有接受调查。我不知道他是否犯过什么罪。如果有的话，对于当局来说，他应该也只是小鱼小虾，不值得兴师动众来引渡。他举止行为很是浮夸，又有低贱政客的那种虚情假意。不过他目光里似乎充满了恐惧和不悦。他从来没有喝到大醉，但从来也不太清醒。他总是跟某个娼妓厮混，而那个女人显然只是尽其所能掏空他的腰包。现在他跟两个浓妆艳抹的中年女人在一起，她们对他的态度颇为嘲讽，而且根本无意掩饰。她们俩说的话，他只能听个半懂不懂，然后就傻头傻脑咯咯地笑。如此欢快的生活！我想他如果留在家里好好服药，会不会更好一些。总有一天，他这些女人会把他榨干，然后他就什么都不剩，只能去跳河，或是服用过量的佛罗拿[①]死掉。

两点到三点之间，顾客稍微多了起来。我估计夜总会到这会儿都纷纷关门了。一群年轻美国人晃荡进来，醉醺醺地又吵又闹，不过他们总共没有待多久。离我们不远的地方有两个肥胖而表情阴郁的妇人，穿着紧绷绷的男性化服装，紧挨在一起坐着，阴沉着脸，默默地喝着威士忌和苏打水。一群身穿晚礼服、法语里被称为“gens du monde”[②]，先前显然一直在往来应酬，现在想找个吃晚饭的地方结束活动。这些人来了又走。这时有一个矮小的男人引起了我强烈的好奇心。他穿得很朴素，面前放着一杯啤酒。他坐在那里读报纸，已经足足有一个小时，甚至是更久。他留着整齐的黑色络腮胡，戴着夹鼻眼镜。终于来了个女人坐在他旁边。他冲她点点头，完全没有任何友好表示。我猜测他挺恼

---

① 即巴比妥类药物，商品名为佛罗拿（veronal），又名巴比通（barbitone），是第一个商品化的巴比妥药物。20 世纪上半叶被用作催眠药。

② 法语：混世界的人。

火，因为她让他久等了。她很年轻，穿得有些寒酸，但化着浓妆，显得很疲惫。这时我注意到她从手袋里取出一样东西递给他。是钱。他看了看，脸色铁青。我听不见他冲着她说了些什么，但从她态度来看，我猜是些难听话。她好像一个劲儿地在解释。突然他身体前倾，朝她脸颊甩了一记响亮的耳光。她尖叫一声，开始啜泣起来。酒馆经理听到吵闹声，赶紧跑过来看怎么回事。他好像在告诉他们，如果再胡闹，就请他俩出去。那姑娘转过身来对着他，扯起嗓子破口大骂，让他少管闲事。每个人都听得一清二楚。

“他扇我耳光是我活该。”她嚷嚷道。

女人啊！我以前总是以为，能够让女人从事不道德职业来挣钱养活自己的，肯定是那种充满性吸引力、魁梧、花哨、随时准备动刀动枪的家伙。让人吃惊的是，眼前这么个弱不禁风的家伙，从外表看可能是律师事务所的职员，居然就能在这人满为患的行当里站稳脚跟。

6

负责我们这一桌的侍者要下班了。他递过账单来收取自己的小费。我们付完钱，又点了咖啡。

“然后呢？”我说道。

我感到拉里现在颇有兴致谈下去。我想我也很有兴趣听他说。

“我会不会让你觉得烦？”

“不会。”

“那好。我们后来到了孟买。轮船在那里要停三天，这样游客们有机会上岸观光，做做短途旅行。第三天下午我休假，于是就上了岸。我四处走了走，看着周围的人群：这是怎样的一个大杂烩啊！有中国人、穆罕默德教徒、印度教徒、黑得像锅底似的泰米尔人，还有那些肩部隆起、头顶两只长角、正在拖拽货车的大犍牛！后来我又去象岛石窟去看岩洞。先前有位印度人在亚历山大港登船去孟买。游客们对他都有些嗤之以鼻。他是矮胖胖的小个子，棕皮肤，圆脸盘，穿着黑绿格的厚粗花呢西服，里面是牧师领的衬衣。我有天晚上到甲板上透透气，他走过来跟我说话。我那时并不想跟任何人说话。我想自己待着。他问了我许多问题。恐怕当时我对他有些不大耐烦。不过我还是告诉他说，我是个学生，正在船上打工挣船票钱回美国。

"'你应该在印度停一下，'他说道，'东方可以教给西方许多东西，比西方想象的要多。'

"'噢，是吗？'我说道。

"'不管怎样，'他继续说道，'一定要看看象岛的石窟。你去了绝对不会后悔的。'"拉里这时自己停顿下来，问了我一个问题："你去过印度吗？"

"从没去过。"

"好吧，当时我正在观看那座巨大的三头神像，那是象岛的奇观。我正在想它到底代表着什么，随即就听到背后有人说：'看来你还是听从了我的建议。'我转过身来，足足花了一分钟才认出是谁跟我说话。就是那位穿厚粗花呢西服和牧师领衬衣的小个子男人。然而他现在却穿了一身藏红花色的长袍。那件长袍，我后来才知道，是罗摩克里希纳传道会①尊者们的服饰。他不再是我之前看到的那位相貌滑稽、语速仓促的小个子，而是充满威仪，甚至可以说是华贵之气。我俩都盯着那座巨大的胸像在看。

"'梵天，宇宙创造者，'他说道，'维持者毗湿奴和毁灭者湿婆。是终极实在的三种显现。'

---

① 罗摩克里希纳传道会是印度的民间宗教组织，成立于1897年，以印度的慈善、卫生、农村、教育和文化事业发展为主要目标，以"业瑜伽"（karma yoga）为指导原则，并在全球范围内推动了罗摩克里希纳运动（或吠檀多运动）。

“‘恐怕我听不太懂。’我说道。

“‘我并不感到奇怪，’他答道，嘴角泛起笑意，眼神明亮，仿佛是在温和地嘲笑我，‘能够被人理解的神不算是神。谁能够用言辞来解释至高无限呢？’

“他双手合十，保持着微微欠身鞠躬的姿势信步而行。我停在那里继续盯着神像的三个脑袋看。或许因为当时我处于虚心接受的状态，我感觉到了一种奇妙的触动。你知道我们有时候想努力回忆起某个名字，它几乎就要脱口而出，可就是想不起来：我当时就是这种感觉。我从石窟群里出来，在台阶上坐了很长时间。我注视着大海。我对婆罗门教的全部了解只限于爱默生的诗句。[①] 我尝试着回忆起这些诗行，一时间却想不起来，这让我感到恼火。等我回到孟买后，就去书店看看能否找到一册收录它们的诗集。它们出现在《牛津英诗集》里面。你还记得内容吗？

忽视我的人不善于识察；
如果他们乘我以翔，我即是翅翼；
我是疑惑者与疑惑自身，
我是梵天吟唱的圣曲。

“我在当地一家餐饮店里吃了晚饭。因为到夜里十点前我都不

① 《梵天》（*Brahma*）是美国超验主义哲学家爱默生（Ralph Waldo Emerson, 1803—1882）在1856年写的一首诗。

需要回到船上，所以就走到迈丹散步看海。我想我以前从没见过天上有这许多星星。白天的酷热过后，夜晚的凉风十分宜人。我发现路边有个公园，就进去坐在长椅上。公园里黑咕隆咚的，只有些白色身影来回掠过。这美好的一天，有灿烂阳光，还有闹哄哄的深色皮肤人群。东方的气味浓烈而芳香，让我沉迷。这一天就像单独之物，像画家用一团泼洒的颜色聚合而成的构图，而梵天、毗湿奴和湿婆的三面巨像则将某种神秘意义赋予了这一切。我的心开始狂跳，因为我突然强烈而明确地意识到：印度将给予我想要找寻的东西。在我看来，机会就在眼前，此时此刻我必须抓住它，否则它不可能再次出现。我当机立断，决定不回船上去了。我没有多少东西留在船上，只有一个手提包，里面有少许几件物品。我慢慢走回当地人居住的地方，四处找寻旅馆。不久我就找到了一家，安排好房间住下。我有随身穿的衣服，一点零钱，还有护照和银行信用证。我感到格外自由。我哈哈大笑起来。

"轮船是十一点出发。为了保险起见，我在房间里一直待到那个时候。十一点过后我走到码头，看着船拔锚起航。后来我去了罗摩克里希纳传道会，几经周折后找到跟我在象岛谈话的那位尊者。我不知道他的名字，不过我解释说，我想见一位刚从亚历山大港回来的尊者。见面后我告诉他，我已经决定留在印度，还问他后面我该看些什么。我俩谈了很久。最后他说自己当晚要去贝拿勒斯[1]，问我是否愿意一同前往。我想都没想就答应了。我

---

① 现名为瓦拉纳西（Varanasi），1957 年以前叫贝拿勒斯（Benares）。

们坐的是三等座。整个车厢里挤满了人，大家边吃边喝边聊天，简直热得要死。我整夜无法阖眼，到了第二天早晨觉得特别累，但尊者却显得神采奕奕，宛如清晨绽开的雏菊。我问他是怎样做到的，他说：‘通过冥想那至高无形者。我在**绝对**之中找到了安宁。’我不知道该怎样想这件事，但可以目睹他的清醒和机敏，好像刚在舒适床铺上安睡了一整夜似的。

“等我们最终到达贝拿勒斯时，一位跟我年龄相仿的年轻人过来迎接我的同伴。尊者让他帮我也找个房间住下。他的名字是马亨德拉，大学教师。他人很好，是个和善而又聪慧的人。他好像对我很感兴趣，而我对他也是。当天晚上他带我去恒河坐船。这是一次让我心灵震慑的经历。河面景色十分优美，而城市建筑则连绵簇拥到河边，让人惊叹不已。然而第二天他还要带我去看更好的东西。天亮前他到旅馆找我，又把我带到河边。如果换作以前，我绝对不会相信此时出现在眼中的景象：我看见成千上万的人走进河水里净身沐浴，同时在做祈祷。我看见一个高挑瘦削的人，头顶盘着一大团头发，满脸乱蓬蓬的胡子，身上除了兜裆布以外，可以说是寸丝不挂。他站在那里，伸出两只长臂，仰面向天，对着升起的太阳高声祈祷。我简直无法向你描述它给我留下的深刻印象。我在贝拿勒斯住了六个月。我一次又一次来到日出前的恒河边观看这奇异景象，没有哪一次不感到惊叹不已。那些人从未半信半疑，从未有所保留或不安惶惑，而是由内而外地信奉神明。

“大家都对我非常好。当他们发现我不是来打老虎，或者做买卖，而只是来学习的时候，就尽其所能地帮助我。他们很高兴看到我想要学习印度斯坦语[1]，于是找了几位老师来教我。他们把书借给我看，在回答我的问题时从不感到厌倦。你对印度教有了解吗？”

“非常少。”我回答道。

“我早该想到你会感兴趣。难道还有什么比印度教的宇宙观更惊人吗？宇宙无始也无终，它持续不断从生长到满盈，从满盈到衰败，从衰败到瓦解，从瓦解到生长，如此直至永恒。”

“印度人认为这种无尽重生的目标是什么？”

“我想他们会说，这就是‘绝对’的本性。你看，他们相信，创造的目的就是为了在本阶段惩罚或奖赏灵魂在前世的行为。”

“它的信仰前提是灵魂转世。”

“这是三分之二的人类所秉持的信仰。”

“许多人信仰某样东西的事实，未必能确保它代表着真理。”

“不能，但至少让它值得深思。基督教吸收过大量的新柏拉图主义思想，它或许也能非常轻松地吸收这种思想。实际上基督教早期有一个派别就信奉过它，但后来被宣布为异端。除此之外，基督徒有可能坚信这一点，就像他们坚信基督复活那样。”

“不知道我这个看法对不对：它意味着灵魂从一个身体转入另一个身体。它是无穷无尽的过程经历，是通过先前所作所为的

---

① Hindustani，包括印地语。

好坏来引发的，是吗？”

“我想是这样。”

“可是你看。我不仅意味着我的精神，也意味着我的肉体。可是谁能够判断，作为个体的自我，在多大程度上是通过我身体的偶然状况而界定的呢？假如拜伦没有畸形内翻足，他还是拜伦吗？或者说，陀思妥耶夫斯基没有癫痫病，他还是陀思妥耶夫斯基吗？”

“印度人不会说是偶然。他们会回答说，你在前生的所作所为，决定了你的灵魂目前还寓居在这个不完美的躯体里。”拉里用指头不经意地轻叩着桌面，他陷入深思，凝望向虚空。然后，他嘴角边泛起一丝微笑，眼神若有所思地闪动了一下，又继续说道：“你有没有想过，转世对于这个世界的邪恶而言，既是一种解释，也是一种合理化？如果我们遭受的恶是我们前世犯下的罪行所致，那么我们就能够顺从而忍耐，并且希望：只要我们此生努力向善，那么将来的苦难就会减少。然而，承受我们自身遭受的邪恶还算容易，它只需要一点点刚毅之气。让人殊难忍受的，是降临在他人身上的邪恶，它经常显得如此赏罚不公。如果你能够让自己信服，认为是过去造成了不可避免的结果，可能就心生怜悯，你可能会竭尽所能去降低罪孽，而且也应当如此。但是你没有理由再心生愤怒。”

“可是天神为什么不创造一个世界，让它从一开始就免于苦痛悲愁，让每个人还没有好或不好的时候，就可以决定自身的行动？”

“印度人会说：没有所谓的开始。个体灵魂与宇宙共存，它从恒久以前就已经存在，它的本质归因于先前的某个存在状态。”

“相信灵魂转世，能对那些信仰它的人产生实质作用吗？说到底，这是测试它的方法。”

“我想是有用的。我可以告诉你我认识的一个人，这个观念对他的生活显然产生了非常实质的作用。我刚到印度的前两三年，主要是住当地旅馆。但时不时会有人请我去他家住。有那么一两次，我就像土邦主的宾客一样居住在富丽堂皇的环境里。通过我在贝拿勒斯的一位朋友，我受邀前往北部的某个小城邦。它的都城风景宜人，‘占据了一半光阴历程的玫红色城池’[①]。有人引荐我去拜访城邦的财政部部长。他有欧洲教育背景，去过牛津。他谈话时给人的印象，是一位追求进步、聪颖而明达的人。他是工作效率极高的部长，是精明练达的政客，并因此而颇负盛名。他穿着欧洲人的服装，外表非常干净利索。他的相貌颇为英俊，跟多数印度人一样，因为人到中年而略微发福，留着修剪得又短又整齐的胡髭。他经常请我去家里。他有一个大花园，我们会坐在树荫里聊天。他有一位妻子和两个已经长大的孩子。你会误以为他只是一个普普通通，甚至极为寻常的英国化的印度人。一年过后他的行为让我目瞪口呆。当时他刚满四十岁，就准备辞去自己薪俸优厚的职位，把家产分给妻子和孩子，然后去做云游

① 引文出自约翰·威廉·伯根（John William Burgon, 1813—1888）的诗歌《佩特拉》（*Petra: A Poem*）。“佩特拉”在希腊文里是“石头”的意思。

四方的托钵僧。最让人吃惊的地方，是他的朋友们，以及那位土邦主，都顺理成章地接受这个事实，把它视为再自然不过的普通事宜。

“有一天我对他说：‘你这个人思想那么自由，你了解世界，又读过很多书，科学、哲学、文学——你在内心深处真的相信投胎转世吗？’

“这时他整个人的面相都变了。这是一位目睹过幻象者的脸庞。

“‘我亲爱的朋友，’他说道，‘如果我不相信这个，生命对我来说就毫无意义了。’”

“那么你相信吗，拉里？”我问道。

“这是一个很难回答的问题。我不认为我们西方人有可能跟这些东方人形成相同的内在信仰。这是融于他们血肉的东西。对于我们来说，却只是一个观点。我不算信也不算是不信。”

他稍停片刻，手托着腮，低头看着桌子。然后他向后仰靠着。

“我有过一次非常奇异的经历，我想把它告诉你。我在阿什拉玛的时候，有天晚上按照印度朋友们教授的方法在小房间里练习打坐冥想。我点了一支蜡烛，注意力都集中在它的火焰上。过了一小会儿，透过蜡烛火焰，我非常清楚地看到一长串的人形，一个接着一个。为首的是一位年长的女士，戴着蕾丝边的帽子，银灰色的细鬈发垂挂下来，盖住了两边的耳朵。她穿着黑色紧身胸衣，黑色荷叶边的丝裙。我想，那是她们在上世纪七十年代的装束。她站在那里，面对面地看着我，态度和蔼而拘谨。她两臂垂放在身体两侧，掌心朝着我。她脸上布满皱纹，表情慈祥、友善而温婉。紧跟在她后面，却侧身站立的是另一个人。我可以看见他的侧脸，是一位鹰钩大鼻子、厚嘴唇、高挑瘦削的犹太人。他穿着黄色华达呢上衣，头发乌黑浓密，戴着黄色的无檐小圆帽。他看着像是位勤勉的学者，一副认真严肃，同时愿以炽诚之心严格自律的表情。他身后是一位年轻男子，但是脸朝着我的方向。我能够清楚地看见他，好像彼此之间没有任何遮拦一样。他面容红润，活泼开朗。你会认为他不可能来自其他时代，而只能是十六世纪的英国人。他稳稳地站立着，两脚略微分开，表情里带着一种张狂和毫无顾忌的放任自游。他浑身上下的装束都是红色，显得高贵堂皇，像是朝臣的服装。他脚上穿着宽头黑色天鹅绒鞋，头戴天鹅绒扁帽。在这三个人背后，还有无穷无尽的一长串人物，像是在电影院外面排队等候似的。不过他们都形象黯淡，我看不清他们的相貌。我只感觉到模糊的身影，还有队列里隐约的动作，宛如夏季轻风吹拂而过的麦浪。过了一小会儿，我不知道究竟是一分钟，还是五分钟，或十分钟，他们都慢慢地隐入暗夜。屋子里什么都没有了，只有蜡烛的火苗，纹丝不动。”

拉里微微地笑了。

“当然这可能是我打盹睡着了，然后做了个梦。可能是我的注意力都集中在那个微弱的火苗上，导致自己进入一种催眠状态。我清清楚楚看见的那三个形象，就跟我现在看你一样清楚，他们只是我潜意识里留存的图像记忆。但有可能他们就是前世的我。可能我在不多久之前，就是新英格兰的一位老太太。再往前就是黎凡特[①]犹太人。某个时候再往前，就是塞瓦斯蒂安·卡博特[②]从布里斯托航海启程后，威尔士亲王亨利宫廷里的某位纨绔子弟。”

“你那位玫红色城堡里的朋友最终怎么样了？”

“两年后我往南走，到了一个名叫满都拉的地方。某天晚上在寺庙里，有个人碰了碰我胳膊。我转过头来，看见一位留着络腮胡子、黑色长发的男子。他只围了一块裹腰布，手里拿着拐杖和圣者乞食用的碗。直到他开口说话，我才认出他来。是我那位朋友。我实在太震惊了，以至于不知道该说什么。他问我近况如何，我告诉了他。他问我要去哪里，我说去特拉汶哥。他提议我见一见格涅沙大师[③]。‘你要找的东西，他会给你。’他说道。我让他跟我说说格涅沙的情况，但他笑着说，等我看见他，就会找到自己需要知道的全部东西。我这时已经不再惊讶，就问他在满都拉做些什么。他说他正徒步前往印度各个圣地朝觐。我问他怎样吃饭睡觉。他告诉我说，如果有人给他提供栖身之地，他就睡在人家门廊外，否则就睡在树下或寺庙外围。至于吃的东西，如果有人施舍一顿饭，他就会吃。如果他们不施舍，他就不吃。我

① 黎凡特（Levant）是一个不甚精确的历史地理名称，它指的是中东托罗斯山脉以南、地中海东岸、阿拉伯沙漠以北和上美索不达米亚以西的一大片地区。中古法语里指“太阳升起的地方”。

② 塞瓦斯蒂安·卡博特（Sebastian Cabot，约 1474—约 1557），意大利探险家。

③ 格涅沙（Ganesha）还是婆罗门教里象头神的名字，即湿婆之子，智慧之神。

看着他说：‘你瘦了不少。’他笑出声来，回答说他觉得这样非常好。后来他向我道别——当时场面挺滑稽，你听见一个裹着围腰布的家伙对你用英语说：‘好的，再会了，老兄’，然后走进寺庙的那个院落，是我不能跟随进去的地方。

“我在满都拉停留了一段时间。我估计这是印度唯一允许白种人随意走动的寺庙了。只要他别踏入庙里的至圣之地。夜幕降临时，这座庙到处都是人。男人、女人和孩子们。男人的上衣褪到腰际，围着多蒂腰布。他们在自己的额头、经常也在胸口和胳膊上涂满了厚厚一层烧牛粪制成的白灰。你看到他们在一个又一个的圣龛前颔首敬拜，有时全身匍匐在地，面部朝下，恭行五体投地的礼仪。他们祈祷，他们念诵着连祷经文。他们互相打招呼，彼此问候，争争吵吵，或热烈地辩论。这里有一种毫无神圣感可言的纷乱，但神明借助于某种特殊方式，似乎就近在眼前，生动鲜活。

“穿过长长的厅堂，你看见一根根雕花梁柱支撑的房顶。在每根柱脚旁都坐着一位托钵僧，面前放着化缘的钵盂，或是一小块坐垫。信徒们时不时地往上面扔一枚铜币。有些托钵僧穿着衣服，有些则近乎赤裸。有些人会在你经过身边时眼神漠然地看着你，有些人则在念书，或默不作声，或大声诵读，对身边川流不息的人群显得毫不在意。我在他们当中寻觅那位朋友。可后来我再也没找见过他。我估计他已经继续踏上行程，寻求自己的目标去了。”

“他的目标是什么？”

“从轮回的束缚中获得解脱。根据吠檀多[①]信徒的看法，他们称为‘阿特曼’的自我，也就是我们所谓的灵魂，有别于身体和身体的各种感觉，也有别于心灵与心灵产生的智识。它并非‘绝对’的局部，而是‘绝对’本身。因为‘绝对’是无限的，它没有局部可言。自我无始亦无生，它自永恒之中而存现。当它最终抛却无明的七种遮蔽[②]，就能够回返到它所来时的无限。这就像是一滴水从海面蒸腾升起，伴随着暴雨降落池沼，然后聚成水流，汇入溪谷，再进入河道，穿山越峡，途经广阔的平原大地，蜿蜒向前，沿路被岩石与落木阻截，直到最终抵达当初升腾而起的无垠大海。”

“但是那可怜的一小滴水，当它再次与大海融为一体的时候，肯定也就丧失它的单独个性了。”

拉里咧嘴笑了。

“你想尝一尝糖的滋味，却不想变成糖。个性是什么？难道不正是我们妄自尊大的表现吗？灵魂只有摆脱它最后一缕痕迹，才能够与‘绝对’成为一体。”

“拉里，你在非常娴熟地谈论‘绝对’。这是一个很宏大的词。它对你究竟有什么实质意义？”

---

① 吠檀多，梵语名：Védānta，由婆罗门圣经《吠陀》（*Veda*）和终极（anta）两个词组成，意为吠陀的终极，被视为正统的古印度六派哲学之一，是影响最大的一派。《吠陀》经典即是此派的理论根据。

② 指七种无明：一、世愚；二、事愚；三、移转愚；四、最胜愚；五、真实愚；六、染净愚；七、增上慢愚。

“真实。你无法讲明白它是什么。你只能说它不是什么。它不可表述。印度人称之为大梵。它无处可寻，又无所不在。所有事物都与之关联，并取决于它。它不是人，不是物，也不是成因。它没有属性。它超越恒久，并不断变化；它是整体与局部，有限与无限。它是永恒，因为它的完美齐备与时间无关。它是真理与自由。”

“老天爷！”我心里暗自感叹，但是对拉里说：“可是一个纯粹的智识概念怎么能够成为受苦人类的慰藉呢？人类总是需要一位人格化的上帝，这样可以让他们在苦痛中求告，并且寻求抚慰和劝勉啊。”

“可能在遥远的某一天，等他们更有远见卓识的时候，就会看到：他们必须从自己的灵魂里寻求抚慰和劝勉。我自己认为，信仰崇拜的需要，只不过是一种往昔记忆的残留，因为当初必须要尊奉那些残酷的神祇，请求他们垂悯息怒。我相信，上帝如果不是寓于我自身之内，也就无处可寻。如果这样的话，我还要再崇拜谁，或是崇拜什么——崇拜我自己吗？人类处于不同的灵性发展阶段，因此从印度人的想象中就演化出‘绝对’的各种呈现形式，也就是众所周知的梵天、毗湿奴和湿婆，以及成百个其他的名字。‘绝对’寓于大自在天，而大自在天是世界的创造者和统治者。‘绝对’也寓于卑微的物神像，而农民会在烈日暴晒的田间将一朵花供奉在它面前。印度成千上万个神祇都只是权宜之法，其目的是要引导人们认识到：自我与绝对自在原本是一体。”

我若有所思地看着拉里。

“我想知道，究竟是什么吸引你接纳了这种严峻的信仰。”我说道。

“我想我可以告诉你。我始终觉得，那些宗教创立者的可悲之处在于，他们先要求你信仰他们，并以此作为救赎的前提。好像他们反过来需要你的信心来对自己产生信心。他们让你想起那些异教神祇。如果这些神祇得不到虔敬者的燔祭供养，就会变得憔悴虚弱。至于大自在天，它并不要求你相信或不相信，而是要你怀着炽烈的渴望去了解终极真实。它表明，你可以像体验欢乐和疼痛一样切实体验到神明。今天在印度有一些人，据我所知有数百位，他们确信自己已经做到了这一点。我觉得，你可以通过知识而抵达终极真实，这就能让人格外满意。在后来的世代，印度圣哲们意识到人性的软弱，于是他们就承认说，通过爱，通过做事，就可以赢得救赎。但他们从来没有否认过：最高贵，尽管也是最为艰难的道路，就是知识的道路。因为它借助的工具，是人类最宝贵的才智，即他的理性。”

7

现在我必须打断话头，并且明确表示：我在这里并没有任何特别意图，比如说描述所谓吠檀多的哲学体系。我不具备这方面的知识，但即使我具备，这里也不是合适的讨论场所。我和拉里的谈话时间很长，他告诉我的内容之多，要远远超出我认为能够放进这本书的篇幅。说到底，我的主旨还是要写一部小说。我的关注点是拉里。在我看来，至少要稍微记载一下他的思考内容和独特经历。不然就无法合理解释他采取某些行动的原因，也无法让读者马上了解到他的行动发展脉络。如果不是出于这方面的考虑，我根本就不会触及如此精微复杂的话题。让我气恼的是，我无法指望我的任何语言能够让人真正体会到他的悦耳声音。即使是他最不经意的话语，都因为这声音而让人心悦诚服。我也无法再现他持续变化的表情，从严肃到轻松欢快，从沉思到顽皮。它们伴随着他的思想而变化。就像钢琴的乐音淙淙流淌，而几把小提琴宛若风声乍起，交替演绎着协奏曲的主旋律。尽管他说的事情都正经严肃，语态却极其自然，是一种闲聊的声调，或许还带着某种内敛，却丝毫不带拘谨。倘若他刚才谈的是天气或庄稼作物，应该也是同样放松自如。如果我给读者造成某种印象，以为他的言谈举止里带有某种说教意味，那就是我的过错了。他谦逊克己，就像他的真诚一样昭然在目。

咖啡馆里现在只剩下零零星星几个人。那几个喧闹折腾的家伙早就已经离开。经营爱情买卖的那对可怜虫也回到了他们的破败寓所。时不时有一位满脸疲倦的男子进来喝杯啤酒，外加一块三明治。或是某个半梦半醒的人，进来点杯咖啡。都是白领劳动者。有个人值完了夜班，正准备回家睡觉。另一个刚被闹钟吵醒，满心不情愿地赶路去值长白班。拉里似乎对时间的流逝毫无感觉，就像他对周围环境一样。我发觉自己这一生曾经亲身经历过许多的古怪场景，而且不止一次与死亡擦肩而过。我不止一次险些卷入风流韵事，事后心知肚明。我曾经骑着一匹矮马，沿着马可·波罗的道路穿越中亚。当年他沿着这条道路，最终抵达了契丹中国的神奇土地。我曾经在彼得格勒一间装饰风格刻板的客厅里面喝着俄罗斯红茶，旁边有位轻言细语、身穿黑色大衣和条纹长裤的小个子男人。他告诉我说他怎样刺杀了一位大公。我曾经坐在西敏寺的客厅，聆听着海顿谱曲的钢琴三重奏，在这宁静亲切的气氛里，几颗炸弹恰好在屋外落地爆炸。然而，我并不认为哪次经历比眼前这一幕更加古怪：我坐在这个装饰俗艳的餐馆，坐在红色长毛绒布的座椅上，一小时接一小时地聆听着拉里谈论神，谈论永恒，谈论“绝对”，以及无休无止、令人疲惫的万物生息之轮。

8

拉里已经沉默了好几分钟。我不愿催促他，就在旁边等待着。这时他朝着我友善地笑了笑，好像突然再次意识到我的存在。

“我南下去特拉汶哥的时候，发现根本不需要打听格涅沙大师的情况。所有人都知道他。多年来他住在山间的一处洞穴里，最后才听从劝告搬到平原地区。某位施主给他提供了一块土地，又在那里给他盖了一座土坯小房子。这地方距离首都特里凡特姆还有很远一段路。我足足走了一整天，先是坐火车，然后坐牛车，最后才到达阿什拉玛。我在庭院门口看见一位年轻人，就问他能否见见那位瑜伽师。我随身带来了一篮子水果，是常规的供奉礼物。几分钟过后年轻人回来了，他把我领进一个长长的厅堂，四周都是窗户。格涅沙大师就坐在角落的一座高台上，保持着冥想入定的姿势，台面上覆盖着一张虎皮。‘我一直在等你来。’他说道。我感到吃惊，但是估计那位满都拉的朋友应该跟他说过我的事情。不过当我提起朋友的名字时，他却摇了摇头。我把水果献给他，他让那位年轻人收下拿走。现在只剩下我们两个人在一起了。他一言不发地看着我。我不知道他沉默的时间有多久。可能有半个小时吧。我跟你说过他的长相，但是没有跟你说他周身散发的肃穆庄严，那种良善、平和与无我之相。我经过这趟行程，已经又热又累，但现在却渐渐产生出奇妙的轻松感觉。没等他再次开口说话，我就知道这正是我要寻找的人。”

“他说英语吗？”我插话道。

“不说。但是你要知道，我学语言非常快，我掌握的泰米尔语已经足够听懂南边的话，也能让他们明白我在说什么。后来他又说话了。

“‘你是为了什么来这里？’他问道。

“我开始告诉他，自己是怎样来的印度，怎样在这里度过了三年时光，怎样根据他们有关智慧和神圣的传闻，寻访了一位又一位圣人，却发现没有谁能够给我想要寻找的东西。他打断了我的话。

“‘这些我都知道。没有必要再告诉我。你是为了什么来这里？’

“‘为了让您成为我的上师。’我回答道。

“‘梵天是唯一的上师。’他说道。

“他继续用那种奇怪的专注眼神看着我，突然间他身体变得僵直，眼睛似乎在向内观看。我目睹他进入了印度人称为‘三摩地’[①]的出神状态。他们认为，在这种状态下，主体与客体之间

① 三摩地（Samadhi），又译为“三摩提”“三摩帝”，意译为等持、定、正定、定意等。即将心定于一处或一境的安定状态。汉传佛教多译为“三昧”。

的二元性消失，而你则成了绝对知识。我盘腿坐在地板上，面对着他。我的心开始狂跳不已。我不知道过了多久，只听他叹了口气，才意识到他已经恢复普通的知觉状态。他带着慈爱温柔的眼神看了我一眼。

"'留下吧，'他说道，'他们会带你去睡觉的地方。'

"我被安排住进了一个小棚屋。格涅沙大师刚下山的时候曾经就住这里。他现在每天早晚起居的那座礼堂，那是弟子们逐渐聚集到他身边，而闻名前来拜谒的人越来越多以后才建的。我换上了舒适的印度服装以后，这样就不会太显眼。我晒得很黑，所以除非你专门盯着我看，否则会把我当成本地人。我读了不少的书。我静坐冥想。当格涅沙大师开口说话时，我认真倾听。他说话不多，但总是愿意回答各种问题，而听他说话真是深受启发。就像是音乐在你耳中奏鸣。尽管他年轻时曾经严格履行过各种苦行修炼，却并不强制弟子们照例实施。他努力帮助他们脱离自我、情欲与感官的奴役，告诉他们通过静修、克己、弃绝和躬让，通过弘毅心智，通过渴慕自在，就能够获得解脱。附近三四英里以外有一座城镇，每年都有许多人蜂拥而至，去参加某个著名寺庙里一年一度的宗教盛会。这些人通常还会再来这里。他们来自特里凡特姆，以及更远的地方，向他讲述自己的困扰，寻求他的忠告，聆听他的教诲。所有人在离开之时，灵魂无不变得强健，内心也获得了安宁。他教导的内容非常简单。他教导人们说：我们比自身所知晓的更为强大，而智慧是通往自在的法门。他教导说，从俗世退隐并不是获得拯救的关键。只有弃绝自我才能得救。他教导说，抛开自身利益而完成的事迹，可以净化人心；而责任是每个人获得的机会，可以用来湮没孤立的自我，从而与普泛自我融为一体。然而，真正精妙绝伦的，并不是他的言语教诲，而是这个人本身。他的和善、他的伟岸灵魂和圣徒气质。他的出现就是一种赐福。我跟他在一起时感到非常幸福。我觉得我终于找到了自己想要的东西。一星期又一星期，一个月又一个月，时光飞速流逝，快得令人难以想象。我打算留在这里，或是一直等到他去世，因为他告诉过我们，他已经不太想继续寄居在这个皮囊里；或是等到我大彻大悟，就是你最终打破种种无明业障的状态，并且确信无疑地知道，你与'绝对'已是一体。"

"然后呢？"

"然后，如果他们说得没错的话，然后就不再有什么了。灵魂在尘世的历程已经终结，它将不再回返重生。"

"格涅沙大师现在死了吗？"我问道。

"据我所知还没有。"

他这样说的时候，意识到我话里有话，于是轻轻笑了一声。他踌躇片刻过后，继续说了起来。但是他的态度首先让我联想到，他希望避免回答我下一个问题。他知道我要问什么，而问题已经到了我的嘴边。当然，这个问题就是，他有没有彻悟？

"我没有持续停留在阿什拉玛。我非常幸运地结识了当地一位林业官员。他常住的地方位于山脚下面一个村庄的外围。他是格涅沙大师的信徒。每当他休假不上班的时候，就来我们这里住两三天。他人很好，我们经常聊很久。他喜欢跟我一起练习英语。我认识他一段时间过后，他告诉我说，林业部门在山区有一座小平房。如果我想去那里自己住一阵子，他可以给我钥匙。后来我时不时去那里。到那里要走两天的路程。首先你得乘公共汽车到这位林业官员所在的村庄，然后就得徒步。但是等你到那地方以后，就会看到壮观而幽静的迷人景色。我把需要的东西尽量装进背包，又雇了一名脚夫帮我扛些粮食。我在那里一直住到所有的补给消耗完毕。那是一座后面带厨房的小木屋。家具只有一个支架床，上面可以放个睡垫，还有一张桌子和两把椅子。山上很凉，有时候到晚上需要生火取暖，感觉挺舒适。看到方圆二十英里荒无人烟，我产生了一种奇妙的刺激兴奋感。我到晚上经常能听见老虎的吼啸，或是喧闹的象群经过丛林的踩踏声音。有时候我独自在森林里走得很远。有一个地方，我非常喜爱坐在那里。因为我从那里看见眼前起伏的群山，下面是一个湖泊，薄暮时分各种野兽都来饮水，有鹿、野猪、水牛、大象、豹子。

“我到阿什拉玛刚两年的时候，有一次又跑到这个林中度假地。原因说出来你会觉得好笑。我想在那里度过自己的生日。我提前一天到了那里。第二天早晨，我在天亮前醒来。我想我应该到刚跟你说的那个地方去看日出。那条路我闭着眼睛也认得。我走到一棵树旁边坐下，等着太阳出来。黑夜还没有过去，但天上有微微闪亮的星星，而白昼很快就要到来。我心里有一种奇怪的悬念。渐渐地，当我几乎还没有察觉的时候，光亮开始从黑暗里透出，慢慢地，就像一个神秘身影潜行在树丛中间。我感到自己的心脏在剧烈跳动，仿佛危险正在迫切。这时太阳升起来了。”

拉里停顿下来，嘴上挂着一丝遗憾的笑容。

“我没有本事讲清楚。我不知道该用什么词来描绘这幅画面。我无法告诉你，让你仿佛亲眼看到，当辉煌的白昼骤然舒展在我面前，那种景象是多么地壮观。那些覆盖着茂密丛林的山峦，薄雾还萦绕在树巅，那深不见底的湖水就在我脚下遥远的地域。阳光透过崇山峻岭的罅隙而直达湖面。它像一团铿亮的精钢，熠熠生辉。这世界的美丽让我为之迷狂。我从来不知道会有如此超然远举的欣喜。我有一种奇异的感受，一种从脚底升涌、直达头顶的震颤波动。我感觉自己仿佛在突然间脱离身体躯壳，而成为纯粹的精神，与四周景象共同拥有一种我从未想象的美好。我感觉到，一种超乎人类的知识充盈于我的存在。于是，先前曾经混淆的一切都变得清晰，先前曾让我迷惑难解的一切都有了解释。我是如此的幸福，以至于感到痛楚。我努力让自己从这种感觉里挣脱，因为我觉得这种状态如果再延续一刻，我肯定就会死去。然而，正是这种狂喜让我情愿为它舍却生命，而不是将它放弃。我要怎样才能向你解释明白我当时的感觉呢？没有语言可以描述我喜乐迷狂的状态。当我平静下来后，整个人精疲力尽，浑身颤抖。我昏沉入睡。

“到正午时我醒了过来。我走回到那间小平房，内心是如此轻松愉快，几乎有一种脚不沾地的飞升感。我给自己做了些吃的，老天爷，我真是饿了。吃完饭后，我拿出烟斗来抽烟。”

说到这里，拉里点燃了他的烟斗。

“我不敢认为这就是彻悟。别人经年求索，历练苦修，仍旧还在等待时机。可是我，伊利诺伊州马尔文的拉里·达瑞尔，居然已经彻悟得道了。”

“是什么让你觉得，它并不只是你当时的内心状态，加上孤独感和破晓时分的神秘，以及你那宛如精钢般的铿亮湖泊——它们联合产生的催眠效果呢？”

“就因为我体会到它那势不可挡的真实感。毕竟这种体验的过程跟多少世纪以来全世界神秘主义者的体验相同。印度的婆罗门教徒，波斯的苏菲派信徒，西班牙的天主教徒，新英格兰的新教徒。只要他们能够描述那无以言述之物，他们都会使用相似的词汇描述它。它发生过，这个事实无法否认。唯一的困难是怎样解释它。我是否只是暂时与‘绝对’融为一体？或者说，这就是某种潜隐于我们所有人的内心、与宇宙精神相应的亲和力，正是它从潜意识深处完成了一次汇涌贯注的过程？我无法知道。”

拉里暂时停顿下来，带着笑意看了我一眼。

“顺便问一下，你能用小指碰到自己的大拇指吗？”他问道。

“当然可以。”我笑道，然后用正确的姿势证明了这一点。

“你有没有觉察到，只有人和灵长类才能够做到这一点？正因为拇指和其他指头相对生长，手才成为如今这种令人赞叹的工具。有没有这样一种可能：能够与其他指头相对的拇指——这里无疑是指它的初始形态——其实正是通过人类和大猩猩的远祖里面少数个体发展出来的属性特征，而且只有在经历了无数世代以后，才成为普遍的属性特征。同理，是否至少也存在这样一种可能：这么多不同类型的人，他们曾经拥有与终极真实合而为一的体验，并对人类第六感意识的发展产生影响，那么在遥远遥远的未来，所有人都将普遍具备第六感意识。这样的话，他们或许能直观感知到‘绝对’，就像我们现在对感官对象的感知一样。”

“你又怎么能够预计它会对人们产生影响呢？”我问道。

“我很难向你说明这一点。这就像是第一个发现自己的小指能够触碰到拇指的那个家伙，它很难告诉你，这毫不起眼的动作，将会产生哪些难以估量的结果。从我自身而言，我只能向你讲述那种强烈的安宁、欣喜与确定感。它在那狂喜的刹那之间贯注于我内心，现在它依然与我同在。我对世界之美的直观印象，仍然像我第一次为之目眩时那样新鲜生动。”

“可是拉里，显然你对‘绝对’的观念促使你相信：这个世界和它的美都只是一种虚幻——是‘摩耶’[①]的织构层理。”

“以为印度人将世界视为虚幻，是一种错误认识。他们并不这样认为。他们宣称的是，世界的真实与‘绝对’的真实并不相同。‘摩耶’只是那些热忱的思想者进行的一种猜测，他们以此来解释无限怎样产生有限。商羯罗是所有这些人里最具智慧的一位，他认定这是无解之谜。[②]你看，梵是至真、至乐、至知，是不易，是恒在，它恒定不移，永无匮乏，无需一切外物，故无变易、无怨争，为完美。既然如此，那么最难解释的就是：梵为什

① “摩耶”（Maya），又译为“幻”或“虚妄”，指假象。一切事象皆无实体性，故呈现为幻象；它们的存在本质则是幻有。

② 商羯罗认为“梵我一如”，只有至高之梵（Brahman）以及与之同一的个人本体之我（Atman）才是真实，其余皆为幻象（Maya）。

么还要创造世界？好，如果你提出这个问题，那么通常得到的回答是：‘绝对’创造世界是为了消遣，它并没有所谓的具体目标。然而当你想起洪水和饥馑，想起地震飓风，还有凡胎肉体无法幸免的一切苦难，想起那么多令人惊惧的事情，竟然只是为了消遣而创造，你的道德心会因为这种观念而感到震怒。格涅沙大师的内心是那样仁慈，所以他无法相信它。他把世界视为‘绝对’的一种表现，视为它完美的流溢。他教导说，神不可遏止地想要创造，世界是他本相的呈现。我问道，如果世界是某个完美存在的本相呈现，它怎么会如此可憎，以至于人类唯一能够确立的合理目标，就是从它的束缚当中得到解脱呢？格涅沙大师回答道，这世间的满足感转瞬即逝，只有无限能够给予持久的喜乐。但无尽的期限并不能够让善变得更善，或让白色变得更洁白。如果玫瑰到中午就失去清晨时分的美丽，它先前拥有的美便不是真实。世上的一切都绝非永恒，如果我们要求挽留某样东西，那就是我们的愚蠢。然而如果我们在拥有时不懂得从中获得欢乐，那才更加愚蠢。如果变化是存有的本质，人们应该想到，唯一理性的做法，是把它作为我们哲学的前提。我们没有人能够再次踏进同一条河流，但河水继续流动，而我们再次踏入的河流同样清凉宜人。

“当雅利安人第一次南下到印度时发现，我们所知晓的世界，只不过是我们无从知晓的那个世界的局部显现；然而他们欣然迎接眼前这个世界的优雅美丽。仅仅几个世纪过后，由于征伐的耗费，由于令人萎靡的气候已经让他们的活力消散殆尽，他们便沦为游牧部落入侵者的猎物。他们在生命里只能看到邪恶，所以渴盼获得解脱，从而不必再受它的袭扰。可是我们西方人，尤其是我们美国人，在面临腐朽与死亡、饥饿与干渴、疾病、衰老、悲苦与痴妄的时候，为什么要感到气馁呢？我们的生命精力仍然还旺盛啊。当我坐在小木屋里抽着烟斗时，感到比以前活得更真实。这是我前所未有的感觉。我感觉到体内的一种能量，它在呼喊等待着被人消耗。离开这个世界，退隐到修道院，它并不适合我。我应该生活在这个世界，热爱这世界的各类事物。并不是真的为了它们，而是为了它们内在的无限。如果说我在狂喜的时刻确实曾经与'绝对'融为一体，那么，如果他们说得没错的话，就没有什么还可以再伤到我。等到我彻底消除今生之业，就不会再次回返。这种想法让我心里充满沮丧。我想要一次再一次重生。我愿意接受所有方式的生活，无论是苦痛还是悲伤。我觉得只有从生命再次回到生命，生命过后还有生命，才能够满足我的热忱、我的活力和我的好奇心。

"第二天早晨我动身下山，一天过后到达了阿什拉玛。格涅沙大师见我穿回欧洲人的服装，感到很吃惊。我以前把这些衣服存在森林管理员的小平房，上山时由于天气变冷，所以没想到把它们再换掉。

"'我是来跟您道别的，师傅，'我说道，'我要回自己那群人中间去了。'

"他没有说话。他像平常一样，盘腿坐在铺有虎皮的高台上。高台前的香炉里点了一炷熏香，空气里隐约飘散着它的香气。他就像我第一天见他时那样独坐在那里。他看着我，目光如此凝练锐利。我当时的印象是，他已经洞察到我生命里最深的角落。我知道他已经明白发生了什么事。

"'这很好，'他说，'你出门的时间已经够久了。'

"我跪倒在地，接受他的赐福。当我站起来的时候，眼里满含着泪水。他是一位高贵的人，具有圣徒的品格。我将永远认为，能够认识他是我的福分。我向信徒们告别。有些人已经到这里好多年，有些人来得比我还晚。我把自己不多的几件物品留了下来，还有我的书，想着或许有人能用得上。我挎起背包，穿着刚来时那一身旧衣服，宽松长裤和棕色大衣，头戴破破烂烂的遮阳帽。我徒步跋涉到镇上。一星期后，我在孟买坐上轮船，然后在马赛登陆。"

我们俩都默不作声，努力思考着各自的问题。不过尽管我已经很累，却仍然有个问题很想问他。最后是我先开口说话。

"拉里，好小伙儿，"我说道，"你这段漫长的求索过程是从邪恶这个问题开始。正是邪恶这个问题促使你一路前行。刚才你说了这么多，却没有一句表明你已经找到它的解决办法，甚至是尝试解决的办法。"

"可能并没有解决办法，或者可能是我不够聪明，所以没找到它。罗摩克里希纳认为世界是神明的消遣。'它就像一场游戏，'他说道，'这场游戏里有欢乐有悲愁，有正有邪，有知识有无明，有善有恶。如果罪与痛苦都从造物当中彻底消除干净，游戏就无法继续了。'我将竭尽全力反对这种观点。我能想到最好的解释是，当‘绝对’在世界中显现自身的时候，恶就是善的自然关联。如果没有地壳扭曲翻转那种令人难以想象的恐怖，你就无法领略喜马拉雅山的震撼之美。中国的匠人能够制作出一种他们称为蛋壳瓷[①]的花瓶。他们赋予它优美的造型，再配上美丽的图案。瓶身着色令人心旷神怡，釉色堪称完美。然而单从材料本质来看，没有哪种手工器物比它更加脆弱。如果你失手把它掉落在地，它就会碎成数十块残片。那么有没有可能，我们在这个世间珍视的各种价值，它们同样也只能与邪恶同生共存？”

“这是很精妙的见解，拉里。但我不认为它让人心悦诚服。”

“我也不认为，”他微笑道，“关于这一点，最多只能说，当你认定某件事已经不可避免时，唯一可做的就是尽力而为。”

“你现在有什么计划？”

“我要在这里完成一份工作，然后就回美国。”

“回去做什么？”

“生活。”

“怎样生活？”

他的回答非常冷静，但眼里却闪过一丝调皮捣蛋的意味，因为他非常清楚我完全料想不到这样的回答：

“凭我的沉着、坚忍、慈悲、无私和清心寡欲。”

“志向高远，”我说道，“可为什么要清心寡欲呢？你是个年轻小伙。人类最强烈的动物本能，除了饥饿，也就是它，你觉得

① 学名“薄胎瓷”，亦称“脱胎瓷”。

试图压制它是一种明智之举吗？”

“我现在的情况比较幸运。满足性的嗜好，对我来说只是一种愉悦，而不是必需。凭借我的个人经验，我知道这方面没有谁比印度智者的看法更正确。他们的论点是，贞洁可以极度增强精神的力量。”

“我还以为，在身体需求和精神需求之间达成平衡，才算是智慧呢。”

“这正是印度人坚信我们西方人没有做到的事。他们认为我们凭借无数发明，还有众多工厂和机器，以及它们生产的全部物品，在物质堆里找寻幸福，但是它们并不包含幸福。幸福只存在于精神事物之中。他们还认为，我们选择的道路将导致毁灭。”

“根据你的看法，你觉得美国这地方适合践行你刚才提到的几种特殊美德吗？”

“我认为没什么不可以的。你们欧洲人对美国完全不了解。因为我们聚集了大量财富，你们单认为我们只在乎钱财。我们根本就不在乎，我们一有钱就把它花掉。有时赚多有时赚少，但我们会花掉它。钱财对我们不算什么，它只是成功的象征。我们是世界上最大的理想主义者。我偶尔会认为，我们一直把理想建立在错误的对象上。我有时认为，人能够给自己设定的最大理想，就是自我完善。”

“这是个高尚的理想，拉里。”

“难道它不是一个值得让人为它努力存活的目标吗？

“可是你能否暂时想象一下：你，孤身一人，就能够影响到美国这么一大批不愿安分守己、忙忙碌碌、目无法纪、极度推崇个人主义的人群吗？这无异于用自己的两只手去截断密西西比河的水流。”

“我可以尝试。发明车轮的是一个人。发现地心引力原理的也是一个人。只要事情发生，就不会没有效果。如果你往池塘里扔一块石头，宇宙跟以前就不会完全一模一样。以为印度那些圣人都白活了一辈子，那是错误想法。他们是黑暗里闪耀的光。他们代表着一种理想，这种理想让他们的民众耳目一新。普通百姓或许永远无法实现这个理想，但是他们景仰它，而它也始终影响到他们的生活。当一个人变得纯净而完美，他的人格影响力就会扩展，而那些追求真理的人就会自然被他吸引。如果我开始自己筹划好的那种生活，它可能会影响到别人。这种影响效果，可能并不比一块石头扔进池塘激起的涟漪更大。但一道涟漪激起另一道涟漪，然后再是下一个。很可能，当有些人看到我的生活方式带来了幸福安宁，他们会把自己学来的东西继续传授给其他人。”

“我想，你有没有想到你正在面对什么？拉里，你知道的，腓力士人很早就不再使用拉肢刑具和火刑柱来压制他们害怕的观点了：他们发现了一种更致命的毁灭武器：风凉话。”

“我可是很瓷实的家伙。”拉里笑道。

“好吧，我只能说，好在你还有一份家产收入，算他妈的走运。”

“它对我帮助很大。如果没有这个，我不可能去做我现在已经做过的事情。但我的学徒期也结束了。从现在开始，它只会是我的负担。我要把它解决掉。”

“这可是非常不明智。你设想的那种生活，唯一能够保证它的东西就是财务独立。”

“恰好相反，财务独立会让我设想的生活毫无意义。”

我忍不住比画了一个不耐烦的手势。

“对于印度托钵僧来说完全可以：他可以睡在树底下，而虔诚的信众会心甘情愿地往他乞食钵里放些食物，为了求得福报。可是美国的气候完全不适合露天睡觉。虽然我不想假装自己有多了解美国，但是我确实知道，假如你国同胞还能在哪件事情上达成一致的话，那肯定就是：如果你想有口饭吃，就必须工作。我可怜的拉里，你前脚还没迈开腿，后脚就会被人当成流浪汉送进劳动救济所的。”

他笑出声来。

“我知道。人必须要适应环境。我当然要工作。等我一回到美国，就会找份修车铺的工作。我是非常优秀的机械师，我不觉得这份活儿会很难。”

“这样的话，你会不会是在浪费自己的精力？它本来可以通过其他方式派上更大的用场。”

“我喜欢做体力活。我每次学习得昏头昏脑的时候，就会做一阵子体力活，然后发现自己精神焕发。我记得以前读过斯宾诺莎的传记，当时就觉得作者真傻，他认为斯宾诺莎为了挣些微薄的工钱，需要靠磨镜片为生，是一种可怕的磨难。我可以肯定，哪怕只是分散一下他的注意力，让他暂时停止艰难的哲学思考，也会有助于他的心智活动。我在洗车的时候，或者摆弄化油器的时候，内心是自由的。当工作结束后，我有一种完成了某样事情的愉快感觉。当然我不想永远留在修车铺。我离开美国已经许多年，我必须从头开始学习。我会尝试去做卡车司机。这样的话就可以从美国的这一头跑到另一头。”

“你可能忘记了金钱最重要的用途。它能节省时间。人生苦短，要做的事情太多，谁也经不起荒废一分一秒。你想一想，比方说，你非要从一个地方步行到另一个地方，而不是乘坐巴士；或者是坐巴士，而不是乘出租车，那会浪费掉多少时间。”

拉里笑了。

“说得太对了，我还没想到这一层。不过我可以解决这个难题，我要买一辆车开出租。”

“你这话什么意思？”

“最终我会在纽约安家。除了别的原因，还因为纽约有好些图书馆。我生活条件很低，我不介意睡哪里，一天只吃一顿也很满意。目前为止我对美国的全部想法，就是能攒够钱买一台出租车，然后成为出租司机。”

“你可以闭嘴了，拉里。你真是疯得不轻。”

“根本没有。我非常理智非常务实。当一名个体出租车司机，我每天只需要工作几个小时，挣够食宿费和车辆折旧费就行了。其他时间我能拿来做别的事。如果我着急要去哪里，总是可以开上自家的出租车。”

“可是，拉里，出租车和政府债券同样都是资产。”我故意逗他，“个体出租司机也算资本家。”

他大笑起来。

“不对。我的出租车只是我的劳动工具。它等同于云游四方的托钵僧手持的柱杖和行乞的钵盂。”

我们的谈话以这种玩笑腔调结束。我注意到，走进咖啡店的人越来越多，而这种情况已经持续一会儿了。有个穿晚礼服的男人坐在离我们不远的地方，点了一份丰盛的早餐。他脸上带着疲倦而又满意的表情，那是在心满意足地回顾昨晚的风流韵事。还有几位年迈的绅士，因为上岁数以后睡眠时间减少，所以醒来得挺早。他们慢条斯理地喝着牛奶咖啡，戴着厚镜片眼镜读早报。还有些年轻男子，其中有些收拾得整齐光鲜，有些穿着敝旧的外套，匆忙进到店里狼吞虎咽地吃个面包卷，喝杯咖啡，然后赶紧去别家商店或是上班。一位面容干瘪的老太婆捧着一摞报纸进来，开始挨桌兜售。我看到，她一份也没有卖出去。我从店里的平板玻璃高窗向外看，发现已经天光大亮。一两分钟过后，这个宽敞的餐馆除了靠里的位置以外，其他地方的电灯都关掉了。我看了看表。已经七点多了。

“来份早点怎么样？”我说道。

我们要了羊角面包，是从面包店刚出炉的，温热酥脆，还有牛奶咖啡。我累了，心绪起伏不宁。别人眼里的我，肯定是一副金刚怒目的表情。可是拉里似乎依然神采奕奕。他目光炯炯，光洁的脸孔没有一丝皱纹。他看上去根本不到二十五岁。一杯咖啡让我苏醒过来。

“你愿不愿听我一句忠告，拉里？这样的忠告我可不经常说的噢。”

“我也不经常听的噢。”他咧嘴笑着，回了我一句。

“你能不能先仔细想想，然后再把你那一小笔钱扔掉？它要是没了，就彻底没了。可能到某个时候你急需用钱，或者是自己要用，或者是给别人用。到时候你就会痛心疾首自己当初太傻了。”

他在回答时，眼里流露出一点嘲讽，却全无恶意。

“你比我把钱看得更重。”

“这我完全相信，”我酸溜溜地回答道，“你瞧，你一直都是有钱人而我却不是。钱给我带来的，是我这辈子比什么都更加珍惜的东西：独立。你无法想象，对于我来说，只要我高兴，就能对全世界任何人说‘去死吧你’，想到这一点就是莫大安慰。”

“可我并不想对全世界任何人说‘去死吧你’。如果我真的想说，就算没有银行存款我也憋不住要说。你看，钱对你来说意味着自由。对我却意味着枷锁。”

“拉里，你这个不讲理的蛮子。”

“我知道。我也没办法。但不管怎样，如果我自己想改主意的话，还有足够时间。我要到明年春天才回美国。我的朋友奥古斯特·柯代特，那位画家，他把萨纳里的一间农舍借给我用。我要去那里过冬天。”

萨纳里位于里维埃拉，在班多尔和土伦的中间，是一处朴素无华的海边度假胜地。有些艺术家和作家不喜欢圣特罗佩的俗艳造作，经常会去萨纳里。

“如果你不介意好像一潭死水般的乏味生活，你是会喜欢那地方的。”

“我有工作要做。我已经收集了许多材料，准备写一本书。”

“大概什么内容？”

“写出来你就看到了。”他笑道。

“如果你写好后愿意送给我看看，我想我可以帮你出版。”

“你不用担心这个。我有几个美国朋友，他们在巴黎经营一家小型出版社。我已经跟他们安排好出版的事了。”

“不过你可别指望这样推出一本书会有多少销量，也不会有多少人给你写书评的。”

“我不在乎有没有人写评论，我也不指望它卖得多好。我只要印够一定数量，好送给我在印度的朋友，还有在法国认识的一些人。他们可能会感兴趣。这本书并没有多重要。我写它是为了处理掉手头所有的材料，出版它是因为我觉得，你只有看到某种东西以铅字形式出现，才清楚它到底是什么模样。”

“这两个理由我觉得都成立。”

这时我们已经吃完早餐。我叫侍者过来结账。账单拿来时我递给了拉里。

“既然你准备拿你的钱打水漂，还不如他娘的帮我把这顿早餐钱先付了。”

他哈哈大笑，一边付了账。我坐的时间太久，身体已经僵直。等到我们走出餐馆，我的两肋开始疼痛起来。在秋天的早晨，走进新鲜洁净的空气，感觉很好。天很蓝。克利希街在夜晚时分只是一条污秽通道，此时却洋溢着明快的气氛。就像涂脂抹粉、面容憔悴的妇人，却迈着少女的轻盈步伐在行走，那画面倒不难看。

“我可以捎你一段路吗？”我问拉里。

“不用。我准备走到塞纳河边，在那里找个浴场游泳。然后我得去国家图书馆。我要在那里研究些资料。”

我们握手道别。我看着他迈开两条长腿，闲散地穿过马路。我的身体材质没有他结实，所以只能坐进出租车回到了酒店。我走进房间客厅时，发觉已经八点多了。

“老先生到这时辰才回到家，可真不简单哪。”我对座钟上方那位裸体女士嘟囔埋怨道。自从1813年以来，她就躺在座钟顶上的玻璃罩子里。我觉得这个姿势肯定相当不舒服。

她继续凝望着鎏金铜镜里自己的鎏金面孔，而时钟只是一个劲地说：嘀嗒，嘀嗒。我将浴缸放满热水，躺在里面泡着，一直泡到水变温吞了才出来。我擦干身体，吞了片安眠药。床头柜正好有一本瓦莱里的《海滨墓园》，我把它拿到床上看，渐渐就睡着了。

第七章

1

六个月过后的某一天早晨，四月份的时候，我正在位于费拉角家中的顶楼书房里忙着写作，有位仆人上楼来说，圣让村的几位警察就在楼下，他们想要见我（圣让村是我们邻村）。我因为写作被人打断，感到很恼火，也猜不出他们有什么事情要找我。我没有做什么亏心事，而且还向慈善基金会捐过款。作为回馈，我收到过一张致谢卡。我把它放在汽车里了。这样一旦因为超速被拦下来，或是在街头停错位置，我会在出示驾照的时候，不动声色地让别人清楚看见它，这样就可以因为无心过失而侥幸逃脱了。我想了想，更有可能的是，我的仆人里有一位不幸遭到匿名揭发（这是法国生活当中各种家常便饭之一），因为她的身份证件已经过期失效了。不过我跟当地警察关系不错。他们只要来我家，我从来都不会让他们酒都不喝一杯就把他们匆匆打发走的。我估计这次不会太麻烦。然而，他们这次办理差事的架势很不寻常，因为同时来了两位搭档。

我们握过手，互相寒暄问安。两个人里的年长者被称为警监。他蓄的八字胡是我见过最有型的一位。他从衣服口袋里掏出笔记本，用脏兮兮的拇指一张张地翻动着纸页。

“苏菲·麦克唐纳这个名字你熟悉吗？”他问道。

“我认识的一个人是这个名字。”我小心翼翼地回答道。

“我们刚跟土伦警局在电话里联系过。那边的探长请您即刻前往（vous prie de vous y rendre）[①]莫要耽搁。”

“理由是什么？”我问道，“我跟麦克唐纳太太只是有一点熟。”

我瞬间得出结论：她有麻烦了，可能是跟鸦片有关。但我认为我不应该掺和进去。

“这可不关我的事。毫无疑问你跟这位女人打过交道。她好像已经从她住的地方失踪五天了。有人从港口捞上来一具尸体。警方有理由相信那就是她本人。他们要你过去验证一下。”

我感到一阵寒意袭来。不过，我也没有特别吃惊。她那种生活状态，完全有可能在某个绝望时刻导致她选择自行了断。

“不过肯定能通过她的衣服和证件来确认吧。”

“她被发现时，全身寸丝不挂，喉咙还被人割断了。”

“老天爷啊！”我惊呆了。我仔细思考了片刻。我很清楚，警察是可以强迫我去的。我想既然如此，不如大大方方地同意他们。“很好。我坐最早一班火车过去。”

---

① 括号里法语为探长原话。

我查了查列车时刻表，发现有一趟车可以让我在五点到六点之间赶到土伦。警监说他会给探长打电话说说情况，又让我到土伦以后直接去警察局。那天上午我什么活儿都没再做。我往手提箱里装了几件必需用品，午饭后就开车去了车站。

2

我刚在土伦警察局总部现身，就立刻被引到探长的房间。他坐在桌子旁边，是一位身沉体胖、皮肤黝黑的男子，满脸的阴郁表情。我估计他是科西嘉人。他可能是出于职业习惯，用怀疑的眼光扫视了我一下。不过，我出门前已经在西服扣眼处佩戴了荣誉军团勋章，以防万一。当他注意到我的勋章后，立刻换上谄媚的笑容，请我坐下，并且开始絮絮叨叨地向我表白说，能够接待我这样有身份的人，他是多么荣幸。我采取同样的腔调说，请他放心，能够为他效劳我感到无比愉快。随后我们切换到核心问题，他也恢复了原来那种唐突，甚而粗鲁的做派。他看着面前放的一些文件，说道：

“这是脏活儿。看来麦克唐纳这女人名声非常不好。她是个醉鬼，大烟鬼，还是个花痴。她不仅一天到晚跟上岸的水手们睡觉，还跟城里的地痞流氓睡。像您这个岁数这般地位的人，怎么就跟这种货色认识呢？”

我很想告诉他这跟他无关，但我从当初发愤研读过的几百篇侦探故事里了解到，对警察最好还是客气点儿。

“我对她了解很少。我遇见她的时候，她还是芝加哥的一个小姑娘，后来她嫁了个非常有地位的男人。大概一年前，通过她跟我共同的朋友，我在巴黎又遇到了她。”

我一直疑心他究竟是怎么把我跟苏菲联系起来的。这时他伸手推过来一本书。

“这本书是她房间里发现的。如果您愿意仔细瞅瞅书里面的题辞，就会发现它很难证明你俩的交情是像您刚才声明的那么简单。”

这就是我那部小说的法译本。她在书店橱窗里看到后，请我在上面题字。我在自己名字下面写了“Mignonne, allons voir si la rose...”①,因为这是我直接联想到的内容。它当然显得略微有些熟昵。

“如果你暗示我是她情人，那你就错了。”

“这倒不关我什么事，”他回答道，眼里冒着贼光，“我不想对您说什么冒犯的话，我只是要补充一句，根据我对她癖好的了解，可以说您并不合她的胃口。但显而易见的是，您不会管一个完全陌生的人叫美人儿吧？”

“这句诗，探长先生，是龙沙诗歌名作的第一句。我想您这样有教养有文化的人，对龙沙的著作肯定应该很熟悉吧。我写这句话是因为我确定她知道这首诗，然后自己能回想起其他部分。这样等于是在暗示她：她目前的生活状态，往最轻程度里说，是

---

① 法语：美人，我们一起去看玫瑰……参见本书第 342 页注。

不够谨慎的。”

“当然我在学校里还是读过龙沙的。可是现在我成天忙成这样，所以我承认，您刚才引用的这两行诗，我脑子里一下子记不住了。”

我复述了这首诗的第一节，心里面非常清楚，在我提到这位诗人的名字之前，他压根儿就没听说过他是谁。我也不用担心他回想起前面提到的那一句诗，发现它几乎不可能激发什么道德感。

“她显然是受过一定教育的女人。我们在她房间里发现了好些侦探故事，还有两三本诗集。有一本波德莱尔，一本兰波，还有一本英文书，是有个叫艾略特的人写的。他有名吗？”

“广为人知。”

“我现在没有时间读诗。话说回来我也读不了英文。如果他是个伟大的诗人，那就可惜了，他没有用法语写作，否则教育程度高的人都能读他作品了。”

一想到眼前这位探长阅读《荒原》的模样，我就觉得有意思得很。突然间他把一张快照相片推到我跟前。

“您知不知道这人是谁？”

我一眼就认出来是拉里。他穿着游泳裤，是一张近期的照片。我猜它是我们夏天在第纳尔跟伊莎贝尔和格雷一起度假时拍的。我的直接反应是想说我不认识他，因为我一点都不想让拉里搅和到这件可恶的事情里面来。但是我转念又想，如果警察发现他的身份，我现在矢口否认，反而显得像是掩盖什么似的了。

“他是美国公民，名叫劳伦斯·达瑞尔。”

“我们从这女人的物件里只找到了这张照片。他们俩是什么关系？”

“他们都是芝加哥附近同一个村子来的。他们小时候是朋友。”

“但这张照片是不久前拍的。我怀疑是在法国北部或西部海边的度假地。要找到确切的地点很容易。他是做什么的，这个人？”

“一位作家。”我大胆地说道。探长的浓密眉毛稍微抬了抬。我猜他认为做我们这一行的人道德水平都不高。“经济上独立自主。”我补充了一句，显得这个职业更值得尊重。

“他现在在哪里？”

我差点儿又想说不知道，但我再次断定，如果这样做，只会让事情更麻烦。法国警察或许有许多毛病，然而他们的体系还是能够让他们毫无耽搁地找到想找的人。

“他住在萨纳里。”

探长抬起头来，显然他挺感兴趣。

“哪里？”

我记得拉里告诉过我，奥古斯特·柯代特把自己的村舍借给他住。我圣诞节回来时，曾经写信邀请他过来跟我待几天。但正如我所料想的，他拒绝了邀请。我把他的地址给了探长。

“我准备打电话给萨纳里，让人把他带过来。问一问他可能比较有价值。”

我当然能够看得出来，探长觉得嫌犯可能已经落实，可是我只想笑出来。我确信，拉里可以轻松证明他跟这件事情毫无关系。我着急想要更多地了解苏菲的悲惨结局，但探长只是不厌其烦地介绍一些我已经知道的事情。尸体是两名渔夫送过来的。我们当地警察说的寸丝不挂，只是他们的浪漫化夸张。凶手没有除掉她的紧身褡和胸罩。如果苏菲穿着我上次见她时穿的同一套服装，杀人者也只是脱掉了她的宽腿裤和针织衫。因为无法确认她的身份，警察在当地报纸登了一条认尸启事。有位女人看到启事后到警局来了。她在背街的地方开了一个小型寄宿旅店，法国人称为 maison de passe[①] 的那种。男人们可以带女人或男孩子过来。她是警察的线人，喜欢打听那些经常光顾她旅店的是哪里人，是做什么的。苏菲曾经被码头那家旅馆撵出来过，就是我们偶然相遇时她住的那一家。因为她的行为实在过于放浪招摇，即使再宽容的店主也无法忍受。她跟我刚才提到的那个女人谈妥，说要在她旅店里租一间带小客厅的房间。这种房间如果能在短期之内每晚租出去两三回，会更加有利可图，但是苏菲答应的价钱实在不低，所以那女人同意按月租给她。她现在来警局，是要声明一下自己的租客已经好几天不见了。她原先并没有担心，想着苏菲去了马赛或是维拉弗朗希。因为英国舰队的船只最近要抵达那里。这个活动总是会吸引沿海一带的妇女们前往，无论是年轻还是年长者。但是她在报纸上看到了死者特征的描述，觉得跟她那位房

① 法语：钟点房。

客大概符合。她被带去辨认尸体。稍微犹豫过后，她声称这就是苏菲·麦克唐纳。

“可是如果尸体已经确认了，你还要找我干什么？”

“贝莱夫人是一位非常值得尊敬、非常优秀的人物，”探长说，“但她可能会出于某些原因来辨认我们并不认识的这位女性死者。无论如何，我觉得应该找来跟她关系更密切的人看一看，以便确认这个事实。”

“您觉得有没有机会抓住凶手？”

探长耸了耸他那宽厚的肩膀。

“我们自然要展开调查。我们已经从她经常光顾的酒吧里找出好几个人过来盘问。她可能是被某个水手出于嫉妒而杀害的，而那个水手的船已经离港了；或者是某个流氓混混做的，为了抢走她身上那点钱。她似乎总是随身带些钱，对于那种类型的男人来说，这算是一大笔了。可能有些人已经强烈怀疑某人是罪犯，但在她活动的那些圈子里，除非对自己有利，否则任何人都不会开口。她自己跟那帮坏家伙们厮混，走到今天这一步是完全有可能的。”

我对此无话可说。探长让我第二天上午九点再过来。到时候他应该已经见过“照片上的这位先生”。然后有位警察会带我们去停尸房看看尸体。

“她怎么下葬呢？”

“辨认完尸体过后，如果你们表明自己是死者的朋友，并且准备支付葬礼的费用，就会得到必要的授权认可。”

“我肯定达瑞尔先生和我都愿意尽快办好这件事。”

“我非常理解。这是个悲伤的故事。这可怜的女人应该入土为安，越快越好。这让我想起一件事，我这里有一张殡葬师的名片。他会按照合理的条件，以快捷的速度为你们安排好这件事。我给你们在上面写句话，这样他会对你们悉心关照的。”

我非常确信，他会从我们支付的款项里拿到一笔回扣。但是我衷心向他表示感谢。他引导我出门的时候，一脸尊敬的表情。我按照名片上的地址直接找了过去。殡葬师说话干脆利索，公事公办的样子。我挑了一副棺材，既不是最便宜也不是最贵的，并且接受他的提议，让他帮忙从认识的花店老板那里订两三个花圈。他的说法是：“给先生您省去辛苦劳累，也聊表对死者的尊重。”另外又安排了灵车在第二天两点时到停尸房。我不得不赞叹他的工作效率，因为他还告诉我说，我不需要费劲去选墓地，他会做好一切必要的安排。“女士是一位新教徒吧，我推测是的。”他接着建议说，如果我愿意的话，他会找一位新教牧师到墓地朗诵葬礼祈祷文。但因为我人生地不熟，又是外国人，所以他肯定，如果他劳烦我给他预付一份支票的话，我肯定不会产生误解。他报的价目比我预想的要高出许多，显然是指望我跟他再砍一番价。当我掏出支票簿，毫无异议地签完支票，我察觉到他脸上的惊讶，或许甚至是失望的表情。

我找了个旅馆房间住下，第二天上午回到了警察局。他们让我等了一会儿，然后又叫我进到探长的办公室。我看到了拉里，表情凝重而哀伤。他坐在我头天坐的椅子上。探长兴高采烈地过来跟我打招呼。我可能真是他失散多年的兄弟。

“好了，mon cher monsieur[①]，您的朋友已经回答了所有问题。我得绝对坦诚地对待他，这就是我的职责。他在过去十八个月里从没见过这个可怜的女人，而我没有理由不相信他的陈述。他已经解释了过去一周的活动，态度极其让人满意。他也解释清楚了她房间里的那张照片。照片是在第纳尔拍的，他有一天跟她吃午饭时碰巧揣在衣兜里。我已经给这位萨纳里的年轻人写了一份相当有利的报告材料。我毫不吹嘘地说，我本人还是一位看相识人的高手。我确信，他不可能犯下那样的罪行。我已经冒昧向他表示了同情：一位童年时代的朋友，在健康而无忧无虑的家庭环境里长大，下场居然如此糟糕。但这就是生活啊。那么现在，我亲爱的先生，我的一位手下将陪同你们前往停尸房。等你们确认过尸体，时间就随便您二位自由支配了。去好好吃顿午饭吧。我这里有张名片，是土伦最好的餐馆。我给你们在上面写个字，这样店老板会尽全力关照你们的。经历过这样伤悲的事情，来一瓶上等的红酒，会对两位都有好处。”

此时他眉开眼笑，洋溢着毋庸置疑的善意。我们跟随一位警察走到停尸房。他们这间设施里的生意不算兴隆。屋子里只有一个搁板，上面停了具尸体。我们走了过去，停尸房的工作人员把尸体脸上的盖布揭开。那一幕看着真让人不舒服。海水已经把染成银色的头发浸泡得不再卷曲，它们湿乎乎地贴在颅骨上。那

① 法语：亲爱的先生。

张脸肿得怕人，看上去很阴森，但无疑是苏菲的脸。工作人员又把盖布往下拽了拽让我们看，我们两个人宁愿什么也没看到：那条恐怖的刀痕，从喉咙的一侧割到了另一侧。

我们回到了警察局。探长现在正忙着有事，我们把要说的情况告诉一位副手。他转身离开后，过一会儿就把必需的文件取了过来。我们拿着文件去找殡葬师。

“现在我们去喝一杯吧。”我说道。

自从我们离开警局去停尸房以后，除了在回来时宣布尸体确实是苏菲·麦克唐纳以外，拉里始终一言不发。我领着他走到码头，走进了我当初曾经和苏菲坐在一起的那间咖啡馆。一股强劲的西北风正在猛烈地吹拂，平时波纹平静的港湾水面上缀满了白沫。一艘艘渔船在轻轻摇摆。阳光清澈明亮，法国南部的冬天在西北风吹来时通常如此：人们眼里的每样东西都显得格外耀目而清晰，好像你是通过玻璃透镜聚焦，所以看它们比平常更加纤毫毕现。这就给视野里的一切赋予了某种激越人心、生机勃勃的活力。我喝了杯白兰地加苏打，但是拉里碰都没碰我给他点的那一杯。他郁郁寡欢、一言不发地坐在那里。我也没去打扰他。

过会儿我看了看表。

“我们最好去找些东西吃，”我说道，“我们两点钟得到停尸房。”

“我饿了。我早饭一口都没吃。”

根据探长的面貌体形来判断，我估计他确实知道哪里有好吃的。我带着拉里去了他刚才推荐给我们的餐馆。我知道拉里很少吃肉，就给他点了一份煎蛋卷和炭烤龙虾，然后要来了酒水单，依照那位警官的咨询意见，点了瓶年份酒。酒上桌的时候，我给拉里倒了一杯。

“你他妈最好还是喝两口，”我说道，“这样或许能帮你想起一个谈话的题目。”

他听从了我的吩咐。

“格涅沙大师以前说过，沉默也是一种谈话。”他喃喃说道。

“这意味着剑桥大学那些聪明教师之间愉快的社交聚会。”

“这次办葬礼被人敲竹杠的钱，恐怕得由你来负担，”他说道，“我没什么钱了。”

“我正打算这样。”我回答道。随后突然想到他这句话的言外之意。“你不是真那么做了所以已经没钱了对吧？”

他半天没吭声。我注意到他眼里闪现了一丝让人捉摸不定的戏谑目光。

“我一分钱也没剩下，除了等到开船前的生活费。”

“什么船？”

“我住萨纳里的那个村舍旁边有位邻居，他在马赛做代理商。他代理的客户是一支往返于近东与纽约的货运船队。他们从亚历山大港发电缆电报告诉他说，这次有条船到马赛以后，有两位病号船员要上岸治疗，问他能不能再找两个人来顶替他们的工作。他是我的伙计，他答应说让我来做这份活。我把那辆旧雪铁龙作为分手礼物送给了他。等我上船后，除了身上的这些衣服，还有手提包里几样东西，就什么也不剩了。”

“好吧，那是你自己的钱。如今你是自由之身，白人，二十一岁。”

“自由这个词挺恰当。我这辈子从来没像现在这样幸福，这样独立。到纽约后我就可以拿到船队的薪水。这笔钱在我找到工作之前已经够用了。”

“你那本书写得怎么样了？”

“哦，写完出版了。我列了一份赠书名单。你过一两天应该就能收到一本。”

“谢谢你。”

我们没有更多的话可说，于是在友善的沉默中结束了午餐。我要了一杯咖啡。拉里点燃了烟斗，我也点燃一支香烟。我仔细打量着他。他感觉到我的注视目光，瞅了我一眼，眼里闪耀着顽皮狡黠。

“如果你真想说我傻得要死，也别不好意思。我一点儿也不介意。”

“不，我不太想这么说。我只是在考虑，如果你跟别人一样娶妻生子，是不是就能进入某种更完美的生活模式。”

他笑了。他的笑容之美，我前面应该已经提到过二十来次。它让人感到如此亲密、信任和温良，反映出他迷人天性里的坦率与真挚。此时此刻，我还想再说，除了以上这些，这笑容里还包含了某种痛楚与细腻纤柔的东西。

“现在说已经太晚了。我遇见的女人里，唯一可能会娶的就是可怜的苏菲。”

我看着他，感到不可思议。

“你是说，发生这一切以后，你还仍然这样想？”

“她有可爱的灵魂，为人热忱、有追求，又慷慨大方。她有崇高远大的理想。甚至在她最终寻求毁灭的方式里，都体现出一种悲剧式的高贵感。”

我沉默不语。我不知道该怎样理解这些奇怪的主张。

“你起初为什么不娶她呢？”我问道。

“她那时还是个孩子。跟你说句实话，我以前去她祖父家，在那棵榆树下面跟她一起读诗时，从来没想到这个瘦骨伶仃的黄毛丫头身上会有如此充满灵性之美的种籽。”

我忍不住觉得有些诧异，他在说到这个环节的时候，只字未提伊莎贝尔。他不可能忘记自己曾经跟她订过婚。我只能猜测，他把那段经历看作是无疾而终的愚蠢行为。两个年轻孩子还没有成熟到了解自己内心的程度。我愿意相信，当初她替他忧心如焚的时候，他心里最多只是掠过一丝怀疑。

到时间该出发了。我们走到拉里停车的广场。那辆车现在已经非常破旧。我们开车去了停尸房。殡葬师说话很守信用。凭着这种务实的工作效率，所有事情都已安排妥当。在眩目的天空下，烈风吹弯了公墓里的一棵棵柏树，给整个送葬仪式增添了最后一道可怖的气氛。葬礼结束后，殡葬师和我们热情友好地握手。

“好了，先生们。我希望你们感到满意。一切进行得非常顺利。”

“非常顺利。”我说道。

“希望先生将来还记得，无论何时何地，如果需要鄙人效劳，我将随时听从您的派遣。距离远近都不是问题。”

我向他表示感谢。我们走到墓地大门时，拉里问我是否还有什么事情需要他做的。

“没事了。”

“我想尽快回到萨纳里。”

“把我在旅馆门口放下，好吗？”

我们在车上一句话也没说。到达旅馆后我下了车。我们握手道别，他开车走了。我把房钱结清，拿上手提箱，坐出租车到了车站。我也想赶快离开。

3

几天过后我准备动身去英国。我原本打算直接回去，但经过这些事情以后，我特别想再见一见伊莎贝尔。于是我决定在巴黎停留二十四小时。我给她拍电报，问我能否下午晚点来，然后留下吃晚饭。等我回到酒店时，发现了她留下的一张便条。她说要和格雷出去吃晚饭，但是很愿意和我见个面，如果我不早于五点半赶到的话，因为她那时候要去试衣服。

天气阴冷，开始下起雨来。雨越下越大，所以我估计格雷今天应该不会去莫特方丹打高尔夫了。这对我来说并不是很合适，因为我只想单独会见伊莎贝尔。不过等我到公寓的时候，她跟我说的第一句话就是：格雷在旅行者俱乐部打桥牌。

“我跟他说了，如果想见你的话就别太晚回来。不过我们的晚宴要到九点钟才开始。这就是说，我们只要在九点半前到那里就可以了。所以我们有足够时间好好聊聊。我有各式各样的事情要告诉你。”

他们已经把公寓转租出去了。艾略特的藏品拍卖会要在两周后举行。他们想在出席这次拍卖会以后搬到丽兹饭店去住。然后他们就出海航行。伊莎贝尔卖掉了所有东西，除了艾略特在安提贝住宅里的那些现代画作。尽管她并不是多喜欢，却非常正确地估计到，这些画挂在他俩将来的家里，是很有格调档次的。

“可惜了，可怜的艾略特舅舅没怎么跟紧潮流。可以来点毕加索、马蒂斯和雷诺阿，你知道的。我想他那些画单从自身来说挺好，可我担心别人看着会觉得有些老套。”

“如果我是你就不会担心。再过几年其他画家还会再登场，到时候毕加索和马蒂斯也不比你的这些印象派画家更时髦。”

格雷在生意上的协商安排已经接近尾声。有了伊莎贝尔提供的这笔资本，他即将进入某个兴盛繁荣的企业担任副总裁。生意是跟石油有关，所以他们要搬去达拉斯住。

“我们必须要做的第一件事，是找一套合适的房子。我想要个漂亮的花园，这样格雷下班回家后就有地方逛荡了。我还得有一个真正的大客厅，这样就可以招待客人了。”

“我猜想你不会把艾略特的家具都一起挪过去吧？”

“我觉得它们不是很合适。我想全部都用现代的，可能在这里或那里体现出一点点墨西哥的风格，以便增加些情调。等我回到纽约后，我会找找看现在最受欢迎的装饰设计师。”

安托瓦涅，那位男仆，端进来一个托盘，盘子里有一排酒瓶。伊莎贝尔非常圆滑，她知道十个男人里有九个都自信比所有女人更会调制鸡尾酒（他们的看法没错）。所以她请我来摇和两杯。我倒了些琴酒和诺瓦丽·普拉味美思，再加上少许苦艾酒，让这款毫无特色的干马提尼完成华丽变身，奥林匹斯山的众神无疑也会放弃自家酿造的琼浆玉液来喝它。他们喝的琼浆，我总觉得肯定是比较像可口可乐的东西。我把酒递给伊莎贝尔的时候，注意到桌上有本书。

“啊哈！”我说道，“这里有拉里的书。”

“是的，今天早晨送来的。不过我一直很忙。我在午饭前有上千件事情要做，中午出去吃饭，下午又去了莫利纽兹服装店。我不知道什么时候才能闲下来读它。”

我满心忧伤地想道，一位作者要用几个月时间来写本书，可能会耗费自己的不少心血，然而它就这样被放在那地方，一页都未曾打开。直到读者哪天实在闲得无事可做的时候，才会看它。这本书有三百页，印刷质量好，装帧精致。

“我想你知道拉里整个冬天都在萨纳里的吧。你有机会见到过他吗？”

“是的，我们前几天还一起在土伦。”

“是吗？你们在那里做什么？”

“给苏菲下葬。”

“她不会是死了吧？”伊莎贝尔惊呼道。

“如果她没死的话，我们恐怕没有什么合适的理由要埋她。”

“这话并不好笑。”她停顿了一秒钟，“我不打算装难过。喝酒吸毒这两样东西加起来，我估计。”

“不对，她被人割断了喉咙，然后寸丝不挂地扔进了海里。”

我就像圣让村的那位警监一样，忍不住稍微夸大了她没穿衣服的程度。

“太可怕了！这可怜人。当然，她日子过成那样，迟早会出现这种糟糕下场。”

“这也是土伦警察局的那位探长说的话。”

“他们知道是谁干的吗？”

“他们不知道，但我知道。我认为是你杀了她。”

她难以置信地瞪了我一眼。

“你**说什么**呢？”然后像个鬼似的咯咯笑道：“再猜猜；我可是有不在场的铁证噢。”

“我去年夏天在土伦遇到过她。我跟她聊了很久。”

“她当时清醒吗？”

“足够清醒。她告诉我究竟发生了什么事，明明再过几天就要嫁给拉里，却这样不可理喻地销声匿迹。”

我注意到伊莎贝尔的表情僵硬起来。我继续把苏菲跟我说过的话原原本本地告诉她。她小心翼翼地听着。

“那天过后，我把她讲的故事仔细思考了很久。我越是思考，就越确信这里面有猫腻。我在这地方吃过二十来次中午饭，你们午餐时从来不喝烈性酒。那天你是一个人吃午饭。为什么托盘里会有一瓶野牛草伏特加和咖啡杯？”

“艾略特舅舅刚送我的。我想看看我是不是还跟上次在丽兹饭店时那么爱喝它。”

“是的，我还记得你当时表现得多么如痴如醉。我很吃惊，因为你毕竟是从来不喝烈性酒的人。你相当注意维持自己的身材，所以不会碰那个。我当时就有一种印象：你就是要逗苏菲着急。我想这就是恶毒。”

“谢谢夸奖。”

“总体来说，你跟别人约时间都非常守时。可为什么当你要跟苏菲一起去试婚纱，这件事对她来说如此重要、对你来说又那么有趣的时候，你偏偏就出门了呢？”

“她自己不都告诉你了嘛。我对琼安的牙齿状况不满意。我们那位牙医非常忙，我只是不得不按照他给我安排的时间。”

“通常在看完牙医离开前，会预约好下一次的时间。”

“我知道。但他早晨给我打过电话，说他必须要取消预约。不过可以换成当天下午三点的时间。我当然立刻就答应啰。”

“家庭女教师就不能带琼安去吗？”

“她害怕，可怜的宝贝儿。我觉得我跟她一起，她会开心些。”

“那么等你回到家，发现四分之三瓶野牛草伏特加都没了，苏菲又走了，你多少总有点奇怪吧？”

“我以为她等烦了，就自己去了莫利纽兹服装店。所以等我再过去，他们跟我说她还没有来，我就闹不清是怎么回事了。”

“那野牛草伏特加呢？”

“这个，我确实注意到被人喝掉了许多。我还以为是安托瓦涅喝的，我差点儿想跟他好好谈谈。可他工资是艾略特舅舅付的，又是约瑟夫的朋友，所以我想还是忘掉它吧。他是个很好的仆人，如果他偶尔喝上一小口，我又有什么好责怪他的呢？”

“你真是个撒谎精，伊莎贝尔。”

“你不相信我？”

“绝对不会相信。”

伊莎贝尔站起身来，走到了壁炉旁边。壁炉里烧着木柴，在这样阴寒的天气里，这炉火让人感到舒适。她站在那里，胳膊肘搭在壁炉架上，姿势很是优雅。那是她最迷人的天赋之一，她可以完全不经意地把它呈现出来。她像许多法国的尊贵妇人那样，在白天穿一身黑色服装，跟她红润的肤色格外匹配。今天她穿的这件礼服造价昂贵、设计简洁，极好地展示了她的苗条身材。她喷出一口烟，沉默了一分钟。

“我没理由不向你坦诚相告。我那天不得不出门，真是太不凑巧。当然安托瓦涅绝对不该把伏特加跟咖啡杯什么的留房间里。我出门后这些东西就应该收拾干净。等我回来时，看见瓶子差不多都空了，那我当然知道发生了什么事。苏菲失踪后我猜到她是到哪里喝酒作乐去了。这件事我提都没提，是因为我觉得它只会让拉里伤心，他那时候着急得跟什么似的。”

“你肯定那瓶酒不是根据你的明确指示而留在那里的吗？”

“非常肯定。”

“我不相信你。”

“那就不信吧。”她把手里的香烟恶狠狠地扔进炉火。她的眼睛因为愤怒而变得格外幽黑。“好，你想知道真相，我就告诉你真相，然后去死吧你。是我干的，下次我还照做不误。我告诉过你，我会不顾一切地阻止她跟拉里结婚。你们什么都不会做，你跟格雷都不会。你们只会耸耸肩膀说这是个可怕的错误。你们完全他妈的不在乎。我在乎。”

“如果你放过她，她现在还活着。”

“她要是嫁给拉里，拉里才悲惨到家了呢。他以为能把她改造成一个全新的女人。男人真是一群傻瓜！我知道她迟早熬不住的。这简直一目了然。那天我们都在丽兹饭店吃午饭，你自己也看到了，她当时有多么心神不宁。我注意到她喝咖啡的时候你在盯着她看。她手抖得那么厉害，都不敢用一只手拿杯子，只能两只手捧着端到嘴跟前。我注意到侍者往我们杯子里面倒酒的时候，她紧盯着看的样子。酒瓶拿到哪里，她那双黯淡无神的眼睛就跟随到哪里，就像是条蛇尾随着一只刚长羽毛的小鸡，看它扑棱着翅膀。我知道她为了一口酒能把自己的灵魂都卖掉。”

伊莎贝尔现在面对着我，眼里闪耀着怒火，嗓音很刺耳。她无法语速流畅地把这些话一口气讲出来。

“我产生这个念头，就是在艾略特舅舅啰里啰唆地分析那瓶该死的波兰酒的时候。我觉得那东西味道很恶劣，但我假装那是我尝过的最好喝的东西。我确信她只要有机会，对它绝不会有招架之力。这就是我为什么带她去看服装秀的原因。这也是为什么我要提议送她婚纱作为礼物。那一天，当她准备最后一次试婚纱的时候，我吩咐安托瓦涅说，我午饭后要喝野牛草伏特加，又告诉他说有位女士要来，到时候请她等等我，给她倒杯咖啡。酒就放在那里，以便她随时想喝一杯。我确实带琼安去看牙医了。当然我们没有预约，他也没法给我们看。所以我就带她去看了一场新闻短片。我已经想好了，如果回来发现苏菲没碰那东西，我就尽可能往好处看，尽量跟她成为朋友。这是真的，我发誓。可是等我回到家看见酒瓶，我知道我的想法没错。她已经走了，我可以拿整个身家来打赌，她这一走就不会再回来了。”

伊莎贝尔说完这通话的时候，简直有些气喘吁吁。

“这跟我原先想象的情况差不太多。”我说道，“你看，我说对了。确实是你割断了她的喉咙，等于是你亲手拔刀划了过去。”

“她是个坏女人，坏女人，坏女人。她死了我很高兴。”她扑通一下坐倒在椅子上，“给我杯鸡尾酒，滚你妈的。”

我走过去又调了一杯。

“你是个卑鄙的魔鬼。”她接过酒的时候对我说道。随后她不禁莞尔一笑。她的笑容就像孩子一样，心里清楚自己在调皮捣蛋，但觉得能用纯然天真的魅力哄得你团团转，让你不要气恼。“你不会告诉拉里的，对吧？”

“我做梦都不会这样想。”

“在你心口比个十字？男人都那么不靠谱。”

“我答应你不说。不过即使我想告诉他，也没有机会了。因为我估计这辈子可能再也见不到他了。”

她直挺挺地坐在那里。

“你什么意思？”

“目前这会儿，他正在一艘货轮上，要么是当普通水手，要么是烧锅炉的，他正在回纽约的路上。”

“不会吧？他这人真古怪！他几周前来过这里，是说跟他写书有关的事。他要到公共图书馆查资料。可他只字未提去美国的事。我挺高兴的，这意味着我们可以见到他了。”

“我表示怀疑。他的美国跟你的美国相比，可能跟蒙古戈壁沙漠一样遥远。”

我随后告诉她，他做了哪些事，还打算再做些什么。她听着我的话，吃惊得嘴都合不拢。她脸上清楚地写着错愕这个词。她时不时地迸出一句话来打断我：“他疯了。他疯了。”等我讲完话，她垂下了头，我看见两滴眼泪从她脸颊流淌下来。

“现在我可真的失去他了。”

她转过身子哭泣起来，脸伏在椅背上。她那张可爱的脸庞，因为悲伤而扭曲变形，而她此时不想再刻意隐藏。我什么也做不了。我不知道她心里一度怀抱着怎样虚妄而相互冲突的希望念想，最终却被我带来的消息击得粉碎。我依稀觉得，偶尔能够见见他，至少知道他是她整个世界的一部分，对她来说曾经是一种联结的纽带，无论它有多么缥缈。但他的行动最终切断了这条纽带，她知道自己今后将与他永世暌隔。我想她心里是怎样徒然的悔恨。我觉得让她哭一哭有好处。我拿起拉里的书，看了看目录内容。我离开里维埃拉时，给我的那一本还没送到。我并不指望过几天就可以拿到它。这种事我压根儿都不会期待。这是一本随笔集，篇幅近似于里顿·斯特拉奇的《维多利亚时代名流》。书里写的是一些著名人物。他选取的这些人让我很是疑惑。有一篇是讨论古罗马独裁者苏拉的。当苏拉获得绝对权力后，退位回归到普通生活。另一篇讨论了莫卧尔王朝的征服者阿克巴，他曾经赢得了整个帝国。一篇是鲁本斯，一篇是歌德，还有一篇是写《书信集》的切斯特菲尔德勋爵。显然每篇文章写下来都需要阅读大量材料。我现在并不奇怪，拉里的这本书怎么写了这么久。但我不明白他为什么认为值得花这么多时间，也不明白他为什么专门选择研究这些人。后来我想明白了，他们每个人都以各自方式在此生获得了卓越不凡的成绩。我想这就是拉里感兴趣的缘由。他很好奇，想知道这一切到最终归结的意味。

我翻开中间一页看看他的写作手法。他是学者型的文章风格，却清晰易晓。书里丝毫没有业余写作者惯常的装腔作势，或纠缠于细枝末节。可以看得出来，他探访思考一流作家的频繁程度，不亚于艾略特·谭普顿在高闳贵邸之间的往来。伊莎贝尔的一声叹息打断了我的思路。她坐直身体，苦皱着脸喝完了已经放得有些微温的鸡尾酒。

“我要是再哭下去，眼睛会肿得吓死人的。我们今天晚上还要去赴晚宴呢。”她从手袋里取出一面镜子，焦虑地看着自己的形象，“好吧，冰袋冷敷眼睛半小时，就这么办。”她在脸上扑了扑粉，又涂红了嘴唇。然后她若有所思地看着我：“我这样做，你对我的印象会变差吗？”

“你在乎吗？”

“你可能觉得挺奇怪，我还真在乎。我想让你认为我挺好。”

我咧嘴笑了。

“亲爱的，我是一个非常不讲道德的人。”我回答道，“当我真正喜欢一个人的时候，尽管我会谴责他的错误行径，却不会降低对他的喜爱。从你的角度来看，你不算是坏女人，何况你还极其优雅，极其有魅力。我知道你的美丽在很大程度上要归功于一对幸运组合：无可挑剔的品位和冷酷无情的决断力。我不会因为了解这一层而降低对这种美的欣赏。你只缺少一样东西，有了它你就绝对迷人了。”

她笑吟吟地期待着。

“温良。”

她嘴角挂着的笑意立刻荡然无存。她瞪了我一眼，那眼神里没有丝毫的客气。不过，还没等到她抖擞精神回敬我几句，格雷就已经步沉履重地闯进房间里来了。格雷在巴黎这三年里体重增加了不少，他脸色更红，头发变稀薄的速度非常快。可是他身体敦实健康，精神状态很好。能够见到我，他感到由衷自然的高兴。格雷的谈话用语尽是些老古套。尽管已经是陈词滥调，但他在使用时却满怀信心，以为自己是这些说法的首倡者。他从来不说上床睡觉，而是说滚稻草铺，那才是他正经睡觉的方式；如果要说下大雨，那必然是雷鸣电闪、金鼓齐鸣；巴黎在他嘴里怎么说都是“煨大的巴梨”。但他却是那么善良，那么无私，那么正直，那么可靠，那么不会装腔作势，让人不可能不喜欢他。我对他是一种真实的喜爱。这时他说得激动起来，因为他们离开巴黎的日期已经临近。

“天哪，又要套上笼头了，真是太妙了，”他说道，“我都嗅到燕麦饲料的味儿了。”

“等于事情都安排妥了吗？”

"还没有完全板上钉钉，不过这事一准能成。我准备搭伙的那家伙是我大学同宿舍的。他可是个机灵探子。打死我也不信他会给我歪瓜裂枣的东西。不过等我们一到纽约，我就要往南飞到得克萨斯瞜一眼设备。你放心，我可是不见兔子不撒鹰，分分秒秒都会提防着小人耍诈。伊莎贝尔的钱袋子，乱花一个铜子儿我都不会答应。"

"格雷是非常优秀的生意人，这你知道。"她说道。

"我可不是农村谷仓里培养出来的。"他微笑道。

他多少有些滔滔不绝地向我继续讲述他要参与的生意状况。可是我几乎完全不懂这类事情。我唯一听明白的确切事实，就是他有很好的机会赚一大笔钱。他对自己说的事情越来越有兴致，马上又转过身来对伊莎贝尔说：

"听我说，我们干吗不推掉那个破宴会，然后我们三个人去银塔餐厅来一顿丰盛高档的晚餐？"

"噢，宝贝儿，我们可不能这么办。他们专门为我们举办了宴会。"

"再说了，我现在也去不了，"我插话道，"我听说你们晚上有安排后，就给苏珊娜·卢维尔打了电话，准备带她出去吃。"

"谁是苏珊娜·卢维尔？"伊莎贝尔问道。

"噢，拉里的小妞之一。"我故意这样逗她。

"我一直怀疑拉里在什么地方藏着掖着个小娘子。"格雷嘎嘎地笑道。

"瞎说，"伊莎贝尔厉声说道，"我对拉里的性生活一清二楚。压根儿就没有过。”

“好了，我们分手前再喝一杯吧。”格雷说道。

喝完酒我跟他们道别。他们陪着我一起走到大厅。我在穿大衣的时候，伊莎贝尔悄悄伸出一只手搂住格雷的胳膊，依偎在他身上，抬头注视着他的眼睛。她惟妙惟肖模仿的那种表情，正是我指责她缺乏的温良。

“告诉我，格雷——说真话——你觉得我心肠硬吗？”

“哪里有，宝贝，根本没有。怎么了，有人这样说你吗？”

“没人说。”

她把脸扭到一边，好让他看不见自己。她接下来的表现，如果让艾略特看到，肯定会觉得完全不像是淑女：她在冲着我吐舌头。

“不是一回事嘛。”我喃喃自语道。我走出屋子，随手关上了房门。

4

等到我再次路过巴黎时，马图林夫妇已经走了，是其他人住在艾略特的公寓里。我怀念伊莎贝尔。她容貌姣好，谈吐怡人。她能很快地领会别人的意图，而且不大记仇。从那以后我再也没见过她。我不爱写信，又拖拖拉拉，而伊莎贝尔也不是写信的人。如果她不能通过电话或电报跟你联系，干脆就不联系你了。当年圣诞节我收到了她的圣诞贺卡，上面是一张漂亮的照片。照片里有一座房子，带着殖民时期的前廊，四周环抱着郁郁青青的橡树。我估计是他们缺钱时没卖掉的那片种植园房子，现在很可能是要留下来了。邮戳显示卡片是从达拉斯寄出的，所以我判断格雷生意成交进展顺利，所以他们在那里安家了。

我从来没去过达拉斯，但我估计，就像我了解的其他美国城市那样，它应该有一片住宅区，距离商业地段车程较近；还有乡村俱乐部，富人们可以在那里买下带有大花园的精美宅院，周围风景很好，从起居室窗户可以看见山岗或山谷。这种地段，这样的宅院，从地窖到顶楼的装修风格都依照纽约最时髦的室内设计师的最新款式，伊莎贝尔肯定是住在这样的地方。我只希望她的雷诺阿，她那幅马奈的花卉画，那幅莫奈的风景画，还有她的高更，都不至于显得太过时。餐厅面积无疑要以适合女性午餐聚会、追求舒适为标准。她可以隔三岔五地举办这种餐会。酒肯定是好酒，食物品质也极佳。伊莎贝尔在巴黎学会了很多东西。她要搬进去住的房子，肯定要有一看就非常适合安排准成年舞会[①]的客厅。能够在女儿们成长过程中为她们举办舞会，将是她乐意履行的职责。琼安和普莉西拉现在肯定已经到了谈婚论嫁的年龄。我肯定她们接受了令人称道的优质教育。她们会被送到最好的学校。伊莎贝尔也会留心培养她俩的素质和才艺，所以她们必然成为合格青年男子眼中的追求对象。尽管我估计格雷的脸色比以前更红，人更加乐呵，脑顶更秃，而且身材还要胖很多，但我并不认为伊莎贝尔会有变化。她看上去仍然会比女儿们更美。马图林一家肯定是整个交际群体的巨额资产。我从不怀疑，他们走到哪里都会受人欢迎，可以说这是实至名归。伊莎贝尔风趣迷人，优雅而彬彬有礼，做事圆融自如。至于格雷，他当然是“本分人”的典范。

---

① 准成年舞会（sub-deb dance）是与“成年舞会”相对而言。成年舞会（Debutante ball，或 debutante）最早是欧洲贵族和上流社会年轻女孩子的一种成年礼，标志她们正式走向社会、可以恋爱婚嫁，后来逐渐普遍化大众化。按照美国习俗，举办和参加舞会的女孩子一般是 16 到 21 岁之间。小说里是指伊莎贝尔在两个女儿还没有成年前，就已经开始以她们的名义举办家庭社交活动了。

5

我仍然时不时地去看望苏珊娜·卢维尔，直到她遇到了一个出乎意料的情况变化，导致她离开巴黎。因此她也从我的生活里消失了。有天下午，大概就是我前面提到的那些事发生两年过后，我在奥德昂酒店旁的廊街里逛书店，前后浏览了一个小时，感到挺愉快。接下来有段时间无事可做，我就想去拜访一下苏珊娜。我已经有半年没见她了。她打开门，拇指钩着一个调色盘，牙齿间叼了支画笔，穿着洒满了颜料的工作罩袍。

“Ah, c’est vous, cher ami. Entrez, je vous en prie.”①

她这样正规地跟我打招呼，让我有点儿吃惊，因为我们通常说话都只用第二人称单数的“你”。不过我还是走进了这个既当客厅又当工作室的小房间。画架上有一幅油画。

“我太忙了，我不知道现在该怎么张罗，你就坐下吧，我还得继续工作。我现在是半晌工夫都浪费不得。你可能不会相信，

① 法语：啊，是您啊，亲爱的朋友。您请进，很高兴见到您。

不过我真的要在梅尔埃姆画廊办个展了。我必须准备好三十件油画。”

“在梅尔埃姆？太棒了。你到底是怎么办到的？”

因为梅尔埃姆可不是塞纳街头那些开小店的画商。那些小画商经常因为没钱付店铺租金，时刻濒临着关张倒闭，所以经常半夜卷铺盖悄悄逃走。梅尔埃姆在塞纳河对面，也就是有钱人云集的那边开了一间画廊。他在国际上声名赫赫。他看中的画家肯定是要赚大钱的。

“阿喀琉先生带他来看我作画，他认为我很有天赋。”

“A d'autres, ma vieille.”我回答道。我想这句话可以翻译为：“别想糊弄我，丫头。”

她瞅了我一眼，咯咯笑了起来。

“我就要嫁人啦。”

“嫁给梅尔埃姆？”

“别傻了。”她放下油画笔和颜料盘，“我没日没夜地工作，也该歇歇了。我们喝一小杯波尔图酒。让我从头到尾说给你听。”

法兰西生活里让人不太舒服的一件事，就是你容易在不合适的时间里被迫喝一杯波尔图酸葡萄酒。但你只能乖乖地认命。苏珊娜拿了一瓶酒和两个玻璃杯，倒满酒以后坐了下来，放松地吁了口气。

“我已经站了好几个小时，我有静脉曲张，腿都开始痛起来了。好吧，事情是这样的。阿喀琉先生的太太年初死了。她是个好女人，也是好天主教徒。但是他娶她并不是因为心里有多喜欢。娶她是为了生意兴隆。所以尽管他敬重她爱戴她，但要说她的死让他无法释怀，那就夸大其词了。他儿子的婚事安排得很妥当，在公司里也表现出色。现在他女儿跟一位伯爵的婚事也已经安排好。没错，他是比利时人，但属于正宗的贵族，在那慕尔附近有一座非常漂亮的城堡。阿喀琉先生觉得他可怜的妻子应该不想因为她自己而耽误两个年轻人的幸福。所以尽管他们处于服丧期间，但既然男女双方在财务方面已经安排到位，婚事还是要如期举办。显然，阿喀琉先生一个人住里尔的大宅子肯定会很孤独。他需要一个女人，不仅能照顾他饮食起居，而且还要经营照看跟他身份地位密切相关的重要家业。长话短说吧，他让我接替他可怜的太太。他的话确实说得很在理：我第一次结婚是为了消除两家商业对手的竞争，我对此并不后悔。但我没有理由在第二次结婚时不让自己开心。”

“恭喜你。”我说道。

“显然我会失去我的自由。我一直都喜爱自由。可是人必须要着眼于未来啊。你别告诉别人，这句话我并不介意跟你说：我不会再有另一个四十岁了。阿喀琉先生正处于危险的年龄阶段。如果他哪天突然脑子发热，要追求另外一个二十岁的姑娘，那我该怎么办？然后再想想我那闺女。她现在十六岁，以后肯定会长得跟她爹一样漂亮。我给她提供了良好的教育。但是眼前的现实很残酷，你否认也没用。她既没有当演员的天分，也不像她可怜的老妈那样有当婊子的禀性。那么我问你，她还能指望什么？当个秘书文员，或是在邮局里找份差使。阿喀琉先生非常慷慨地同意她跟我们住一起，还答应给她一笔丰厚的嫁妆，让她嫁个好人。相信我，我亲爱的朋友，大家想说什么都行，但婚姻至今仍然是女人能够从事的、最让人满意的职业。显然，考虑到我女儿将来的福分，我只能毫不犹豫地接受求婚。尽管代价是要放弃某些令人满足的东西。但不管怎样，随着一年年过去，我觉得这种东西也越来越难得到了吧。因为我必须要告诉你，等我结婚了，我准备保持着 une vertu farouche（忠贞不屈）[1]。因为长期以来的经验让我确信：幸福婚姻的唯一基础，就是夫妻双方的绝对忠诚。”

“这是崇高的道德情感啊，小美人儿，”我说道，“那么阿喀琉先生还会继续每隔两周来巴黎出差吗？”

“Oh la la, 你以为我是谁啊，我的小伙子？阿喀琉先生向我求婚时，我说的第一件事就是：‘现在听好了，亲爱的，以后你再来巴黎参加董事会议，得同意我一起来。你自己一个人过来我不放心。’‘你不该猜想我到这个岁数还会犯傻吧。’他回答道。‘阿喀琉先生，’我对他说，‘你是一个风华正茂的男人，没有谁比我更清楚，你拥有热烈奔放的性情。你相貌堂堂，气质非凡。能够让女人开心的东西你都有。简而言之，我认为你最好还是不要把自己暴露在诱惑面前。’最后他同意把自己在董事会的职位让给儿子。这样以后就是儿子出差来巴黎，而不是父亲了。阿喀

① 苏珊娜的法文里，vertue 有“品德”和“贞节”的意思；farouche 既有“羞涩的”，又有“不可动摇的”“顽强的”意思。括号里的原文为毛姆的英文解释：of ferocious virtue，字面意思是“猛烈（凶猛）的道德（贞洁感）”。

琉先生假装说我蛮不讲理，实际上已经被我吹捧得心花怒放。”苏珊娜满意地叹了口气，“假如不是因为男人们还有这种让人难以置信的虚荣心，对于我们这些可怜的女人来说，生活真是更加艰难啊。”

“所有这些都很好，但是这跟你在梅尔埃姆画廊开个展又有什么联系呢？”

“你今天可真是有点儿呆啊，我可怜的朋友。难道我这几年没有告诉过你，阿喀琉先生是相当聪明的人吗？他要考虑他的身份地位，而且里尔的人也挑剔得紧。阿喀琉先生希望我能在社会上占据一席之地，作为像他这样一位重要人物的妻子，这是我分内的事情。你也知道这些外省人，他们就喜欢搅和别人家的事。他们首先会问：苏珊娜·卢维尔是谁啊。好，现在他们有答案了。苏珊娜，一位杰出的画家，她最近在梅尔埃姆画廊举办画展，成绩斐然，实至名归。‘苏珊娜·卢维尔夫人，一位殖民军步兵军官的遗孀，拥有我们法国女人特有的勇气，多年来凭借着她的聪明才智，自主谋生，并将幼年失怙的可爱女儿一手抚养成人。我们欣喜地看到，在多年以来始终目光如炬的梅尔埃姆先生旗下的多家画廊里，广大民众很快就有机会欣赏到她细腻的笔触和稳健的技巧。’”

“这叽里咕噜一通说的都是什么呀？”我竖起耳朵也没听明白。

“这个呀，亲爱的，就是阿喀琉先生准备预先推出的广告。它将出现在全法国每一份有影响的报纸上。他做事就是这么气派。梅尔埃姆开的条件真让人抓狂，可是阿喀琉先生照单接受，好像完全就是小事一桩。预展时有一场 champagne d’honneur[①]，艺术部部长原先欠过阿喀琉先生一个人情，所以他会过来给展览会剪彩。到时候他有一场精彩的演讲，内容主要集中在我作为女性而体现的种种品德，以及我的绘画才能。演讲结束时，他还将宣布：国家的职责和权利，就是对艺术领域的杰出者进行奖励，所以我的一幅画作将由政府出资作为国家藏品。全巴黎的人到那天都会来，梅尔埃姆先生本人会照顾好那些艺术评论家。他保证他们不仅会在艺术短评里说好话，而且还会写得很长。这些可怜的兔崽子，他们挣钱太少了。给他们个机会写点东西挣些外快，就算是做慈善吧。”

“这一切都是你应该得到的，亲爱的。你一直都是个好人。”

“Et ta sœur,”[②] 她答道，这就没法翻译了，“话还没说完呢。阿喀琉先生还以我的名义在圣拉斐尔买了一栋别墅。这样我在里尔社交圈的名分就不仅是一位杰出的艺术家，还是有产业的女人了。再过两三年他就准备退休，我们搬去里维埃拉住，就像名门世家一样（comme des gens bien）。他可以在海里划桨捉虾，而我则完全投身于艺术。我给你看看我的画吧。”

苏珊娜已经从事绘画好几年。她兼容并蓄了众多情人的画风，并且一路发展突破，最后形成了自己的风格。她的素描还是不行，但已经具备了非常好的色彩感。她让我看她在安茹省和母

---

① 法语：香槟招待会。

② 法语：粗话。字面意义是“你妹啊”。

亲住一起时的风景画写生，凡尔赛宫花园里的小景，枫丹白露的森林，还有她喜爱的巴黎郊区街道景观。她的油画水雾弥漫，若隐若现，却有花朵绽开般的从容，甚至还有一点浑不经意的优雅。有一幅画我格外喜欢，便要求买下来，因为我想这样会让她开心。我不记得它名字是《林中空地》还是《白纱巾》了。后来我仔细回想过，但直到今天都不太确定。我问了问价格，算是比较公道。我说我要买下来。

"你是个天使，"她欢呼道，"我的第一笔生意。当然你要到画展结束后才能拿得到。不过我会留意让他们写进报纸里的，就说你买了它。不管怎样，小小地出个名，对你也没什么坏处吧。我很高兴你选中了这件作品。我想这是我最好的一幅。"她拿了一把手镜，从镜面里看着画。"它带有魔力，"她眯缝着眼睛说道，"谁也不能否认。这些绿颜色，看它们有多浓郁，然而又是多么娇嫩！还有中间那块白色的调子，那是真正的创意所在；它把整幅画联系在一起，它很抢眼。这体现出画家的才华，不可否认，真正的才华。"

我发现她在职业画师的道路上已经走得很远了。

"好吧，我的小可爱，我们俩闲聊的时间也不算短，我必须得回去干活了。"

"我也必须得走了。"我说道。

"À propos，[1]可怜的拉里还跟那些红皮印第安人混在一

---

① 法语：顺便问一声。

起吗？”

她习惯使用这种不尊重人的方式来称呼上帝之国的居民们。

“就我所知是这样。”

“对于他这么可爱温和的人来说，肯定很难受。如果电影里放的都是真的，住在那地方可真是太可怕了。到处是匪帮、牛仔和墨西哥人。倒不是说那些牛仔的身材毫无吸引力，让你没法产生念想。Oh la la！可是在纽约街头走路的时候，如果兜里不揣一把左轮手枪，好像真的**特别**危险。”

她把我送到门口，在我脸颊两边亲了亲。

“我们曾经一起共度过美好时光。好好惦记着我。”

6

我的故事到此结束。我后来再也没听到拉里的任何消息，实际上我也不指望。因为他通常都是说到做到。我想他有可能在回美国后，先是到修车铺找份工作，然后去开卡车，直到获得他想要了解的知识：他想要了解自己阔别多年的国家。当他做完这些事情，可能马上就会实施那个奇思异想的计划，成为一名出租司机：没错，这只是在咖啡桌边开玩笑时不经意闪现的一个念头，但是如果他付诸实施，我丝毫不会诧异。从那以后，我只要在纽约坐出租，都会看一眼司机，心想或许能够偶然遇见拉里那一本正经的微笑，和他深邃眼窝里的目光。我从未遇见过。战争爆发了。他可能年纪太大，开不了飞机。但他可能再次开上卡车，在国内或在国外。或许他在工厂里干活。我想他有可能会在闲暇的时候写一本书。他会在书里尽量传授生活教给他的东西，还有他想传递给同胞们的信息。但是如果他要写完的话，可能会花费很长时间。他有大量的时间，因为过往的岁月并没有在他身上留下任何痕迹，无论从哪一点来看，他仍然是年轻人。

他没有野心，也没有成名的欲望。成为公众人物这类事情，会让他极度反感。因此，可能他会对自己选择的生活感到满意。除了做好自己，他不想成为任何人。他过于谦逊，所以不会把自己树立为他人的模样。但也许他会想到，某些不安的灵魂，会像夜蛾扑向蜡烛那样被他吸引过来。这些人到一定时候会认同他那光芒闪耀的信念。这个信念是：只有在精神生命里才能找到终极的满足；一个人通过遵循无我与弃绝的修行完善道路，他将独自奉献服务，就好像是著书立说，或是向大众宣道。

但这只是猜测。我属于这个俗世，是凡俗之品。我只能赞美如此罕见人物的荣光。我无法换上他行走的鞋，无法进入他最深的内心。这不像我有时认为自己能够对待普通志趣和寻常禀赋的人们那样。拉里遂心如愿，已经融入了这个喧嚣嘈杂的人类聚落，他们因为众多利益冲突而分散心思，他们迷失在这世界的茫然无措之中，他们一心向善，他们外表如此自高自大，内心却谦虚羞赧；他们如此善良，如此勤勉，如此相信他人又如此守口如瓶，他们如此吝啬又如此慷慨。这就是美国的人民。关于他，这就是我能够述说的全部：我知道效果很不理想。但我也无能为力。不过在即将结束这本书之前，我还惴惴不安地意识到，我只能让自己的读者悬在半空中，而且也看不到任何回避办法。我在脑海里回顾这漫长的叙事过程，看看有没有办法可以设计一个更让人满意的结尾。让我感到吃惊不已的是，我突然意识到，自己已经浑然无意识地书写了一个彻头彻尾的成功故事。因为，我在书中涉及的所有人物都获得了各自想要的东西：艾略特获得了声望；伊莎贝尔在气氛活跃、教养良好的社会群体里获得了稳固地位，还有一笔雄厚的资产作为支撑；格雷获得了高报酬的稳定工作，可以每天朝九晚六上下班；苏珊娜·卢维尔获得了安全保障；苏菲获得了死亡；而拉里则获得了幸福喜乐。不管品位高雅的人们怎样傲慢地挑剔抱怨，我们普通大众在内心深处还是很喜欢成功故事。因此，我这样的结尾，或许终究不算是那么不尽如人意。